Karina Halle

# Die Royals, ihr Bodyguard und ich

*Karina Halle* hat als Musik- und Reisejournalistin gearbeitet, Drehbücher geschrieben und ist eine Meisterin des Romance-Genres. Mit ihren Romanen stand sie auf den Bestsellerlisten von ›The New York Times‹, ›The Wall Street Journal‹ und ›USA Today‹. Sie lebt mit ihrem Ehemann und einem Pitbull auf Salt Spring Island in British Columbia, Kanada, wo die Bäume hoch sind, der Ozean wild ist und ihr die Ideen für neue Romane niemals ausgehen.

KARINA HALLE

# *DIE ROYALS, IHR BODYGUARD UND ICH*

Roman

Aus dem amerikanischen Englisch
von Michaela Kolodziejcok

dtv

Deutsche Erstausgabe

Titel der amerikanischen Originalausgabe: ›The Royals next door‹,
2021 erschienen bei Jove Book, Berkley, an imprint of
Penguin Random House LLC.

Umschlaggestaltung: FAVORITBUERO, München
Umschlagmotive: shutterstock.com
Satz: C.H.Beck.Media.Solutions, Nördlingen
Gesetzt aus der Le Monde Livre
Druck und Bindung: Druckerei C.H.Beck, Nördlingen
Printed in Germany · ISBN 978-3-423-21998-3

Für Taylor
Und für meine Eltern, Tuuli & Sven

# Eins

Nicky Graves hat sich gerade in meine Handtasche übergeben.

Es ist meine eigene Schuld, wirklich. Ich wusste, dass er krank ist, auch wenn er mit dem Mut eines Achtjährigen versucht hat, so zu tun, als wäre nichts.

Als ich in seinem Alter war, genügte mir bereits eine lauwarme Stirn, um den ganzen Tag im Büro der Schulschwester zu hocken, bis meine Mutter mich abholte. Jede Ausrede war mir recht, um die Schule zu schwänzen.

Aber Nicky liebt die Schule (und da ich seine Klassenlehrerin bin, sollte ich mich an dieser Stelle *geehrt* fühlen), weshalb er so getan hat, als ginge es ihm gut, bis es ihm gar nicht mehr gut ging.

Ich habe es sogar in Zeitlupe mitverfolgt. Ich las den Kindern gerade eine Passage aus ihrem Lieblingsbuch ›Mercy Watson‹ vor, in der es darum ging, dass das Schwein Buttertoast liebt, als Nickys Gesicht eine kränklich grüne Farbe annahm. Seine Hand schoss hoch an seinen Mund, und noch bevor ich irgendetwas tun konnte, rannte er zum Abfalleimer neben meinem Pult. Was ja super gewesen wäre, wenn meine Handtasche nicht direkt neben dem Eimer gestanden hätte und Nicky genauso treffsicher wäre wie LeBron James.

»Tut mir leid, Miss Evans!«, heulte Nicky, während er neben meiner bis vor Kurzem noch sehr schönen Ledertasche stand, die ich vor ein paar Jahren in Mexiko gekauft habe, als ich dort mit meinem Ex, Joey, in Urlaub war. Aber irgendwie passt es auch, dass die Tasche jetzt nur noch ein einziger Kotzhaufen ist, denn genau als den hatte sich unsere Beziehung entpuppt. Metapher, die 101ste.

»Alles gut, Nicky«, sage ich zu ihm und versuche, ruhig zu klingen, obwohl der Panikpegel in der Klasse merklich steigt, während die Kinder »Ihhh!« und »Nicky hat gekotzt!« und »Ich kotz gleich!« durcheinanderschreien.

Ich werfe mein Buch hin und eile zu ihm, wobei ich angestrengt versuche, meinen Würgereflex zu unterdrücken. Das ist nicht unbedingt mein Lieblingspart an dem Job, und vermutlich bin ich die einzige Grundschullehrkraft, der immer noch so schnell übel wird. Ich schnappe mir eine ganze Box Kleenextücher, und irgendwie schaffe ich es, Nicky sauber zu putzen, erst die Schulschwester anzurufen und dann seine Mutter, damit sie ihn abholt, und die Klasse zu beruhigen.

Erst als die Schulglocke läutet, habe ich Zeit, mich um die vollgekotzte Tasche zu kümmern.

Ich starre sie an und frage mich, ob ich sie nicht einfach abschreiben und entsorgen sollte, als es an der Tür klopft. Es ist Cynthia Bautista, die Lehrerin der ersten Klasse, die ihren Kopf durch die Tür steckt, das Mitgefühl steht ihr deutlich ins Gesicht geschrieben. Sowie ein Hauch Ekel.

»Alles okay? Wie ich hörte, hattest du heute eine Spucki.«

Ich deute auf meine Tasche, die ich immer noch nicht angerührt habe. »Na ja, ich darf mir jetzt eine neue Tasche kaufen.«

Cynthia kommt rein, inspiziert sie und verzieht das Gesicht. »Oh. Shit.« Dann schlägt sie sich eine Hand vor den Mund und lacht los. »Tut mir leid. Das ist nicht lustig.«

»Keine Sorge, wenn es dir passiert wäre, würde ich jetzt auch lachen.«

Cynthia ist eine der wenigen aus dem Kollegium, mit denen ich befreundet bin. Dabei bin ich kein Mensch, mit dem schwer auszukommen ist – der Wunsch, Leuten zu gefallen, ist seit meiner Kindheit tief in mir verwurzelt –, aber es gibt einfach nicht viele Menschen, die verstehen, wie ich ticke, vor allem nicht dort, wo ich lebe, und erst recht nicht im Schulsystem. An der SSI Elementary herrschen strikte Regeln und eine strenge Hierarchie, und ich werde immer noch wie ein Neuling behandelt, obwohl ich schon einige Zeit hier lebe und arbeite. Man sagt, dass die meisten Leute, die es nach Salt Spring Island verschlägt, nur wenige Jahre hier durchhalten, aber wenn man ganze fünf schafft, dann wird man als »echter Insulaner« betrachtet. Ich bin jetzt fünf Jahre hier, und es ist mir nicht gelungen, irgendwen näher kennenzulernen. Offenbar glauben die Leute, dass ich eines schönen Tages zusammen mit der Flut wieder von hier verschwinde.

»Ich glaube, die musst du wegwerfen«, sagt Cynthia und rümpft die Nase. »War da irgendwas von Wert drin?«

Ich nicke. »Meine Brieftasche. Make-up. Ein Buch. Tic Tacs.«

*Meine angstlösenden Medikamente*, füge ich im Stillen hinzu. Aber das braucht Cynthia ja nicht zu wissen.

Dann fällt es mir wieder ein. »Oh warte. Vielleicht …« Ich gehe in die Hocke und stochere mit dem Finger vorsichtig gegen das Außenfach, in das ich, soweit ich mich erinnere, heute Morgen meine Bankkarte gesteckt habe, nachdem ich mir bei *Salty Seas Coffee & Goods* einen Kaffee geholt hatte. Meine Bankkarte und Kreditkarte scheinen von Nickys Mageninhalt unberührt zu sein. Leider sind das die einzigen Sachen, die noch zu retten sind.

»Mist.« Ich klatsche die Karten auf mein Pult und blicke Cynthia müde an. »Magst du mir einen Gefallen tun?«

»Zur Hölle, nein«, sagt sie und schüttelt rigoros den Kopf. Cynthia ist ziemlich hart im Nehmen. Sie ist mit zwanzig von den Philippinen hierher emigriert, hat eine schreckliche Scheidung hinter sich und erzieht ihre zehnjährige Tochter jetzt ganz allein. »Diese Tasche samt Inhalt ist für immer verloren. Du kannst dir einen neuen Führerschein besorgen. Und Make-up. Und Bücher. Und Tic Tacs.«

Sie hat recht. Ich werfe einen Blick auf die Uhr. Es ist erst kurz nach drei, also noch genug Zeit, um zum Stadtbüro zu fahren und einen neuen Führerschein zu beantragen. Zum Glück liegt unsere Schule im Zentrum unserer winzigen Stadt, sodass alles in erreichbarer Nähe ist. »Ich fahre da besser jetzt gleich hin, bevor ich es wieder vergesse. Haben wir eigentlich eine Giftmülltonne?« Ich beäuge die Handtasche.

Cynthia sieht mich an, als hätte ich den Verstand verloren. »Du willst *jetzt* los, um einen neuen Führerschein zu beantragen? Bist du eigentlich heute schon mal draußen gewesen?«

Ich schüttele den Kopf. Während der Pausen und über Mittag bin ich an meinem Pult geblieben und habe mein Buch gelesen, in Vorbereitung auf die neue Folge meines Podcasts, die ich heute Abend aufnehmen möchte. Das Buch habe ich zwar schon gelesen, aber ich wollte es noch mal überfliegen, um die wesentlichen Punkte meiner Rezension noch etwas aufzumöbeln.

»Wieso? Was ist los?«

Diese Insel ist klein, und hier passiert nie viel. Vielleicht findet irgendwo eine Hippie-Demo gegen einen Mobilfunkmast statt oder so.

Cynthia reißt die Augen auf und sie bekommt diesen aufgeregten, wissenden Gesichtsausdruck. »Hast du's nicht mitbekommen?«

Ich starre sie ausdruckslos an und verschränke meine Arme vor der Brust. Offenbar nicht. »*Was*?«

»Du weißt, wer Prince Edward und MRed sind?«

Ob ich weiß, wer Prince Edward und MRed, aka Monica Red, aka, Monica, die Duchess of Fairfax sind? »Cynthia, ich lebe *auf* einem Felsen, nicht darunter.«

»Na ja, anscheinend lebst du doch auch *unter* einem. Sie sind hier! Also, heute. Jetzt. Und sehen sich nach einer Immobilie um. Die ganze Insel steht kopf. Schon den ganzen Morgen lang treffen Paparazzi in Wasserflugzeugen ein, die Fähren sind brechend voll mit Schaulustigen. Die ganze Stadt ist quasi zum Erliegen gekommen.«

Mein müdes Gehirn kann nichts davon richtig begreifen.

Also, Prince Edward, der jüngere, stoische Sohn von Queen Beatrix und ihrem Ehemann Prince Albert, hat vor Kurzem eine grammydekorierte Sängerin namens MRed geheiratet und damit die Presse in helle Aufregung versetzt. Monica ist nicht nur schwarz, sie ist auch Amerikanerin und hat erfolgreich Karriere gemacht mit möglicherweise nicht ganz jugendfreien Songs, spärlich bekleideten Musikvideo-Auftritten, viralen Performances usw. Mit anderen Worten, die britische Presse behandelt die beiden absolut brutal, einschließlich Rassismus und Slut-Shaming, wo man nur hinsieht. Ich bin nun keineswegs glühender Fan der Royals, aber ich halte mich, was sie angeht, durchaus auf dem Laufenden (sie dominieren sowieso allerorts die Nachrichten), und in diesem Zusammenhang habe ich noch nie gesehen, dass die Medien Eddies älteren Bruder Prince Daniel attackieren, der noch Junggeselle und ein notorischer Schürzenjäger ist.

Auf jeden Fall wurde überall berichtet, dass Monica und Eddie das Vereinte Königreich aus ungenannten Gründen für ein Jahr verlassen würden. Als eine Art Sabbatjahr. Einige Leute spekulierten, sie würden nach Seattle gehen, um in der Nähe ihrer Eltern zu sein. Andere dachten an den Wintersportort Whistler, wo die königliche Familie früher, als Eddie und Daniel noch klein waren, immer die Winterferien verbracht hat. Wieder andere vermuteten Indien, wo das Paar oft Wohltätigkeitsarbeit leistet.

Nicht in einer Million Jahre wäre mir in den Sinn gekommen, dass sie sich auf dieser Insel in British Columbia, Kanada, niederlassen würden, ein kleines, aber exzentrisches Fleckchen zwischen Vancouver Island und dem Festland.

Ehrlich gesagt, ich kann es immer noch nicht glauben. Nichts davon erscheint richtig.

»Bist du sicher?«, frage ich Cynthia. »Vielleicht ist es ja auch nur irgendein Schauspieler oder so.« Unsere Insel ist bekannt dafür, der perfekte Rückzugsort für Eremiten zu sein (und ich kann das bestätigen – wenn ich nicht arbeiten müsste, würde ich das Haus wohl so gut wie nie verlassen). Es gibt hier viele bekannte Autoren, die sich in ihren Schreibateliers abrackern, und Ex-Musiker, die manchmal in der örtlichen Kneipe spielen, und ausnahmslos alle, von Barbra Streisand bin hin zu Raffi, hatten hier irgendwann mal ein Sommerhaus.

»Nein, es sind Eddie und Monica«, insistiert Cynthia. »Glaubst du mir etwa nicht? Dann geh in die Stadt, und du wirst von diesem Wahnsinn überrollt.«

Sie klingt völlig atemlos, als sie »Wahnsinn« sagt, und ihre Augen glänzen fiebrig. Es ist ziemlich offensichtlich, dass Cynthia das Ganze genießt. Unsere kleine, beschauliche Stadt ein Tummelplatz für Paparazzi? Das hört sich in meinen Ohren schrecklich an. Ich komme ja schon mit den Besuchermassen während der Sommerferien nicht klar, die übrigens nur noch zwei Wochen entfernt sind.

»Okay. Dann fahre ich jetzt einfach am besten nach Hause. Hoffentlich werde ich auf dem Weg nicht von der Polizei angehalten.«

»Keine Sorge, die haben alle Hände voll, das Chaos da draußen zu bändigen.« Sie sagt das mit einem schadenfrohen Grinsen und legt dabei die Fingerspitzen aneinander wie Mr Burns aus den Simpsons.

Wir verabschieden uns, und ich schnappe mir die Kotztasche und bringe sie ins Büro der Schulschwester, wo Judy (tagsüber Schulschwester und abends Kellnerin im Sitka Spruce Restaurant) noch beim Aufräumen ist. Sie zuckt nicht mal mit der Wimper und willigt ein, die Tasche für mich zu entsorgen, so als würde sie eine Leiche beseitigen. Mittlerweile fühlt es sich auch irgendwie so an, und ich verschwinde schnell, bevor sie ihre Meinung ändert.

Die Schule ist nach drei Uhr nachmittags vermutlich mein absoluter Lieblingsort. Normalerweise treiben sich zwar immer noch ein paar Schüler und Schülerinnen im Gebäude herum, um die Zeit totschlagen, bis sie abgeholt werden, aber heute ist es warm, sonnig und trocken (im Gegensatz zu der sonst üblichen nassen, trüben Kälte), sodass sich alle draußen aufhalten. Ich bin allein auf den Fluren und genieße es, nicht zu Hause zu sein, ohne Stress und Verantwortung, einfach nur für mich.

Langsam schlendere ich den Korridor hinunter, betrachte lächelnd die ausgestellten Kunstwerke der Kinder, dann trete ich durch die Tür nach draußen und gehe Richtung Parkplatz, wo mein Auto steht. Es ist ein 2000er Honda Civic mit Fließheck, den ich »Mülltonne« getauft habe (weil er silbern und verbeult ist) und dessen Sitze mit grünen flauschigen Schonbezügen bespannt sind, als Hommage an Oskar aus der Mülltonne. Fast jeder auf der Insel hat ein Elektroauto, und auch für mich steht eins definitiv ganz oben auf der Wunschliste (neben dem Ziel, Geld zu sparen), aber da ich mit nur einem Einkommen mich und meine Mutter durchbringen muss, ist ein neues Auto nur ein weiterer unerreichbarer Traum, zusammen mit der Weltreise und dass ich mich in jemanden verliebe, der es wirklich verdient hat.

Trotzdem, ich mag die gute alte Mülltonne. Ich könnte die Beulen ausbessern lassen, aber auf unserer Insel schert sich niemand um so was, und sie verbraucht nur sehr wenig Sprit. Am Rückspiegel baumeln zwei Plüschwürfel – hat mein Vater an einem Greifautomaten für mich abgeräumt, als ich zehn war, bevor er uns sitzen gelassen hat –, und mein Handschuhfach ist bis zum Rand vollgestopft mit Tic-Tac-Boxen, Fährtickets und wer weiß was sonst noch allem.

Ich steige ein, und obwohl ich nicht den Weg durch die Stadt nehme, weiß ich sofort, was Cynthia gemeint hat. An den Rändern der Hauptstraße, die Richtung Zentrum führt, sind die Autos in unordentlichen Reihen geparkt. Das ist höchst ungewöhnlich für einen Donnerstagnachmittag im Juni. Es sieht hier eher so aus wie samstags am Markttag während der Hochsaison im Sommer, nur noch krasser, und ich vermute, die Leute sind nicht hier, um sich das Biogemüse oder Hanfklamotten oder selbst gemachte Geldbeutel in Vulvaform anzusehen (ja, die sind jetzt Trend).

Ich schüttele den Kopf und biege von der Straße ab, heilfroh, dass ich mich heute mit nichts von alldem herumplagen muss. So richtig kann ich immer noch nicht glauben, dass die abtrünnigen Royals gerade hierhergekommen sein sollen. Ich meine, ich lebe wirklich gern hier, es ist fabelhaft und bezahlbar, und ich kann mein Einsiedlerdasein fristen, ohne dass es jemanden kümmert, aber ich wüsste nicht, wieso Prince Eddie und MRed sich zu diesem Ort hingezogen fühlen sollten. Also, ja klar, es ist herrlich und abgeschieden. Aber man steckt auch irgendwie fest.

Mein Haus steht an der Spitze einer Halbinsel namens Scott Point, die vermögendste und eingeschworenste Gemeinde der ganzen Insel.

Ich bin wie ein Splitter im schmalen Finger der Halbinsel, den man partout nicht loswird. Ja, uns gehört das Haus, in dem wir wohnen, ein bezauberndes Dreizimmerhaus mit Zedernschindeln, das früher das Dienstbotenquartier der Villa nebenan war, aber statt eines glänzenden Range Rovers oder Teslas fahre ich eben die Mülltonne (zum Hintergrund: die Mülltonne gehörte früher mal meiner Mutter, bis sie meinen Kia Soul geschrottet hat, aber egal … lange Geschichte), und meine Mutter und ich sind nicht besonders dicke mit unseren Nachbarn. Wir gehören nicht dazu, aber wir wurschteln uns so durch.

Doch die Landschaft ist wirklich atemberaubend. Es gibt nur eine einzige schmale Straße, die sich wie eine Arterie durch die Mitte der Halbinsel zieht und von immergrünen Erdbeerbäumen gesäumt wird, deren abblätternde, rote Rinde so dünn und zart wie japanisches Reispapier ist. Zu beiden Seiten stehen Häuser, umgeben von hohen Zäunen aus Zedernholz. Zwischen den Häusern hindurch kann man einen Blick aufs Meer erhaschen, auf dem die Sonne glitzert, dass man eine Gänsehaut bekommt. Das Glitzern zu dieser Tageszeit verspricht, dass der Sommer in vollem Gange ist, und der Sommer ist meine Jahreszeit der Träume.

Ich träume davon, mich mit einer Tasse Tee unten auf den Steg zu setzen und die Sonne zu genießen, als ich plötzlich scharf bremsen muss.

Statt der üblichen Rehe oder Wachtelfamilien, die die Straße überqueren, steht ein sehr großer, breitschultriger Mann in der Mitte des Weges und hält mir seine flache Hand entgegen.

Scheiße. In meiner Lunge fängt es an zu piksen, und mein Herz rast. Meine Angst hat keine Probleme damit, sich gleich ins Worst-Case-Szenario zu stürzen, nämlich dass meiner Mutter etwas zugestoßen ist, während ich bei der Arbeit war. Es gibt keinen Moment, in dem diese Angst nicht in meinem Hinterkopf lauert, und ich fürchte, mein schlimmster Albtraum ist eingetreten, als dieser sehr grimmig dreinblickende Fremde in einem dunklen Anzug hügelabwärts auf mich zumarschiert.

Mein Fenster ist bereits unten, und ich höre ihn in einem kratzigen britischen Akzent sagen: »Entschuldigung, Miss?« Er wirkt eher schroff als mitleidsvoll, was mich ein bisschen beruhigt.

»Ja, bitte? Was ist denn los?«, frage ich und versuche, nicht in Panik zu verfallen.

Jetzt aus der Nähe kann ich ihn mir genauer ansehen. Sein Anzug ist marineblau und sitzt perfekt, darunter trägt er ein gebügeltes weißes Hemd und eine dunkelgraue Krawatte.

Von Nahem ist er noch viel beeindruckender, gebaut wie eine Douglas-Fichte, irgendwie stämmig auf anmutige Weise. Mein Blick wandert vom breiten Brustkorb zu seinem Gesicht, das zur Schroffheit seiner Stimme passt. Er trägt eine Sonnenbrille, die mein eigenes verwirrtes Gesicht widerspiegelt (und mich feststellen lässt, dass meine Haare ein einziges blondes Rattennest sind, weil ich mit offenem Fenster gefahren bin).

Sollten seine Augen zu der wie eingemeißelt wirkenden Furche zwischen seinen dunklen Augenbrauen passen, bin ich definitiv eingeschüchtert.

Irgendwie kommt er mir vage bekannt vor, aber ich kann ihn beim besten Willen nicht einordnen. Als würde er mich an einen berühmten Schauspieler erinnern oder so.

»Sie müssen umkehren«, erklärt er steif und wedelt mit der Hand.

»Aber ich wohne hier«, protestiere ich.

Die Furche zwischen seinen Augenbrauen wird tiefer, und sein Mund verzieht sich zu einem harten Strich. Mit diesem Mann ist nicht zu spaßen. Ruckartig deutet er mit seinem markanten, bärtigen Kinn die Straße hinunter. »Sie müssen auf der Stelle umkehren«, wiederholt er.

Ich blinzele ihn an. »Entschuldigung, aber wer sind Sie überhaupt? Ich werde nicht umkehren, ich wohne hier. Und wenn Sie mich nicht nach Hause zu meiner Mutter lassen, die übrigens an DPS und BAS leidet, wird sie vor lauter Sorge die Polizei rufen, wenn ich nicht auftauche. Verdammt, *ich* werde die Polizei anrufen und Sie anzeigen.«

Der Mann starrt mich an, und ich starre zurück auf mein erschöpftes Spiegelbild. Mein Blick schweift kurz ab, und ich bemerke, dass er abstehende Ohren hat, und sofort fühle ich mich etwas weniger eingeschüchtert.

Als er schließlich wieder spricht, rechne ich damit, dass er mich erneut auffordern wird umzudrehen, stattdessen fragt er: »Was ist DPS?«

Ich seufze. Es war nicht meine Absicht, die psychische Erkrankung meiner Mutter in die Sache mit reinzuziehen. Tatsächlich gibt es nur sehr wenige Menschen in meinem Umfeld, die genau wissen, was sie hat, und so fühlt sich die Tatsache, dass ich ihm – diesem sehr herrischen, groben unbekannten Briten im Anzug – die Wahrheit erzählt habe, falsch an.

»Das ist die Abkürzung für dependente Persönlichkeitsstörung. Und bevor Sie fragen, BAS bedeutet bipolare affektive Störung.«

Er reckt das Kinn, und ich bin nicht sicher, ob er es aus Trotz tut oder weil er mir weitere Fragen stellen will, deren Antworten er nachher genauso gut ergoogeln könnte. Dann sagt er mit leiser, rauer Stimme: »Wie lautet Ihre Adresse?«

Ich will sie ihm gerade nennen, doch dann zögere ich. »Moment mal, Sie haben mir noch nicht gesagt, wer Sie sind. Warum sollte ich einem Wildfremden meine Adresse verraten? Glauben Sie etwa, ich bin scharf darauf, mitten in der Nacht Ihre Visage an meinem Fenster zu sehen?«

Sein Runzeln verstärkt sich. »Sie denken, ich sei ein Spanner?«

»Keine Ahnung. Ich weiß ja nichts über Sie, noch nicht mal Ihren Namen.«

»Mein Name ist Harrison«, sagt er widerstrebend. »Harrison Cole, PSB. Und wenn Sie nicht beweisen können, dass Sie dort wohnen, wo Sie behaupten zu wohnen, werden Sie umkehren müssen. Ich habe schon den ganzen Tag lang Autos abgewiesen und kein Problem damit, mit Ihnen genauso zu verfahren.«

Wow. Was für ein Arschloch. Ich räuspere mich. »Tut mir leid, Harrison Cole … Ist das ein ausgedachter Name oder Ihr echter?«

Er grunzt daraufhin, und wenn sich seine Zornesfalte noch tiefer eingräbt, zerfällt sein Gesicht gleich in zwei Hälften.

Der kann mich mal mit seiner demonstrativ maskulinen, ruppigen Art. Ich rede einfach weiter. »Und da Sie mich gerade gefragt haben, wofür DPS steht, obwohl es Sie nicht das Geringste angeht, will ich jetzt auch wissen, was PSB bedeutet. Penetrant sturer Blödmann? Peinlich selbstgerechter Betonkopf?«

»Personenschutzbeamter«, brummt er. »Im Dienste Ihrer Majestät, der Queen.«

Ich blinzele, während sich in meinem Hirn Stück für Stück alles zusammenfügt. »Wie ein Bodyguard? Sind Sie … Oh mein Gott, sind Sie der Bodyguard von Eddie und MRed?«

Er sagt nichts, und das muss er auch nicht. Es dämmert mir – eine große helle Glühbirne leuchtet in meinem Kopf auf –, dass er mir nicht deshalb bekannt vorkommt, weil er mich an einen Schauspieler erinnert, sondern weil ich sein Gesicht in den Klatschseiten und Nachrichten gesehen habe. Meist irgendwo im Hintergrund, in der Nähe von Eddie und Monica. Er ist der Typ, der auf Twitter »Broody Bodyguard« und »Sexy Secret Agent« getauft wurde, und ich bin schon über einige Fanfics mit ihm gestolpert (und mit »gestolpert« meine ich, dass ich sie ganz bewusst verschlungen habe. Für meinen Podcast, versteht sich …).

Und jetzt steht er hier und erklärt mir, dass ich wegfahren soll. Was bedeutet, dass sich das royale Paar irgendwo in der Nähe befindet.

»Ich lasse Sie zu Ihrem Haus fahren, wenn Sie nachweisen können, dass Sie dort wohnen«, sagt er schließlich. »Zeigen Sie mir Ihren Führerschein.«

Oh … das.

Ach, verdammt.

# Zwei

Ich starre den Sexy Secret Agent einen Moment lang an und überlege, ob er mir meine Kotzgeschichte glauben wird. »Ich … ich habe keinen«, sage ich schließlich.

Ich kann spüren, wie er mich fassungslos mustert. »Sie haben keinen Führerschein?«

»Ich weiß, ich weiß. Heute Morgen hatte ich noch einen, aber dann hat mir ein Schüler in die Handtasche gekotzt. Spucki-Nicky haben die Kinder ihn genannt. Aber es war meine eigene Schuld, um ehrlich zu sein.«

»Ein Junge hat was getan?« Dann schüttelt er den Kopf. »Klingt nach einer schlechten Ausrede.«

Er macht Witze, wenn er glaubt, dass das eine schlechte Ausrede ist. Ich bin bei der Arbeit an ›Der-Hund-hat-meine-Hausaufgaben-gefressen‹-Ausreden gewöhnt, und je haarsträubender sie sind, desto größer ist die Wahrscheinlichkeit, dass sie stimmen. Es sei denn, die Hausaufgaben wurden von Velociraptoren gefressen oder so.

»Ich meine es ernst«, erwidere ich. »Ich wollte mir eigentlich nach der Arbeit einen neuen machen lassen, aber die ganze Stadt steht kopf, weil … na ja, weil *Sie* hier sind.«

»Dann können Sie stattdessen bestimmt Ihre Versicherungspapiere vorzeigen«, sagt er ruhig und faltet die Hände vor seiner Körpermitte, mein Blick folgt der Bewegung. »Da müsste ja Ihre Adresse draufstehen.«

Schnell wende ich den Blick ab und öffne das Handschuhfach, aus dem ein ganzer Schwung leerer Tic-Tac-Boxen herauspurzelt.

»Äh«, mache ich, während ich die Plastikboxen und einen losen Blätterhaufen durchwühle und dabei über die Schulter zu dem PSB blicke, der mich mit hochgezogenen Augenbrauen beobachtet. Na, wenigstens runzelt er nicht die Stirn. »Tut mir leid. Einen Moment.«

»Das sind eine Menge Tic Tacs.« Pause. »Sie müssen einen sehr frischen Atem haben.«

Macht er … einen Scherz? Ob er überhaupt weiß, was ein Scherz ist?

Meine Finger schließen sich um die Kunststoffhülle mit den Versicherungspapieren, ich setze mich atemlos in meinen Sitz zurück und halte sie ihm hin. »Ich habe in der Tat frischen Atem. Ich esse sie, wenn ich Stress habe.«

Den zweiten Satz hätte ich mir vermutlich verkneifen können.

Er nimmt die Unterlagen entgegen und zieht das erste Blatt Papier aus der Hülle. Er studiert es eingehend, dann gibt er es mir zurück.

»Miss, das ist ein Brief an den Weihnachtsmann von einem Mädchen namens Chamomile.« Er nimmt sich das nächste Blatt vor wie ein Anwalt, der vernichtendes Beweismaterial bei einem Prozess präsentiert. »Und das ist ein Brief von einem Jungen namens Spruce, der sich eine Bongo-Trommel zu Weihnachten wünscht.«

»Was?« Ich reiße ihm die Papiere aus den Händen. Es sind Briefe von Chamomile, Spruce, Jet und Eunice. Mist. Jetzt weiß ich, wo ich die ganze Weihnachtspost hingepackt habe, die ich letztes Jahr versprochen hatte abzuschicken.

»Interessante Namen«, bemerkt er. »Ich bin mir noch nicht sicher, ob Sie Lehrerin oder die Anführerin einer Hippie-Kommune sind.«

»Definitiv Ersteres.« Ich lehne mich über die Beifahrerseite und fange wieder an, das Handschuhfach zu durchforsten. Da sind die Nachweise über die Tollwutimpfung meines Hundes Liza, zwei historische Liebesschmöker von Sarah MacLean, eine Million Kassenzettel. Einen kurzen Moment lang glaube ich, die Versicherungspapiere gefunden zu haben, doch dann stelle ich fest, dass das, was ich in der Hand halte, nur die Speisekarte unserer örtlichen Pastabar ist.

»Miss, tut mir leid, aber ich habe schon mit vielen Leuten wie Ihnen zu tun gehabt«, höre ich ihn sagen, während ich hektisch anfange, alles zu zerpflücken. »Sie erfinden irgendeine Ausrede, haben aber keinerlei Beweise zur Hand. Ich schließe daraus, dass Sie keine Fotografin oder Journalistin sind, sondern einfach nur ein Fan, aber so oder so, Sie müssen jetzt verschwinden, andernfalls rufe ich die Polizei.«

Ich setze mich aufrecht hin, mein Haar ist zerzaust, mein Gesicht puterrot und leicht verschwitzt. Mit zusammengekniffenen Augen starre ich seine Pilotenbrille an. »Was soll das heißen, Sie glauben nicht, dass ich eine Journalistin sein könnte?«

Er seufzt kraftlos und wedelt wieder mit der Hand. »Wenn Sie jetzt bitte so freundlich wären.« Dann hält er inne und entdeckt etwas in der Ferne. »Na endlich.«

Ich recke den Hals und sehe nach hinten. Es ist ein Polizeiwagen; der SUV unseres Polizeichefs Bert Collins kommt hinter mir zum Stehen.

»Gott sei Dank!«, entfährt es mir laut, sehr zur Überraschung von Agent Miesepeter.

Bert steigt aus dem SUV und schlendert zu uns herüber. »Tut

mir leid, ich bin spät dran«, sagt er zu Mr Broody. »Ich wurde in der Stadt aufgehalten. Das ist das reinste Tollhaus!«

»Bert!«, rufe ich, bevor der PSB zu Wort kommen kann. Ich hänge mit meinem Oberkörper praktisch halb aus dem Fenster. »Hey!«

»Hallo, Piper«, sagt er, sein Schnurrbart bewegt sich, während er spricht. Bert hat einen Schnurrbart, bei dem sowohl Tom Selleck als auch Kenny Rogers vor Neid erblassen würden. Als hätte ihm jemand eine Schuhputzbürste an die Oberlippe geklebt.

»Bert, eins der Kinder hat heute in meine Tasche gekotzt, und meine Brieftasche war darin. Ich musste alles wegschmeißen. Ich wollte mir nach der Schule einen vorläufigen Führerschein machen lassen, aber in der Stadt war die Hölle los.« Ich werfe einen vielsagenden Blick auf Harrison, bevor ich weiterrede. »Und dieser Typ glaubt mir nicht, dass ich hier wohne.«

Bert verschränkt die Arme. »Du weißt genau, dass es für das Fahren ohne Führerschein Ärger geben kann.« Er seufzt und sieht Harrison wohlwollend an. »Aber ich kann für sie bürgen.«

»Ihre Versicherungspapiere hat sie auch nicht dabei«, platzt Harrison heraus.

Was soll das jetzt? Der Kerl haut mich voll in die Pfanne.

Bert sieht mich mit gerunzelter Stirn an, als wäre er maßlos enttäuscht von mir. Ich winde mich innerlich. »Stimmt das? Du fährst ohne gültigen Führerschein *und* ohne Versicherungspapiere durch die Gegend?«

Ich lächele ihn zaghaft an. »Ich war gerade dabei, nach den Papieren zu suchen, als du aufgetaucht bist. Einen Moment noch.«

Ich will mich gerade wieder auf meinen Kramhaufen stürzen, als Bert sagt: »Nein, schon gut. Ich vertraue dir, dass du sie noch findest.« Er sieht wieder Harrison an. »Alles in Ordnung, sie wohnt auf dem großen Anwesen am Ende der Straße.«

Harrisons Zornesfalte vertieft sich, eine Schlucht zwischen seinen Augenbrauen. »Aber das ist doch, wo … da steht doch die fragliche Immobilie. Uns wurde gesagt, dass sie leer steht, keine Mieter.«

»Sie wohnt in dem Gästehaus nebenan.«

Die Stirn des PSB schlägt Falten wie bei einem Shar-Pei.

»Es ist ein separates Grundstück«, erkläre ich. »Früher gehörte es mal zum Haupthaus und war das Wohnquartier der Dienstboten. Meine Mutter hat es vor fünf Jahren gekauft, als das Grundstück aufgeteilt wurde. Wir haben eine gemeinsame Auffahrt, aber damit hat es sich dann auch schon.«

Ich sehe seine Augen zwar nicht, aber ich *spüre* den Groll in ihnen angesichts der Tatsache, dass er sich eine Auffahrt mit mir teilen wird.

Oh. Moment mal.

Ich werde mir eine Auffahrt mit *ihnen* teilen.

Heiliger Bimbam.

Sie werden meine Nachbarn!

»Es ist noch nichts endgültig«, beeilt Harrison sich zu sagen, als er meine aufkeimende Aufregung bemerkt. »Ich weiß nicht mal, ob sie das Haus wirklich mieten wollen. Sie schauen es erst mal nur an.«

Bert zuckt mit einer Schulter. »Wenn nicht, gibt's auf der Insel noch genügend andere Häuser, die ihnen gefallen könnten. Privatsphäre, Weite, Platz ohne Ende, das haben wir hier in Hülle und Fülle.« Er hält inne. »Andererseits … Meinen Sie wirklich, sie wollen hierherziehen? Also, nichts für ungut, aber dem heutigen Chaos in der Stadt nach zu urteilen, bin ich nicht sicher, ob unsere hübsche kleine Insel damit zurechtkäme.«

»Ich bin sicher, das ziehen sie bei ihrer Entscheidung mit in Betracht«, bemerkt Harrison auf eine Art, die stark vermuten lässt, dass sie es höchstwahrscheinlich nicht tun werden.

»Kann ich jetzt endlich nach Hause?«, frage ich.

»Natürlich«, sagt Bert, aber Harrison streckt wieder seine Hand in dieser »Stopp«-Geste aus. Meine Güte, hat der große Hände.

»Einen Moment, Miss Chamomile.«

»Piper«, sage ich mit Nachdruck. »Mein Name ist Piper. Chamomile heißt eine meiner Schülerinnen.« Er ist zweifellos in der Lage, sich meinen Namen zu merken, also macht er das nur, um mich zu nerven.

»Da Sie dieselbe Auffahrt benutzen, muss ich sichergehen, dass Sie nicht zum Haus rüberschleichen oder heimlich Fotos machen oder irgendwem einen Tipp geben … Wissen Sie was? Ich begleite Sie.«

Ich ziehe das Kinn zurück, was bestimmt wahnsinnig attraktiv aussieht. »Das werden Sie nicht tun.« Voller Empörung blicke ich Bert an. »Er soll mich nicht begleiten.«

Berts Schnurrbart zuckt mitleidig. »Die Royals sind nun mal Teil des Commonwealth, und die *Royal* Canadian Mounted Police ist für die Dauer ihres Besuchs für ihre Sicherheit zuständig. Ich kann dich begleiten, Piper, wenn dir das lieber ist. Aber wenn sie darauf bestehen, dich zu eskortieren, dann sind mir hier leider die Hände gebunden.«

»Nicht *sie* bestehen darauf. *Er* tut es.« Ich werfe einen Seitenblick auf Harrison.

Sein Gesicht ist wie versteinert. »Als Chef des Sicherheitsdienstes für den Duke und die Duchess of Fairfax treffe *ich* die Entscheidungen. Und mein Wort ist Gesetz.«

Uhhh. Wie dramatisch! Ich schiele zu Bert rüber, in der Erwartung, unter seinem Mundgestrüpp Anzeichen eines Grinsens zu erkennen, aber zu meinem Entsetzen starrt er Harrison ehrfurchtsvoll an.

Endlich wischt Bert sich den Fanboy-Ausdruck aus dem Gesicht und sieht zu mir. »Wie gesagt, ich kann dich gern begleiten, falls du dich mit diesem Gentleman unwohl fühlst.«

Na bravo. Jetzt klingt es so, als hätte ich Angst.

»Ich fühle mich absolut nicht unwohl mit diesem … Mann.« Ich deute halbherzig zu ihm rüber. »Andererseits, ich habe noch nie einen männlichen Begleitservice in Anspruch genommen, warum also nicht?«

Ich werfe Harrison ein übertrieben vergnügtes Lächeln zu, woraufhin er ein Brummen vernehmen lässt.

Mit einem tiefen Seufzen nickt er Bert zu. »Wären Sie so gut, die Straße abzuriegeln, während ich diese Frau begleite? Ohne einen Nachweis über die Wohnadresse darf niemand hier durch.«

»Kein Problem«, sagt Bert und lässt sich allen Ernstes dazu hinreißen, vor dem PSB zu salutieren.

Harrison nickt knapp, dann geht er zu meinem Erstaunen um die Schnauze des Autos herum und öffnet die Beifahrertür. Aus irgendeinem Grund dachte ich, er würde neben meinem Wagen herlaufen und mich … na ja, eben *eskortieren*. Nicht zu mir ins Auto steigen.

Ich glaube, ich bin noch nicht bereit für diese Art von Intimität.

Doch dann hält er inne, halb draußen und halb im Auto, das viel zu klein erscheint für seine massige Statur, und beäugt das

Durcheinander auf dem Sitz. Rasch klaube ich das ganze Zeug zusammen und werfe es hinten auf den Rücksitz.

Schließlich setzt er sich, wobei seine Knie gegen das Handschuhfach stoßen, was ziemlich ulkig aussieht.

»Unten an der Seite ist ein Hebel«, erkläre ich ihm. »Mit dem lässt sich der Sitz zurückstellen.«

Er ruckelt an dem Hebel, bis der Sitz mit Schwung ganz nach hinten rutscht.

RUMMS!

Für einen Kerl, der vermutlich ein krasses Training in saugefährlichen Situationen absolviert hat, wirkt er in dem flauschig grünen Sitz leicht neben der Spur.

Ich versuche, nicht zu lachen, zumal er so ernst aussieht, als er sich pflichtbewusst anschnallt.

Er schaut auf die Sitzbezüge und auf die Würfel.

»Interessante Ausstattung. Haben Sie Oscar aus der Mülltonne das Fell abgezogen?«

»So ungefähr«, erwidere ich. »Bestimmt sind Sie es gewohnt, in Bentleys und Co rumzufahren.«

Darauf sagt er nichts, sondern blickt einfach nur starr geradeaus. Ich schaue aus dem Fenster, in der Hoffnung auf ein paar warme Worte von Bert, aber er guckt genauso ernst drein und gibt mir mit einem knappen Nicken zu verstehen, dass ich losfahren soll.

Die Mülltonne hasst das Anfahren am Berg, und da wir genau am Fuß einer kleinen Anhöhe stehen, muss ich das Gaspedal voll durchdrücken, bis die Drehzahl hochjagt und der Wagen abgeht wie der Blitz.

Okay, er geht eher ab wie ein verwundetes Baby-Impala. Ein großer Satz nach vorn, gefolgt von ein paar lächerlichen Hüpfern, und vermutlich hat Harrison gut daran getan, sich anzuschnallen, denn so wie's aussieht, kriegt er gerade ein Schleudertrauma verpasst.

»Tut mir leid«, rufe ich, als das Auto endlich losfährt und wir den Hügel hochtuckern. »Wir sind gleich da.«

Eigentlich sind es nur etwa dreißig Sekunden den kleinen Abhang hinunter bis zum Ende der hügeligen Halbinsel, aber mit diesem britischen Trumm von einem Mann neben mir im Auto fühlt es sich an wie eine Million Jahre. Er ist so breit, dass seine Schulter ab und zu gegen meine stößt, und ich spüre die Hitze, die sein Körper verströmt. Dass es draußen sehr warm ist und ich keine Klimaanlage habe, macht die Sache nicht besser. Außerdem weiß ich nicht, ob er es ist, der nach Balsam und Meeressalz riecht, oder die Luft da draußen.

Harrison schweigt beharrlich und fühlt sich sichtlich unwohl, was mich vielleicht einen Tick zu sehr freut. Das hat er nun davon, dass er mich zu meinem eigenen verdammten Haus eskortiert. Ich meine, erwecke ich den Eindruck, jemand zu sein, der nach Hause kommt, die Kamera rausholt und sich durch die verwucherten Scheinbeerenbüsche und den mannshohen Farn schlägt, nur um einen Blick auf *sie* zu erhaschen? Glaubt er, ich tauche vor ihrer Tür auf, spähe durch die Fenster und poste das Ganze in meinen Insta-Stories?

Anscheinend schon. Ich verstehe ja, dass er sie beschützen will, aber das hier scheint mir etwas übertrieben, vor allem, wo Bert sich für mich verbürgt hat. Obwohl der Polizeichef vorsichtshalber ruhig ein paar mehr schmeichelhafte Worte über mich hätte sagen können.

Die Straße endet in einer schmalen Sackgasse, die kaum genug Platz zum Wenden lässt, rechts und links davon brandet krachend der Ozean gegen seetangbewachsene Felsen. Bisher ist es noch ruhig in der Straße, was wohl bedeutet, dass Harrison gute Arbeit geleistet hat.

Die Auffahrt, die wir uns teilen, führt hinter dem Wendehammer eine weitere kleine Anhöhe hinauf und gabelt sich dann in zwei Richtungen. Ich fahre nach links und nehme die Zufahrt, die uns zu meinem Parkplatz neben der riesigen roten Zeder bringt. Von hier aus kann man ein kleines Stück der Sackgasse sehen, die herrschaftliche Villa aber nicht.

Es ist wirklich ein interessantes Anwesen. Obwohl es nahezu die gesamte Spitze der Halbinsel einnimmt und auf fast allen Seiten vom Ozean umgeben ist, wurde das Dienstbotenquartier (aka mein Haus) ausgerechnet zwischen hohen Zedern und Erdbeerbäumen errichtet. Es liegt auf der Schattenseite, und durch die dichten Bäume hindurch kann man nur spärliche Blicke aufs Meer erhaschen. Ich habe schon überlegt, ein paar zu fällen, um die Aussicht zu verbessern, aber meine Mutter ist extrem paranoid und glaubt, wenn ich das tue, können uns die Leute leichter ausspionieren, also lasse ich die Bäume einfach wachsen, und die Äste versperren uns weiter den Blick aufs Meer. Aber immerhin gibt es einen Pfad, der über wacklige Stufen hinunter zum Anleger führt. Der Steg da unten ist schief und steht manchmal unter Wasser, aber wenn ich mich nach Sonne und blauem Himmel sehne, ist es der perfekte Ort.

Es gibt zwar einen Zaun, der uns von der Straße trennt, aber es gibt kein Tor und auch keinen Zaun zwischen den beiden Grundstücken. Wir wissen einfach, wo die Grenze verläuft, und bleiben auf unserer Seite, obwohl die Villa schon seit unserem Einzug leer steht. Manchmal kommen Familien oder Paare dort unter, aber wir sehen oder treffen sie nie, und ich bin sicher, dass es Freunde des Besitzers sind und keine Airbnb-Gäste oder so.

Abgesehen davon habe ich immer noch keine Ahnung, wem das Haus gehört. In der Vergangenheit kursierten Gerüchte, es sei im Besitz der berühmt-berüchtigten Hearst-Familie, doch ich bezweifle, dass das stimmt. Aber wer auch immer die Eigentümer sind, sie müssen in irgendeiner Verbindung zu Eddie und Monica stehen.

»Also«, sage ich unschuldig und wende mich zu Harrison um, als ich den Motor ausstelle. »Wenn sie das Haus nur mieten und nicht kaufen wollen, von wem mieten sie es dann?«

Er sieht mich nicht an. »Zu dieser Auskunft bin ich nicht befugt.«

»Sind Eddie und Monica jetzt gerade im Haus?«

»Zu dieser Auskunft bin ich nicht befugt.«

Ich verdrehe die Augen. »Wozu sind Sie denn befugt?«

»Lediglich dazu, dafür zu sorgen, dass Sie den Fairfaxes keinen Schaden zufügen.«

Ich deute auf mein Haus. Es ist klein und idyllisch, mit einem Stückchen Garten vorne dran, den meine Mutter pflichtbewusst pflegt. Die meisten Pflanzen müssen im Schatten und Halbschatten wachsen, aber meine Mom hat einen grünen Daumen, und sogar die Zinnien gedeihen gut. »Sehen Sie, da wohne ich. Ich habe Sie also nicht belogen, und ich kann Ihnen hoch und heilig versprechen, dass ich den Fairfaxes nicht das Geringste antun werde. Ich bin Grundschullehrerin. Ich lese gern Liebesromane. Ich mag Tic Tacs. Ich habe einen Hund aus dem Tierheim. Meine Knochen tun weh, wenn eine Kaltfront aufzieht.«

Er mustert mich. »Was hat das damit zu tun?«

»Ich versuche nur, Ihnen klarzumachen, dass ich ein menschliches Wesen bin.«

»Ich habe nie gesagt, dass ich Sie für einen Roboter halte. Ich sage, ich muss sicherstellen, dass Sie keine Bedrohung darstellen. Und zu Ihrer Information: Tic Tacs waren die Lieblingsbonbons von Ted Bundy.«

»Aha, jetzt vergleichen Sie mich also schon mit einem der berüchtigtsten Serienmörder Amerikas.« Er öffnet die Tür und steigt aus. Das kommt mir wie eine typische Harrison-Reaktion vor, dabei kenne ich den Kerl gar nicht.

»Übrigens«, sage ich, während ich aussteige und ihn über das Autodach hinweg ansehe. »Tic Tacs sind keine Bonbons. Es sind Dragees.«

»Ich finde die Tatsache, dass Sie sie essen, wenn Sie Stress haben, besorgniserregend.«

»Und außerdem, hätte Ted Bundy wirklich Tic Tacs gegessen, hätte er sich an niemanden anschleichen können. Man hätte ihn kommen hören.«

»Das ändert gar nichts.«

Ich werfe frustriert die Arme in die Luft. »Na schön. Wollen Sie vielleicht meine Rektorin anrufen und ein Leumundszeugnis einholen, oder so? Der Polizeichef hat ja offenbar nicht gereicht.«

Er starrt mich an. Selbst im Schatten der Bäume nimmt er seine Sonnenbrille nicht ab. Langsam glaube ich, er behält sie auch beim Schlafen auf.

Egal. Mir reicht's. Jede Aufregung, die der Gedanke, dass die Royals nebenan einziehen könnten, in mir ausgelöst hat, ist durch diesen sexy Mistkerl auf Machttrip zunichtegemacht.

Huch. Habe ich gerade sexy gesagt? Das war definitiv nicht so gemeint.

Ich grummele leise vor mich hin und gehe auf mein Haus zu. Dabei bemerke ich, dass das Licht in der Küche brennt, was bedeutet, dass meine Mutter wahrscheinlich wach ist. Ich wappne mich innerlich.

»Ich muss Sie bis an die Tür bringen«, sagt Harrison und knallt die Autotür so heftig zu, dass die Mülltonne bis ins Mark erzittert. Ich blicke über meine Schulter und sehe, dass er zielstrebig auf mich zuhält.

Ich blinzele ihn an und schüttele den Kopf, bevor ich mich umdrehe und zur Haustür stapfe, in der Hoffnung, dass meine Mutter nichts von alledem mitbekommt.

»Sie, Sir, sind ein Kontrollfreak«, erkläre ich.

»Es ist mein verdammter Job, ein Kontrollfreak zu sein«, faucht er.

Ich halte inne und sehe ihn an. Uah! Ganz schön defensiv. Ich glaube, es ist das erste Mal, dass er Gefühle gezeigt hat.

Offenbar hat er auch gemerkt, wie er rüberkommt, denn es scheint, als würde er einen Schalter umlegen, und da ist es wieder, dieses leere, aber konzentrierte Steingesicht. Er räuspert sich und reckt sein markantes Kinn. »Kontrolle ist ein wichtiger Faktor in meinem Job.«

Schon klar, 007, eben hat's noch ganz anders geklungen.

Ich gehe den gewundenen, zu beiden Seiten von prähistorisch anmutenden Funkien gesäumten Pfad entlang und bleibe unter dem Vordach der Eingangstreppe stehen, das von Efeu überrankt ist. »Okay, hier bin ich also vor meiner Haustür. Zufrieden? Oder verlangen Sie auch noch, mit reinzukommen, denn ich bin sicher, dass Sie dafür einen Durchsuchungsbefehl brauchen, und ich kann richtig laut schreien.«

Er mustert mich einen Moment lang, und ich schließe schon innerlich Wetten ab, dass er mir gleich irgendeinen Blödsinn erzählen wird, von wegen, er müsse mein Haus inspizieren, um sicherzugehen, dass ich keine Leichen in der Gefriertruhe habe, aber stattdessen nickt er nur.

»Das ist dann alles.«

Er wendet sich gerade zum Gehen um, als meine Mutter die Tür öffnet.

Ich erstarre.

Er erstarrt.

Der Kopf meiner Mutter lugt durch die schmale Öffnung, und sie beäugt uns beide misstrauisch. Ihre Haare sind völlig durcheinander, und ich zucke beschämt zusammen, bis mir einfällt, dass meine Haare ebenfalls durcheinander sind. Wie die Mutter, so die Tochter.

»Was machst du da? Warum kommst du so spät? Wer ist das?« Bei der letzten Frage verengen sich ihre Augen zu Schlitzen, und sie blickt Harrison giftig an.

Ich weiß, dass ich lügen muss. Meine Mutter leidet an paranoiden Wahnvorstellungen und misstraut Autoritäten. Wenn sie die Wahrheit über Harrison erfährt, wird sie ausflippen, und dann wird Harrison uns wirklich für eine Bedrohung halten.

»Mom«, sage ich rasch und zeige auf Harrison Cole. »Das ist Harrison Cole. Er ist, ähm, unser neuer Nachbar.«

Ich spüre seinen stirnrunzelnden Blick im Rücken, aber ich lächele tapfer weiter und hoffe, dass er mitspielt. Andererseits bezweifle ich, dass dieser Mann weiß, was »spielen« überhaupt ist. Wahrscheinlich hat er früher, als er klein war, die anderen Kinder auf dem Spielplatz beaufsichtigt.

»Harrison Ford?«, fragt sie.

»Harrison *Cole*«, antworte ich. Dann tue ich etwas Merkwürdiges – ich ziehe Harrison am Arm ein Stück nach vorn, damit er neben mir steht, und lasse ihn nicht wieder los. Ich halte seinen sehr starken, muskulösen Arm fest. Oje. Ich räuspere mich und reiße mich zusammen. »Er mietet vielleicht das Haus nebenan, also dachte ich mir, ich zeige ihm mal, wo wir wohnen.«

Man muss Harrison hoch anrechnen, dass er sich weder von mir losreißt noch meine kleine Notlüge richtigstellt.

Meine Mutter blickt auf meine Hand, die seinen Arm umklammert, und ein seltsamer, wissender Ausdruck huscht über ihr Gesicht. Ich weiß, was dieser Blick bedeutet. Sie glaubt, ich würde mich für diesen Mann interessieren, also sexuell, denn bislang scheint er genauso zu sein wie die anderen Idioten, zu denen ich mich bisher hingezogen gefühlt habe: gut aussehend, emotional gehemmt und sehr kontrollsüchtig.

»Okay«, sagt sie schließlich. »Willkommen in der Nachbarschaft. Wollen Sie reinkommen?«

»Nein«, sage ich schnell, und meine Stimme ist fast ein Kreischen. »Nein, nein. Alles gut.« Harrison macht den Mund auf, um etwas zu sagen, aber ich plappere weiter. »Er muss zurück; er wollte nur kurz Hallo sagen. Ich bin sicher, ihr werdet euch wiedersehen, wenn er die Villa mietet.«

Meine Mutter zuckt mit den Schultern, schlagartig desinteressiert. »Okay«, sagt sie und macht uns die Tür vor der Nase zu.

»Was war das?«, fragt Harrison nach einem kurzen Moment.

»Meinen Sie meine Mutter? So ist sie einfach. Nehmen Sie's nicht persönlich.«

»Nein, ich meine, warum haben Sie gelogen? Warum haben Sie ihr nicht gesagt, wer ich bin?«

»Das ist eine lange Geschichte«, erwidere ich. Und eine, die ihn nichts angeht, aber ich will ihn nicht weiter vor den Kopf stoßen. Er hat seinen Teil getan, indem er den Mund gehalten hat, und das reicht mir. Wenn ich ihn nur nie wiedersehen muss. Aber ich ahne, dass das zu viel verlangt sein könnte. »Jedenfalls danke, dass Sie mitgespielt haben.«

»Es blieb mir ja nichts anderes übrig«, knurrt er.

Ich verschränke meine Arme und zucke mit den Schultern.

»Trotz der einladenden Worte meiner Mutter trennen sich unsere Wege hier leider. Falls Sie mich noch weiter behelligen wollen, machen Sie's am besten schriftlich.«

Er mustert mich einen Moment lang und atmet scharf durch die Nase aus. Dann nickt er knapp. »Ich werde mit Ihnen in Kontakt treten. Sollten der Herzog und die Herzogin die Villa mieten, müssen wir am Eingang der Auffahrt ein Sicherheitstor installieren, und dafür bräuchten wir bestimmt Ihr Einverständnis. Ich werde Ihnen die entsprechenden Formulare in den Briefkasten werfen.«

Dann dreht er sich um und geht den Weg hinunter, vorbei an der Mülltonne und den Zedern, bis ich ihn nicht mehr sehen kann.

Ich hole tief Luft und straffe die Schultern, dann öffne ich die Tür und gehe ins Haus.

# Drei

»Neuer Nachbar, ja?«, fragt meine Mutter aus der Küche, während ich im Flur meine Stiefel ausziehe.

Ich schlüpfe in meine Lammfellpantoffeln (Schritt eins der Runterkommphase nach der Arbeit) und tappe in die Küche, wo sie sich gerade durch Tütchen mit selbst getrockneten Kräutern wühlt, bevor sie welche in ein Sieb füllt, das in ihrer großen Teekanne hängt.

Die Küche sieht aus wie ein Schlachtfeld – überall Minze und Lavendel, ungewaschenes Geschirr, Kaffeepulverreste, verschüttete Hafermilch –, aber ich ignoriere es. Früher wäre mir bei dem Anblick der Kragen geplatzt, woraufhin wiederum meiner Mutter der Kragen geplatzt wäre; jetzt lasse ich es einfach immer schlimmer werden, und sobald sie zu Bett gegangen ist, räume ich auf, damit sie morgen alles wieder in Schutt und Asche legen kann.

Ich weiß, das klingt jetzt herzlos von mir, doch seit mein Vater uns verlassen hat, als ich vierzehn war, ist meine Mutter völlig abhängig von mir. Genau darum geht es bei der dependenten Persönlichkeitsstörung; und in Kombination mit ihrer Borderlinestörung bedeutet das, ich bin der einzige Mensch, den sie hat, damit sie ihr Leben auf die Reihe kriegt. Sie ist kein Fan von Ärzten, sie hasst es, Medikamente zu nehmen (ich sorge dafür, dass sie's trotzdem tut), ich bin Einzelkind, und mein Vater hat eine neue Familie in Toronto (wir pflegen einen freundlichen Umgang und telefonieren ab und zu, aber er bietet mir keine Unterstützung an), also fällt alles auf mich zurück.

Ich bin daran gewöhnt. Das heißt aber nicht, dass es mir gefällt. Während ich mich um meine Mutter kümmere und ihr all die Fürsorge gebe, die sie braucht, bin ich gleichzeitig emotional abgekoppelt. Das muss ich sein, um meiner mentalen Gesundheit willen. Es hat mich Jahre der Therapie gekostet, um meine eigenen Probleme zu akzeptieren und die Bewältigungsstrategien, die ich während meiner Kindheit entwickelt habe, zu erkennen: Konflikten aus dem Weg zu gehen, stets die Vermittelnde zu sein, mich an emotional distanzierte Männer zu binden, mich zum Fußabtreter zu machen und alles zu tun, was andere wollen, um den lieben Frieden zu wahren. Durch meine Therapeuten (ja, im Plural, denn um den richtigen zu finden, muss man viel ausprobieren … Es ist wie Dating, nur sehr viel teurer) habe ich gelernt, dass meine Strategien mir als Kind und Teenager das Überleben sicherten, aber dass ich sie als Erwachsene loslassen muss.

Was mir wohl ganz gut gelingt, denn wenn ich an meine Begegnung mit dem angepissten Personenschützer zurückdenke, war das Letzte, was ich wollte, ihm um jeden Preis zu gefallen, und ich glaube, ich habe mehr Konflikte heraufbeschworen als nötig.

(Ich sollte besser aufhören, an ihn zu denken; er bringt mein Blut schon wieder zum Kochen.)

»Möchtest du Tee?«, fragt meine Mutter und holt zwei Becher aus dem Schrank. Sie gießt mir immer eine Tasse ein, egal, was ich sage.

»Ja, gern«, sage ich und setze mich an die Kücheninsel. »Wo ist Liza?«

»Sie döst in der Sonne.«

Liza ist mein adoptierter Pitbull, ein kleiner, grauer, fetter Hund mit dem niedlichsten Gesicht und der faulsten Persönlichkeit der Welt. Ihr Lieblingsplätzchen ist die Ecke auf der Terrasse, wo durch eine kahle Stelle im Baum etwas Licht hindringt.

Meine Mutter hat sie nach Liza Minelli benannt, von der sie quasi besessen ist. Liza wurde gerettet, als sie ein Jahr alt war, nachdem sie schlimm misshandelt wurde, aber inzwischen ist sie wieder auf dem Damm und hat uns allen beim Gesundwerden geholfen, indem sie selbst gesund wurde.

»Zurück zu dem Nachbarn«, sagt meine Mutter und fixiert mich mit ihrem Blick. Abgesehen davon, dass ihre Haare wirr sind und sie noch ihren Schlafanzug anhat, scheint es ihr heute ganz gut zu gehen. »Wann ist er eingezogen? Ich habe keine Umzugswagen gesehen …«

»Wann hast du das letzte Mal das Haus verlassen?«

Sie zuckt mit den Schultern. »Gestern bin ich mit Liza zum Fähranleger und zurück gelaufen. Und da habe ich nichts Ungewöhnliches gesehen.«

»Also genau genommen überlegt er noch, ob er das Haus mieten wird. Es ist noch nichts entschieden.«

»Hat er eine Frau?«

»Nein«, sage ich, während ich überlege, ob ich einen Ring an Harrisons Finger bemerkt habe. Also, er könnte eine Frau haben, aber in meiner Version der Geschichte hat er keine.

»Bist du sicher?« Sie kneift die Augen zusammen. »Denn ich weiß ja, dass das dein Lieblingstyp ist.«

Ich schenke ihr ein steifes Lächeln. Obwohl sie einfach nur geradeheraus ist und nicht versucht, gemein zu sein, fühlt es sich immer wie ein Schlag in den Magen an, wenn sie meine vergangenen Fehler anspricht, und ich habe einige ziemlich große gemacht.

»Er ist nicht verheiratet«, sage ich noch einmal.

»Aber du hast dich so an ihn geklammert, als ob ihr zusammen wärt. Da ist also etwas.« Sie legt den Kopf schief und mustert mich. »Ich will keine Nervensäge sein, Piper, aber du warst so stolz auf deine Erkenntnisse, die du in den Sitzungen mit Dr. Edgar gewonnen hast.«

»Ich bin immer noch stolz darauf. Und ich bin nicht an diesem Kerl interessiert.«

»Harrison Cole«, sagt sie.

»Ja. Ich war einfach nur freundlich.«

Wenn ich's mir recht überlege, gab es tatsächlich keinen Grund, mich so an ihm festzuhalten. Ich weiß auch nicht, was das eigentlich sollte.

»Er hat also keine Frau. Hat er Kinder?«

»Ähm, nein.«

Sie dreht mir den Rücken zu, während sie darüber nachgrübelt. »Keine Frau, keine Kinder. Wie kann er sich dieses Haus überhaupt leisten? Gehört es denn nicht den Hearsts? Was arbeitet er?«

»Keine Ahnung«, sage ich, was sich prompt als die falsche Antwort herausstellt, denn ich sehe, wie sich ihre Schultern versteifen. Langsam dreht sie sich mit weit aufgerissenen Augen zu mir um.

»Du weißt nicht, was er arbeitet? Piper … er könnte ein Drogendealer sein. Ein Mafioso. Ein Verbrecher. Anders könnte er sich dieses Haus doch gar nicht leisten.«

Oh-oh.

»Vermutlich ist er Anwalt«, erwidere ich. »Ein richtig erfolgreicher. Oder vielleicht Filmproduzent. Vielleicht ist er mit der königlichen Familie verwandt …«

Sie schüttelt den Kopf, und ich weiß, dass sie beharrlich an der wie auch immer gearteten paranoiden Theorie, die ihr Gehirn ausheckt, festhalten wird. »Anwälten kann man auch nicht trauen.«

»Weißt du was, das nächste Mal, wenn ich ihn sehe, frage ich ihn einfach, okay?«, sage ich, in der Hoffnung, sie zu besänftigen. »Und wer weiß, ob er überhaupt einziehen wird.«

Dieser Gedanke lässt sie innehalten. »Ich hoffe, nicht. Ich mag keine Fremden.«

»Das weiß ich. Es wird schon alles gut werden, versprochen.« Und schon wieder versuche ich die Mediatorin zu sein und gebe Versprechen, über die ich keine Kontrolle habe. Es ist wirklich schwer, alte Rollen abzulegen.

Nachdem sie mir einen Tee gekocht hat, gehe ich zum Steg hinunter und setze mich dorthin, um Ruhe, Frieden, die weiche Sommerluft und den langsam nachlassenden Sonnenschein zu genießen. Ein Seehund steckt seinen Kopf aus dem Wasser und mustert mich mit großen, dunklen Augen, bevor er wieder untertaucht. Ein Weißkopfadler fliegt über mir hinweg, auf dem Weg zu einigen Nestern am Yachthafen weiter unten an der schmalen Landenge von Long Harbour.

Das ist das Beste am Leben hier – eins zu sein mit der Natur, Zeit zu haben, vom Stress abzuschalten, die frische salzige Luft und die Brise einzuatmen, die raschelnd durch die Erdbeerbäume fegt, und den Geruch nach sonnenverbranntem Moss.

Wenn die Royals wirklich nebenan einziehen, besteht die Möglichkeit, dass sich das alles ändert. Ich bin kein großer Fan von Veränderungen; ich mag meine gewohnten Abläufe, und so geht es vielen anderen Leuten auf der Insel auch. Bert hatte recht, als er sagte, dass hier womöglich nicht der richtige Ort für Promis sei, erst recht nicht für ein königliches Paar, das seit zwei Jahren immer wieder Schlagzeilen macht und derzeit das Topthema in allen Medien ist.

Wenn sie nebenan einziehen, werden die Paparazzi aus den USA und dem Vereinten Königreich schnell Wind davon bekommen und sich hier draußen Tag und Nacht auf die Lauer legen. Ich könnte dann nicht mehr am Steg sitzen, ohne dass Fotografen in Booten oder auf Jetskis vorbeidüsen und die Ruhe stören würden.

Und vor allem würde jemand wie meine Mutter, die mit Veränderungen überhaupt nicht zurechtkommt, vermutlich einen Zusammenbruch erleiden, wenn sie plötzlich so viel öffentlichem Interesse ausgesetzt wäre.

Es könnte alles sehr schnell sehr chaotisch werden.

Und ich darf noch nicht mal mit jemandem darüber reden. Nicht dass ich irgendwelche engen Freunde hätte, aber trotzdem ist es schwer, diese Sache für mich zu behalten.

Es sei denn …

Nachdem ich meinen Tee ausgetrunken habe, gehe ich zurück ins Haus und schüttele mir einen Auflauf fürs Abendessen aus dem Ärmel, dann verziehe ich mich auf mein Zimmer, bereit für meinen wöchentlichen Podcast.

Normalerweise nehme ich unter der Woche eine Folge auf und veröffentliche sie dann am Freitag. Heute ist ein Aufnahmetag, aber plötzlich steht mir nicht mehr der Sinn danach, historische Liebesromane zu rezensieren.

Ich fühle mich inspiriert. Ich möchte über die Royals sprechen.

Mein Liebesroman-Podcast ›Liebe, Lust & Laster: der Lesepodcast‹ ist ziemlich populär, aber ich betreibe ihn anonym.

Sämtliche Social-Media-Accounts, die ich habe, drehen sich um meinen Podcast, und es gibt eine eigene E-Mail-Adresse für Fragen und Rezensionsanfragen von Autoren. Die meiste Zeit lese ich allerdings nur die Bücher, die ich lesen will. So habe ich weniger Druck.

Es ist nicht so, dass ich mich dafür schäme, Liebesromane zu lesen; in meinem echten Leben mache ich keinen Hehl aus meiner Leidenschaft. Aber ich bin Lehrerin, und ich glaube, dass an uns andere Maßstäbe angelegt werden, und ich möchte mich nicht dahingehend zensiert fühlen, worüber ich reden kann und worüber nicht. Wenn ich eine Sexszene vorlese, möchte ich das tun können, ohne Angst zu haben, dass die Öffentlichkeit es herausfindet und mich dafür an den Pranger stellt. Im allerschlimmsten Fall könnte ich deswegen meinen Job verlieren. Es gibt eine Menge verklemmter Spießer auf dieser Insel.

Aber heute Abend möchte ich nicht über Bücher sprechen. Ich möchte über das echte Leben sprechen. Ich möchte über Monica und Eddie sprechen und darüber, welche Richtung ihre Liebesgeschichte jetzt einschlagen könnte, wo sie ihre Liebe über die Pflichten als Royals gestellt haben.

Ich setze mich an meinen Schreibtisch, klappe meinen Laptop auf und ziehe mein Mikro heraus.

Drücke auf »Aufnehmen«.

»Hallo, liebe Liebesromanenthusiasten, Liebhaber der Liebe, Leser von Schund und stolze Bibliophile. Willkommen bei einer weiteren Folge von ›Liebe, Lust & Laster‹.« Ich hole tief Luft und lächele. »Also, normalerweise würde ich jetzt sofort mit der Rezension der Woche beginnen, aber in letzter Zeit habe ich viel an den Duke und die Duchess of Fairfax gedacht. Wir kennen alle die epische Liebesgeschichte von Monica Red und Prince Eddie. Wir haben miterlebt, wie sich dieses ungleiche Paar ineinander verliebt hat, nachdem Prince Eddie Monica nach ihrer Show in London backstage getroffen hatte. Sie sind schnell ein Paar geworden, dennoch wusste die Öffentlichkeit nichts über ihre Affäre, bis Monate später durchsickerte, dass die Grammy-Gewinnerin das Showbusiness hinter sich lassen würde, um sich auf ihr Leben an der Seite unseres großen, blonden Helden zu konzentrieren.

Schon bald läuteten die Hochzeitsglocken, und wir alle – oder fast alle – waren hingerissen von den beiden als Inbegriff des Spruches ›Gegensätze ziehen sich an‹. Der ruhige, stoische Edward und die eigensinnige, lebenslustige Monica wurden das Paar des Jahrhunderts und stellten jahrelange Traditionen und die königliche Familie auf den Kopf.

Aber auch die Straße ins ewige Liebesglück hat Schlaglöcher, und als die Medien begonnen, das Paar hemmungslos zu attackieren, und sich Feindseligkeiten aus dem Inneren des Palastes gegen die beiden richteten, setzten sie sich mutig zur Wehr und erklärten, dass sie ihren eigenen Weg gehen würden. Sie wollten sich ein neues Leben als Duke und Duchess of Fairfax aufbauen. Jetzt kann man sich nur fragen, was die Zukunft für die beiden bereithält. Ich selbst bin eine hoffnungslose Romantikerin – und das obwohl mein eigenes Liebesleben bisher alles andere als märchenhaft verlaufen ist –, darum kann ich nicht anders, als ihnen die Daumen zu drücken, dass sie eine neue Chance bekommen und ›glücklich-bis-an-ihr-Lebensende‹ werden. Aber wird ihr Wunsch nach Privatsphäre und Anonymität je Realität werden? Kann es ein ›Glücklich-bis-an-ihr-Lebensende‹ geben, wenn das Glück nicht garantiert ist? Kommt schon, Liebesromanfreunde, lasst uns darüber diskutieren.«

# Vier

Falafel?«, fragt Cynthia und steckt ihren Kopf zur Klassenzimmertür herein, die Augenbrauen erwartungsvoll in die Höhe gezogen.

Ich bin bereits im Begriff aufzustehen und meine Handtasche zu nehmen.

Die Mittagspause hat gerade begonnen, und heute scheint alles drunter und drüber zu gehen. Morgen ist Freitag, der letzte Schultag vor den Sommerferien, und es ist heiß und seltsam feucht, und die Kinder sind absolut außer Rand und Band, und ihre Aufmerksamkeitsspanne ist gleich null. Infolgedessen bin ich ziemlich groggy und kann mich auf nichts konzentrieren, also ist es wohl eine gute Idee, für zwanzig Minuten in die Stadt zu gehen.

»Wollen wir vielleicht lieber Kaffee trinken?«, frage ich Cynthia, als wir den Flur entlanggehen. »Ich glaube, ich habe die ganze Woche lang nichts anderes als Falafel und Pommes gegessen.«

*Ted's Falafel and Chips* ist der älteste Imbisswagen der Insel, und er parkt direkt gegenüber der Grundschule und der Highschool nebenan. Davor steht immer eine riesige Schlange von Teenagern, aber wenn ich unter Zeitdruck stehe, ist es buchstäblich der nächstbeste Ort, um einen Happen zu essen an den Tagen, an denen ich vergessen habe, mir mein Mittag mitzubringen.

Diese Woche war das jeden Tag der Fall. Keine Ahnung, ob es daran liegt, dass es die letzte Woche vor den Ferien ist, aber ich bin total neben der Spur.

»Klar, ich könnte einen Iced Coffee vertragen«, sagt Cynthia, und dann leuchten ihre Augen auf. »Und eine Zimtschnecke!«

Damit ist klar, dass wir zu *Salty Seas Coffee & Goods* gehen, wo ich mir bereits heute Morgen vor Unterrichtsbeginn meine erste Dröhnung geholt habe. Dort gibt es die leckersten Zimtschnecken, die man sich vorstellen kann; sie zergehen förmlich auf der Zunge, sind karamellisiert und fast knusprig. Schon bei dem Gedanken fange ich an zu sabbern.

Aber als wir die Straße hinuntergehen, vorbei an den Kindern und Teenagern, die am Imbiss anstehen oder sich Slushies von der Tanke holen, erwähnt Cynthia, wie viel trubeliger es am Wochenende wird, wenn die Kinder im ganzen Land schulfrei haben und die Insel wie ein Ballon anschwillt, und ich muss zurück an die Zeit vor zwei Wochen denken.

An Monica und Eddie.

An Harrison.

Das letzte Mal, das ich davon hörte, dass sie auf der Insel seien, war anlässlich dieser schicksalshaften Begegnung mit dem PSB. Das Paar zog nie in die Villa ein. Die Stadt kehrte sehr schnell – binnen eines Tages – zur Normalität zurück, und alle britischen Paparazzi verschwanden wieder.

Was meinen Podcast angeht, so wurde es meine meistgehörte Folge, und sie fand weite Verbreitung in der Liebesroman-Community. Tonnenweise Leute schrieben mir und wollten wissen, wer ich bin und wo ich wohne, während genauso viele sagten, ich würde lügen und Mist erzählen. Die Freuden anonymer Online-Kommentare und so. Ich glaube, die Hörer waren enttäuscht, als ich in meiner nächsten Folge wieder Liebesromane rezensierte und die Royals nicht mehr erwähnte.

»Hey«, sage ich, als wir in eine Seitenstraße Richtung Coffee Shop einbiegen. »Soll ich dir mal etwas echt Schräges erzählen?«

»Schräg?«, fragte Cynthia. »Ich liebe Schräges.«

Das weiß ich. Sie trägt diese Halskette, die aussieht, als sei sie aus winzigen Tierknochen gemacht, die in Neonfarben angepinselt sind. Sie sagt, sie hat sie von einem Schüler zu Weihnachten geschenkt bekommen und seitdem nicht mehr abgenommen, obwohl ich glaube, dass die Knochen mal zu einem Frosch gehört haben und das Kind sie womöglich mit einem Fluch belegt hat.

»Okay, also vor zwei Wochen, als der Herzog und die Herzogin hier in der Stadt waren, da bin ich direkt nach Hause gefahren, weil du ja sagtest, dass in der Stadt Chaos herrschen würde, und du hattest recht. Doch als ich dann nach Hause fuhr, versperrte ein PSB die Straße?«

»Was ist ein PSB?«

»So was wie ein königlicher Bodyguard.« Sie schnappt nach Luft und schlägt sich die Hand vor den Mund. Ich rede weiter. »Nicht nur das, sondern *der* königliche Bodyguard. Der so sexy ist. Der brummige.«

*Das Arschloch.*

»Ach komm, hör auf.«

»Hm hm. Er hat mich bis zu meinem Haus eskortiert.«

»Nein! Piper. Er hat dich bis zu deinem Haus eskortiert? Bitte sag, dass er eine Leibesvisitation durchgeführt hat.«

»Nein«, sage ich und gebe vor, angewidert zu sein. Seine großen, starken Hände überall auf meinem nackten Körper? Ich, ähm … »Nein«, wiederhole ich mehr für mich selbst. »Er hat sich wie ein kontrollsüchtiges Arschloch im Machtrausch aufgeführt. Wie auch immer, die Sache ist die, Monica und Eddie hatten überlegt, das Haus nebenan zu mieten. Es wäre perfekt für sie.«

Sie wirft mir einen fragenden Blick zu. »Ich war noch nie bei dir zu Hause. Ich weiß nicht mal, wo du wohnst.«

»Scott Point.«

Sie schürzt die Lippen. »Oh, hei-ti-tei. Scott Point mit einem Lehrergehalt.«

»Das ist eine lange Geschichte, aber glaub mir, es ist nicht so, wie du denkst. Ich wohne im alten Dienstbotenhaus, ohne Aussicht. Jedenfalls, er hatte Angst, ich könnte eine Bedrohung für sie darstellen. Also ehrlich – *ich*.«

Sie nickt, während sie es sacken lässt. »Das stimmt. Du bist die am wenigsten bedrohliche Lehrerin des gesamten Kollegiums.«

»Genau das denke ich auch.«

»Warum hast du es mir nicht früher erzählt.«

Ich zucke mit den Schultern. »Ich schätze mal, weil er mir gesagt hat, ich dürfe es niemandem erzählen? Und dann habe ich es in diesem ganzen Schulendspurt-Wahnsinn vergessen. Letztlich habe ich sie nie wieder gesehen, und das Ganze ist im Sande verlaufen. Es ist, als wäre es nie passiert.«

»Dann hat er dich wohl *wirklich* für eine Bedrohung gehalten«, sagt sie, ein amüsiertes Lächeln auf ihren knallrosa Lippen, die perfekt zu ihrer neonfarbenen Knochenhalskette passen. »Miss Piper Evans, die gefürchtetste Lehrerin an der SSI.«

Ich versuche, ihr mit dem Ellenbogen einen Stoß in die Rippen zu versetzen, aber sie weicht mir geschickt aus. »Hey, anscheinend hat er geglaubt, dass ich jemand bin, den man nicht unterschätzen sollte.«

Sie lacht und schüttelt den Kopf. Ich bin nur knapp ein Meter sechzig groß und wirke in etwa so wild wie ein Chihuahua. »Ich kann nicht glauben, dass dir das passiert ist«, sagt sie seufzend. »Was für ein Jammer, hm? Das wäre so cool gewesen.«

»Ich weiß nicht«, erwidere ich, als wir den Coffee Shop erreichen und ich ihr die Tür aufhalte. »Ich habe mit Bert gesprochen, dem Polizeichef, und anscheinend wären eine Menge Leute nicht sehr glücklich darüber gewesen, wenn sie hergezogen wären. Also: Krise gebannt.«

»Eher: Gelegenheit verpasst.«

»Hey, es war nicht mein Fehler«, sage ich und dämpfe meine Stimme zu einem Flüstern, als wir den Coffee Shop betreten. »Es könnte eine Million Gründe haben, warum sie sich nicht hier niederlassen wollten. Ehrlich gesagt, ich kann sie verstehen. Dieser Ort kann sehr seltsam sein.«

Es ist Mittagszeit und die Schlange vor dem Laden schon sehr lang, weshalb ich kurz erwäge, zu einem anderen Coffee Shop zu gehen und die Zimtschnecken sausen zu lassen, aber wer weiß, wie die Schlange dort aussieht.

Wir sind fast vorn am Tresen angelangt, als eine Frau an einem Ecktisch ein lautes »Nein!« ausstößt und ihre Freundin sich nach vorn beugt, um zu sehen, was da auf ihrem Handy ist.

Sie schnappt nach Luft.

Sie schnappen beide nach Luft.

Dann sehe ich jemand draußen am Coffee Shop vorbeirennen.

Und dann noch jemanden.

Und noch jemanden.

Sie laufen Richtung Hafen.

Mein erster Gedanke ist, dass es sich um eine Art Notfall handeln muss.

Aber dann springt die Frau zusammen mit ihrer Freundin auf und sagt atemlos: »Prince Eddie und seine Frau sind gerade mit dem Wasserflugzeug gelandet.«

Das ist alles, was es braucht, damit fast der versammelte Coffee Shop seine Zimtschnecken und Lattes stehen lässt und nach draußen stürzt, um sich der Meute anzuschließen, die bereits Richtung Hafen rennt.

»Das ist verrückt!«, rufe ich aus und sehe mich um. »Sind die alle durchgedreht?«

Cynthia dreht sich zu mir um und sieht mich mit bettelndem Hundeblick an.

»Was?«, frage ich sie fassungslos. »Du willst dich dem Mob anschließen und auch da runterrennen?«

»Meine Mutter ist von Monica geradezu besessen. Sie wäre dermaßen glücklich, wenn ich ihr ein Foto von ihr schicken würde. Vielleicht kommt sie mich dann endlich mal besuchen.«

»Na schön, dann geh halt«, sage ich zur ihr. »Ich werde dir einen Kaffee holen.«

»Und eine Zimtschnecke!« Sie grinst mich an, und dann rennt sie aus dem Laden, wobei die Kette an ihrem Hals hin und her schwingt.

Ich schüttele den Kopf, und plötzlich bin ich die Nächste in der Schlange, weil alle anderen vor mir abgehauen sind. Ich sehe die Barista an, mit ihrem blassen silber-lila Haar und dem Nasenring. Sie starrt sehnsüchtig zur Tür, ihr Telefon in der Hand, mitten in einer Textnachricht.

»Ich würde für Sie übernehmen, wenn ich könnte«, sage ich.

Sie lächelt widerwillig und nimmt meine Bestellung von zwei Hafermilch-Lattes an.

Die letzte Zimtschnecke reiße ich mir selbst unter den Nagel.

Danach gehe ich zurück zur Schule, darauf hoffend, dass sich Cynthia von dem Chaos am Hafen losreißen kann, noch bevor es zum Ende der Mittagspause läutet. Immer mal wieder rennt jemand an mir vorbei, und ich frage mich, was zum Teufel bloß in den Köpfen der Leute vorgeht. Vielleicht liegt es daran, dass ich bereits Harrison kennengelernt habe, aber ich kann diese Obsession einfach nicht verstehen. Es ist wie die Beatlemania des 21. Jahrhunderts.

Allerdings gibt es da auch noch eine kleinere Version von mir, die mit Plüsch-Teufelshörnchen auf dem Kopf auf meiner Schulter sitzt und mir ins Ohr flüstert: »Sie sind zurück, die Royals sind zurück. Vielleicht werden sie ja doch noch deine Nachbarn.«

Diese Version von mir klingt einen Tick zu aufgeregt, also schnipse ich sie von meiner Schulter und reiße mich wieder zusammen. Die ganze Stadt spielt verrückt wegen dieser Royals, aber ich nicht. Und außerdem, allein die Tatsache, dass sie zurück sind, heißt noch gar nichts, und erst recht nicht, dass sie meine Nachbarn werden.

Meine Gedanken werden Realität. Aurelie Lamot, die Französischlehrerin, lehnt im Eingang der Schule und starrt in die Ferne. Sie ist aus Quebec, weshalb ihre Pose besonders dramatisch wirkt, samt dunklem Haar, das ihr um die Schultern fließt.

Ich lasse ein kurzes Lächeln aufblitzen und will im Vorbeigehen irgendeine belanglose Bemerkung machen wie: »Echt heiß heute, was?«, als sie sagt: »Sie kaufen ein Haus in Juniper.«

Ich bleibe wie angewurzelt stehen. »Verzeihung, wie bitte?«

Sie sieht mich träge an. »Der Duke und die Duchess. Sie kaufen ein Haus in Juniper. Die Villa hinter dem großen Tor. Die, die früher Randy Bachmann gehörte. Von dieser Band … The

Guess Who. ›Femme Américaine. Pas de sucre ce soir‹. Du weißt schon.«

»Wirklich? Wo hast du das gehört?«

Sie zuckt anmutig mit einer Schulter. »Hat mir eine Schülerin erzählt. Sie wohnt in der Nachbarschaft. Aber sei unbesorgt, ich habe darauf geachtet, dass sie es mir auf Französisch erzählt.«

Darauf nicke ich nur und betrete das Schulgebäude. Ich gebe es ungern zu, aber ich empfinde leise Enttäuschung. Es ist fast so, als hätte ich insgeheim gehofft, sie würden bei mir nebenan einziehen, obwohl ich gerade meine Mittagspause damit verbracht habe, mich für diese Vorstellung zu schelten. Sie als Nachbarn zu haben hätte mir vermutlich irgendwie das Gefühl gegeben, etwas … Besonderes zu sein. Es klingt albern und so dumm, aber vermutlich wäre es das Aufregendste gewesen, was mir je in meinem Leben passieren könnte.

Aber das ist alles albern, und gerade eben erst kam mir die ganze Sache schon so weit weg vor.

Ehe ich mich versehe, ist es Zeit, nach Hause zu gehen. Nach der Mittagspause habe ich es nicht mehr geschafft, die Kinder unter Kontrolle zu kriegen, also durften sie im Klassenzimmer rumtoben, solange sich niemand verletzte oder wieder in meine Tasche kotzte. Cynthia tauchte nie auf, um sich ihren Kaffee abzuholen, also hab ich am Ende beide ausgetrunken. Als ich jetzt in die Mülltonne einsteige, zittern meine Hände von den vier Shots Espresso.

Das hält mich aber nicht davon ab, auf der Heimfahrt die Zimtschnecke zu futtern, in einer Hand das Lenkrad, in der anderen das klebrige Gebäck.

Ich bin schon fast zu Hause, als ich ihn sehe.

Ein schwarzer Range Rover blockiert die Auffahrt, und Harrison Cole steht davor, lehnt mit verschränkten Armen an der Tür, die Sonnenbrille auf der Nase. Diesmal in einem anderen schicken Anzug, der wie angegossen sitzt.

Mein Herz tut etwas Seltsames, als setzte es einen Schlag aus, und ich schiebe es auf das viele Koffein.

Ich halte an und stecke meinen Kopf aus dem Fenster.

»Entschuldigung, ich würde gern vorbeifahren«, sage ich und versuche dabei wie Garth Algar aus ›Wayne's World‹ zu klingen.

Harrison versteht die Anspielung natürlich nicht.

»Sie müssen sich ausweisen, Miss«, sagt er zu mir in seinem rauen, britischen Akzent, während er auf mein Auto zugeht.

Ich starre ihn mit offenem Mund an, bis ich bemerke, dass mir überall im Gesicht Zimtschnecke klebt. Ich kann nicht fassen, wie dreist er ist, trotzdem versuche ich gleichzeitig unauffällig mein Gesicht zu säubern.

»Mich ausweisen? Sie wissen doch genau, wer ich bin«, schnaube ich.

»Ich fürchte, ich muss Ihren Führerschein sehen«, sagt er und bleibt direkt vor meinem Wagen stehen, sodass seine hulkmäßige Statur noch imposanter wirkt. »Oder haben Sie immer noch keinen?«

»Dann erinnern Sie sich also sehr wohl an mich.«

»Ich wünschte, ich könnte es vergessen«, antwortet er trocken.

Ich runzele die Stirn.

*Arschloch.*

»Dann wissen Sie, dass ich genau dort wohne und Sie meine Einfahrt blockieren.«

»Ich kann Sie erst vorbeilassen, wenn Sie sich irgendwie ausgewiesen haben.«

Ich starre ihn immer noch an. Ist das sein Ernst? Ich meine, er guckt ernst, und ich glaube, er ist immer ernst, aber wie kann er es wagen, meinen Ausweis zu verlangen, wo er genau weiß, wer ich bin? Was gibt ihm das verdammte Recht dazu, mich daran zu hindern, nach Hause zu fahren?

Er zieht erwartungsvoll eine Augenbraue hoch und starrt auf mich herab. Ich wünschte, ich könnte ihm die Pilotenbrille runterreißen und mit meinem Auto drüberfahren.

Ich stoße ein wütendes Seufzen aus und beginne, in meiner Tasche nach dem Führerschein zu kramen. Ich habe Glück, dass er vor zwei Tagen mit der Post gekommen ist. Nicht so viel Glück hatte ich, dass ich das Foto in meiner Mittagspause machen ließ, direkt nach dem Sportunterricht, als Eunice einem anderen Kind nach dem Basketballspiel Gatorade über den Kopf schüttete und ich das meiste davon abbekam. Nun ist eine halb ertränkte Ratte mit verschmierter Wimperntusche für immer in Schwarzweiß verewigt.

»Hier«, sage ich und halte ihm meinen Führerschein hin, der allerdings eine klebrige, teigverklebte Sauerei ist.

Mit angewidert gerümpfter Nase nimmt Harrison die Karte entgegen. Er hebt sie hoch und schnuppert an der Substanz. »Was ist das?«

»Das sind die Überreste von Gebäck, was glauben Sie denn?«

Er schnuppert erneut, scheint kurz zu überlegen, dann sieht er das Foto an und dann mich. »Diese Fotos sind nie besonders schmeichelhaft, nicht wahr?«

»Sind Sie jetzt fertig?«

»Noch nicht ganz, Ms Evans«, sagt er, wobei er meinen Namen betont, als handelte es sich um irgendein Pseudonym, bevor er mir den Führerschein zurückgibt. »Der Duke und die Duchess haben entschieden, das Haus zu mieten.«

»Mir wurde gesagt, sie würden das Haus von Randy Bachmann kaufen. Sie wissen schon, der von ›Guess Who‹.«

»Das war ein Ablenkungsmanöver, um die Leute auf die falsche Fährte zu locken, zumindest für den Anfang. Sie haben entschieden, dass das hier der richtige Ort für sie ist.«

»Ist das Ihr Ernst?«

Er nickt. Blöde Frage, also wirklich.

»Ich habe meine Besorgnis bezüglich Ihrer Person geäußert, aber sie schienen sich nicht daran zu stören.«

»Wie bitte?«

Als hätte er nicht gerade gesagt, dass er den Royals erzählt hat, ich sei eine Sicherheitsbedrohung, fährt er fort: »Das Tor wird so schnell wie möglich errichtet. Wir installieren Kameras, und es wird einen Zugangscode geben, den nur Sie und Ihre Mutter erhalten. Bis es so weit ist, werde ich hier Wache halten und den Weg blockieren, und meine Männer werden in den Bäumen sein.«

»Ihre Männer werden was sein?«

Plötzlich vernehme ich ein scharfes Surren und schaue gerade noch rechtzeitig hoch, um zu sehen, wie sich links von mir ein Mann in Tarnkleidung vom Wipfel einer Hemlocktanne auf den Boden abseilt.

»Heilige Scheiße!«, fluche ich, als ein weiterer Mann rechts von mir auf dem Boden aufsetzt. Baummänner! Geheime Baumagenten!

Harrison hebt nur die Hand, als wolle er sie anweisen, sich mir nicht zu nähern. »Das sind Isaac und Giles. Sie sind nur vorübergehend hier. Und wenn nicht, werden Sie sich schon an Sie gewöhnen. Aber bis das Tor steht, müssen wir die Privatsphäre des Paares schützen. Wir haben auch noch jemanden, der mit einem Boot das Wasser patrouilliert. Nur für den Fall, dass Sie ihn sehen.« Er hält inne und mustert mich.

Sein Blick ist beunruhigend, sogar hinter den Gläsern seiner Sonnenbrille.

»Was ist?«, frage ich.

»Sie haben Gebäck im Haar.«

Meine Hand schießt hoch und tastet suchend umher, als meine Finger plötzlich etwas Klebriges erspüren. Offenbar habe ich einen ganzen Batzen Zuckerguss im Haar.

Ich könnte schwören, dass ich ein Grinsen auf Harrisons Gesicht sehe, seine Mundwinkel ziehen sich einen Millimeter nach oben. Würde ich mich nicht so wahnsinnig über ihn ärgern, könnte ich seinen Mund womöglich recht sinnlich finden, aber das würde die ganze Sache nur noch schlimmer machen.

»Sie müssen in jedem Fall eine Verschwiegenheitserklärung unterzeichnen«, erklärt er munter.

Ich knurre ihn buchstäblich an, meine Geduld geht zu Ende, während ich gleichzeitig mit meinen Haaren kämpfe. »Eine Verschwiegenheitserklärung? Wozu?«

»Aus offensichtlichen Gründen.«

»Und wenn ich's nicht tue?«

Ich habe keine Ahnung, warum ich mich deswegen mit ihm streite. Natürlich unterschreibe ich eine Verschwiegenheitserklärung, wenn die Royals sich dann wohler fühlen, und ich hege auch keinen Zweifel, dass sich die meisten Inselbewohner einig darin sind, dass sie so viel Privatsphäre haben sollen, wie sie wollen.

Aber alles, was aus seinem Mund kommt, macht mich sauer.

Er blickt kurz hinter sich zu Isaac und Giles, deren Mienen ähnlich versteinert sind und die in voller Tarnmontur dastehen, als wäre es das Normalste auf der Welt.

Dann sieht Harrison wieder mich an. »Wenn Sie keine Verschwiegenheitserklärung unterzeichnen, wird es sehr schwierig für Sie werden.«

»Ist das eine Drohung?«

»Klingt es wie eine Drohung?«

»Alles, was Sie sagen, klingt wie eine Drohung«, grummele ich. »Ja, natürlich unterzeichne ich die Erklärung.«

»Und sorgen Sie dafür, dass Ihre Mutter auch unterschreibt.«

»Ja.« Daraufhin seufze ich laut. *Das* kann heiter werden. Ich werde ihre Unterschrift wahrscheinlich fälschen müssen oder so. Es wird schon schwer genug, ihr zu erklären, warum es ein gigantisches Sicherheitstor geben soll, plus die Geheimagenten in den Bäumen und der Beamte auf dem Wasser. Sie verlässt nicht oft das Haus, normalerweise geht sie nur in der Nachbarschaft spazieren, wenn sie sich besonders energiegeladen fühlt, und dass jetzt das alles noch dazukommt, macht die Sache nicht gerade leicht. Ich werde ein richtiges Gespräch mit ihr führen müssen, in der Hoffnung, dass sie mir zuhört und versteht, dass die Royals nicht der Feind sind.

Gott, ich hoffe, sie sind nicht der Feind.

Harrisons Miene bleibt unverändert grimmig. »British Columbia hat ein Gesetz, das Personen vor den Medien schützt und ihnen speziell das Recht einräumt, bei Verletzung der Privatsphäre vor Gericht zu gehen. Denken Sie dran.«

»Sind Sie jetzt endlich fertig? Kann ich langsam mal nach Hause?«

Er nickt. »Sicher. Sie wollen bestimmt auch unter die Dusche.«

»Was soll das denn heißen?« Dieser Kerl wird immer schlimmer.

»Ihre Haare«, sagt er und deutet mit einem Nicken auf mein zuckergussverklebtes Gewirr. Ich mache mir eine Gedankennotiz, dass ich mir vor unserer nächsten Begegnung unbedingt eine Föhnfrisur verpassen lassen muss.

Zu meiner großen Überraschung grinst er mich an. »Wir sehen uns später, wenn Sie die Papiere vorbeibringen.«

Er dreht sich um, nickt den beiden anderen Männern zu, während er die Tür seines Geländewagens öffnet und einsteigt.

Die Männer verziehen sich wieder auf die Bäume.

Harrison fährt von der Auffahrt herunter und lässt mir gerade so viel Platz, dass ich mich mit der Mülltonne vorbeiquetschen kann.

Ich starte den Wagen und jage den Motor hoch, um die kleine Steigung zu schaffen. Holpernd fahre ich los, während ich Harrison finster anstarre.

Als ich endlich auf meinem Parkplatz stehe, schäume ich vor Wut. Die Royals als Nachbarn zu haben wird keinen Spaß machen, nicht, wenn Harrison das Sagen hat.

Ich gehe ins Haus, und diesmal kommt Liza auf mich zugeschossen, mit wild wedelnder Rute und heraushängender Zunge. Ihrer Verzweiflung und der Stille im Haus nach zu urteilen, schläft meine Mutter gerade, und Liza muss dringend raus.

Ich bringe sie schnell nach draußen. Wir laufen durch den Wald zu den Stufen, die hinunter zum Anleger führen. Unten angekommen sehe ich ein kleines dunkles Speedboat, das langsam an uns vorbeifährt.

Ich winke dem Mann zu, der daraufhin das Boot stoppt und mich anstarrt.

Er winkt nicht zurück.

Stattdessen drückt er auf seinen Ohrknopf und sagt etwas,

das ich nicht verstehen kann. Er trägt genauso eine Sonnenbrille wie Harrison, weshalb ich seinen Gesichtsausdruck nicht erkennen kann, aber er sieht mich unverwandt an. Schließlich, nach einem gefühlt minutenlangen Anstarrwettbewerb, sieht er weg, und das Boot fährt weiter.

Ich laufe mit Liza zurück zum Haus und hasse die Tatsache, dass ich schon jetzt anfange, mich auf unserem eigenen Grundstück beobachtet, beurteilt und insgesamt total unwohl zu fühlen. Drinnen ziehe ich die Vorhänge und die Jalousien zu, und es dämmert mir, dass ich nur noch einen Schritt davon entfernt bin, mich in meine Mutter zu verwandeln.

Es ist kurz nach dem Abendessen, und meine Mutter schläft immer noch (keine Sorge, ich habe nach ihr gesehen), als es an der Haustür klopft. Liza fängt an wie verrückt zu bellen, was mich zu Tode erschreckt, und als ich die Tür aufreiße, bin ich stinkwütend und echt genervt.

Na, so was aber auch, es ist Harrison. Es wird hier erst gegen zehn Uhr abends dunkel, aber ich wette, selbst dann trägt er noch seine Sonnenbrille.

»Ja?«, sage ich.

»Sind Sie gerade beschäftigt?«, fragt er mich.

Jetzt ziehe *ich* die Augenbrauen hoch. »Ob ich gerade beschäftigt bin?«

»Der Duke und die Duchess of Fairfax wünschen Ihre Gesellschaft.«

Oh. Mein. Gott.

»Jetzt?« Ich stottere praktisch.

Er tritt einen Schritt zurück und deutet auf den Weg. »Wenn Sie so freundlich wären.«

Ich könnte einfach Nein sagen und ihm die Tür vor der Nase zuknallen. Ich tanze nicht nach ihrer Pfeife, ich habe ein eigenes Leben und einen Podcast, der hochgeladen werden will. Aber ich ziehe meine Schuhe an, schließe die Tür hinter mir und folge Harrison den Weg hinunter zu meinen neuen Nachbarn.

# Fünf

Er hat einen netten Hintern.

Angesichts dieses Gedankens runzele ich die Stirn und verjage ihn aus meinen Hirnwindungen. In der einen Minute verlangt Harrison, dass ich alles stehen und liegen lasse, um meine neuen Nachbarn zu treffen, als wäre es ein Befehl und keine freie Wahl. Und im nächsten Moment beglotze ich seinen Hintern, während er vor mir den Weg entlanggeht, bis zu der Stelle, wo unsere Einfahrten sich kreuzen.

Aber es ist wirklich ein verdammt netter Hintern. Sein Jackett verdeckt nur das obere Drittel, und es lässt sich nicht leugnen, wie muskulös und stramm seine Kehrseite ist …

Als ob er mich hören würde, wirft er mir einen scharfen Blick über seine Schulter zu, und ich bringe sofort meine Gedanken zum Schweigen und meine Augen dazu, sich auf sein Gesicht zu konzentrieren. Oder besser gesagt, auf seine Sonnenbrille.

Er deutet ruckartig mit dem Kinn auf die Straße vor sich, wo weiter hinten in der Sackgasse einige Wagen voller Holzlatten und anderer Baumaterialien stehen.

»Sie sind bereits startklar. Sobald Sie unterzeichnet haben, legen sie los«, sagt er ruppig.

Na, das ging ja flott. Ich sollte aufhören, mich über alles zu ärgern, womit Harrison mich konfrontiert, aber es nervt mich, dass diese Bauarbeiter bereits auf Abruf bereitstehen. Als wüssten sie, dass ich die Papiere unterzeichne, als wäre von da ab alles vorbestimmt, und ich habe nichts mehr zu melden.

»Wie kommen Sie eigentlich darauf, dass ich überhaupt eine gesicherte Einfahrt möchte?«, frage ich ihn.

»Glauben Sie mir, das werden sie«, sagt er über seine Schulter hinweg, als wir die Einfahrt zur Villa hinaufgehen. »Ich nehme an, Sie hatten noch nie mit der britischen Presse zu tun.«

Darauf habe ich nichts zu erwidern, denn natürlich hat er recht. Ich habe bisher nur auf Twitter gesehen, wie aufdringlich, dreist und geradezu grausam sie vorgehen. Wenn der Herzog und die Herzogin hier tatsächlich einziehen, werde ich diesen Zaun vermutlich wirklich haben wollen.

Ich habe nicht viel Zeit, über den Zaun und das Tor nachzudenken, weil wir uns schon dem Eingang nähern.

Es wäre gelogen, wenn ich behaupten würde, dass ich mir die Villa vorher noch nie angesehen habe. Schon viele Male bin ich den kleinen Hang zwischen den Farnen und Schierlingssträuchern hinaufgeklettert, um einen Blick darauf zu werfen. Aber ich bin nie näher rangegangen als bis zur Einfahrt, selbst wenn ich wusste, dass zu der Zeit niemand dort wohnte.

Sogar jetzt noch fühlt es sich irgendwie falsch an, aber so entschlossen wie Harrison und sein netter Hintern voranmarschieren, muss ich ihm folgen.

Die Villa wirkt auf den ersten Blick kleiner, als sie ist. Die gepflasterte, von Bäumen gesäumte Einfahrt führt in einem eleganten Schwung zu einer Dreifachgarage mit Satteldach, die an ein ebenerdiges Gebäude aus hellem Backstein angebaut ist. Wenn man näher herangeht, sieht man jedoch, dass das eigentliche Haus hinter dem ebenerdigen Teil liegt und sich terrassenförmig hügelabwärts in Richtung Ozean ausbreitet.

Harrison hält geradewegs auf die kunstvoll geschnitzte Eingangstür zu, die aussieht, als wäre sie aus einem mächtigen Baum herausgeschlagen worden, und klingelt. Während wir warten, richtet er sich gerader auf und verschränkt die Hände hinter dem Rücken. Ich will ihn fragen, wo er wohnt, da er geläutet hat und nicht einfach ins Haus gegangen ist, aber dann sehe ich einen vorbeihuschenden Schatten in den schmalen Fenstern seitlich von der Tür, und auf einmal bin ich furchtbar nervös.

Plötzlich begreife ich, was gleich passieren wird. Ich werde tatsächlich Eddie und MRed treffen. Hier und jetzt.

Das ist absolut irre.

Ich halte den Atem an.

Eine zierliche Frau Anfang fünfzig erscheint in der Tür, sie trägt ein graues Etuikleid und flache Schuhe, ihr ergrautes Haar ist zu einem ordentlichen Knoten zusammengefasst.

Sie nickt Harrison zu, dann schenkt sie mir ein kleines Lächeln. »Sie sind bestimmt die Nachbarin«, sagt sie mit einem heiter klingenden, britischen Akzent. »Ich bin Agatha, die Haushälterin. Bitte kommen Sie rein.«

Harrison tritt ein, und ich folge ihm in die Eingangshalle.

»Soll ich die Schuhe ausziehen?«, frage ich und beuge mich zu meinen Stiefeln herunter, obwohl Harrison einfach reinmarschiert ist, ohne seine auszuziehen.

»Das ist schon in Ordnung«, sagt Agatha. »Die Fußböden sind gerade alle recht kalt. Eigentlich sollen sie sich ja erwärmen, aber ich glaube, wir müssen den Elektriker kommen lassen, damit er es repariert.«

»Na, dann viel Glück dabei, einen verlässlichen Elektriker hier auf der Insel aufzutreiben«, platze ich mit einem unbeholfenen Lachen heraus. »Die tauchen nur auf, wenn ihnen danach zumute ist. Als wäre es ihnen furchtbar lästig, dass man sie beauftragt.«

Ich übertreibe nicht. Ich habe eine defekte Heizlamelle in meinem Zimmer und vor zwei Monaten den Elektriker angerufen – er ist immer noch nicht aufgekreuzt. Ständig schreibt er mir Nachrichten wie: »Hoffentlich schaffe ich es bald vorbeizukommen«, aber das »bald« tritt nie ein.

Doch Agathas resolutem Lächeln nach zu urteilen, steht es mir wohl nicht zu, darüber zu scherzen.

»Wir lassen jemanden vom Festland kommen«, sagt sie.

»Natürlich«, sage ich und erwidere ihr Lächeln. Ich hätte mir denken können, dass sie das alles schon bestens organisiert haben. Dafür sprechen auch die Laster voller Baumaterial da draußen.

»Es wird nett für den Herzog und die Herzogin sein, Sie nebenan zu haben«, sagt Agatha, als sie uns durch den marmorgefliesten ersten Stock führt, der nur sehr spärlich dekoriert ist mit ein paar Kunstdrucken des Pazifischen Nordwesten. »Wir fühlen uns im Moment alle noch so ein bisschen wie ein Fisch auf dem Trockenen.«

»Dafür bin ich doch da!«, sage ich viel zu enthusiastisch. »Für alles, was Sie brauchen, für alle Fragen.«

Ich muss wirklich einen Gang runterschalten.

Ich sehe zu Harrison hoch (ganz weit hoch), der neben mir geht, und rechne damit, dass er mir einen Blick zuwirft.

Und das tut er. Er sieht ziemlich amüsiert aus.

Was mich dabei völlig überrascht, ist, dass er seine Sonnenbrille auf den Kopf geschoben hat.

Das bedeutet, dass ich zum allerersten Mal seine Augen sehe.

Und … du lieber Himmel … ich stecke in Schwierigkeiten.

Harrisons Augen haben ein wunderschönes Blau, ein Farbton, der zwischen Himmel und rauchigem Salbeigrün changiert. Im Moment sind sie von kleinen Fältchen umkränzt, doch ich ahne, wie schnell sich ihre Intensität ändern kann. Kein Wunder, dass ich seinen Blick sogar trotz Sonnenbrille spüren konnte.

Ich schlucke mühsam und bin unfähig, meinen Blick von ihm abzuwenden. Zumindest so lange, bis er die Augenbrauen hochzieht und diese schönen blauen Augen mich frech anzulächeln scheinen.

Sie scheinen zu fragen: »Was gefällt dir besser, meine Augen oder mein Hintern?«

Worauf ich erwidern würde: »Das ist eine unmögliche Entscheidung.«

»Passen Sie auf, wo Sie hintreten«, sagt Agatha rasch.

Ich blicke noch rechtzeitig vor mich, um zu sehen, dass ich gerade im Begriff bin, von einem Treppenabsatz hinunterzusegeln.

Harrisons Arm schießt vor, und er packt mich so energisch am Ellenbogen, dass ich regelrecht in der Bewegung erstarre, bevor er mich zurückzieht.

»Huch«, sage ich und schenke ihm ein kurzes, verlegenes Lächeln. Mist. Ich hätte mich um ein Haar hingepackt, nur weil ich so damit beschäftigt war, ihm in die Augen zu sehen.

Er lässt meinen Arm los und nickt mir zu, aber trotzdem ist da diese Belustigung in seinem Gesicht. So als würde er innerlich über mich lachen.

»Da sind wir«, sagt Agatha und führt mich in einen wohnzimmerartigen Bereich mit einem durchsichtigen Gaskamin in der Mitte und bodentiefen Fenstern. Der Raum blickt auf den am Hang liegenden Garten hinaus, auf eine große Terrasse inmitten eines gepflegten Rosengartens und dahinter auf von der

Sonne verblichenes Gras. Riesige Tannen und Erdbeerbäume fassen den Garten ein, ein Steinpfad führt zum privaten Anleger hinunter, wo ein fünfzehn Meter langes Powerboat vertäut ist, dessen Bug von meergrünen Wellen umspült wird. In der Ferne zieht eine Fähre vorbei.

Es ist atemberaubend. Ja, wirklich. Aber insgeheim kann ich nicht umhin, festzustellen, dass das unsere Aussicht wäre, wenn mein Haus nicht dort stünde, wo es steht, und uns die Bäume nicht im Weg wären. Es ist, als würde ich zum ersten Mal merken, dass meine Mutter und ich tatsächlich in einem Haus wohnen, das früher das Dienstbotenquartier einer sehr reichen Familie war. Wir sind zwischen den Bäumen begraben, vergessen; sie sind hier oben an der Sonne, mit Blick auf die Wellen.

»Bitte, setzen Sie sich«, sagt Agatha und zeigt auf einen modern aussehenden Sessel neben einem Couchtisch aus poliertem Holz. »Ich sage Bescheid, dass Sie hier sind.«

Sie geht, und ich erwarte halb, dass Harrison auch geht.

Aber natürlich nicht. Er würde eine »potenzielle Bedrohung« nicht allein in ihrem Haus lassen. Er steht direkt vor mir, als würde ich gleich losflitzen und mich auf Monicas Unterwäscheschublade stürzen oder so, doch seine Aufmerksamkeit ist auf das Fenster gerichtet.

»Haben Sie die gleiche Aussicht?«, frage ich ihn. Ich bin zu nervös, um mich zu setzen, also bleibe ich einfach unbeholfen neben dem Sessel stehen.

Er dreht den Kopf und wirft mir einen seltsamen Blick zu. Jetzt kann ich diesen Laserfokus in seinen Augen erkennen. Es ist fast beängstigend, als würde er direkt durch mich hindurchsehen. Vielleicht wäre es besser, wenn er seine Sonnenbrille aufhätte.

»Wie bitte?«, fragt er, und seine Augenbrauen rücken zusammen, sodass wieder diese furchterregende Falte entsteht.

Ich deute mit einem Nicken aufs Fenster. »Ich habe mich gerade gefragt, ob Sie die gleiche Aussicht haben. Ob Sie zusammen mit ihnen hier wohnen.«

Sein Gesicht ist wie eine Maske. »Ich werde hier wohnen …« Er hält inne und räuspert sich. »Ich wohne über der Garage. Agatha wohnt im hinteren Bereich.«

»War es in Großbritannien genauso? Haben Sie mit ihnen zusammengelebt?«

»Ich hatte ein Cottage auf dem Anwesen.«

»Dann ist das bestimmt eine große Umstellung für Sie.«

Er zuckt mit einer Schulter. »Ich komme damit zurecht.«

Aber ich starre auf seinen T-Shirt-Kragen. Als Harrison mit der Schulter gezuckt hat, ist er leicht nach vorn gerutscht, und dabei kam ein Stück Haut oberhalb seines Schlüsselbeins zum Vorschein. Ich könnte schwören, dass ich ein Tattoo gesehen habe.

Ich will ihn gerade danach fragen (weil meine Neugier, was ihn angeht, eindeutig keine Grenzen kennt), als ich hinter mir Schritte vernehme.

Harrison senkt sofort das Kinn auf die Brust und verschränkt die Hände vor seinem Körper.

Ich drehe mich um, und da sind sie.

Prince Eddie und Monica.

Höchstpersönlich.

Beide lächeln mich an, und ich habe keine Ahnung, was ich tun soll.

Knicksen? Oder?

Oder mich verbeugen?

Am Ende entscheide ich mich für ein Zwischending aus

Knicks und Verbeugung, das es so aussehen lässt, als hätte ich Magenkrämpfe.

»Monica«, sagt MRed zu mir, als sie mit ausgestreckter Hand und einem strahlenden Lächeln auf mich zukommt.

Ich bin wie benommen, als sie mir die Hand schüttelt, und denke nur, wie verdammt hübsch sie ist. Ich meine, das ist die Frau, der ich zugeschaut habe, wie sie ihre Grammy-Auszeichnung für »beste neue Künstlerin« entgegengenommen hat; das ist die Frau aus dem berüchtigten Burlesque R&B-Video, in dem sie eine blonde Perücke trägt und sich an Zack Efron reibt; das ist die Frau, die auf der *People's*-Liste der fünfzig schönsten Menschen der Welt gelandet ist (und die anstelle von Blake Shelton auf dem Cover hätte sein sollen). Ich habe sogar ihre Hochzeit im Fernsehen gesehen.

Und jetzt steht sie vor mir, lächelt mich aufrichtig an und schüttelt mir kräftig die Hand. In Natura ist sie noch viel schöner. Das hätte ich nicht für möglich gehalten. Ihre dunkle Haut ist ebenmäßig und strahlt, ihr lockiges Haar ist zu einem unordentlichen Knoten aufgetürmt, nicht der leiseste Hauch von Make-up im Gesicht, und trotzdem sieht sie so aus, als wäre sie bereit für ein Fotoshooting, obwohl sie einfach nur Leggings trägt und dazu eine fließende Tunika, die ihr diesen schicken Boho-Vibe verleiht.

»Hallo«, sagt Eddie mit leiser Stimme und geschliffenem Akzent, was meine Aufmerksamkeit auf ihn lenkt. »Ich bin Eddie.«

Und wieder falle ich halb vom Glauben ab. Eddie ist nur ein paar Jahre älter als ich, und als ich erwachsen wurde, habe ich dabei zugesehen, wie er erwachsen wurde. Sein Gesicht und die Gesichter aller Mitglieder seiner Familie haben mich mein Leben lang begleitet. Ich meine, sein Vater ist auf unseren Zwanzigdollarscheinen abgebildet.

So in Fleisch und Blut sieht auch er viel besser aus. Im Vergleich zu seinem älteren Bruder, für den die meisten Leute schwärmen, ist Eddie ein ungewöhnlich aussehender Typ mit einem durchdringenden Blick, der mehr sagt, als er je in Worten ausdrückt, aber er ist dennoch attraktiv. Er hat etwas Besonderes, einen zurückhaltenden Charme. Dass er dunkle Jeans und ein marineblaues Poloshirt trägt und viel lässiger wirkt als der Eddie, den ich aus den Medien kenne, unterstreicht meinen Eindruck noch.

Er schüttelt meine Hand, fest und freundlich, und ich muss wohl soeben meinen Körper verlassen haben, denn ich spüre den Boden unter meinen Füßen nicht mehr.

»Sie müssen Piper sein«, sagt Eddie.

»Wir haben schon so viel von Ihnen gehört«, fügt Monica hinzu.

Ich lächele sie nervös an. Sie kann nur dank dieses Trottels hinter mir etwas über mich wissen. Ich wage nicht, mich umzudrehen und Harrisons Blick zu begegnen. Ich kann mir lebhaft vorstellen, was er ihnen erzählt hat.

Dennoch sage ich: »Ich hoffe, nur Gutes.«

Was wiederum für einen Moment unbehaglicher Stille zwischen uns sorgt, während Eddies Blick über meine Schulter zu Harrison schweift.

»Natürlich!«, ruft Monica aus und lässt ihre perlweißen Zähne aufblitzen. »Hier, setzen Sie sich doch, und machen Sie es sich bequem.« Sie zeigt auf den Sessel und sieht zu Agatha hinüber. »Könnten Sie uns bitte ein paar Erfrischungen bringen?« Dann sieht Monica wieder mich an. »Möchten Sie etwas trinken? Mineralwasser, eine Tasse Tee oder ein Glas Wein?«

In solchen Situationen verhalte ich mich nie sonderlich geschickt. Ich sollte sagen: »Nein danke, ich möchte nichts. Höchstens ein Glas Wasser vielleicht.«

Aber weil ich nervös bin und offen gesagt auch neugierig, welche Sorte Wein sie trinken, sage ich: »Ein Glas Wein wäre schön.«

»Roten oder weißen?«

»Beides ist gut. Was immer gerade offen ist.«

»Sind Sie sicher?«, fragt Monica. »Es macht wirklich keine Umstände. Wir haben alles da.«

So viel Druck. Alle starren mich an und warten darauf, dass ich eine Entscheidung fälle.

»Ich nehme ein Glas Weißwein«, sage ich. »Wo jetzt endlich Sommer ist und so.«

»Hmmm, ich glaube, nur der Sauvignon blanc ist gekühlt«, überlegt sie mit Blick auf die Haushälterin.

»Im Weinkeller steht noch ein Pinot grigio kalt«, sagt Agatha.

Monica sieht wieder zu mir, um meine Meinung zu hören. Allmählich fühlt sich das Ganze an wie ein Test. Hätte ich doch bloß nichts gesagt.

»Was immer am einfachsten ist«, sage ich. »Ich bin nicht wählerisch.«

Monica nickt und schenkt mir ein kleines Lächeln, vermutlich hat sie gemerkt, wie unbehaglich ich mich fühle. »Agatha, könnten Sie bitte ein Glas Sauvignon blanc holen?«

Als Agatha weggeht, sehe ich Monica überrascht an. »Sie trinken keinen?«

Vielleicht war es die falsche Frage, denn einen Moment lang sieht sie beinah verlegen aus. »Nein, äh, mir bekommt Wein nicht so gut.«

»Agatha«, ruft Eddie ihr schnell hinterher. »Bringen Sie

gleich zwei Gläser.« Er grinst mich breit an. »Ich trinke in letzter Zeit zu viel Bier; es ist vermutlich an der Zeit zu wechseln.« Er fasst sich demonstrativ an seinen nichtexistenten Bauch.

»Bitte, nehmen Sie doch Platz«, sagt Monica wieder und zeigt erneut auf den Sessel.

Ich setze mich schnell hin, weil ich das Gefühl habe, allen auf die Nerven zu gehen. Ich kann immer noch nicht fassen, dass das gerade wirklich passiert. Vielleicht hat meine Mutter mir auch etwas von diesen magischen Pilzen, die in unserem Garten wachsen, in den Tee getan, und jetzt bin ich komplett high.

Monica setzt sich auf das kleine Sofa mir gegenüber, während Eddie sich einfach auf der Lehne der Plüschcouch niederlässt. Harrison weicht ans Fenster zurück, aber sein Blick bleibt fest auf mich gerichtet, durchdringend und misstrauisch. Ich gebe mir alle Mühe, ihn zu ignorieren.

Monica hat meine Anspannung anscheinend gemerkt, denn sie lehnt sich vor, und ihr Gesichtsausdruck wird sanfter. »Wir wissen es wirklich zu schätzen, dass Sie vorbeigekommen sind. Ich weiß, dass dies alles eine Riesenveränderung für Sie sein muss, und wir wollen gemeinsam mit Ihnen sicherstellen, dass dieser Übergang so reibungslos wie möglich vonstattengeht. Wir wollen von Anfang an alles richtig machen und gute Nachbarn sein.«

»Da machen Sie sich mal keine Sorgen«, sage ich. »Obwohl, um ehrlich zu sein, ich glaube, wir sind alle etwas überrascht, dass Sie sich ausgerechnet diese Insel ausgesucht haben, wo Sie doch überall leben könnten.«

Monica tauscht einen amüsierten Blick mit Eddie aus, bevor sie mich anlächelt. »Das hören wir oft. Offen gestanden, wir sind überrascht, dass die Leute so überrascht sind. Ich meine, schauen Sie dieses Haus doch mal an. Es ist sagenhaft.« Sie deutet auf die Aussicht. »Wo sonst auf der Welt hat man so etwas vor seiner Haustür?«

Mir fallen mindestens eine Million Orte ein. »Jetzt ist es schön hier, aber warten Sie ab, bis der Winter kommt. Wir bekommen nicht viel Schnee im Pazifischen Nordwesten, aber haben monatelang Regen und Dunkelheit. Ich stamme ursprünglich aus Victoria, und ich habe ein paar Winter gebraucht, bis ich mich daran gewöhnt hatte, wie dunkel es hier wird. Wenn man weit weg ist von den Lichtern der Stadt und dem Trubel und der Hektik, merkt man erst, wie einsam man sich fühlen kann. Kein Wunder, dass die halbe Stadt nach Mexiko oder Hawaii abhaut.«

Oh Gott. Ich rede wirres Zeug.

»Ich für meinen Teil mag die Dunkelheit«, wirft Eddie ein. »Monica hier ist die Sonnenanbeterin.«

»Das kommt nur daher, dass du dich in der Sonne in einen Hummer verwandelst«, entgegnet sie. »Also, Piper, wie lange leben Sie schon hier?«

»Fünf Jahre. Meine Mutter und ich sind umgezogen, nachdem ich hier eine Stelle als Grundschullehrerin bekommen habe.«

»Ohhh.« Sie grinst bis über beide Ohren. Heiliger Girl-Crush-Alarm hoch zehn. »Welche Klassenstufe?«

»Die zweite. Da sind sie noch niedlich und unschuldig.«

»Das ist ja so süß. Ich wäre auch gern Lehrerin geworden, wenn nicht, na ja, Sie wissen schon, die Musik dazwischengekommen wäre. Und Ihre Mutter, lebt Sie immer noch bei Ihnen?«

Die Leute reagieren immer komisch, wenn ich ihnen erzähle, dass ich mit meiner Mutter zusammenlebe (obwohl es eher umgekehrt ist, doch ich schweife vom Thema ab), aber Monica scheint nur neugierig zu sein.

»Ja, das tut sie. Sie hat einige neurologische Probleme, also lebt sie bei mir, und ich unterstütze sie, so gut ich kann. Mein Vater hat sich verdrückt, als ich zehn war, deshalb hat sie nur noch mich.«

Monica sieht zum Glück nicht so aus, als würde sie mich bemitleiden. »Das ist bewundernswert«, sagt sie. »Ich hoffe, ich lerne sie bald mal kennen.«

Ich lächele sie höflich an und hoffe insgeheim, dass das nie passieren wird. Meine Mutter kann, um es mal vorsichtig auszudrücken, ziemlich unberechenbar sein, und solch eine Situation könnte sie unter Umständen triggern. In letzter Zeit schlägt sie sich zwar ganz gut, aber sie weigert sich immer noch, eine Therapie zu machen, und ihre Medikamente funktionieren nur leidlich (vermutlich, weil sie vergisst, sie zu nehmen, wenn ich sie nicht daran erinnere). Ihr ganzes Leben lang ging es immer einen Schritt vorwärts und zwei zurück.

Agatha erscheint mit einem Tablett mit zwei Gläsern Weißwein, die sie mir und Eddie reicht, sowie einem Teller mit winzigen Gurken-Sandwich-Häppchen, den sie auf den Tisch stellt.

»Falls Sie Hunger haben«, sagt Monica und deutet darauf.

Ich habe keinen, nehme aber trotzdem ein Sandwich, um höflich zu sein, obwohl es mit Frischkäse bestrichen ist, den ich nicht so gut vertrage.

»Also, gut zu wissen, was die Winter betrifft«, sagt Monica, während ich abwesend an dem Häppchen knabbere. »Um ehrlich zu sein, ich bin nicht sicher, wie lange wir tatsächlich hierbleiben werden. Darum haben wir auch nur gemietet. Wir … überlegen uns das alles nach und nach. Wir dachten, dass die Insel dafür der geeignete Ort sein könnte. Im Vergleich mit zu

Hause haben uns die Medien hier bisher ziemlich in Ruhe gelassen.«

»Hm«, erwidere ich, »aber in der Stadt drehen die Leute ganz schön durch.«

»Auf gute oder schlechte Weise?«, fragt sie mit gerunzelter Stirn. Ich sollte positive Stimmung verbreiten, darum weiß ich selbst nicht, warum ich das erzähle.

Ich zucke mit den Schultern. »Die Einheimischen können sehr … speziell sein. Es ist eine Insel mit einer ziemlich eingeschworenen Gemeinschaft, die dazu neigt, unter sich zu bleiben. Mir wurde gesagt, das liegt daran, dass es niemand lange hier aushält – aus den verschiedensten Gründen –, darum wollen die Einheimischen keine engeren Bindungen eingehen. Es kann … schwierig sein, richtige Freunde zu finden. Aber Sie werden damit bestimmt keine Probleme haben. Also, wenn es überhaupt das ist, was Sie wollen.«

»Ehrlich gesagt …«, sagt sie und macht ein Gesicht, als würde sie nach den richtigen Worten suchen. Sie und Eddie tauschen einen Blick aus. »Für uns ist das völlig okay so. Nicht nur, weil wir noch gar nicht wissen, wie lange wir bleiben werden, sondern auch, weil wir dringend eine Auszeit brauchen. Wir wollen einfach unsere Zweisamkeit genießen. Wir haben so lange alles mit der Öffentlichkeit geteilt, vor allem Eddie …«

»Das verstehe ich vollkommen«, sage ich. »Und ich werde alles tun, was ich kann, um Ihnen zu helfen. Wenn Sie jemanden brauchen, der Besorgungen macht oder irgendwie aushilft, kann ich das tun. Ich habe den ganzen Sommer über frei.«

»Oh, das könnten wir nie von Ihnen verlangen«, sagt Monica, lehnt sich nach vorn und legt mir für eine Sekunde ihre Hand aufs Knie. »Wir haben hier schon jede Menge Unterstützung.«

»Obwohl es nicht schaden könnte, ein bisschen mehr von der Insel zu sehen«, sagt Eddie. »Durch die Augen von jemandem, der hier lebt. Ich weiß, dass wir uns nach weniger Rampenlicht und mehr Privatsphäre sehnen, aber ich kenne auch meine Frau, und sie wird bald schon einen Lagerkoller kriegen. Mit mir zusammen hier eingesperrt zu sein ist nicht so lustig, wie es sich anhört.«

Monica lacht, und die Art, wie die beiden sich ansehen, lässt keine Zweifel daran, wie verliebt sie sind und wie gut sie harmonieren. Ich wünschte, ich könnte etwas über sie schreiben oder eine weitere Podcastfolge machen, nur um der Klatschpresse und all den Nobodys auf Twitter zu beweisen, dass sie mit ihren hartnäckigen Behauptungen, die Beziehung sei nur ein großer Schwindel und sie würde ihn nur ausnutzen und er unter ihrem Pantoffel stehen oder welchen frauenverachtenden Schwachsinn sie sonst noch vom Stapel lassen, dass sie damit so was von danebenliegen, dass es nicht mal mehr lustig ist.

Aber eine gute Nachbarin zu sein heißt natürlich, dass ich meinen Mund halte, so schwer es mir auch fällt.

»Das Angebot steht jederzeit«, beharre ich. »Egal, was Sie brauchen, ich helfe gern.«

»Vielen Dank«, sagt Monica. »Sie sind zu freundlich.«

Harrison räuspert sich plötzlich und lenkt die Aufmerksamkeit auf sich. »Da ist immer noch die Sache mit der Verschwiegenheitserklärung.«

»Natürlich«, sagt Monica leise. Sie sieht mich verlegen an. »Ehrlich, ich hasse es, dass wir das überhaupt zur Sprache bringen müssen. Ich weiß, dass sich die Dinge für Sie seltsam anfühlen werden, vor allem sobald die Medien herausgefunden haben, wo wir wohnen … hoffentlich nicht, bevor der Zaun steht. Und wirklich, fühlen Sie sich nicht gezwungen, die Erklärung zu unterschreiben. Es würde uns nur ungemein beruhigen.«

»Klar, das verstehe ich«, sage ich. Dadurch, dass sie mich direkt gefragt hat, fällt mir die Entscheidung leicht. Leichter als bei Harrison in jedem Fall.

Harrison verschwindet in einen anderen Teil des Hauses, und dann, während ich mein Glas Wein austrinke, stellt mir Eddie ein paar Fragen über Outdooraktivitäten, die besten Restaurants in der Gegend und so weiter. Und obwohl ich nicht einen Moment lang vergessen habe, mit wem ich spreche (mit einem englischen Prinzen!), sind die beiden dermaßen locker und zenmäßig drauf, dass es sich ein bisschen so anfühlt, als würde man mit alten Freunden quatschen.

Bald steht die Sonne tief am Himmel und verwandelt das Wasser in schimmerndes Gold, und Harrison holt die Dokumente hervor und legt sie auf den Couchtisch.

Es ist eine Menge Papier, aber ich gebe mir Mühe, jede Seite gründlich zu lesen. Es scheint mir ziemlicher Standard zu sein (also, das vermute ich mal, denn ich musste so etwas ja noch nie unterschreiben), obwohl mir ein Abschnitt auffällt, der besagt, dass ich mich damit einverstanden erkläre, dass der Zaun und das Tor auf meiner Grundstücksgrenze errichtet werden.

Am Ende des Stapels stelle ich überrascht fest, dass sich darunter noch ein weiterer Schwung Papiere befindet.

»Die sind für Ihre Mutter«, sagt Monica. »Ich bin sicher, dass wir ihr früher oder später begegnen werden. Und wie gesagt, kein Druck.«

Ich nehme die Papiere und lächele höflich, denn ich habe das Gefühl, dass meine Zeit hier zu Ende geht. Ich bin nicht sicher, ob es bei meinem Besuch darum ging, mich besser kennenzulernen, oder hauptsächlich darum, abzuchecken, dass ich keine komplette Irre bin. »Vielen Dank, dass ich kommen durfte. Es ist ein wunderschönes Haus. Oh, und danke für den Wein und das Essen.«

Ich stehe auf, und Monica tut es mir gleich, ihre Hände hält sie vorm Körper verschränkt, als wüsste sie nicht, was sie mit ihnen tun soll. »Vielen Dank, dass Sie vorbeigekommen sind. Wir werden unser Bestes tun, damit alles möglichst normal bleibt, versprochen.«

»Ich begleite Ms Evans hinaus«, sagt Harrison und geht Richtung Treppe, als erwarte er, dass ich ihm folge. Und nachdem ich mich noch einmal bei Eddie und Monica bedankt habe, die Dokumente für meine Mutter fest in der Hand, gehe ich ihm hinterher. Irgendwie habe ich mich schon fast daran gewöhnt, dass er meine persönliche Eskorte ist.

Er öffnet mir die Haustür wie ein Gentleman und schiebt sich die Sonnenbrille zurück über die Augen. Als wir die Einfahrt entlanggehen, sagt er kein Wort, und ich verfalle ausnahmsweise mal nicht in mein nervöses Geschnatter.

Ich will gerade sagen: »Sie scheinen ziemlich nett zu sein«, als plötzlich dröhnende Bohrgeräusche die Luft erfüllen. Hinter der Kurve der Einfahrt sehe ich mindestens ein Dutzend Bauarbeiter, die Kanthölzer tragen und Löcher für Zaunpfosten ausheben.

»Wow«, sage ich. »Das ging aber schnell! Woher wussten die das?«

»Ich habe ihnen eine Nachricht geschickt, gleich nachdem Sie unterschrieben hatten«, sagt Harrison und grüßt einen der Arbeiter mit einem Nicken, bevor wir in meine Einfahrt einbiegen. »Der Herzog und die Herzogin sind an Effizienz gewöhnt.«

»Ich glaube, *Sie* sind an Effizienz gewöhnt«, sage ich zu ihm, während ich im Gleichschritt neben ihm herlaufe. »Die beiden wirken ziemlich entspannt und normal«, murmele ich leiser. »Das kann man von Ihnen nicht gerade behaupten.«

Als er darauf nichts erwidert, bleibe ich stehen, woraufhin wiederum er stehen bleibt. »Ist die Sache damit beendet?«, frage ich. Er runzelt fragend die Stirn, also fahre ich fort. »Dass Sie mich rund um die Uhr bewachen.«

»Wir sind noch keine vierundzwanzig Stunden hier«, sagt er und verschränkt die Arme vor der Brust. Vor seiner sehr breiten, sehr männlichen Brust. »Da kann man wohl kaum von ›rund um die Uhr‹ sprechen.«

»Ich bin nur besorgt, dass das ein Dauerzustand wird.«

»Sie haben die Papiere unterzeichnet«, sagt er. »Und sobald Ihre Mutter ihre Ausfertigung unterschrieben hat, lasse ich Sie in Ruhe.«

»Aha, Sie geben also zu, dass Sie etwas aufdringlich sind.«

»Ich bin nicht aufdringlich. Ich mache nur meine Arbeit.«

»Sie begleiten mich nach Hause. Und das tun Sie nicht, weil Sie ein Gentleman sind.«

Seine Stirnfalte vertieft sich. Ich glaube, diese Bemerkung hat ihn getroffen. »Wie gesagt, mein Job ist, den Herzog und die Herzogin zu beschützen.«

»Anscheinend tun Sie noch sehr viel mehr, als sie nur zu beschützen. Ich habe Ihren Kumpel vorhin draußen auf dem Boot gesehen. Ich weiß, dass Männer in den Bäumen hocken.«

Zur Veranschaulichung lasse ich den Blick nach oben gleiten und schnappe erschrocken nach Luft, als mir eine Hand aus dem Wipfel der Douglastanne zuwinkt. Ich weiß nicht mehr, ob das Isaac oder Giles ist.

Aber es spielt keine Rolle, welcher Baummann es ist. Ich fahre fort: »Wer weiß, wie viele Sicherheitsleute hier noch rumschwirren. Die Sache ist die, ich glaube, Sie sind mehr ihr Manager als alles andere.«

Er starrt mich einen Moment lang an und lässt mir viel Zeit, mich auf mein Spiegelbild in seiner Sonnenbrille zu konzentrieren. Meine Frisur zieht etwas zerrupft aus, und ich wünschte, ich hätte mir für mein Kennenlerntreffen mit den Royals noch etwas Hübscheres anziehen können.

Schließlich sagt er: »Ich bin, was immer der Herzog und die Herzogin gerade von mir brauchen. Vielleicht gibt es in Ihrer Welt nur Ihre Lehrtätigkeit und ein paar Tic-Tac-Orgien zwischendurch, aber in meiner ist es möglich, mehrere Hüte aufzuhaben.«

Hat er etwa gerade andeuten wollen, dass es in meinem Leben nichts anderes gibt als meine Arbeit? »Hey, ich habe auch mehrere Hüte auf«, sage ich und schaffe es nicht, die Bissigkeit aus meiner Stimme herauszuhalten. »In Ihren Augen mag ich nur eine hinterwäldlerische Inselschullehrerin sein, aber ich kümmere mich ganz allein um meine Mutter. Ich komme für sie auf und halte das Haus in Schuss, ich habe verdammt viel geopfert, um bei ihr zu sein, und sorge dafür, dass es ihr gut geht. Ich bin eine Lehrerin, und ich bin eine Pflegekraft. Und ich bin eine Tochter. Und ich habe Interessen und Hobbys und eine reiche innere Welt, von der Sie keine Ahnung haben. Versuchen Sie also nicht, mich in eine Schublade zu stecken, denn ich passe in keine rein.«

Nach diesem Ausbruch hämmert mein Herz wie verrückt, und ich fühle mich einerseits lebendig, andererseits ist mir schlecht. Ich fasse es nicht, dass ich das alles einfach so rausgelassen habe.

Harrison starrt mich weiter an, dann schluckt er. »Ich werde Sie nicht in eine Schublade stecken, wenn *Sie* mich nicht in eine Schublade stecken«, sagt er mit tiefer, rauer Stimme – der Art von Stimme, die mir unter anderen Umständen Schauer über den Rücken jagen würde.

Und er hat recht. Ich kann austeilen, aber ich kann nicht einstecken. Anscheinend hat er einen wunden Punkt bei mir getroffen.

»Okay«, sage ich, während mein Puls immer noch heftig an meinem Hals pocht. »Vertrauen Sie mir genug, um mich die letzten Schritte allein gehen zu lassen, oder müssen Sie mich bis an die Haustür begleiten?«

Er legt einen Moment lang den Kopf schief, dann nickt er. »Ich vertraue Ihnen. Gute Nacht, Ms Evans.«

Er dreht sich auf dem Absatz um und marschiert davon, verschwindet um die nächste Biegung.

# Sechs

»Kannst du mir bitte den Salbei geben?«, fragt meine Mutter, während ihre Hände bis zu den Knöcheln in klebrigem Teig stecken.

Ich greife mir das Kräutersäckchen, das sie die ganze Woche über auf der Terrasse getrocknet hat, entnehme ein paar Krümel und streue sie auf die Arbeitsplatte.

Sie nimmt eine Prise, gibt sie in die Rührschüssel und fährt fort, den Teig zu kneten, die Stirn in konzentrierte Falten gelegt.

Backen ist das neue Hobby meiner Mutter, und es ist etwas, das ich voll und ganz unterstütze. Sie ist noch keine Meisterin darin, aber die Sachen sind genießbar, und es scheint sie wirklich zu beruhigen. Außerdem gibt es ihr etwas, worauf sie sich konzentrieren kann.

Sie neigt dazu, sich zunächst an ein Rezept zu halten, bevor sie es wieder über den Haufen wirft und entscheidet, mit Aromen, Kräutern und Gewürzen kreativ zu werden.

Heute hat sie beschlossen, zum ersten Mal Focaccia zu machen, und obwohl ich der Ansicht bin, dass sie erst mal ein einfaches Brotrezept hinkriegen sollte, bin ich gespannt, wo das Ganze hinführen wird.

»Könntest du mir die Buttermilch aus dem Kühlschrank geben?«, fragt meine Mutter mich und prügelt dabei heftig auf den Teig ein.

Ich stocke. Ich bin nicht sicher, ob tatsächlich Buttermilch in dieses Rezept gehört.

»Und die Rosinen«, fügt sie hinzu.

Weiteres Zögern.

Aber ich bringe ihr einen kleinen Karton Buttermilch und eine Tüte Rosinen und lasse sie machen. Es kann nicht viel schlimmer werden als der salzige Karottenkuchen, den sie gestern gebacken hat.

Es ist jetzt vier Tage her, dass die Royals nebenan eingezogen sind, und meine Mutter hat seitdem kein einziges Mal das Haus verlassen. Normalerweise würde ich sie ermutigen, spazieren zu gehen und frische Luft zu schnappen, aber so ist es wohl das Beste. Der Zaun und das Tor stehen schon (ich habe eine Notiz auf königlichem Papier an unserer Tür vorgefunden, darauf stand das Passwort; ich nehme an, Harrison hat den Wink verstanden und versucht, etwas auf Distanz zu bleiben), und ein paar Sendewagen haben bereits in der Sackgasse geparkt. Ich war nur einmal kurz draußen, um Lebensmittel einzukaufen, aber das hat gereicht, dass ich nie wieder von hier wegwill. Irgendein Reporter ist aus einem der Wagen gesprungen und hat mich regelrecht gejagt. Die Mülltonne konnte gar nicht schnell genug fahren.

Ich will auf keinen Fall, dass meine Mutter so etwas durchmachen muss, obwohl ich weiß, dass es sich nicht ewig vermeiden lassen wird. Genauso wenig, wie es sich vermeiden lässt, ihr die Papiere zur Unterschrift vorzulegen. Es scheint einfach keinen guten Zeitpunkt zu geben, um ihr zu sagen, dass die sorgfältig erschaffene Welt, in der sie sich vergraben hat, gründlich ausgebuddelt wird.

»Ich glaube, dass die kräftige Note des Salbeis die Süße der Rosinen schön hervorheben wird«, sagt sie und lächelt mich an. Ich erkenne an ihrem Blick und an dem Elan, mit dem sie sich bewegt, dass sie sich in einem Stimmungshoch befindet. Wenn man mit jemandem zu tun hat, der an BAS leidet, muss man sich auf unberechenbare Persönlichkeitsschwankungen einstellen, die weit über das hinausgehen, was sich die meisten Leute unter bipolar oder manisch-depressiv vorstellen. Heute hat sie blendende Laune und ist voller Energie, aber ich kenne sie gut genug, um zu wissen, dass sie bald ausbrennen wird. Alles, was ich tun kann, ist, mich darauf vorzubereiten und sie zu ermutigen, dass sie, so gut es geht, im Hier und Jetzt bleibt.

»Ich bin sicher, dass es ganz toll schmecken wird«, sage ich und lege größtmögliche Aufrichtigkeit in meine Stimme. Manchmal, wenn ich versuche, sie zu beschwichtigen, reagiert sie ungehalten darauf (sie ist unglaublich gut darin, Emotionen aufzuspüren), und es macht die Dinge oft noch schlimmer. Aber gerade scheint sie mir zu glauben.

Und dann klopft es an der Tür.

Verdammt.

Sie hält inne und starrt mich mit großen Augen an. »Wer könnte das sein?«

»Ich bin nicht sicher«, sage ich und gehe um die Kücheninsel herum Richtung Tür. Meine Mutter ist bereits merklich nervös, und ich ahne, wer es ist, denn wir haben jetzt einen Summer für das Haupttor vorne, aber da hat niemand geklingelt.

»Vielleicht ist es ja der attraktive Nachbar«, ruft sie mir hinterher. »Der, der so aussieht, wie einer deiner Fehlgriffe.«

Ich sage nichts, denn wahrscheinlich ist es tatsächlich Harrison, der die unterzeichneten Papiere abholen will, obwohl ich behaupten möchte, dass keiner meiner Ex-Freunde jemals so aussah wie Harrison.

Ich hole tief Luft und öffne die Tür.

Es ist Monica, in einem geblümten Sommerkleid und Ballerinaschuhen, mit einem Strauß blasser, cremefarbener Rosen in der Hand. Hinter ihr steht Harrison, der aussieht wie immer.

»Hallo, Piper«, sagt sie und lächelt mich entschuldigend an. »Tut mir leid, dass ich einfach so reinplatze. Wie mir aufgefallen ist, haben wir gar keine Telefonnummer von Ihnen.«

Ich nehme mir einen Moment Zeit, um diesen Augenblick auf mich wirken zu lassen. Es spielt keine Rolle, dass ich erst neulich Abend bei ihr zu Hause war, die Tatsache, dass eine leibhaftige Prinzessin vor meiner Tür steht, bringt mich total aus der Fassung.

»Wer ist das?«, fragt meine Mutter hinter mir misstrauisch.

Leider bin ich nicht schnell genug, um die Tür zu schließen.

Ich schaue über meine Schulter nach hinten und sehe, wie meine Mutter Monica und Harrison argwöhnisch beäugt.

Das wird vermutlich schiefgehen.

»Es sind die neuen Nachbarn«, sage ich fröhlich. »Das ist Monica.«

»Guten Tag, wie geht es Ihnen?«, fragt Monica und geht mit ausgestreckter Hand einen Schritt auf meine Mutter zu. »Ich habe Ihnen Blumen mitgebracht.«

Meine Mutter starrt sie an, die Blumen, ihre Hand und dann wieder Monicas Gesicht.

Meine Mutter kneift die Augen zusammen, dann wischt sie sich die teigverschmierten Hände grob an ihrer Schürze ab und nimmt Monicas Hand.

Oh Gott!

Aber Monica schüttelt die klebrige Hand, ohne mit der Wimper zu zucken.

»Danke …«, sagt meine Mutter und lässt Monicas Hand los, um den Blumenstrauß entgegenzunehmen. Dann sieht meine Mutter zu Harrison. »Und Sie, Sie sind auch wieder da.«

Harrison nickt nur.

»Ich wollte nicht stören«, erklärt Monica. »Ich habe Ihre Tochter vor ein paar Tagen getroffen und dachte, dass es nett wäre, Sie ebenfalls kennenzulernen.«

Jetzt guckt mich meine Mutter ganz fuchtig an. Sie sieht aus, als würde sie jeden Moment in die Luft gehen. Sie hasst es, wenn sie über Dinge nicht Bescheid weiß, und sie wird es als Verrat auffassen.

»Ich dachte mir, ich schau mal kurz vorbei«, fährt Monica fort, und ihre Miene lässt eine gewisse Besorgnis erkennen, dass das Ganze nicht so gut ankommt wie gedacht. »Eddie ist gerade bei einem Meeting, also bei einem virtuellen Meeting, mit seinen Beratern zu Hause und –«

»Wer ist Eddie?«, fragt meine Mutter dazwischen und – oh wow! – sie erkennt Monica wirklich kein bisschen.

»Eddie ist mein Mann«, antwortet Monica, ohne den leisesten Anflug von Schroffheit. »Wir sind erst vor ein paar Tagen nebenan eingezogen.«

»Wer zum Teufel ist dann dieser Kerl?«, sagt meine Mutter und deutet ruckartig auf Harrison.

»Er ist unser PSB, unser Personenschutzbeamter. Keine Sorge, für ihn gilt: raue Schale, weicher Kern.«

Und das ist der Moment, als sich für meine Mutter alles zusammenzufügen scheint. Sie sieht Monica an, dann Harrison, dann sieht sie wieder zurück zu Monica.

»Das ist … Sie sind nicht …«, sagt sie und zeigt auf Monica.

»Mom«, sage ich ganz ruhig, während ich eine Hand auf ihren anklagenden Zeigefinger lege und ihn herunterdrücke,

»das ist Monica, die Duchess of Fairfax. Sie und ihr Ehemann Prince Eddie sind nebenan eingezogen.«

Meine Mutter verstummt. Ihr Mund ist fest verschlossen. Das kann sich jetzt in viele verschiedene Richtungen weiterentwickeln. Sie empfindet die Dinge so tief, dass, wenn sie sich überrumpelt oder verunsichert fühlt, blanke Wut aus ihr herausbrechen kann, die Art von Wut, die sie ganz und gar auffrisst, so wie ich es schon unzählige Male erlebt habe.

Ich habe keine Ahnung, was als Nächstes passieren wird.

Dann stößt meine Mutter hörbar Luft aus, als hätte auch sie den Atem angehalten, und klatscht die Hände zusammen, während sich ein strahlendes Lächeln auf ihrem Gesicht ausbreitet.

»Ich kann es nicht fassen!«, ruft sie aus. »Ich habe in den Nachrichten gehört, dass Sie hier in der Gegend sind, aber ich hätte nie im Leben gedacht, dass Sie bei uns nebenan einziehen!« Sie holt mit der Hand aus und gibt mir einen scherzhaften (und schmerzhaften) Klaps auf den Arm. »Piper! Warum hast du mir das nicht erzählt? Das ist ja fantastisch.« Sie deutet ins Haus. »Bitte, bitte, treten Sie ein.«

Oh nein.

»Ach danke, schon in Ordnung. Ich will Ihnen keine Umstände bereiten«, sagt Monica und schüttelt den Kopf, aber ich weiß, dass sie keine Chance hat. Meine Mutter wird nicht lockerlassen.

»Ich bestehe darauf, ich bestehe darauf«, sagt meine Mutter, und dann streckt sie die Hand aus, fasst Monica am Ellenbogen und zieht sie die Stufen hinauf, um sie ins Haus zu führen.

Sofort tritt Harrison in Aktion, aber mit einer schnellen Bewegung stelle ich mich ihm in den Weg und halte ihn zurück. »Es ist okay. Sie ist nicht ganz einfach, aber es ist okay.«

Er scheint mir gar nicht zuzuhören, sondern drängt sich stattdessen an mir vorbei und folgt Monica und meiner Mutter nach drinnen.

Ich atme schwer aus, massiere mir in dem vergeblichen Bemühen, mich zu beruhigen, die Schläfen und gehe dann ebenfalls ins Haus.

Meine Mutter steht am Spülbecken und wäscht sich die Hände, während Monica im Flur auf dem Boden hockt und Schlabberküsse von einer sehr glücklichen, wuseligen Liza bekommt.

»Oh, sie ist hinreißend«, sagt Monica, obwohl Liza versucht, auf sie draufzuspringen.

»Liza, aus«, rufe ich und versuche, den Hund am Halsband von ihr wegzuziehen. »Tut mir leid, ihr ist nicht klar, wer Sie sind.«

Monica lacht und tätschelt ihr den Kopf. »Das gefällt mir ja gerade. So weiß ich, dass es ehrlich gemeint ist.«

Liza leckt sie weiter ab, dann richtet sie ihre Aufmerksamkeit auf mich. Und dann bemerkt sie Harrison, der im Wohnzimmer in der Ecke steht.

Lizas Nackenfell sträubt sich, und ich sehe, dass sie gleich anfangen wird zu bellen.

»Scht«, sage ich zu ihr und flüstere mit ruhiger Stimme: »Alles gut, Liza. Das ist doch nur Harrison. Er sieht beängstigend aus und so, als hätte er Verstopfung, aber die Duchess hat es ja selbst gesagt: raue Schale, weicher Kern.«

»Verstopfung?«, wiederholt Harrison mit hochgezogenen Augenbrauen.

Ich werfe Monica schnell einen Blick zu, immerhin habe ich eben ihren PSB beleidigt, aber sie muss ein Lächeln unterdrücken.

»Na schön, ich bin dann so weit«, verkündet meine Mom und kommt zu uns herüber. »Wie wäre es mit einem Rundgang?«

»Mom, das *ist* der Rundgang«, sage ich, lasse Liza los und richte mich auf. Ich deute um mich herum. »Das ist alles.«

»Unsinn«, sagt meine Mutter, geht zur Terrassenschiebetür hinüber und winkt Monica. »Kommen Sie, sehen Sie sich unsere Terrasse an.«

Monica gehorcht und tritt hinaus auf die schattige, mit Tannennadeln bedeckte Terrasse. Die Terrasse ohne Aussicht. Liza rennt ihnen hinterher.

Ich bleibe, wo ich bin, lehne mich gegen die Kücheninsel und versuche, das Durcheinander hinter mir zu ignorieren. Ich hatte es bis jetzt nicht bemerkt, aber überall liegt Mehl, als wäre die Tüte explodiert. Zerbrochene Eier, Kräuter und verschüttetes Salz sind über den Tresen verteilt.

Wir haben eine leibhaftige Herzogin in unserem Haus, und es sieht aus wie ein Katastrophengebiet. Ich seufze angesichts des Chaos und drehe mich zu Harrison um, der immer noch in der Ecke steht. »Ich bin erstaunt, dass Sie nicht auf die Terrasse rauslaufen, um sicherzugehen, dass Monica sich keinen Splitter einfängt oder Ähnliches.«

Er gibt einen Grunzlaut von sich. Wie ein Höhlenmensch im Anzug. Dann kommt er auf mich zu.

Ich versteife mich und frage mich, ob ich womöglich übers Ziel hinausgeschossen bin, obwohl ich mir nicht vorstellen kann, was er tun könnte. Kann er mich verhaften, weil ich eine Nervensäge bin? Kann er überhaupt irgendwen verhaften? Und wieso kann er seine Sonnenbrille nicht auch im Haus tragen? Seine Augen sind viel zu verstörend.

Er bleibt vor mir stehen, nah genug, dass ich sein holziges, herb frisches Aftershave riechen kann – die Sorte von Aftershave, bei der mein Magen so komisch schlingert –, dann sieht er über meine Schulter hinweg in die Küche. »Was ist denn hier los?«

»Meine Mutter backt«, antworte ich.

»Gut?«

Ich will meiner Mutter nicht in den Rücken fallen. »Nicht schlecht.« Ich mache eine Pause. »Für eine Anfängerin.«

Er nickt und geht zu meiner Überraschung an mir vorbei zum Tresen, wo das Backexperiment stattfindet. »Was backt sie?«, fragt er und späht in eine Schüssel. »Scones?«

»Focaccia-Brot.« Ich gehe zu ihm hin, die Arme verschränkt und innerlich auf Abwehr gepolt.

Er zieht eine Augenbraue hoch und die Stirn in Falten. »Verstehe.« Er beäugt die Buttermilch. »Ich hoffe, dass sie die nicht mit reingetan hat.«

»Wieso? Vielleicht ist es ja ihre Geheimzutat.«

»Das macht den Teig viel zu feucht. Sie sollte Honig nehmen für einen Hauch Süße. Hat sie schon die Hefe hinzugefügt?

Ich starre ihn an. »Sie verstehen etwas vom Backen?«

Er wirft mir einen schiefen Blick zu. »Lassen Sie uns nicht unsere kleine Diskussion von neulich wiederholen darüber, wie viele Hüte man aufhaben kann.«

»Dann sind Sie also Bodyguard, königlicher Berater und Bäcker?«

Er schenkt mir ein kleines Lächeln. »Ein Interesse aus früheren Zeiten.«

Ich mustere ihn von oben bis unten, mein Blick wandert über seine wohlgeformte, stattliche Gestalt. »Sie sehen nicht so aus, als wäre Backen Ihr Hobby.«

»Ich bin sicher, dass Sie das nicht überraschen wird, aber der Schein kann trügen, nicht wahr?«

»Du liebe Güte!«, ruft meine Mutter hinter mir aus. Ich drehe mich um und sehe, wie sie, Monica und Liza wieder ins Haus treten. Meine Mutter kommt zu uns herüber und wedelt aufgeregt mit den Händen. »Was für ein Chaos, es tut mir so leid«, sagt sie.

»Das ist völlig in Ordnung«, erwidert Harrison. »Ich war nur neugierig, was Sie hier backen. Sieht sehr kreativ aus.«

Zum Glück klingt Harrisons Stimme warm und aufrichtig herzlich.

»Oh«, sagt meine Mutter und errötet. »Na ja, ich probiere gerade ein paar neue Dinge aus. Ich halte mich gern beschäftigt, wissen Sie. Neue Hobbys. Letzten Monat war es Häkeln. Ich habe mir einen Pulli gehäkelt, wollen Sie den mal sehen?«

»Mom«, ermahne ich sie, aber es ist zu spät, und sie eilt davon in ihr Schlafzimmer.

»Tut mir leid«, entschuldige ich mich. »Wenn sie sich mal etwas in den Kopf gesetzt hat …« Ich sehe Monica an. »Und entschuldigen Sie bitte den Rundgang.«

»Es gibt nichts, wofür Sie sich entschuldigen müssen, Piper«, sagt sie. »Ihre Mutter ist entzückend. Eigentlich bin ich gekommen, um Sie beide für morgen Abend zum Essen einzuladen. Wenn Sie Zeit haben. Und Lust, natürlich.«

Ich blinzele sie an. Nach alldem lädt sie uns sogar noch zum Essen ein?

Ich werfe Harrison einen Blick zu, aber er nickt nur.

»Na ja, ja. Natürlich. Wir kommen gern«, sage ich und versuche, meine Begeisterung im Zaum zu halten.

»Wundervoll«, sagt Monica und holt ihr Telefon aus der Tasche. »Wollen wir Nummern austauschen? Das ist vermutlich einfacher, als wenn ich immer an Ihrer Tür aufkreuzen muss. Und umgekehrt, natürlich.«

Es sei denn, ich habe Lust darauf, von einem ihrer Baumleute angegriffen zu werden.

Wie auch immer, ich kann nicht fassen, dass sie mit mir Telefonnummern austauschen will. Ich sage ihr meine Nummer an, und sie sendet mir eine kurze Nachricht. Mein Telefon piept auf dem Wohnzimmertisch.

»Und jetzt haben Sie meine«, sagt sie mit einem strahlenden Lächeln.

»Hab ihn gefunden!«, ruft meine Mutter. Sie trägt etwas in den Händen, das aussieht wie ein dunkler, weicher Wust. »Ich habe einen Pullover gemacht.«

Meine Mutter ist leicht übergewichtig und relativ klein, und als sie den Pullover auseinanderfaltet und hochhält, sind die Schultern viel zu breit und die Arme zu lang für sie. »Hier«, sagt sie zu Harrison und drückt ihm den Pulli in die Hand. »Nehmen Sie ihn. Ihnen wird er passen.«

»Äh«, macht er völlig überrumpelt. »Das kann ich nicht annehmen.«

Er versucht, ihr den Pulli zurückzugeben, aber meine Mutter schiebt ihn von sich weg. »Ich bestehe darauf! Sie sind auch ein neuer Nachbar; das ist mein Willkommensgeschenk an Sie.« Sie sieht zu Monica hinüber. »Wie wäre es, wenn ich uns für morgen etwas backe? Kümmern Sie sich nicht ums Dessert, das mache ich.«

»Mom«, jammere ich leise. »Bitte.«

»Oh, das macht gar keine Umstände, Piper«, sagt sie. Sie blinzelt Harrison an. »Sie nehmen den Pulli an, nicht wahr?«

Harrison schießt Monica einen Blick zu. Ein schelmisches Grinsen umspielt ihre Lippen, und sie nickt leise.

»Natürlich«, sagt Harrison und klemmt sich den Pullover unter den Arm. »Es ist mir eine Ehre, dieses Geschenk anzunehmen.«

»Gut, gut«, erwidert meine Mutter und klatscht in die Hände. Sie befindet sich zweifellos in einer manischen Phase. »Oh, kann ich Ihnen Tee anbieten? Ich stelle meine eigenen Tees her. Alle möglichen Sorten, direkt aus meinem Garten.«

»Das ist schon in Ordnung«, sagt Monica. »Wir müssen jetzt leider wieder gehen. Ich wollte zurück sein, wenn das Meeting zu Ende ist.«

»Sind Sie sicher?«

»Mom …«

»Nochmals Entschuldigung, dass wir Sie so überfallen haben«, sagt Monica und bewegt sich zusammen mit Harrison auf die Tür zu. »Aber ich bin froh, dass wir uns endlich mal kennengelernt haben. Ich freue mich schon auf unser Essen morgen Abend.«

Sie winkt mir zum Abschied zu, und ich kann nur zurücklächeln. Das alles fühlt sich an, als würde ich in einem Wirbelsturm festhängen.

»Oh, ich mich auch«, erwidert meine Mutter und geht ihnen ein Stück hinterher, mit Liza dicht auf ihren Fersen. Dann bleibt sie in der Tür stehen und sieht ihnen nach, wie sie weggehen. »Einen schönen Tag, Prinzessin!«

Sie schließt die Tür, und ich schüttele bereits den Kopf.

»Sie ist eine Herzogin, Mom, keine Prinzessin.« Obwohl ich sie insgeheim selber Prinzessin nenne.

»Ach was, ist doch alles das Gleiche«, sagt sie und dreht sich zu mir um, mit einem breiten Grinsen im Gesicht und die Augen so groß wie Untertassen. »Piper. Piper, kannst du das glauben? Ich kann es nicht glauben. Oh, ich war schon seit Jahren nicht mehr so aus dem Häuschen.«

Ich sollte mich deswegen nicht beleidigt fühlen, tue es aber trotzdem. »Nicht mal bei meiner Hochzeit?«

Sie macht eine wegwerfende Handbewegung. »Nein, nein. Wir wussten alle, dass das in Liebeskummer enden würde. Joey ist eine verdammte Ratte.«

Die Erwähnung von Joey lässt mich kurz innehalten, alte, aufgestaute Gefühle überfluten mich wie ein reißender Strom. »Ach, du wusstest es, ja?« Ich weiß, ich sollte meinen Mund halten und mich vor meiner Mutter nicht so aufregen, vor allem, wo ich weiß, dass es zu nichts führen wird. »Wusstest du, dass er mich an seinem Junggesellenabend betrügen würde? Wusstest du, dass ich ihn vorm Altar stehen lassen würde? Du wusstest das alles?«

Sie wirft mir einen flehenden Blick zu. »Bitte, Piper, lass uns nicht schon wieder davon anfangen. Was geschehen ist, ist geschehen. Du hast ihn nicht geheiratet, und so war es am besten. Konzentrier dich auf das Positive. Unsere neuen Nachbarn sind Royals. Wir gehen morgen Abend zu ihnen zum Abendessen. Oh mein Gott, ich muss noch herausfinden, wie man einen Kuchen backt.«

Daraufhin wirbelt sie zurück in die Küche und stiftet dort weiter Chaos. In meinem Herzen herrscht auch ziemliches Chaos, also trete ich hinaus auf die Terrasse und schaue in die Bäume, zwischen denen der Ozean aufblitzt.

Ich sollte wirklich nicht über meine Vergangenheit nachgrübeln, und erst recht nicht heute. Aber irgendwie kann ich mich des Gefühls nicht erwehren, dass alles miteinander zusammenhängt. Der Herzog und die Herzogin sind jetzt meine neuen Nachbarn, sie haben meine Telefonnummer, und ich habe ihre, ich bin zu ihnen zum Abendessen eingeladen, aber die Wahrheit ist, dass ich das alles gar nicht wert bin. Alles, was nötig war, um mein Selbstwertgefühl in den Abgrund zu stürzen, war eine kleine Erinnerung an meine Vergangenheit. Ich dachte, dass ich das inzwischen besser im Griff hätte, aber anscheinend ja nicht. Ich bin, wie Harrison es so schön gesagt hat, nur eine Tic Tac schluckende Grundschullehrerin. Eine, die ihren Verlobten vor dem Altar verlassen musste, vor den Augen der ganzen verdammten Stadt. Ich bin in keiner Weise darauf vorbereitet, lässig in royaler Gesellschaft zu entspannen.

*Und dennoch tust du es,* sage ich mir selbst. *Und sie müssen ja nicht sämtliche Details über dich wissen. Auch wenn Monica nur nett ist, um des Nettseins willen – es passiert trotzdem* dir.

Wenn diese positive Stimme in meinem Inneren ertönt, dann ist das nur der vielen Arbeit zu verdanken, die ich mithilfe meiner Therapeutin geleistet habe. Ich habe auch gelernt, dieser Stimme Beachtung zu schenken, anstatt sie zu verdrängen, anstatt zu denken, dass ich sie nicht verdient habe.

Also höre ich zu. Ich straffe die Schultern, gehe zurück ins Haus und wappne mich innerlich, meiner Mom bei diesem Kuchen für morgen zu helfen.

# Sieben

Am nächsten Tag wache ich früher auf als sonst und merke, dass ich einen Spaziergang brauche, um den Kopf frei zu bekommen.

Ich ziehe meine Leggins und einen Kapuzenpulli an, weil es morgens in Wassernähe manchmal ziemlich kühl sein kann, und verlasse mein Zimmer.

Liza schläft meistens bei meiner Mutter, und die Tür steht offen. Meine Mutter schnarcht wie eine rostige Kettensäge. Sie ist gestern Abend ziemlich früh eingepennt, nachdem wir mit ein paar Kuchenrezepten herumexperimentiert hatten (die allesamt aussahen wie Pinterest-Fails, aber na gut), und ich hoffe, dass sie genug Energie hat, um den heutigen Tag durchzustehen. Es würde mich nicht überraschen, wenn sie die Dinnerverabredung – und den Kuchen – in letzter Minute ausfallen lassen würde.

Ich schnappe mir Lizas Leine, und schon kommt sie aus dem Zimmer geflitzt, während ihre Rute in Überschallgeschwindigkeit hin und her wackelt. Wir verlassen das Haus und genießen die morgendliche Stille, untermalt vom sanften Platschen der Wellen und den Rufen der Gary-Vögel (was nicht ihr richtiger Name ist, aber es klingt, als würden sie in einer Tour nach »Gary« rufen).

Mit der Ruhe ist es vorbei, als ich durch das neue Tor auf die Straße trete.

»Wer ist das?«

»Das ist ihre Hundeausführerin!«

»Es ist die Haushaltshilfe!«

Die Sackgasse ist vollgestellt mit Autos und Sendewagen, und offen gesagt sieht es ein bisschen so aus wie auf einem Campingplatz. Es gibt Klappstühle, Falttische mit karierten Plastikdecken, Propangaskocher und Grills. Noch wenige Sekunden zuvor standen Reporter und Kameraleute um eine riesige French Press herum und haben Blechtassen und Pappbecher mit Kaffee gefüllt.

Jetzt rennen sie alle auf mich zu, grabschen hektisch nach ihren Kameras und Telefonen, während der Kaffee aus den Bechern schwappt und aufs Pflaster spritzt.

Meine liebe, süße Liza gerät völlig in Panik. Ihr Nackenfell ist gesträubt, und sie knurrt. Ich gebe zu, normalerweise hasse ich es, wenn sie das tut. Sie ist nicht im Geringsten gefährlich, aber sie sieht aus, als wäre sie es, und Pitbulls haben ohnehin schon zu Unrecht einen schlechten Ruf. Normalerweise beruhige ich die Leute, an denen wir auf unseren Spaziergängen vorbeigekommen, indem ich ihnen erzähle, dass sie ein Tierheimhund und ein richtig liebes Mädchen ist, aber Probleme hat, Menschen zu vertrauen (haben wir das nicht alle?). Aber jetzt? Ich weiß nur, dass der Hund alles ist, was diese Geier davon abhält, sich auf mich zu stürzen.

»Wie ist Ihr Name?«, fragt mich eine zierliche Frau mit strengem, blondem Pony, die mir ein Mikro vor die Nase hält und Liza misstrauisch beäugt.

»Arbeiten Sie für den Herzog und die Herzogin?«, fragt ein Mann, dem eine Zigarette mit ewig langer Aschespitze im Mundwinkel hängt, während er sein Telefon auf mich richtet.

Ich halte mir sofort eine Hand vors Gesicht, um mich vor der

Kamera abzuschirmen, als weitere Reporter anfangen, mich zu filmen. Mit der bellenden Liza und meiner Hand vor dem Gesicht liefere ich ihnen wenigstens kein gutes Material.

Es sei denn … Mist.

Das *ist* gutes Material, oder? Das mysteriöse, nervöse Mädchen mit einer Bettfrisur, die Cousin Itt ernsthaft Konkurrenz macht, wird draußen vor dem geheimen royalen Haus erwischt, wie sie gerade durchs Tor tritt mit ihrem außer Kontrolle geratenen Pitbull.

»Wie heißen Sie?«, fragt mich jemand anders.

Ich weiß, dass ich nicht antworten sollte, aber ich muss sie unbedingt abschütteln.

»Piper!«, rufe ich und ziehe an der Leine. »Und das hier ist Liza, und wir würden sehr gern unseren Morgenspaziergang machen, ohne von Paparazzi belästigt zu werden.«

Der Zigarettenmann grunzt, und endlich fällt die Asche von der Spitze ab. »Paparazzi? Ma'am, ich arbeite für Channel 6 News. Wir sind von hier.«

Ich blinzele ihn kurz an. Er kommt mir tatsächlich bekannt vor. Aber das spielt keine Rolle.

»Dann sollten Sie wissen, dass ich auch von hier bin«, erwidere ich und zeige mit dem Daumen auf das Tor. »Ich wohne hier, mein Grundstück grenzt an das des Herzogspaars. Und ich bin einfach nur eine Grundschullehrerin, verdammt noch mal.«

»Dann geben Sie es also zu!«, sagt die Blonde und scheint sich in eine Katze zu verwandeln, die sich bereit macht, eine Maus zu erlegen. Wobei ich ganz offensichtlich die Maus bin. »Der Herzog und die Herzogin wohnen da!«

Und jetzt habe ich zu viel gesagt.

»Öhhh«, murmele ich, bevor ich ihnen den Rücken zudrehe

und meine Aufmerksamkeit auf Liza richte. Ich überlege, ob ich es wage, meinen Spaziergang fortzusetzen, oder einfach wie ein Feigling zum Haus zurücklaufen sollte.

Aber bevor ich irgendeine panikgetriebene Entscheidung fällen kann, tun sich die automatischen Tore auf, und unter den Geiern erhebt sich aufgeregtes Geschrei. Sie vergessen mich und schwärmen los in Richtung Tor, als im gleichen Moment ein schwarzer Geländewagen die Auffahrt hinunterfährt.

Der Wagen passiert das Tor, die Kameras zeichnen jede seiner Bewegungen auf, dann öffnet sich die Fondtür, und Harrison starrt mich grimmig von der Rückbank aus an.

»Steigen Sie ein«, sagt er im Befehlston.

Ich blicke schnell zu Liza hinunter, und noch bevor irgendjemand ein weiteres Bild von uns machen kann, hieve ich ihren schweren Körper hoch und werfe sie förmlich ins Auto.

Ich krabbele hinterher und knalle die Tür zu, während sich das Fahrzeug bereits in Bewegung setzt. Die Kameras nehmen weiter auf.

»Was zum Teufel Hölle war das?«, fragt Harrison, während ich an meinem Gurt herumfummele.

Ich halte inne. Meine Augen werden groß, die Brauen wandern Richtung Decke. Sogar Liza, die zwischen uns eingeklemmt ist, guckt entgeistert.

»Was meinen Sie?«, zische ich beinah. »Ich war mit Liza spazieren, und plötzlich ist eine Horde Paparazzi über mich hergefallen. Mir geht's übrigens gut, danke der Nachfrage.«

Er trägt keine Sonnenbrille, dreht aber den Kopf weg und blickt aus dem Fenster, sodass ich seine Augen nicht sehen kann. Stille erfüllt den Wagen.

Ich schaue ihn mit gerunzelter Stirn an, mit einem angespannten Gefühl im Bauch, dann versuche ich, im Rückspiegel einen Blick auf unseren Fahrer zu erhaschen. Er trägt eine rechteckige Brille und hat schütteres, graues Haar. Er erinnert mich ein bisschen an Anderson Cooper. Er lächelt mich steif im Spiegel an, dann konzentriert er sich wieder auf die Straße. Natürlich habe ich keine Ahnung, wo wir hinfahren oder warum. Ich bin einfach nur froh, der Situation entkommen zu sein, obwohl sich diese hier auch nicht viel besser anfühlt.

Sicherer? Ja.

Weniger unangenehm? Nein. Definitiv nein.

Liza neben mir zittert vor sich hin.

»Armes Mädchen«, flüstere ich ihr zu und ziehe ihre vordere Körperhälfte auf meinen Schoß. »Das war nicht lustig, was?«

Ich streichele ihren Kopf, um sie zu beruhigen, und spüre Harrisons Blick auf mir, als er sich in seinem Sitz bewegt.

»Alles in Ordnung, Süße«, fahre ich fort, sie zu trösten.

»Sie kommt nicht so gut mit neuen Menschen zurecht?«, fragt Harrison.

Ich werfe ihm einen scharfen Blick zu. »Ich glaube, niemand kommt gut damit zurecht, von der Presse belästigt zu werden, sobald man einen Fuß vors eigene Grundstück setzt. Liza nicht und ich ganz bestimmt auch nicht.«

Er starrt mich einen Moment lang an, als würde das, was ich gerade gesagt habe, ihn irgendwie verwirren. »Ich habe Ihnen ja gesagt, dass Sie froh sein würden über dieses Tor.«

»Erwarten Sie von mir jetzt Dankbarkeit dafür, dass dieses Tor überhaupt notwendig ist? Nein.«

Er blickt geradeaus. »Sie haben die Papiere unterzeichnet.«

»Als ob ich es hätte verhindern können, dass sie hierherziehen.«

Eine Augenbraue klettert in die Höhe, aber er schaut weiter nach vorn. »Nichts davon war meine Entscheidung. Sie wussten, dass das passieren würde.«

»Ja, na ja, das heißt nicht, dass ich es gut finden muss«, erwidere ich. Es ist mir nicht entgangen, dass ich bis zu diesem Moment damit einverstanden war, dass Monica und Eddie hierhergezogen sind, aber diese Begegnung mit der Presse hat mich ziemlich erschüttert.

Ich kümmere mich wieder um Liza, die sich inzwischen beruhigt hat und anscheinend auch nicht besorgt ist, dass wir irgendwohin verschleppt werden. »Wo fahren wir überhaupt hin?«

»In die Stadt.«

»Habe ich in dieser Sache irgendetwas mitzureden?«

Endlich sieht er mich an. »Entschuldigung. Soll ich Matthew anhalten lassen, damit Sie aussteigen können?«

»Sodass ich wieder geradewegs den Reportern in die Arme laufe? Wissen Sie, ich habe versucht, denen zu erklären, dass ich nur irgendeine Grundschullehrerin bin. Jetzt haben sie aber gesehen, wie ich zu Ihnen ins Auto gestiegen bin – sie werden mir nicht mehr glauben.«

»Ich nehme an, ich hätte Sie auch einfach da draußen stehen lassen können«, sagt er mit einem Seufzen und inspiziert seine Fingernägel, woraufhin ich auf seine Hände glotze. Er hat schöne Hände …

Ich öffne meinen Mund und schließe ihn wieder. Er hat mich gerade aus einer krassen Situation gerettet, aber es ist eine Situation, in die er mich erst gebracht hat, ungewollt oder nicht.

Anstatt etwas zu erwidern, kraule ich Liza weiter. »Also, warum fahren Sie in die Stadt?«

Er räuspert sich und sieht wieder aus dem Fenster, während wir Scott Point verlassen und an einem Fähranleger vorbeifahren. »Lebensmittel einkaufen.«

Ich starre ihn eine Sekunde lang verblüfft an und kämpfe ein Grinsen nieder. »Lebensmittel? Sie werden zum Einkaufen geschickt? Ist das nicht Agathas Aufgabe?«

»Sie hat mit dem Haus zu tun«, sagt er knapp. »Also habe ich mich freiwillig gemeldet.«

Ich weiß nicht, warum ich es so lustig finde. Vielleicht weil ich mir nicht vorstellen kann, wie Harrison in seinem schnieken Anzug um acht Uhr dreißig am Morgen durch die Gänge des County Grocer schleicht. Andererseits hat er mich gestern mit seinen Backkenntnissen echt überrascht.

Vermutlich finde ich es nur deshalb so lustig, weil es ihn so sehr zu nerven scheint.

Ich räuspere mich. »Darf ich fragen, zu welchem Lebensmittelladen Sie wollen? Wir haben zwei.«

»Zu dem am Hafen?«, sagt er, und seine Stimme klingt unsicher.

»Das hängt davon ab, was Sie kaufen wollen.«

Er schnauft resigniert und zieht einen zusammengefalteten Zettel aus seiner Brusttasche, den er mir mit einer knappen Bewegung hinhält.

Ich pflücke ihm den Zettel aus den Fingern, falte ihn auseinander und überfliege ihn.

Die Einkaufsliste ist auf königlichem Briefpapier geschrieben.

*Bio-Äpfel*

*Salzcracker*

*Lammkeule*

*Rosmarin*

*Kartoffeln*
*Tetley-Tee*
*Zutaten für ein Charcuterie Board*

Ich drehe den Zettel um. Die Liste geht endlos weiter. Anscheinend deckt sie nicht nur das heutige Abendessen ab, sondern die Lebensmittel für die gesamte Woche, für mindestens vier Personen.

»Okay«, sage ich, und gebe ihm den Zettel zurück. »Also, Sie werden verschiedene Läden aufsuchen müssen, wenn Sie wollen, dass es den Ansprüchen der Royals genügt.«

»Ich bin sicher, dass sie nicht allzu wählerisch sind.«

Ich schenke ihm ein amüsiertes Lächeln. »Ich glaube, Sie haben vergessen, für wen Sie arbeiten. Selbst wenn sie nicht wählerisch sind, ist es nicht Ihre Aufgabe, für sie das Beste vom Besten aufzutreiben?«

Er starrt mich an, und seine Augen sind so unlesbar, wie wenn er seine Sonnenbrille trägt. Er schätzt es wohl nicht, dass ich ihm erkläre, was sein Job ist. Na und?

»Na schön«, brummt er einen Moment später. »Sie zeigen mir den Weg.«

Mit Vergnügen. Ich weise den Fahrer an, uns zu den beiden großen Lebensmittelgeschäften zu bringen sowie zu dem kleineren Bioladen. Nachdem ich den Fahrer davon überzeugt habe, dass Liza problemlos auf der Rückbank rumlümmeln kann, solange er im Wagen bleibt, schlüpfe ich in die Rolle des Kulinarikguide. Als wir durch die Gänge schlendern, die so früh am Morgen noch menschenleer sind, schnappe ich mir jede Menge lokaler Köstlichkeiten – Ziegenkäse mit Basilikum und Trüffel, der auf der Zunge zergeht, süß-herbe Fruchtmarmelade wie Himbeer-Habanero, feines Räuchersalz und sahnige Eiscreme. Ich zeige Harrison den besten Metzger für unser berühmtes Salt Spring Island Lamm und die besten Bioprodukte von Bauernhöfen aus der Umgebung.

Am Ende, als wir alle Taschen in den SUV eingeladen haben, frage ich ihn, ob ich ihm einen Kaffee spendieren darf.

»Wie bitte?«, fragt er, als er den Kofferraum zumacht.

»Sie trinken doch Kaffee, oder?«, frage ich. »Oh, warten Sie, nein, richtig, das war Tee. Kann ich Ihnen einen Tee ausgeben?«

Da wir draußen unterwegs waren, trägt er wieder seine Sonnenbrille, doch seiner gerunzelten Stirn nach zu urteilen, ist er über meinen Vorschlag ziemlich verblüfft.

Ehrlich gesagt, ich bin es auch. Was tue ich hier?

»Ich trinke Kaffee«, sagt er nach einer Minute, als hätte er derart lange gebraucht, um sich zu erinnern. Ich bin kurz davor, ihm zu sagen, dass es eine dumme Idee war, aus Furcht, eine Abfuhr zu bekommen, als er plötzlich nickt. »Ja, gern.«

»Oh«, hauche ich und schenke ihm dann ein schiefes Lächeln. »Hier entlang.«

Wir überqueren den Parkplatz und gehen die Straße hinunter in Richtung *Salty Seas Coffee & Goods*. Die Straßen sind jetzt etwas belebter, die Touristen sind in ihren »charmanten und rustikalen« Airbnb-Unterkünften aufgewacht und bereit, in die Stadt auszuschwärmen auf der Suche nach etwas zu essen und heißen Getränken.

»Ihre Mutter wird nicht glauben, Sie seien gekidnappt worden?«, fragt Harrison, als wir eine Einbahnstraße überqueren. »Dass Sie den Hund mitgenommen haben und auf Nimmerwiedersehen verschwunden sind?«

Ich zögere, bevor ich lächele. »Sie wird noch eine Weile schlafen. Die Begegnung mit Monica war ganz schön anstrengend für sie.«

Heute Morgen ist viel los im Café, die Warteschlange reicht bis auf die Straße. Ich will Harrison gerade vorschlagen, woanders hinzugehen, als ich den Aufsteller an der Tür entdecke, auf dem steht, dass sie Donuts haben.

»Oh jaaa, Donuts!« Ich quietsche so laut, dass sich die Leute vor uns umdrehen und mich ansehen. Dann schauen sie Harrison an. Diesen Blick habe ich schon den ganzen Morgen bemerkt. So wie »Wer ist dieser große, attraktive, wie ein Schrank gebaute Kerl im Anzug?«. Gefolgt von »Und warum ist er mit diesem zotteligen Oompa Loompa zusammen, das wegen Donuts quiekt wie ein Ferkel?«.

Man muss Harrison zugutehalten, dass er kein bisschen irritiert wirkt. Vermutlich hat er sich inzwischen an mich gewöhnt.

»Donuts?«, fragt er ruhig.

»Die besten Donuts«, sage ich und ignoriere die Leute, die uns immer noch beobachten. Wahrscheinlich sowieso Touristen. »Die sind fast so gut wie ihre Zimtschnecken, aber sie machen sie nur alle zwei Wochen.«

Er nickt. »Ah ja, die berühmt-berüchtigten Zimtschnecken.«

Meine Wangen werden heiß bei der Erinnerung an meine völlig verklebten Haare. Ich sollte wirklich anfangen, immer einen Zopf zu tragen, wenn ich in der Nähe von süßem Gebäck bin.

»Ich mache Ihnen einen Vorschlag, Sie kaufen mir einen Kaffee, und ich kaufe Ihnen einen Donut.«

Ich kann nicht anders, als ihn anzugrinsen. »Abgemacht, wir sind im Geschäft, Mister.«

Ich merke, dass ich plötzlich völlig aus dem Häuschen bin, und rufe mich zur Ordnung. Ich gerate schnell wegen allem Möglichem aus dem Häuschen (Hallo? Ich und Essen?), aber die Tatsache, dass Harrison mir einen Donut spendiert, sollte nicht dazugehören. Es ist ein schlimmes, furchtbares, ganz, ganz schlechtes Zeichen, wenn man wegen etwas, das ein Mann tut, völlig aus dem Häuschen gerät. Wegen etwas, das Harrison tut.

Aber trotzdem …

Ich zügele mein Lächeln, während die Schlange weiter vorrückt und wir uns schließlich im Inneren des Cafés befinden. Meine Gedanken wollen sich auf Harrison neben mir konzentrieren. Ich möchte ihn mir genauer ansehen, nach den Anzeichen dieser versteckten Tattoos Ausschau halten, herausfinden, ob dieser erfrischende Meeresgeruch von seinem Aftershave oder seinem Duschgel stammt, und die blasse Narbe auf seiner Wange betrachten, die halb versteckt unter seinen Bartstoppeln liegt.

Ich bin gerade im Begriff, mich selbst zu ermahnen, dass ich ihn anstarre und er es definitiv mitkriegt, als ich höre, wie mein Name gerufen wird.

Ein Schauder erfasst mich. Ich muss nicht mal hinsehen, um zu wissen, wer es ist.

Ich sehe sogar absichtlich nicht hin, bis Harrison mich mit dem Ellenbogen anstößt. »Ich glaube, dieser Mann kennt Sie«, sagt er.

Ich seufze leise und drehe mich zu Joey um, der neben der Kasse steht, mit einem Becher Kaffee und einer Gebäcktüte in der Hand. Joey lächelt mich erwartungsvoll an, auf diese typische Art, als wäre ich nur irgendein Kumpel, dem er zufällig über den Weg gelaufen ist, und nicht seine Ex-Verlobte.

»Hey«, sage ich zu Joey, lächele ihn höflich an und nicke, nur das absolute Minimum. Ich will mit ihm kein Gespräch anfangen, erst recht nicht mit Harrison neben mir. Ich lehne mich sogar ein bisschen näher Richtung Harrison, in der Hoffnung, dass Joey uns für ein Paar hält und sich dann schnell verzieht.

Bedauerlicherweise tut er es nicht. Er stützt sich auf dem Tisch gegenüber der Kasse ab, sehr zum Ärgernis der Frau, die dort sitzt und einen Reiseführer liest, und lässt seinen Blick an mir herabwandern.

»Du siehst gut aus, Pipes.«

Ich zucke innerlich zusammen. Ich weiß gar nicht, wo ich anfangen soll. Also erstens, er hat mich Pipes genannt, ein Spitzname, den außer ihm niemand benutzt (aus gutem Grund, weil der Name saublöd ist), und zweitens, die Art, wie er mich ansieht und wie er das Kompliment gemacht hat, lassen keinen Zweifel, dass niemand Harrison und mich für ein Paar hält, und erst recht nicht er, und das tut irgendwie weh.

»Danke«, sage ich steif, als im gleichen Moment die Person vor uns mit ihrer Bestellung fertig ist und ich als Nächstes dran bin.

Das Gefühl der Erleichterung ist nur von kurzer Dauer. Ich öffne den Mund, um meine Bestellung aufzugeben, in der Hoffnung, dass Joey verschwindet, wenn ich meine ganze Aufmerksamkeit auf die Barista richte.

Doch leider ist die Barista Amy Mischky. Sie ist die mürrische, klatschsüchtige, schätzungsweise Anfang zwanzig Jahre alte Tochter von Barbara Mischky, die berühmt ist für ihre Leserbriefe, welche irgendwie immer in unserer Zeitung abgedruckt werden, meist im Stil von »Kann nicht wenigstens einmal jemand an die Kinder denken?«. Und wenn ich, eine Lehrerin dieser Kinder, sie für eine verlogene Heuchlerin halte, dann sagt das wohl alles, was man wissen muss. Kurz: Beide Mischkys lieben es, Informationen über andere anzuhäufen, sie weiterzutragen und munter Rufmord zu begehen.

»Oh mein Gott«, sagt Amy mit ihrer tiefen, spröden Stimme. »Das ist ja sooo unangenehm.«

Meine Augenbraue hebt sich. »Was?«

Sie sieht rüber zu Joey, dann zurück zu mir, und ihre schmalen Lippen verziehen sich zu einem Grinsen. »Ich habe euch beide nicht mehr zusammen gesehen, seit du ihn vorm Altar stehen gelassen hast.«

Meine Wangen fangen wieder an zu brennen, und ich merke, dass sich Harrison neben mir versteift, zweifellos, weil er schockiert ist. Oder vielleicht auch nicht.

»Ach, das ist doch schon eine Ewigkeit her«, schaltet Joey sich ein und kommt herübergeschlendert, er bleibt direkt neben mir stehen und lehnt sich gegen den Tresen. »Lasst die Vergangenheit liegen.«

»Du meinst, lasst die Vergangenheit *ruhen*«, sage ich.

Er gluckst rum wie ein Idiot. »Und genau deswegen bist *du* die Lehrerin.« Dann wandert sein Blick über meinen Kopf hinweg zu Harrison. »Wie geht's, Mann. Neu hier?«

Harrison braucht einen Moment, um zu antworten. »Nur zu Besuch.« So, wie er diese drei Worte sagt, schwingen Entschlossenheit und Autorität darin mit.

Auch Joey scheint es zu bemerken. Er nickt. »Okay, cool. Hoffe, es gefällt Ihnen auf der Insel. Sagen Sie Piper, dass sie Sie ins Blowhole mitnehmen soll. Nächster Freitag ist gut.« Er sieht mich an. »Du kommst doch, Piper, oder? Du hast immer gesagt, du liebst die Band – und die Band ist besser denn je. Ich sag dir was, du kriegst von mir ein Ticket für ein Freigetränk. Geht aufs Haus.«

»Oh, sieh mal einer an«, sagt Amy, und ihre Augen huschen zwischen uns hin und her. Sie macht ein verächtliches Gesicht. »Ihr scheint auf dem Weg der Versöhnung zu sein. Ich hätte ja gedacht, dass ihr bis in alle Ewigkeit Feinde bleibt. Oder bis du entscheidest, deine Sachen zu packen und abzuhauen, Piper.«

Ich blinzele sie an. Packen und abhauen? Sie dachte, ich würde packen und abhauen?

»Aber«, fährt sie mit sanfter Stimme fort und wirft Joey einen koketten Blick zu, »ich schätze, dem ist wohl nicht so. Wie nett. Das nenn ich doch mal echten Sinn für Gemeinschaft, oder? Also, nur weil du ihn vorm Altar abserviert und Reißaus genommen hast, heißt das ja nicht, dass du weiterhin vor all deinen Problemen Reißaus nehmen wirst.«

Ich hasse es, dass sie das gesagt hat, denn ihre Worte bringen mich dazu, dass ich auf dem Absatz kehrtmachen und Reißaus nehmen will. Und tatsächlich, als mein Blick ihren triumphierenden loslässt, spüre ich, wie mein Körper Anstalten macht, sich umzudrehen.

Nur dass Harrison näher an mich herantritt und sein Körper mir den Weg versperrt.

»Ist das die Art, wie man auf dieser Insel ein Geschäft betreibt, mit Klatsch und Tratsch?«, fragt Harrison Amy. Seine Stimme ist so streng und gebieterisch, dass sie ihn anblinzelt und ihr der Mund ein Stück offen stehen bleibt. »Sollten Sie nicht unsere Bestellung entgegennehmen?«

Nervös streicht sich Amy eine lange braune Strähne hinters Ohr und sieht hinunter auf die Kasse. »Ja, natürlich. Was darf's denn sein?«

»Ich nehme zwei Donuts und einen großen Americano«, sagt Harrison, dann legt er zu meiner Überraschung sacht eine Hand auf meine Schulter. »Und was willst du, Piper?«

Ich räuspere mich. Dass ich seine Hand auf mir spüre, bringt mich fast noch mehr aus dem Gleichgewicht. »Einen Donut und einen Lavendel-Hafermilch-Latte. Bitte.«

Amy nickt und gibt unsere Bestellung an die andere Barista weiter.

Harrison drückt leicht meine Schulter.

Ich spüre, wie meine Kraft zurückkehrt. Ich hole tief durch die Nase Luft und atme langsam aus. Harrison zahlt bereits, und ich werde deswegen jetzt keinen Terz machen, weil ja eigentlich ich ihm einen Kaffee ausgeben wollte und nicht umgekehrt. Stattdessen blicke ich zu Joey rüber.

Er starrt mich unschlüssig an, als ob er mich noch etwas anderes fragen will, aber nicht die richtigen Worte findet.

Als Harrison mit dem Bezahlen fertig ist, legt er seine Hand leicht auf meinen Rücken und schiebt mich in eine Ecke, um dort auf unsere Kaffees zu warten, während die nächsten Leute in der Schlange ihre Bestellung aufgeben.

Joey beobachtet uns einen Moment lang, dann zuckt er mit den Schultern und verlässt das Café, ohne etwas zu sagen.

»Alles okay?«, flüstert Harrison mir zu, während er sich zu mir lehnt. Sein Ton ist schroff, aber ich weiß seine Frage trotzdem zu schätzen.

Ich nicke und kneife meine Lippen zu einem dünnen Lächeln zusammen. Ich muss zu viele Gedanken verarbeiten, zu viele Gefühle, und keins davon ist gut. Es kommt mir so vor, als würden alle im Café mich anstarren, auch wenn sie es nicht tun, und ich hasse es, dass ich auf der Insel vor allem für die Sache mit Joey bekannt bin.

Es fühlt sich wie eine Ewigkeit an, bis unsere Bestellung kommt. Harrison ist nicht der Typ für Smalltalk, und erst als ich draußen im Sonnenschein bin, kann ich mich wieder etwas entspannen.

»Wollen Sie darüber reden?«, fragt mich Harrison, als wir die Straße überqueren in Richtung Parkplatz.

Ich starre ihn erschrocken an. »Worüber?«

Seine Augenbrauen wandern in die Höhe. »Darüber, was gerade da drinnen passiert ist?«

Ich schüttele den Kopf. Ich sollte erklären, was zwischen Joey und mir passiert ist, was dazu geführt hat, dass ich ihn vor dem Altar verließ, aber es fühlt sich plötzlich zu überwältigend an.

»Es geht mich nichts an«, beeilt er sich zu sagen. »Das verstehe ich.«

»Darum geht es nicht …«, sage ich, aber wir haben bereits das Auto erreicht, und er öffnet die hintere Tür für mich. Sein Blick ist grimmig und wie aus Stein, er ist wieder im Bodyguardmodus.

Das Gespräch ist beendet.

# Acht

»Okay, die Stunde der Wahrheit ist gekommen«, sagt meine Mutter und tippt ihre Fingerspitzen gegeneinander wie Mr Burns. »Bist du bereit?«

»So bereit, wie ich sein kann.«

Meine Mutter beugt sich nach unten und öffnet den Ofen, schiebt ihre Ofenhandschuhhände hinein und holt den Kuchen heraus.

Ich mache mich auf das Schlimmste gefasst, und als ich sehe, dass er seine Form behalten und braun und fluffig ausschaut, seufze ich erleichtert.

»Er sieht lecker aus«, sage ich zu ihr.

»Nicht wahr?«, fragt sie stolz und platziert ihn auf ein Gitter. »Der schwierige Teil kommt aber erst noch.«

Sie holt die Glasur, die sie vorhin gemacht hat und die im Kühlschrank leicht hart und klumpig geworden ist. »Hmmm, scheint etwas fest zu sein«, sagt sie. Dann zuckt sie mit den Schultern. »Macht nichts.«

Ich beobachte, wie sie den Kuchen glasiert, denke aber nicht länger darüber nach, dass die Glasur aussieht wie eine zähe, klumpige Betonschicht, sondern mehr darüber, was vorhin passiert ist.

Nachdem wir unseren Kaffee ausgetrunken hatten, fuhr der Chauffeur Harrison und mich nach Hause. In der Sackgasse wimmelte es nur so von Reportern, und wir fuhren gerade durch das Tor, als Bert in seinem Polizeiwagen erschien und hoffentlich alle wegschickte.

Als uns der Geländewagen in unserer Einfahrt absetzte, schien Liza völlig verwirrt. Es war der seltsamste und längste Nicht-Spaziergang gewesen, den sie je gemacht hatte.

Dann sagte Harrison: »Wir sehen uns um sieben.«

Und das war's. Tür zu. Und weg waren sie.

Als ich nach Hause kam, war meine Mutter gerade im Begriff, aufzustehen. Ich wollte sie nicht mit meinen Paparazzi-Nöten belasten, also sagte ich, ich sei mit Liza nur spazieren gewesen. Dann eröffnete sie mir, dass ich in die Stadt gehen und Zutaten für den Kuchen besorgen müsste.

Das Letzte, was ich in dem Moment wollte, war, das Grundstück zu verlassen, darum sagte ich meiner Mutter, dass wir locker mit den im Haus vorhandenen Zutaten zurechtkommen würden.

Wenn also die Glasur etwas klumpig ist und der Kuchen etwas komisch schmeckt, dann ist es vermutlich meine Schuld.

Meine Mutter hat zum Glück richtig gute Laune, weshalb sie die Glasur unbekümmert auf den Kuchen klatscht. Sie ist kein bisschen nervös wegen des Abendessens, nur aufgeregt, was sie mir mindestens einmal pro Stunde sagt.

»Solltest du dich nicht fertig machen?«, fragt sie. Ihr klebt Zuckerguss an der Wange.

Ich signalisiere ihr, dass sie ihn wegwischen soll, aber ihre Aufmerksamkeit gilt schon wieder dem Kuchen. Außerdem hat sie recht. Ungeachtet der Glasur in ihrem Gesicht ist sie nett zurechtgemacht und trägt eine hübsche, mit Perlen bestickte Tunika mit der dazu passenden, schmalen Hose, und ihr Haar ist geglättet.

Ich hingegen trage immer noch das, was ich schon vorhin anhatte. Es war kein guter Look, um meinem Ex über den Weg zu laufen, und es ist kein guter Look für ein Abendessen bei den Royals.

Ich gehe in mein Schlafzimmer und starre die Klamotten in meinem Schrank an. Ich weiß, ich war erst neulich drüben bei ihnen, aber das hier fühlt sich irgendwie formeller und nach etwas ganz Besonderem an. Am Ende entscheide ich mich für ein gelbes Maxikleid mit weißen Streublümchen, das einen schmeichelhaften Ausschnitt und wallende Ärmel hat. Wenn ich mein Haar zu einem Knoten hochstecke und etwas Make-up auflege, sehe ich vielleicht elegant genug aus, um sie zu täuschen.

Als ich fertig bin, werfe ich Liza ein Knabberspielzeug hin, damit sie beschäftigt ist, während wir weg sind. Meine Mutter trägt den Kuchen, als wir das Haus verlassen. An der Gabelung der Auffahrt angekommen, können wir die Sackgasse sehen. Ich erkenne das Polizeiauto, aber ich sehe keine Presseleute, also vielleicht hat Bert sie verscheucht, oder sie halten sich nur fern, solange er da steht. Meine Mutter sieht nicht mal in die Richtung, sie hält den Blick auf die Landschaft gerichtet, während wir die royale Einfahrt hinaufgehen, und bewundert unter Oh und Ah die Blumen.

Natürlich kann ich den Medienzirkus nicht ewig vor ihr verbergen, und sie ist nicht dumm. Sie wird verstehen und wohl auch erwarten, dass all das dazugehört, wenn die Royals nebenan wohnen. Trotzdem will ich sie beschützen, selbst wenn das vermutlich falsch ist, und möchte unser Leben so lange wie möglich in ruhigem Fahrwasser halten.

Und doch sind wir im Begriff, mit Mitgliedern des britischen Königshauses zu Abend zu essen.

»Ich habe mir dieses Haus noch nie richtig angesehen«, sagt

meine Mutter staunend. »Es ist wunderschön. Und so leicht und luftig.« Sie dreht sich kurzerhand um und legt mit geschlossenen Augen ihr Gesicht in die Abendsonne. »Schwer zu glauben, dass wir nur ein paar Meter entfernt wohnen.«

Meine Mutter hier draußen so zu sehen weckt in mir den Wunsch, mit ihr zusammen wandern zu gehen, sie öfter aus dem Haus rauszulocken, selbst wenn wir uns dann mit Paparazzi herumschlagen müssten. Vielleicht könnte Bert uns ja eskortieren, oder so.

Bevor ich das ihr gegenüber äußern kann, öffnet sich die Tür und Agatha erscheint.

»Guten Abend«, sagt sie zu uns. »Bitte kommen Sie herein.«

Meine Mutter und ich ziehen uns in der Eingangshalle die Schuhe aus, dann folgen wir Agatha die Stufen hinunter in den Wohnbereich, wo Monica und Eddy nebeneinanderstehen und lächeln.

Monica sieht natürlich umwerfend aus, in einem pastellorangen Kleid, das meinem nicht ganz unähnlich ist, das Haar zu einem eleganten, tief sitzenden Dutt gebunden, das Gesicht dezent geschminkt, und Eddie trägt ein marineblaues Poloshirt und eine dunkle Jeans. Ich atme erleichtert auf, als mir klar wird, dass dieses Dinner nicht zu abgehoben für uns sein wird.

»Ich freue mich so, dass Sie gekommen sind«, sagt Monica und faltet die Hände über ihrem Bauch, während sie uns lächelnd ansieht.

Meine Mutter ist hin und weg, diesmal allerdings von Prince Eddie.

Ich meine, wie könnte es auch anders sein? Sie hat ihn im Fernsehen aufwachsen sehen, und jetzt steht er leibhaftig vor ihr.

»Sie hat Ihnen einen Kuchen gebacken«, sage ich, nehme meiner Mutter den Kuchen aus den Händen und reiche ihn Monica. »Tut mir echt leid, sie befindet sich in Schockstarre.«

Monica lacht. »Ich bin daran gewöhnt. Die Leute sind immer wie verzaubert, wenn sie Eddie zum ersten Mal begegnen. Ich kann sie verstehen. Mir ging es genauso.« Sie hält kurz inne und lächelt ihn an. »Bis heute.«

Argh. Sie sind so goldig!

»Es ist mir eine Freude, Sie kennenzulernen, Mrs Evans«, sagt Eddie und geht lächelnd auf sie zu. Er nimmt die Hand meiner Mutter in seine beiden Hände und schüttelt sie herzlich.

Meine Mutter ist vor glückseligem Entzücken gerade ein bisschen gestorben. Sie gibt noch ein Quietschen von sich, das sich wie »Danke« anhört.

»Wenn Sie mich jetzt kurz entschuldigen würden«, sagt Eddie. »Ich muss mich ums Lamm kümmern. Ich hoffe, das ist Ihnen recht? Zur Sicherheit habe ich auch noch einen veganen Auflauf gemacht.«

Oh mein Gott. Dieser Prinz steckt voller Überraschungen. »*Sie* haben gekocht?«

Er grinst. »Ich hatte etwas Hilfe, seien Sie unbesorgt. Mit ein bisschen Glück ist es sogar genießbar.«

Eddie verschwindet in die Küche, während Agatha geduldig neben uns ausharrt.

»Was möchten Sie trinken?«, fragt Monica und zeigt auf die Stühle.

»Was immer Sie trinken«, sage ich, mit Blick auf das Glas, das neben ihr steht.

Ich schwöre, dass sie rot wird. »Das ist einfach nur Sprudelwasser. Trinken Sie Wein, Mrs Evans?«

»Bitte nennen Sie mich Evelyn«, sagt meine Mutter. »Und ich hätte auch gern ein Sprudelwasser.«

Ich bin stolz auf meine Mutter. Sie darf wegen ihrer Medikamente keinen Alkohol trinken, aber sie greift trotzdem oft zu Wein, wenn sie niedergeschlagen oder angespannt ist, was sich negativ auf ihre Verfassung auswirkt und alles immer noch viel schlimmer macht. Heute allerdings demonstriert sie Zurückhaltung, und ich beschließe, mich ihr gegenüber solidarisch zu zeigen.

»Für mich auch, bitte«, sage ich.

»Piper«, sagt meine Mutter rasch. »Ich bitte dich. Trink ruhig ein Glas Wein. Für mich ist das in Ordnung; für Monica ebenso.«

»Ein schöner Rotwein passt ausgezeichnet zum Lamm«, sagt Monica.

»Dann nehme ich den zum Essen«, lenke ich ein. »Für den Moment ist Sprudelwasser aber gut.«

Agatha geht mit unserer Bestellung davon, und ich lasse meinen Blick durch den Raum schweifen. »Wo ist Harrison?«

Normalerweise sitzt er mir doch immer sofort im Nacken.

»Er ist unten am Wasser«, erklärt Monica. Ihr Gesichtsausdruck wird weich. »Ich habe gehört, was heute passiert ist. Harrison hat es mir erzählt.«

»Was ist heute passiert?«, fragt meine Mutter. »Du warst doch den ganzen Tag zu Hause.«

Ich blicke unsicher zu Monica, die leicht verlegen aussieht. Das kommt davon, wenn ich Geheimnisse vor meiner Mutter habe – geschieht mir nur recht.

»Na ja, es ist heute Morgen passiert. Als ich mit Liza Gassi war …«

Meine Mutter wartet geduldig, dass ich fortfahre. Ich blicke auf meine Hände hinunter, um weder meine Mutter noch Monica ansehen zu müssen, die sich bestimmt schlecht fühlt, weil sie es erwähnt hat. »Es herrschte ein ziemlicher Medientrubel vorm Haus. Auf der Straße. Ich hatte Glück, dass Harrison genau in dem Moment zum Einkaufen losgefahren ist. Er hat mich gerettet, könnte man sagen.«

»Ich fühle mich schrecklich«, sagt Monica. »Ich weiß, wie die Presse sein kann, und dass Sie dem ausgesetzt sind …«

»Es ist schon okay«, sage ich schnell und schenke ihr ein beteuerndes Lächeln. »Ich werde mich dran gewöhnen. Und gerade eben habe ich Berts Auto da draußen gesehen. Das ist der Polizist. Er war allein, es war niemand sonst dort.«

»Warum hast du nichts davon erzählt?«, fragt meine Mutter leise, offensichtlich verletzt, dass ich es ihr verschwiegen habe.

»Weil ich nicht wollte, dass du dich aufregst.«

»Aber früher oder später hätte ich doch sowieso davon erfahren, oder? Ist das der Grund, warum du vorhin nicht noch mal in die Stadt wolltest? Hast du Angst?«

»Wirklich, es tut mir so leid«, sagt Monica. »Als wir uns für diesen Ort entschieden haben, hätte ich nicht damit gerechnet, dass es solch gravierende Auswirkungen auf andere haben würde. Ich hatte gehofft, die Presse würde sich fernhalten.«

Ich lächele matt. »Sie sind die größte Neuigkeit, die es hier jemals gab. Noch spektakulärer als die Horde Orcas, die im Hafen herumschwamm, oder als die entlaufenen Lamas, die damals die Stadt in Beschlag nahmen.«

»Und vergiss nicht die Herbstkirmis, als Buzz McClaren mit dieser gigantischen Wassermelone anrückte. Eine größere Neuigkeit als *das*.«

»Was ich damit meine, ist, ich werde damit klarkommen«, sage ich zu Monica. »Außerdem, sie schienen alle hier aus der

Gegend zu sein oder zumindest aus Kanada. Sie waren lästig, aber ich glaube nicht, dass sie schlimmer waren als das, was Sie zu Hause erleben mussten.«

»Und ich werde diesen Aasgeiern mit Vergnügen sagen: ›Macht die Flatter‹«, verkündet meine Mutter. Sie zeigt sich gerade von ihrer allerbesten Seite, denn statt ›Macht die Flatter‹, wird meine Mutter in Wahrheit ›Verpisst euch‹ sagen. Das wird für die Presse ein gefundenes Fressen.

»Ich glaube, ich sollte mit allen Nachbarn in der Straße reden«, sagt Monica. Sie sieht gestresst aus und hat Sorgenfalten auf der Stirn. »Ich fände es furchtbar, wenn das für sie auch ein Problem wird.«

»Ich denke, jeder kann ganz gut auf sich selbst aufpassen«, erwidere ich. Da ich die Leute in unserer Straße nicht besonders gut kenne, weiß ich nicht, ob das so eine gute Idee wäre. »Ich bin sicher, dass sich die Situation bald wieder beruhigt.«

»Das hoffe ich«, sagte Monica nach einem kurzen Moment und bedenkt Agatha mit einem steifen Lächeln, als sie das Sprudelwasser von ihrem Tablett an uns verteilt.

»Na dann, Prost auf meine neuen Nachbarn«, sagt Monica und erhebt das Glas. »Und ab jetzt sprechen wir über leichtere Themen.«

Aber nachdem wir unsere Gläser geleert haben und zum Esstisch rübergehen, der mit leuchtenden Kerzen in Goldkäfigen und einem Stück Treibholz dekoriert ist, und Agatha das Essen aufzutragen beginnt, wird die Unterhaltung wieder ernst.

»Also, Eddie«, sagt meine Mutter zwischen zwei Bissen. »Entschuldigung.« Sie lächelt kurz. »Prince Eddie.«

Er machte eine beschwichtigende Handbewegung und lächelt. »Alles gut. Meine engsten Freunde nennen mich Eddie, nicht Prince Eddie. Ersteres bevorzuge ich in letzter Zeit. Es gibt mir das Gefühl, dass wir dieser Welt wirklich entflohen sind.«

Meine Mutter nickt. »Ich bin nur neugierig, ob Sie, na ja, irgendetwas von zu Hause vermissen.«

»Noch nicht«, sagt er. »Aber warten wir mal ab.«

»Die Presse hat Sie ganz schrecklich behandelt, vor allem Monica«, sagt sie. »Rassistenbande.«

»Mom«, warne ich sie. »Lass uns nicht beim Abendessen darüber reden, bitte.«

»Nein, schon okay«, sagt Monica. »Wirklich. Es gibt viele Mikroaggressionen in den Medien –«

Eddie stößt ein spöttisches Schnauben aus.

»Was?«, sagt Monica. »Es ist wahr.«

»Einige dieser Schmierblätter haben es, verdammt noch mal, schlichtweg auf dich abgesehen, mein Schatz.« Seine hellen Wangen färben sich rot vor Wut. »Entschuldigen Sie vielmals. Ich sollte daran gewöhnt sein. Ich *bin* daran gewöhnt. Aber nicht an das. Nicht daran, wie sie Jagd auf dich machen, dich verleumden, nur weil du nicht in das Bild passt, wie die sich einen verdammten Royal vorstellen.«

»Klingt so, als müssten viele von ihnen erst noch im aktuellen Jahrhundert ankommen«, bemerkt meine Mutter.

»Das können Sie laut sagen«, erwidert Monica. »Aber ich wusste, dass es so kommen würde. Ich bin zwar neu, was die Monarchie angeht, aber das ist nicht meine erste Schlacht mit den Medien. Rassismus, Mikroaggressionen, das ist nichts Neues, und ich habe mich trotzdem dazu entschieden, mit Eddie zusammen zu sein, denn unsere Liebe ist all diese Anstrengungen wert.«

»Aber wir haben uns auch eine verdammte Auszeit verdient«, sagt Eddie. Er deutet auf die Aussicht. Dann zeigt er auf meine Mutter und mich. »Und wir haben es uns verdient, ein gutes Essen mit neuen Freunden zu genießen. Wollen wir darauf noch einen Toast aussprechen?«

Wir erheben unsere Gläser.

Kurz danach wird das Dessert serviert. Der Kuchen meiner Mutter ist gar nicht so übel, wenn man bedenkt, dass beide Royals mindestens die Hälfte ihres Stücks vertilgen. Ich esse das ganze Stück auf, damit meine Mutter keine Komplexe kriegt.

Ich stehe auf, trete ans Fenster und sehe Harrison unten am Anleger, wo sich die Sonne golden auf dem Wasser spiegelt. Sein Rücken ist zu mir gewandt, seine Hände hinter dem Rücken verschränkt, und er blickt in die Ferne. Ich weiß, dass er einen Job zu erledigen hat, aber es fühlt sich nicht richtig an, dass er da unten steht, vor allem nicht, nachdem wir dieses herrliche Abendessen genossen haben, an dem er auch beteiligt war, und sei es nur, indem er die Lebensmittel besorgt hat.

»Verstößt es gegen die Regeln, wenn ich Harrison ein Stück Kuchen bringe?«, frage ich und drehe mich um.

Monica lacht. »Die Regeln? Nein, ich bin sicher, er würde sich darüber freuen.«

»Der Mann hat eine große Schwäche für Süßes, das glaubt man kaum«, sagt Eddie mit einem jungenhaften Lächeln.

Interessant.

Ich gehe in die Küche, wo Agatha das Geschirr wegräumt, und sie hilft mir, ein Stück Kuchen auf einen Teller zu legen. Ich schlüpfe durch die Schiebetür auf die Terrasse hinaus, dann gehe ich die Stufen hinunter zu dem Steinpfad, der sich durch sonnenverbranntes Gras bis zum Anleger schlängelt.

Als ich den Steg betrete, gerät er leicht ins Schwanken und

platscht durchs Wasser, aber Harrison dreht sich immer noch nicht um.

»Es schien nicht richtig zu sein«, sage ich und bleibe einen Meter hinter ihm stehen.

Er dreht sich langsam um und blickt mich an, dann schaut er auf den Kuchen in meiner Hand. Und ist nicht im Geringsten überrascht, mich zu sehen. Offenbar kann man sich nicht an ihn anschleichen. Vermutlich erkennt er meine Schritte oder irgend so etwas Abgefahrenes.

»Was schien nicht richtig zu sein?«

Ich gestikuliere mit dem Kuchen Richtung Haus. »Dass Sie beim Dinner nicht dabei waren. Normalerweise mischen Sie sich in alles ein und beschatten mich wie einen Ladendieb.«

Er schaut wieder aufs Wasser. »Ich muss hier die Augen offen halten. Jetzt, wo die Polizei oben an der Straße steht, wird die Presse neue Manöver probieren.«

»Wie lange soll Bert dort bleiben?« Es mag sich nach einem leichten Job anhören, aber es ist auch nicht so, als gäbe es auf der Insel gar keine Kriminalität. Dieser Ort hat definitiv eine dunkle Schattenseite.

»Solange er kann. Wir lassen noch einen unserer Männer aus London kommen, der diese Aufgabe übernimmt, aber das wird noch ein paar Tage dauern.«

»Ach ja, wie viele Ihrer Leute sind denn schon hier? Es ist schwierig, sie zu zählen. Sie haben alle ganz schön viele Tricks drauf.« Wie zum Beispiel die Baumverstecke.

»Ausreichend«, sagt er mit fester Stimme.

»Nerve ich Sie?«, frage ich. »Ich meine, lenke ich Sie zu sehr ab?«

Er lässt ein raues Lachen vernehmen. »Sie lenken mich definitiv ab.«

Obwohl er lacht, kann ich nicht einschätzen, ob er es nicht doch ernst meint, denn er ist immer so verdammt ernst.

»Soll ich wieder gehen? Ich bin nur gekommen, um Ihnen Kuchen zu bringen.«

Er dreht sich halb um, und obwohl ich seine Augen hinter den Sonnenbrillengläsern nicht erkennen kann, weiß ich, dass er den Kuchen beäugt. Oder vielleicht sieht er auch mich an.

»Ist der für mich?«

Ich halte ihm den Teller mit dem Kuchenstück entgegen. »Sie haben mir die Erlaubnis erteilt. Ich habe vorher nachgefragt – es ist nicht verboten.«

Daraufhin hebt sich einer seiner Mundwinkel, und ich starre kurz wie gebannt auf seine Lippen. Sie sind so voll und sinnlich, und ich bin …

Neidisch. Ich bin neidisch auf seine Lippen, das ist alles. Ich bin kein bisschen erregt von ihrem Anblick und frage mich auch nicht, wie es wäre, sie zu küssen, oder wie sie sich anfühlen würden auf …

»Verstehe«, sagt er. Er streckt die Hand aus und nimmt mir den Teller ab. »Schade, dass es kein verbotener Kuchen ist. Ich finde ja, dann schmeckt er immer noch süßer.«

Dem rauen Klang seiner Stimme nach könnte ich schwören, dass er eine Anspielung macht.

Und dann tunkt er seinen Zeigefinger in die Glasur, steckt ihn in seinen Mund und lutscht ihn ab. Ich kann sehen, wie seine Zunge dabei von innen gegen seine Wange stößt, und ein heißes Prickeln jagt durch mich hindurch, vom Kopf bis zu den Zehen.

Mein Gott. Das ist definitiv eine Anspielung!

Ich kann seine Augen nicht sehen. Ich kann nur mein Spiegelbild in seiner Sonnenbrille sehen, und mein Mund steht offen.

Schnell mache ich ihn zu.

»Ist das der Kuchen Ihrer Mutter?«, fragt er.

Und schon ist der Moment vorbei.

Ich räuspere mich. »Ja. Er ist eigentlich ganz gut.«

»Die Glasur könnte noch etwas mehr Feinschliff vertragen«, kommentiert er und schmatzt mit nachdenklichem Gesicht die Lippen zusammen. Es ist, als würde man einem Sommelier dabei zusehen, wie er einen alten Bordeaux prüft, nur dass es in diesem Fall die Glasurvariante meiner Mutter ist. »Zu viel Zucker. Und nicht die richtige Konsistenz.«

Ich verschränke abwehrend die Arme vor der Brust. »Jetzt sagen Sie nur noch, Sie waren auch schon Juror bei ›The Great British Bake Off‹?«

»Ach, die Show ist doch Müll«, sagt er. »Nichts davon ist echt, wissen Sie.«

Ich schnappe in gespieltem Entsetzen nach Luft. »Mit dieser Behauptung könnten Sie glatt aus Großbritannien rausgeschmissen werden.«

»Dann ist es ja gut, dass ich gerade nicht dort bin«, sagt er und teilt die Kuchenspitze mit der Gabel ab. »Und Sie wollen einfach da stehen bleiben und mir beim Kuchenessen zusehen.« Mit einem Nicken deutet er aufs Haus. »Sollten Sie nicht wieder hochgehen?«

»Sie meinen, um auf meine Mutter aufzupassen?«, frage ich vorsichtig.

»Ich meine, um sich mit dem Duke und der Duchess of Fairfax zu unterhalten.«

Er schiebt sich eine Gabel voll Kuchen in den Mund.

»Wir haben uns schon sehr viel unterhalten«, entgegne ich

und frage mich, ob er mich nur loswerden will. Wenn ja, bin ich absichtlich stur. »Mir war wohl einfach danach, etwas Nettes zu tun.«

Er kaut, und ich spüre, wie er mich währenddessen beobachtet. Ich starre mein Spiegelbild in seinen Gläsern an. Ich weiß, was *ich* darin sehe, aber ich frage mich, was *er* sieht.

»Darf ich Ihnen eine Frage stellen?«

»Sicher.«

»Warum haben Sie diesen Kerl vorm Altar stehen lassen?«

Ich starre ihn einen Moment lang an, während er sich einen weiteren Bissen Kuchen in den Mund schiebt. Einerseits hätte ich nicht gedacht, dass er die Sache noch einmal erwähnt. Andererseits, wie könnte jemand nicht wissen wollen, was passiert ist?

»Das war mein Ex, Joey«, sage ich mit einem schweren Seufzer. »Und so wie alle Männer, mit denen ich je zusammen war, ist er ein Arschloch.«

»Und das konnten Sie nicht schon an seinem Namen erkennen?«

Ich lache, obwohl Harrison todernst aussieht. »Ich hätte es wissen müssen. Und es hätte mir klar sein müssen, angesichts meiner bisherigen Beziehungsbilanz. Aber das war es nicht, weil ich eine Idiotin bin. Und ich habe mir den emotional unzugänglichen Typ ausgesucht, weil das nun mal ein Muster von mir ist. Ich habe zu oft weggeschaut, bis ich herausgefunden habe, dass er am Abend meines Junggesellinnenabschieds mit einer anderen Frau geschlafen hat.«

Harrison hört auf zu kauen.

»Das habe ich aber erst am Tag meiner Hochzeit erfahren. Als mir die Haare frisiert wurden. Eine Freundin von mir schrieb mir eine Nachricht, um mir mitzuteilen, was ihr zu

Ohren gekommen war. Meine arme Friseurin, sie versuchte mir eine komplizierte Hochsteckfrisur zu machen, während ich weinte und Nachrichten schrieb und alle anrief, die ich kannte – jeden, der ein paar Stunden später bei der Hochzeit dabei sein sollte.«

»Oh Mann«, sagt Harrison leise. »Das tut mir leid.«

Ich zucke mit den Schultern. »Ich hatte keine Wahl. Ich musste die Hochzeit abblasen. Und das, was Amy – die Barista in dem Café – gesagt hat, war falsch. Genau genommen habe ich ihn nicht vorm Altar stehen lassen. Ich habe seiner Familie gesagt, dass ich die Hochzeit abblasen würde. Sie meinten, ich sei irrational. Sie gehören zu den Familien, die schon seit zig Dekaden auf der Insel ansässig sind und jede Menge Land besitzen, viele Freunde und viel Macht. Sie wollten nicht das Gesicht verlieren und die Hochzeit absagen. Ich dachte, sie hätten alles geregelt, und bin nach Hause gegangen. Wie sich herausstellte, hatten sie aber so weitergemacht, als würde ich ganz normal vor den Traualtar treten. Diese Arschlöcher haben mich als die Böse dastehen lassen. Offenbar denken die Leute das bis heute und reden immer noch darüber.«

»Aber sie wissen doch bestimmt alle, was er getan hat. Gerüchte verbreiten sich in kleinen Städten blitzschnell.«

»Natürlich wissen sie es«, entgegne ich leicht empört. »Sie wissen es, und es ist ihnen egal. Es ist einfacher, mich zu diffamieren. Mich, die Einzelgängerin, die nirgendwo richtig dazugehört. Man gibt mir die Schuld, nicht ihrem Goldjungen.«

»Dem Goldjungen mit dem Blowhole«, bemerkt er trocken.

Ich muss unwillkürlich lachen. »Das ist der Name seines Pubs. Es ist der einzige Pub in der Stadt. Wenn man also ausgehen und ein bisschen feiern will, landet man zwangsläufig dort.

Dann spielt seine miese Band ein paar miese Songs, und man sitzt in der Falle.«

»Ich nehme an, dass Sie sich den Auftritt am nächsten Freitag nicht ansehen möchten«, sagt er.

»Auf keinen Fall!«, entgegne ich. Dann halte ich inne. »Es sei denn, Sie kommen mit.«

Wieder zuckt ein kleines Lächeln um seinen Mund. »Sie gehen also wirklich davon aus, dass ich freitags freihabe.«

»Haben Sie überhaupt mal abends frei?«

»Mein Job kennt keinen Feierabend«, sagt er und richtet seine Aufmerksamkeit wieder aufs Wasser. Ich glaube, ich habe ihn wirklich mit meinem Kuchen-Quatsch abgelenkt.

Trotzdem. »Was, wenn ich Monica bitte, Ihnen den Abend freizugeben?«

»Wehe!«, sagt er scharf.

»Sie scheint sehr verständnisvoll zu sein«, bohre ich weiter. »Und Sie haben doch gerade selbst erzählt, dass weitere Verstärkung im Anmarsch ist.«

»Ich nehme mir nicht frei, um in irgendeine Blowhole-Kneipe zu gehen, wo Scheißmusik gespielt wird.«

Ich nicke und schürze die Lippen. »Ah, ich verstehe. Sie haben nichts zum Anziehen, stimmt's? Nur Anzüge. Worin schlafen Sie eigentlich? Ich wette, in Pyjamas mit Brusttasche und Einstecktuch.«

Er runzelt die Stirn, und ich weiß, dass seine Augen funkeln. Ich sollte wirklich aufhören, solchen Spaß daran zu haben, ihn auf die Palme zu bringen.

»Es wäre unangemessen, wenn ich Ihnen sagen würde, worin ich schlafe«, sagt er. »Und ich gehe deshalb lieber nicht mit, weil ich befürchte, dass ich Ihrem Ex-Freund sonst die Nase breche.«

Whoa!

Hat Harrison mir gegenüber gerade einen auf besitzergreifenden Macho gemacht?

»Gucken Sie nicht so entsetzt«, sagt er. »Ich habe eine ausgesprochen niedrige Toleranzschwelle für Wichser. Für das, was der Ihnen angetan hat, hat er wenigstens eins auf die Nase verdient. Und das Letzte, was ich gebrauchen kann, ist Ärger außerhalb meines Jobs.«

Ich sollte meine Klappe halten. Mich umdrehen und gehen. Aber ich kann nicht anders.

»Sie würden für mich Ärger in Kauf nehmen?«

»Ich würd's lieber nicht tun.« Dann reckt er das Kinn. »Sie sollten jetzt besser gehen. Sie sind schon lange genug hier draußen.«

Er ist wieder der alte Harrison, den ich kenne.

Obwohl ich über den Mann eigentlich gar nichts weiß, wenn ich es mir recht überlege.

Außer dass er meinem Ex eins auf die Nase geben will.

Was irgendwie, na ja, voll süß ist.

»In Ordnung«, sage ich.

Ich drehe mich um und gehe den Steg entlang, mein Herz rast ohne jeglichen Grund.

»Danke für den Kuchen«, ruft er mir hinterher. Ich drehe mich zu ihm um, und er hält den Teller in die Luft. »Sagen Sie Ihrer Mutter, dass sie's gut hingekriegt hat.«

Ich schenke ihm ein kleines Lächeln und gehe weiter Richtung Haus.

Dieses quietschvergnügte Gefühl droht in mir hochzusteigen, aber ich drücke es mit aller Macht hinunter.

# Neun

Es hat letzte Nacht geregnet. Die Luft ist süß, und auf den Funkienblättern sitzen kleine Wassertropfen wie aufgeklebte Strasssteinchen. Die Sonne schafft es kaum durch die dichten Tannen und den Schierling hindurch, nur gerade genug, dass es überall glitzert. Mir war klar, dass meine Mutter nach dem Trubel bei den Royals ein paar Tage brauchen würde, um sich zu erholen, deshalb bin ich jetzt in ihrem Garten zugange und jäte Unkraut. Ich hasse es. Ich hasse, dass mir der Rücken dabei wehtut, ich hasse, wie mühsam es ist, und vor allem hasse ich, dass sich die Brombeerbüsche alles einverleiben, sobald man mal kurz nicht hinschaut. Aber die Arbeit ist lohnenswert. Zumindest rede ich mir das ein, während ich mir Dornen aus den Fingern pflücke.

Die letzten paar Tage waren recht entspannt. Da meine Mom sich im Abwärtsstrudel befindet und ihr Schlafzimmer nicht verlässt, konnte ich das Haus putzen, einen Podcast über einen paranormalen Liebesroman, den ich vor Kurzem gelesen habe, aufnehmen (Bären-Gestaltwandler sind im Moment der letzte Schrei, und darüber beschwere ich mich nicht) und habe viel gekocht und …

Das war's eigentlich schon.

Obwohl ich Monica erzählt habe, es würde uns nichts ausmachen, mit der Presse konfrontiert zu sein, bin ich gestern erst spätabends aus dem Haus geschlichen, um Lebensmittel einzukaufen. Ich habe keine Medienvertreter gesehen, aber einen schwarzen Geländewagen, der am Straßenrand parkte, und ich frage mich, ob Harrison darin saß oder der neue Mitarbeiter, der aus England gekommen sein soll. Wie auch immer, die Presse hat sich anscheinend erst mal verzogen.

Seit dem Abendessen neulich habe ich außer meiner Mutter keine Menschenseele mehr gesehen. Ich dachte, Monica und Eddie würden mal vorbeischauen oder eine Textnachricht schicken, aber nichts. Das hat vermutlich gar nichts zu bedeuten, nur, dass sie beschäftigt sind. Trotzdem kann ich nicht anders, als zu überlegen, ob ich vielleicht irgendetwas falsch gemacht habe. Vielleicht sind sie zu dem Schluss gekommen, dass meine Mutter und ich zu durchgeknallt sind, um ihre Nachbarn zu sein. Vielleiht hat Harrison Monica erzählt, ich würde ihn von der Arbeit abhalten und mich unangemessen betragen. Immerhin habe ich ihm Kuchen gebracht, als er im Dienst war.

Aber *er* war doch derjenige, der den Kuchen gegessen hat, als wäre es ein Vorspiel, rufe ich mir ins Gedächtnis. Es sei denn, ich sehe wieder mal nur das, was ich sehen will, was bei mir leider regelmäßig der Fall ist. Deshalb habe ich am Ende bisher jedes Mal ein gebrochenes Herz gehabt.

Aber warum denke ich so etwas überhaupt?

Ich schüttele den Gedanken aus meinem Kopf heraus und bereite mich darauf vor, dem letzten Unkraut zu Leibe zu rücken, als ich jemanden hinter mir wahrnehme.

Ich wirbele herum und sehe Harrison.

Dreimal dürft ihr raten, was er anhat.

»Was tun Sie da? Müssen Sie sich so anschleichen?«, rufe ich und fahre hoch.

»Tut mir leid, ich dachte, ich wäre laut genug gewesen«, sagte er und sieht leicht verlegen aus.

Ich verdrehe die Augen. »Wenn Sie das unter laut verstehen, will ich gar nicht wissen, wie es ist, wenn Sie sich wirklich mal an jemanden anschleichen.«

»Sie wissen aber schon, dass ich kein Geheimagent bin«, sagt er und grinst schief.

Na ja, wenigstens findet er mich amüsant.

»Woher soll ich das denn wissen? Sie haben gesagt, Sie hätten viele Hüte auf.«

Seine Augenbrauen kriechen aufeinander zu, und ich weiß nicht, ob er *mich* ansieht oder den Garten. »Lassen Sie mich raten, Sie sind auch Gartenexperte?«, frage ich.

Er macht ein paar Schritte auf mich zu, bis er direkt vor mir steht, dann streckt er die Hand nach meinem Gesicht aus. Ich versuche, nicht zusammenzuzucken, als er mit dem Finger sacht über meine Wange streicht.

»Sie haben da Schmutz im Gesicht«, sagte er mit tiefer, rauer Stimme, bevor er seine Hand wegnimmt.

Mein Herz hämmert so heftig in meiner Brust, dass ich Angst habe, meine Rippen können ihm nicht standhalten.

»Oh«, mache ich nur und wische mir dann hastig mit dem Unterarm übers Gesicht.

»Und das da sind Blaublatt-Funkien. Sie werden jedes Jahr größer. Spätestens in zwei Jahren werden sie sich gegenseitig den Platz streitig machen.«

Ich sehe ihn fest an, obwohl meine Haut an der Stelle, wo er mich berührt hat, immer noch kribbelt. Mann, ich brauche dringend mal wieder Sex, denn eine simple Berührung sollte mich nicht dermaßen aus der Fassung bringen.

Ich räuspere mich, in der Hoffnung, ganz normal zu klingen. »Sind Sie hergekommen, um an meinen gärtnerischen Fähigkeiten rumzukritteln?«

»Nein, eigentlich nicht«, sagt er. »Ich habe mich gefragt, ob Sie jemanden kennen, der ein Boot hat.«

»Ein Boot. Wir sind hier auf einer Insel. Beinah jeder hat ein Boot. Warum? Sie haben doch ein riesengroßes da unten im Wasser liegen.«

»Eddie möchte gern mal aus den vier Wänden raus, aber ihm ist noch nicht ganz wohl bei dem Gedanken, in die Stadt zu fahren. Monica und Eddie dachten, ein Ausflug aufs Wasser wäre gut. Sie möchten aber nicht ihr eigenes Boot nehmen. Die Leute würden es sofort erkennen.«

»Sie sind den ganzen Weg hergekommen, nur um mich das zu fragen? Monica hätte mir einfach eine Nachricht schreiben können.«

Einen Moment lang sagt er nichts. »Ich schätze, ich bin hergekommen, um Sie abzulenken.«

»Tja, Pech für Sie, denn für heute bin ich fertig mit Unkrautjäten. Und ja, ich kenne jemanden, der ein Boot hat. Bert hat eins. Ich bin sicher, dass er es Ihnen gern ausleihen wird.«

»Nehmen Sie bitte Kontakt mit ihm auf und fragen ihn.«

Ich seufze und zucke mit den Schultern. »Sicher.«

Also, ich bin nicht direkt mit Bert befreundet; es ist nicht so, dass ich regelmäßig den Polizeichef anrufe und mich nach seinem Befinden erkundige. Aber für die Royals tue ich es.

Nicht für Mr Bossypants.

»Danke«, sagt Harrison und dann dreht er sich um und verschwindet, geht zurück die Einfahrt hinunter, so leise wie eine Maus.

»Komischer Vogel«, murmele ich vor mich hin. Aber in dem Moment, als ich die Worte sage, wird mein Gesicht heiß, und ich spüre ein Flattern im Magen. Na bravo. Wie es scheint, mag ich es nicht nur, *ihn* zu nerven, sondern ich mag es auch, wenn *er* mich nervt.

Das ist eine echte Premiere.

Obwohl ich am Meer aufgewachsen bin, ist meine Erfahrung, was Boote angeht, sehr begrenzt. Ja, ich weiß, man sollte mich für alle Zeit aus dem Pazifischen Nordwesten verbannen. Aber Boote sind teuer, und wir hatten nie viel Geld, selbst als mein Vater noch da war.

Dennoch wurde ich, da ich mich in der Gegend auskenne und aufgrund der gelegentlichen Touren mit dem Speedboat von Joeys Eltern über einige Fahrkenntnisse verfüge, zur Kapitänin ernannt.

Bert war mehr als glücklich, uns sein Boot zu leihen, und zeigte sich lautstark enttäuscht, dass er sich nicht von der Arbeit freinehmen konnte, um uns auf unserem kleinen Abenteuer zu begleiten. Ich finde, das hätte er ruhig tun können, schließlich war er derjenige, der sein Boot den ganzen Weg zum Anleger der Royals fuhr und sich danach vom Chauffeur in die Stadt kutschieren ließ, aber ich nehme an, dass es irgendeinen Trommelkreis mitten in der Stadt gab, den er auflösen musste.

»Sind Sie sicher, dass Sie wissen, was Sie tun?«, fragt mich Harrison.

Ich drehe mich zu ihm um und lächele. »Alles bestens«, sage ich und werfe Monica und Eddie einen beruhigenden Blick zu. Aber eigentlich sehen die beiden überhaupt nicht besorgt aus; sie sitzen grinsend im Wind und zeigen in die Landschaft, während wir Richtung Long Harbour fahren.

Doch Harrison beobachtet mich mit Adleraugen.

Nicht dass das etwas Ungewöhnliches wäre. Allerdings trägt er heute keine Sonnenbrille, was mir das Gefühl gibt, dass ich einen seltenen Blick auf eine geheime Seite von ihm erhasche.

»Alles bestens«, sage ich noch einmal, aber meinen Händen entgleitet kurz das Steuerrad, und prompt hält das Boot aufs Ufer zu.

Ich wirbele herum, packe das Lenkrad fest mit beiden Händen und bringe das Boot wieder auf Kurs.

»Sind Sie sicher?«, fragt er.

Ich nicke und schaue nach vorn aufs Wasser, obwohl ich spüren kann, wie er hinter mir vor sich hin feixt.

Harrison hatte angeboten, das kleine Speedboat zu steuern – ich nehme an, PSBs müssen alle möglichen Fahrzeuge beherrschen, so wie James Bond – aber da ich die Einzige bin, die weiß, wo wir hinmüssen, hielt ich es für das Beste, es selbst zu machen.

Abgesehen davon bin ich ziemlich planlos. Long Harbour ist treffend benannt, es ist eine schmale, langgezogene Bucht mit einem Fähranleger und dem Yachtclub, die sich bis ganz hinten zur Lagune erstreckt, der ich aus offensichtlichen Gründen den Spitznamen Creepy Lagoon gegeben habe.

Ich beschließe, sie bis ganz nach dort hinten zu bringen, und die Fahrrinne ist an einer Stelle so schmal, dass die Äste der Zedern am Bootsrumpf entlangkratzen, und so flach, dass man Krebse am grünblauen Grund krabbeln sieht.

Monica und Eddie bewundern lautstark den Anblick, winken den Leuten zu, die auf ihren Stegen sitzen und die Sonne genießen und vermutlich keine Ahnung haben, wer da gerade vorbeifährt. Das Letzte, womit die Einheimischen rechnen, ist, die Royals in freier Wildbahn zu sichten.

Obwohl Monica stets ein Lächeln im Gesicht hat, wirken sie

und Eddie das erste Mal, seitdem ich die beiden kenne, rundum zufrieden. Ich schätze, es hilft, dass sie die Gegend wie Touristen erkunden und nicht wie Royals, und dass sie nicht auf ihr Haus beschränkt sind. Ganz egal, wie schön ihre Villa ist, manchmal muss sie sich wie ein Gefängnis anfühlen.

Nachdem wir die Lagune besichtigt haben und an einigen der schöneren Häuser am Ufer vorbeigefahren sind, steuere ich das Boot zurück Richtung Hafen und mache auf dem Weg an einer kleinen Insel in der Nähe des Fähranlegers Halt.

»Ich komme total gern hierher«, sage ich, während ich versuche, das Boot ans Ufer zu bringen. Joey und ich sind früher oft hierhergekommen (wir hatten auch Sex auf dieser Insel, aber das tut jetzt nichts zur Sache). »Es gibt mir immer das Gefühl, als hätte ich mein eigenes kleines Privatversteck, als wäre ich Robinson Crusoe. Oder Tom Hanks aus Castaway, nur ohne den Volleyball.«

»Reicht Ihnen eine Insel nicht, dass Sie noch zu einer anderen fahren müssen?«, fragt Harrison sarkastisch und beugt sich über den Rand, um den Grund zu beobachten, während das Wasser immer seichter wird. »Passen Sie auf den Felsen auf!«

Er zeigt nach links, also steuere ich das Boot nach rechts und jage dabei aus Versehen den Motor hoch. Alle werden mit einem kollektiven Aufschrei nach hinten geworfen, aber ich schaffe es, die Nase des Bootes auf ein Stück weißen Muschelstrand zu setzen und den Motor abzustellen.

»Tut mir leid!«, rufe ich, drehe mich um und grinse verlegen in die Runde. »Das tut mir so leid.«

Harrison schüttelt den Kopf, aber Monica lacht.

»Uah, so etwas Aufregendes habe ich schon lange nicht mehr erlebt«, sagt sie und legt sich die Hand auf den Bauch. Jedes

Mal, wenn wir uns sehen, trägt sie lange, wallende Hemden und Kleider, aber erst jetzt, wo ich auf die kleine Wölbung an ihrem Bauch blicke, begreife ich, warum.

Ich sehe zu Eddie und bemerke, dass er mich besorgt anstarrt.

Ich drehe mich schnell um und blinzele.

Mein Gott.

Ist Monica … *schwanger*?

Oder hat sie einfach nur einen Blähbauch? Weil, weiß Gott, den kriege ich auch, wenn ich zu viel Käse esse (was mich natürlich nicht davon abhält, Käse zu essen; nichts wird mich je davon abhalten).

Ich beschließe, mich um meinen eigenen Kram zu kümmern.

»Okay, alle Mann aussteigen«, sage ich und schiebe alle weiteren Gedanken beiseite. Ich gehe zum Bug und mache Anstalten, ans Ufer zu klettern, aber Harrison ist bereits vom Boot gesprungen, wobei er nur knapp das Wasser verfehlt hat, und streckt mir seine Hand entgegen, um mir zu helfen.

»Hier«, sagt er.

»Ich schaff das schon, danke«, erwidere ich und versuche, seine Hand wegzuschieben. Ich wünschte, meine Beine wären nicht so kurz, denn das sieht nach einem gewaltigen Sprung aus. Vielleicht war das doch keine so gute Idee.

Aber Harrison verfolgt seine eigene Mission. Er packt mich an der Taille und hebt mich in die Höhe, als würde ich so viel wiegen wie ein Sack Federn und nicht so viel wie ein Sack Kartoffeln.

Er setzt mich behutsam auf dem Boden ab, und es gibt diesen kurzen Moment, als ich an ihm lehne und er auf mich herunterblickt, in dem ich etwas in seinen Augen flackern sehe und ein Zucken an seinem Kiefer. Dann weicht er schnell einen Schritt zurück und räuspert sich.

»Brauchst du Hilfe?«, fragt er Monica und geht auf sie zu, während sie ans Bootsende herantritt.

Was war das eben? Ich schwöre, dieser Blick hatte etwas zu bedeuten.

»Sei vorsichtig mit ihr«, warnt Eddie Harrison, und zwischen ihnen findet irgendein stummer Austausch statt, der meine kleine Theorie noch weiter befeuert.

*Kümmere dich um deinen eigenen Kram, Piper!*

Harrison angelt Monica auf die gleiche Weise vom Boot herunter, und ich mache mich auf den Weg landeinwärts. Es ist eine steile Kletterpartie über mit Seepocken bedeckte Felsen, bevor es einen struppigen, trockenen Hang hinaufgeht bis zu dem Erdbeerbaumhain oben am Gipfel. Normalerweise hätte ich mir deswegen überhaupt keine Gedanken gemacht, doch jetzt, nach dem, was ich *glaube*, über Monica zu wissen, bin ich etwas skeptisch.

Bevor ich den ersten Felsen erklimme, drehe ich mich um und frage: »Ist es in Ordnung, wenn wir hier langgehen?«

»Warum sollte es das nicht sein?«, fragt Monica zurück.

Eddie und Harrison wechseln über ihrem Kopf hinweg einen Blick.

Sie bemerkt es und runzelt die Stirn. »Was? Ich bin keine Invalidin. Mir geht's gut.«

»Möglicherweise ist es doch ein bisschen zu gefährlich«, sagt Eddie sanft und fasst sie am Ellenbogen. »Vielleicht sollten wir hier beim Boot bleiben, und die beiden erkunden die Insel allein.«

»Mir geht's gut«, insistiert sie und lächelt schwach.

»Das ist wahrscheinlich keine gute Idee«, sage ich.

»Warum?«, fragt sie wieder.

Eddie drückt zärtlich ihren Arm. »Monica, Liebling, ich glaube, wir sollten es ihr sagen. Sie wird es irgendwann ohnehin herausfinden. Die ganze Welt wird es bald erfahren.«

Sie starrt mich an, und ich kann sehen, wie sie in ihrem Kopf alle Optionen abwägt.

*Sag es mir, sag es mir, sag es deiner Freundin Piper.*

Sie leckt sich die Lippen, nickt und sieht leise lächelnd zu Eddie. »Okay.« »Vermutlich werden Sie es sich früher oder später sowieso zusammenreimen. Piper … ich bin schwanger.«

Ich grinse von einem Ohr zum anderen. »Ich wusste es!«

»Wirklich?«

»Also, eigentlich bin ich erst in den letzten fünf Minuten draufgekommen, aber ja, ich wusste es!«

Monica lacht. »Okay. Tja dann, das Geheimnis ist gelüftet.« Sie legt sich die Hand auf den Babybauch. »Oh Mann, es fühlt sich so gut an, es endlich jemandem zu erzählen.«

»Natürlich bleibt es ein Geheimnis, bis der Herzog und die Herzogin bereit sind, es der Öffentlichkeit mitzuteilen«, sagt Harrison mit ultrastrenger Stimme.

»Sie hat eine Verschwiegenheitserklärung unterschrieben, Harrison«, tadelt Monica ihn. »Und außerdem vertraue ich Piper voll und ganz.«

Bei diesen Worten fange ich an zu strahlen. Abgesehen davon, dass ich von Rechts wegen nichts sagen darf, selbst wenn ich es wollte, *will* ich es gar nicht. Es gibt mir das Gefühl, jemand verdammt Wichtiges zu sein, dass mir dieses Geheimnis anvertraut wurde, und ich werde es mit meinem Leben beschützen.

»Ich werde es keiner Menschenseele verraten«, versichere ich ihr. »Das ist ja so aufregend!«

Die Royals bekommen ein Baby!

»Ich weiß«, sagt sie und grinst. »Das ist einer der Gründe, warum wir hergezogen sind. Damit ich meine Schwangerschaft in Ruhe genießen kann. Zur Geburt werden wir sicher nach England zurückkehren, aber im Moment will ich hier mit Eddie sein und dieses Erlebnis auskosten. Ich bin noch nicht sehr weit und weiß nicht mal das Geschlecht, aber ich finde es toll, schwanger zu sein.«

»Und ich finde es toll, Vater zu werden«, sagt Eddie und schlingt ihr den Arm um die Taille. »Nicht dass ich irgendwas tun würde.«

Sie tätschelt ihm die Brust. »Du tust eine Menge«, widerspricht sie ihm. »Du hältst meine Haare zurück, wenn die morgendliche Übelkeit mich übermannt, das ist schon was.«

»Das tue ich allerdings auch, wenn sie zu viel Schampus getrunken hat«, sagt er augenzwinkernd zu mir.

Harrison räuspert sich, und wir sehen alle zu ihm.

»Ich frage mich nur, ob wir nicht zurück aufs Boot gehen sollten«, sagt er, während sein Blick die zerklüfteten Ränder der Insel entlangwandert. »Nicht nur, weil ich denke, dass es zu gefährlich sein könnte …« Dann sieht er zu dem Fähranleger hinter uns, von dem ein großes Schiff ablegt. »Aber diese Fähre wird jeden Moment hier vorbeikommen. Ich denke, es ist wirklich das Beste, wieder an Bord zu gehen. All diese Touristen halten ihre Kameras bereits parat.«

»Ach Mann«, jammert Monica. »Das war unser erster richtiger Ausflug.«

»Ich weiß«, sagt Eddie mitfühlend. Aber vielleicht leiht Bert uns ja noch mal sein Boot.«

»Das tut er bestimmt«, sage ich. »Es gibt einen echt coolen, weißen Sandstrand in der nächsten Bucht. Er heißt Chocolate

Beach. Ich bin nicht sicher, warum, aber man hat dort das Gefühl, irgendwo in den Tropen zu sein, obwohl das Wasser schweinekalt ist.«

»Ich muss aber darauf bestehen, dass Piper beim nächsten Mal nicht Kapitänin ist.«

»Hey«, sage ich zu Harrison und starre ihn an. »Das ist aber nicht nett.«

»Um genau zu sein«, fährt Harrison fort, mit einem leisen Funkeln in den Augen, »übernehme ich ab jetzt das Kommando über das Schiff.«

»Es ist praktisch ein Beiboot, Harrison«, sagt Eddie mit gutmütigem Augenrollen.

»Das spielt keine Rolle. Ich habe gesehen, wie sie fährt.«

»Und Sie sind in einem Stück angekommen«, kontere ich.

»Das würde ich eher unter Glück verbuchen.« Seine Mundwinkel zucken.

So ein lustiges Kerlchen.

»Wie Sie wollen«, sage ich zu ihm und gehe an ihm vorbei, um wieder ins Boot zu steigen.

Diesmal will ich keine Hilfe, was bedeutet, dass ich mehrere Minuten lang kämpfe, um mich aufs Boot zu ziehen, während die drei meine vergeblichen Versuche beobachten, ein Bein über den Bootsrand zu schwingen, mein Hintern direkt in ihren Gesichtern. Monica gibt sich große Mühe, nicht zu lachen.

»Oh, Harrison, jetzt hilf ihr doch schon«, sagt sie. »Bitte.«

Als Nächstes macht Harrison wieder diese Höhlenmenschnummer, bei der mich um die Taille fasst und hochhievt, und ich gebe mein Bestes, so zu tun, als würde mir das ganz und gar nicht gefallen.

Oh Mann, es ist so verdammt sexy, von ihm hochgehoben zu

werden, und obwohl ich weiß, dass er mir nur helfen will, fühlen sich seine Hände auf meinem Körper absolut herrlich an.

Monica steigt auf dem gleichen Weg ein wie ich, während Eddie und Harrison das Boot wieder zurück ins Wasser schieben.

»Ich nehme mal an, Ihre Familie weiß von dem Baby?«, sage ich zu Monica, während Harrison ans Steuerrad tritt und Eddie die Rolle des Skippers übernimmt.

»Ja, das tun sie«, sagt sie und nickt bedächtig. »Meine Eltern sind natürlich begeistert. Sie wollen uns irgendwann besuchen kommen.«

»Und Eddies Eltern?«

Sie nagt kurz an ihrer Unterlippe. »Sie sind glücklich. Natürlich sind sie das. Es ist nur … wissen Sie, ich bin Menschen gewöhnt, die mir sagen, wie sie empfinden, ich bin es gewöhnt, dass man Gefühle zeigt und so, und bei ihnen … es ist, als würde man einem Stein Blut abzapfen wollen. Es ist offen gestanden ziemlich schwer, sich mit ihnen zu umgeben, weil ihnen so viel Haltung, Traditionsbewusstsein und Reserviertheit in die Wiege gelegt worden ist, als würden alle eine Maske tragen außer mir. Ich vermute, das macht mich zu einem leichten Ziel.«

»Sie sind zu authentisch«, sage ich, als Harrison den Motor startet und wir langsam rückwärts losfahren.

»Nicht *zu* authentisch. Nur authentisch genug. Ich glaube nicht, dass ich je zu ihnen passen werde. Anfangs habe ich es ernsthaft versucht, wissen Sie. Ich habe versucht, die richtigen Kleider und die richtigen Handtaschen zu tragen und die Leute auf die richtige Weise zu begrüßen, aber mein wahres Ich ist immer wieder durchgekommen, und ich habe ständig und überall gegen das Protokoll verstoßen.«

»Klingt anstrengend«, sage ich zu ihr. »Ich könnte das nie. Ich würde sofort versagen. Ich kann nicht verstecken, was ich bin.«

»Ich weiß. Deshalb verstehen wir uns auch so gut«, sagt sie. Jetzt lächele ich mein seligstes Lächeln. Ich bin einfach ein hoffnungsloser Fall.

»Übrigens«, fügt sie hinzu, »es ist ein weiterer Bodyguard eingetroffen. Sein Name ist James, und er wird sich die Aufgaben mit Harrison teilen. Sobald die Babyneuigkeit bekannt ist, werden wir unsere Sicherheitsvorkehrungen verstärken müssen.«

»Ist er genauso wie Harrison, oder ist er normal?«

Monica lacht laut los, und ich blicke zum Bug des Bootes, wo Harrison steht und mich wütend anfunkelt.

Ich werfe ihm einen vielsagenden Blick zu. *Und?*

Er dreht sich wieder um, und wir rasen davon.

# Zehn

Am nächsten Tag fühle ich mich, als hätte ich einen schief sitzenden Korken in mir, der das blubbernde Geheimnis kaum zurückzuhalten vermag.

Ich kann nicht glauben, dass Monica und Eddie ein Baby bekommen.

Außerdem kann ich immer noch kaum glauben, dass die beiden mir diese Neuigkeit anvertraut haben. Sie kennen mich überhaupt nicht, trotzdem vertrauen sie darauf, dass ich mit dieser Information nicht zur Klatschpresse renne. Selbst mit der unterzeichneten Verschwiegenheitserklärung würde man mir für diesen Tipp eine Menge bezahlen, und es ist offensichtlich, dass meine Mutter und ich nicht im Geld schwimmen. Und doch haben sie mich ins Vertrauen gezogen, und infolgedessen bin ich nun ein Teil ihrer Welt.

Vielleicht besitzen sie auch einfach nur gute Menschenkenntnis. Ich würde so etwas nicht mal im Traum tun, und vielleicht erkennen sie das.

Meine Mutter ist heute Morgen guter Laune. Sie ist in ihrer eigenen kleinen Welt versunken, stellt noch weitere Tees her, führt Selbstgespräche und hinterlässt in der Küche ein Durcheinander aus getrockneten Kräutern und Blumen. Gelegentlich stellt sie mir eine Frage zu Geschmackskombinationen, aber die restliche Zeit murmelt sie fröhlich vor sich hin und macht ihr Ding.

Ich fläze auf der Couch, während Liza zusammengerollt zu meinen Füßen liegt, und versuche den nächsten Band der Bären-Gestaltwandler-Reihe zu lesen, damit ich danach mit Oktopus-Erotika weitermachen kann (keine Urteile bitte, das ist gerade angesagt), als es an der Tür klopft.

Erschrocken lasse ich das Buch fallen, und Liza fängt an zu bellen. Ohne allzu besorgt zu wirken, geht meine Mutter an die Tür und öffnet sie.

Harrison steht davor.

Mein erster Gedanke ist, dass ich froh bin, ihn zu sehen. Mein zweiter Gedanke ist, dass ich nicht froh sein sollte, ihn zu sehen.

»Ah, guten Morgen, Mr Harrison«, sagt meine Mutter und bedeutet ihm, ins Haus zu treten. »Bitte, kommen Sie doch herein.«

»Also, eigentlich ist es nur Harrison. Mein Nachname ist Cole.« Er schaut über die Schulter meiner Mutter zu mir herüber. »Und ich habe mich gefragt, ob ich wohl kurz mal mit Piper sprechen könnte.«

Ah, jetzt kommt's. Er will, dass ich ihm eine Verschwiegenheitserklärung zu dieser ganzen Schwangerschaftssache unterschreibe. Schon klar, dass er immer nur hier aufkreuzt, wenn er etwas von mir will.

*Offensichtlich. Warum sollte er sonst hier sein?*, fragt die Stimme in meinem Kopf.

Ich stehe auf und gehe an die Tür, schlüpfe nach draußen und schließe sie hinter mir.

Harrison ragt über mir auf, in seinem üblichen gelackten Bodyguard-Zwirn, während ich meine Leggins anhabe und ein langes cremefarbenes Tanktop, das ein bisschen tiefer ausgeschnitten ist als die Sachen, die ich normalerweise trage.

Er hat freie Sicht auf mein Dekolletee, allerdings kann ich nicht erkennen, worauf sein Blick gerichtet ist.

»Sind Sie hier, um mich zum Schweigen zu bringen«, frage ich mit einem müden Seufzer und lehne mich gegen die Hauswand.

Seine Augenbrauen heben sich. »Wie bitte?«

»Ich nehme an, Sie sind hier, um mich dazu zu bringen, eine weitere Verschwiegenheitsklausel zu unterschreiben zu dem, was Monica mir erzählt hat. Und nein, keine Sorge. Ich habe es niemandem gesagt. Nicht mal meiner Mutter.«

Er schüttelt leicht den Kopf. »Nein, darum geht es nicht. Ich tue das, worum Monica mich bittet. Sie hat nichts davon gesagt, dass …«

Die Art, wie er den Satz in der Luft hängen lässt, bringt mich auf den Gedanken, dass er es spätestens jetzt ihr gegenüber anregen wird.

»Ah, gut«, sage ich und komme mir ein bisschen blöd vor, weil ich so voreilige Schlüsse gezogen habe. »Warum sind Sie dann hier?«

Er kneift kurz die Lippen zusammen, und mir wird bewusst, dass es wahrscheinlich zum ersten Mal ist, dass ich Anzeichen von Zögern oder Befangenheit an ihm bemerke.

»Ich möchte aufs Festland und einen Costco oder irgendeinen anderen Großmarkt aufsuchen, damit wir nicht jeden zweiten Tag zum Lebensmittelladen rennen müssen.« Er macht eine Pause. »Wir haben keine Costco-Karte.«

»Und Sie nehmen an, dass ich eine habe?«

»Haben Sie eine?«

»Na ja. Ja. Lebensmittel sind hier wahnsinnig teuer. Eine Fahrt zu Costco lohnt sich immer.«

»Wären Sie bereit, *jetzt* zu fahren?«

Ich starre ihn einen Moment lang an, und mich beschleicht das Gefühl, dass vielleicht, nur vielleicht, meine unmittelbare Wohnnähe zu ihnen sowie mein Verständnis für ihre Situation etwas ausgenutzt werden. »Als ein Gefallen für Monica und Eddie? Klar, kann ich machen. Ich meine, es nimmt einen Großteil meines Tages in Anspruch, und die Kosten für die Fährfahrt muss man auch noch bedenken.«

»Wir werden Sie finanziell entschädigen«, erklärt er. »Der Preis ist egal.«

»Bezahlen Sie einfach meinen Sprit und die Fähre, und wir sind quitt.« Ich beiße mir auf die Lippe. »Und ich verlange, dass Sie mitkommen.«

»Ich?«

»Sie sagten, *Sie* wollen aufs Festland, und ich mache das nicht allein.«

»Ich habe eine Einkaufsliste.«

»Da bin ich mir sicher. Aber es wird den ganzen Tag dauern, und ich werde das nicht allein machen, erst recht nicht, wenn ich für einen Herzog und eine Herzogin einkaufe. Ich möchte keinen Skandal auslösen, weil ich aus Versehen Hafermilch statt Mandelmilch nehme oder nicht das richtige Stück Fleisch bekomme. Das ist Ihre Verantwortung, nicht meine.«

Er sagt einen Moment lang nichts, aber die Furche zwischen seinen Brauen vertieft sich. »Ich muss mir das erst noch genehmigen lassen«, sagt er, als würde ich ihn irgendwie in die Ecke treiben.

»Hat Monica nicht gesagt, dass jetzt dieser andere Kerl da ist? Sie wissen schon, der Ersatz-Bodyguard.«

»James ist kein Ersatz«, sagt er. »Er ist Teil des Teams.«

»So oder so, Sie holen sich das Okay, weil ich nicht ohne

Sie fahre. Entweder Sie kommen mit, oder *niemand* fährt zu Costco.«

Er starrt mich einen Moment lang an. »Sie verhandeln wirklich hart, Ms Evans.«

»Und Sie bitten hier um wirklich große Gefallen.«

Er atmet laut seufzend aus, holt sein Telefon hervor und tippt eine Nachricht.

»Sie können also Textnachrichten schreiben«, kommentiere ich sarkastisch. »Schon mal dran gedacht, das zu tun, statt einfach so vor meiner Tür oder in meinem Garten aufzutauchen?«

»Wie ich neulich bereits sagte, es macht mir großes Vergnügen, Sie abzulenken.«

Die Art, wie er »großes Vergnügen« sagt, ist grenzwertig anzüglich, seine Stimme klingt voll und samtig, dass ich schnell den Blick abwenden muss. Ich hasse es, wenn ich in seiner Gegenwart nervös bin und dann mein Spiegelbild in seinen Sonnenbrillengläsern sehe, und besonders hasse ich seine sexy Wortspielchen und die Art, wie er Kuchen isst.

Er scheint mir keinerlei Beachtung zu schenken und schaut auf sein Telefon, als es piept. »Es geht in Ordnung. Soll *ich* fahren?«

Ich sollte ihn fahren lassen. Ihn etwas tun lassen, vor allem in einem dieser schönen Geländewagen. Aber da ich ihm das Leben ohnehin schon schwermache, beschließe ich, es ihm noch schwerer zu machen.

»Ich fahre«, sage ich zu ihm mit einem Lächeln, das schon beinah bösartig ist. »Ich hole nur schnell meine Schlüssel.«

Bevor er protestieren kann, husche ich ins Haus, schnappe mir die Schlüssel und meine Handtasche und sage meiner Mutter, dass ich zu Costco fahre und sie mir eine Nachricht schicken soll, falls ich ihr irgendwas mitbringen kann. Dann schließe ich hinter mir die Tür und lächele Harrison an, und genieße dabei sein sichtliches Unbehagen.

»Wollen wir?«, flöte ich und gehe zu meinem Wagen.

Er brummt etwas Unverständliches, dann reißt er sich zusammen und nickt mir knapp zu. Jetzt ist er so richtig von mir genervt.

Ich steige in die Mülltonne ein, während er versucht, sich auf den Beifahrersitz zu quetschen. Wie schon bei unserer allerersten Begegnung stößt er mit den Knien fast gegen das Handschuhfach, und die Sitzeinstellung macht ihm zu schaffen.

Und wie zuvor finde ich es urkomisch. Als der Sitz vor- und zurückruckt, kann ich mich nicht mehr beherrschen und kichere los.

»Deshalb wollten Sie unbedingt fahren, stimmt's?«, fragt er, und seine Stimme klingt ziemlich verärgert.

»Möglicherweise sind Sie nicht der Einzige, der gern die Kontrolle hat.«

Das lässt ihn innehalten. Dann rastet der Sitz in der richtigen Position ein, und ich starte den Motor. Er ist so verdammt imposant, seine Schultern sind so breit, dass sich das Auto für uns beide viel zu klein anfühlt. Ich bin nicht sicher, ob das eine gute oder eine schlechte Idee war.

Ein neues Problem ist, dass ich keinen Toröffner habe, also rechne ich fest damit, dass Harrison aussteigt und den Code eingibt, aber zu meiner Überraschung, zieht er eine Funkfernbedienung aus der Tasche und richtet sie auf das Tor. Es öffnet sich langsam.

»Wie lange haben Sie die schon? Und warum zum Teufel habe ich keine?«, sage ich, als er das Handschuhfach öffnet, um die Fernbedienung hineinzulegen.

Eine Million Tic-Tac-Boxen purzeln in seinen Schoß, zusammen mit Versicherungspapieren, Schulschreiben und einem historischen Roman, von dem ich dachte, dass ich ihn verloren hätte.

Ich kann ihm nicht helfen. Die Tore stehen offen, und ich steuere die Mülltonne hindurch. Die Sackgasse ist leer abgesehen von dem Geländewagen, der an der Einmündung parkt. James, nehme ich an.

Nachdem Harrison mit viel Mühe alles wieder ins Handschuhfach befördert hat, sagt er: »Lassen Sie mich raten, Sie kaufen Ihre Tic Tacs im Multipack.«

»Ja, das tue ich«, gestehe ich. »Aber im Sommer esse ich nicht so viele. Weniger Stress. Wenn ich allerdings daran denke, wie die Presse sich hier überall breitmacht, sollte ich mir vielleicht einen größeren Vorrat zulegen.«

»Also, ich sehe hier niemanden«, sagt Harrison und blickt sich um, während ich meine kleine Memme von einem Auto mit durchgedrücktem Gaspedal die Steigung hochscheuche. »Jetzt, wo James dort postiert ist, scheint es zu funktionieren.«

»Ja, na ja, es würde mich nicht wundern, wenn sich die Situation noch zuspitzt. Bisher waren es ja nur die lokalen Medien. Was passiert, wenn die Briten hier einfallen?«

»Wir kümmern uns darum«, sagt Harrison unwirsch.

»Das hoffe ich«, erwidere ich. »Denn je mehr ich über das Verhalten der Presse erfahre, desto entsetzter bin ich. Monica und Eddie haben nichts von alldem verdient.«

»Nein, das haben sie nicht«, sagt er. »Aber es gehört nun mal dazu. Eddie kennt es nicht anders. Er ist daran gewöhnt. Und Monica bis zu einem gewissen Grad auch.«

»Ich weiß noch, als Monica MRed war. Ich habe ihre Musik geliebt, ehrlich. Sicher, TMZ hat ab und zu Müll über sie erzählt, und irgendwelche Klatschblätter haben Strandbilder von ihr gezeigt und auf ihre Zellulite hingewiesen, als ob sie keine haben dürfte. Aber sie wurde nicht so behandelt, wie sie jetzt behandelt wird. Es macht mich einfach wütend, dass sie so grausam und gemein zu ihr sind, nur weil sie nicht blaublütig und nicht weiß ist. Währenddessen treibt Eddies älterer Bruder sich herum, hat zahlreiche Affären mit Models, Schauspielerinnen und Damen der Gesellschaft, und niemand sagt irgendwas Schlechtes über ihn oder diese Frauen. Verdammte Doppelmoral!«

»Er hat einiges an Kritik einstecken müssen; glauben Sie nicht, dass man es ihm leichtmacht«, sagt Harrison.

»Na ja, Sie wissen vermutlich mehr als ich.«

»Das tue ich«, sagt er und rückt sich in seinem Sitz zurecht. Es scheint dermaßen unbequem für ihn zu sein, dass ich beinah ein schlechtes Gewissen habe.

»Wie lange machen Sie das eigentlich schon? Also, ich meinen Ihren Job. Beim Herzogspaar?«

»Ich arbeite seit sechs Jahren für Eddie«, antwortet er. Seine steife Körperhaltung und die Art, wie er den Mund zusammenkneift, lassen erkennen, dass er nicht über Eddie reden will. Umso mehr will ich ihn zum Reden bringen. Er ist nicht ohne Grund in meinem Auto gefangen.

»Erzählen Sie doch mal, wie Sie den Job gekriegt haben. Sind Sie in der Zeitung auf eine Anzeige gestoßen oder …?«

Er blickt mich scharf an, ob ich das wirklich ernst meine, und ich beeile mich, klarzustellen: »Scherz. Aber Spaß beiseite, wie wird man Bodyguard der königlichen Familie?«

Stille erfüllt das Auto. Na ja, das ist nicht ganz richtig: das Geräusch des klapprigen Motors erfüllt das Auto, aber meine Frage hat bewirkt, dass Harrison keinen Piep mehr sagt, und zwischen uns herrscht eine angespannte Atmosphäre. Manchmal wüsste ich wirklich gern, was er denkt, und warum ihn solch eine simple Frage dermaßen sauer macht. Vielleicht darf er ja auch nicht darüber reden.

Diese Möglichkeit hatte ich gar nicht Erwägung gezogen. Ich will ihm gerade sagen, dass er meine Frage einfach vergessen soll, als er sich räuspert.

»Ich habe Eddie in der Armee kennengelernt«, sagt er. Er trommelt mit den Fingern auf sein linkes Knie, den Blick aus dem Fenster auf die vorbeiziehenden Häuser gerichtet. »Wir sind schnell Freunde geworden. Nachdem er ausgeschieden war, bin ich noch geblieben. Ich wurde verletzt, am Bein. Musste die Armee verlassen. Eddie und ich standen noch in Kontakt, und er wollte unbedingt, dass ich für ihn arbeite. Ich sagte ihm, dass ich keine Erfahrung als Personenschützer hätte, aber das war ihm egal. Er meinte, er wolle jemanden haben, dem er voll und ganz vertrauen kann. Also bin ich zu ihm und habe gelernt, wie man ihn beschützt. Ich habe es nie bereut.«

Dann war Harrison also in der Armee. Ich bin nicht überrascht.

»Haben Sie das Tattoo während Ihrer Armeezeit machen lassen?«, frage ich.

Er dreht sich zu mir und sieht mich mit gerunzelter Stirn an. »Woher wissen Sie von meinem Tattoo?«

Wider besseres Wissen nehme ich eine Hand vom Lenkrad und zupfe am Kragen seines weißen Hemdes. »Manchmal sieht man es.«

»Beide Hände ans Steuer«, ermahnt er mich, schließt seine Finger um mein Handgelenk und legt meine Hand wieder aufs Lenkrad. »Augen auf die Straße.«

Ich lache, obwohl meine Haut schon beinah wehtut von

seiner Berührung. Seine Hände sind warm. »Keine Sorge. Ich setze nicht mein Leben aufs Spiel, nur um Sie zu beglotzen.«

Er grunzt.

»Also, Ihr Tattoo«, sage ich.

Ein langer Moment verstreicht. »Ich habe mir meine Tattoos vor langer Zeit stechen lassen. Noch vor der Armee.«

*Tattoos*. Plural. Ein weiterer Informationsschnipsel. Ich bin nicht sicher, wie ich die Unterhaltung führen soll, wie ich ihn dazu bekomme, dass er weitererzählt. Ich verschlinge jedes seiner Worte wie Süßigkeiten.

»Wie viele Tattoos haben Sie denn?«

Er zuckt mit den Schultern. »Zehn, elf. Müsste ich mal kurz überlegen.« Sein schroffer Ton macht unmissverständlich klar, dass er nicht überlegen will.

»Und bedeuten sie alle irgendwas?«

»Ich nehme an, Sie haben keine Tattoos«, sagt er.

Ich schüttele den Kopf. »Nein. Nichts gegen Tattoos, ich bin mir nur nicht sicher … was meins aussagen sollte. Das unter Ihrem Schlüsselbein, was ist das für eins?«

»Ein Rabe.«

»Wofür steht er?«

»Für ›Der Rabe‹ von Edgar Allan Poe.«

»Interessant. Wann haben Sie es machen lassen?«

»Als ich jung und total abgefuckt war«, sagt er. Ich bin sicher, dass ich zum ersten Mal so ein krasses Wort aus seinem Mund gehört habe, und die Vehemenz in seiner Stimme überrascht mich.

Ich bin unschlüssig, ob ich weiter nachbohren will. Ich kneife meine Lippen zusammen und konzentriere mich auf die Straße, die sich Richtung Fullford-Ferry-Fähranleger durch die Stadt windet.

Nachdem ein paar Minuten vergangen sind, sage ich: »Sie sprechen nicht gern über sich.«

Er schnaubt leise. »Sie sind sehr scharfsinnig.«

»Warum ist das so?«

Ein Seufzer entschlüpft ihm, während seine Finger erneut auf seinem Knie rumtrommeln. »Ich weiß es nicht. Warum ist es so, dass Sie gern über sich selbst sprechen?«

»Ich spreche nicht gern über mich selbst«, protestiere ich.

Ein weiteres Glucksen. »Klar. Deshalb wusste ich schon nach wenigen Minuten, dass Sie Lehrerin sind, Ihre Mutter diverse neurologische Erkrankungen hat und Sie gern Liebesromane lesen. Außerdem haben Sie mir von Ihrer früheren Beziehung erzählt.«

»Sie haben gefragt!«

»Ja, und Sie haben geantwortet. Nicht sofort, aber am Ende schon.«

»Glauben Sie mir, ich bin kein offenes Buch.«

Er wirft mir einen Blick zu. »Ich habe auch nicht gesagt, dass Sie eins sind. Ich habe nur gesagt, dass Sie mir Dinge erzählt haben.«

»Ist das so schlimm? Dass ich Ihnen Dinge erzähle?«

»Nicht im Geringsten«, sagt er.

Hmmm. Na dann.

»Ich bin kein offenes Buch«, wiederhole ich, diesmal leiser. »Ich nehme an, ich … Hören Sie, ich habe nicht viele Freunde auf dieser Insel. Ich bleibe mehr für mich. So ist es mir am liebsten. Die Dinge in meinem Leben … sind kompliziert. Meine Vergangenheit, meine Gegenwart, das alles ist weit davon entfernt, perfekt zu sein; es ist ein riesiges Kuddelmuddel, wie eine Welle, die mich immer wieder einholt. Es ist … manchmal ist es schwerer, sich Menschen gegenüber zu öffnen, die man kennt, wissen Sie, Menschen, die man Freunde nennt, weil ihr Urteil sehr wehtun kann. Aber Sie … ein Fremder. Das Urteil tut nicht so weh. Vielleicht erzähle ich Ihnen Dinge, weil nichts auf dem Spiel steht.«

Doch in dem Moment, als ich die Worte ausspreche, weiß ich, dass sie nicht wahr sind.

Weil – es steht etwas auf dem Spiel.

Ich mag Harrison. Deshalb sitzt er in diesem Auto. Deshalb versuche ich, so viel wie möglich über ihn in Erfahrung zu bringen. Ich mag ihn, und außerdem habe ich keine Angst vor seinem Urteil. Keine Ahnung, warum das so ist.

»Betrachten Sie mich immer noch als Fremden?«, fragt er. Das Fingergetrommel hat aufgehört, und seine Stimme klingt irgendwie schwer.

»Nicht mehr«, gestehe ich. »Obwohl ich Sie auch noch nicht als einen Freund bezeichnen kann.«

»Wie bezeichnen Sie mich dann?

Ich nehme für eine Sekunde die Augen von der Straße, um ihn anzusehen. Mein Spiegelbild in seiner Sonnenbrille ist verzerrt und sieht verwirrt aus. In gewisser Hinsicht so, wie ich mich fühle.

»Als jemanden, den ich gerne besser kennenlernen würde«, sage ich ihm und fühle mich seltsam verletzlich. »Und zwar zu Ihren Bedingungen. Wenn Sie nicht über sich selbst reden möchten, dann reden Sie nicht über sich. Ich kann die Stille ausfüllen.«

»Oder wir sitzen einfach nur schweigend da.«

Ich bin nicht sicher, ob das seine Art ist, mich zum Schweigen zu bringen, ob er es leid ist, mir zuzuhören. »Ja, natürlich«, sage ich ihm.

Die Sache mit mir ist die: Ich hasse Schweigen. Nicht das

Schweigen, das manchmal zwischen mir und meiner Mutter herrscht, nicht das köstliche Schweigen während der Pausen in der Schule, sondern das Schweigen zwischen zwei Menschen, das sich peinlich anfühlt. Es passiert mir ständig – dass ich das Gefühl habe, immer weiterreden zu müssen, um die Stille auszufüllen, sogar bis zu dem Punkt, dass ich nicht mehr merke, wie ich über die Leute hinwegrede und das Gespräch dahin lenke, wo es nicht hingehört.

Dieses Schweigen mit Harrison ist nicht besser. Ich bin mir jeder Bewegung bewusst, die er macht, jedes Geräusches, von dem Kratzen, wenn er sich über seine Barstoppeln fährt, bis zum Trommeln der Finger auf seinem Bein. Sein Geruch. Sosehr ich auch versuche, ihn nicht wahrzunehmen, er ist köstlich und berauschend und scheint von Minute zu Minute intensiver zu werden. All das ist kaum auszuhalten, sodass ich am liebsten rechts ranfahren und die Fenster herunterlassen will.

»Warum sind Sie hergezogen?«, fragt Harrison plötzlich.

Ich erschrecke mich dermaßen, dass ich zusammenzucke.

Er fährt fort: »Soweit ich mich erinnere, haben Sie Monica erzählt, Sie seien von Victoria hierhergezogen. Dahin sind wir jetzt unterwegs, nicht wahr?«

Es kann verwirrend sein. Es gibt Vancouver, die größte Stadt in British Columbia, die auf dem Festland liegt. Dann gibt es noch Vancouver Island, das riesig ist (größer als Belgien). Dort liegt Victoria, die Hauptstadt. Und dann ist da noch Saltspring, das Teil der südlichen Gulf Islands ist und sich ans untere Ende von Vancouver Island anschmiegt. Zwischen uns und dem Festland liegt die Georgiastraße. Wir nehmen also eine Fähre von der einen Insel zur nächsten, die so groß ist wie Belgien.

Ich nicke. »Ich bin wegen der Arbeit hergezogen. Da ich ja sozusagen verantwortlich bin für meine Mutter, dachte ich, dass es für sie hier besser wäre. Victoria ist schön, aber es ist halt eine Stadt, und ich wollte an einen Ort, der ruhig und friedlich ist.«

Harrison verzieht sein Gesicht zu einer Grimasse. »Ich schätze, in letzter Zeit war es alles andere als das.«

»Ja, irgendwie schon. Aber ein wenig Abwechslung hat wohl noch niemandem geschadet.«

»Und Ihr Vater? Ich erinnere mich, dass Sie sagten, er habe die Familie verlassen, als Sie noch ein Teenager waren.«

Ich schlucke schwer und nicke. Es ist kein Drama, darüber zu sprechen, aber es ist auch nicht gerade mein Lieblingsthema. »Ja, genau. Ich war vierzehn.«

»Einvernehmliche Scheidung?«

Ich lache bitter. »Nein. Sonst hätte ich nicht gesagt, er sei abgehauen. Denn genau das hat er getan. Er hat von einem auf den anderen Tag beschlossen, dass er sich weder mit mir noch mit meiner Mutter mehr abgeben wollte. Sie war ihm zu viel, immer so unselbstständig und paranoid. In gewisser Hinsicht kann ich es ihm nicht mal verübeln, aber sein Versprechen lautete einst ›in guten wie in schlechten Zeiten‹, doch als sich ihre Verfassung verschlechterte, beschloss er, uns zu verlassen. Ich meine, er wusste, wie sie war, als er sie heiratete. Meine Mutter hat schon immer mit psychischen Problemen zu kämpfen gehabt. Ihre eigenen Eltern waren gewalttätig; ich kenne meine Großeltern nicht, bin ihnen nie begegnet. Es war also nicht so, dass mein Vater nicht wusste, worauf er sich einließ.«

»Das tut mir leid.«

»Es ist nicht Ihre Schuld. Es ist, wie es ist.«

»Schwestern, Brüder?«

»Einzelkind. Also wurde es meine Aufgabe, mich um meine Mutter zu kümmern. Sie können sich vorstellen, dass es nach der Trennung ziemlich bergab ging mit ihr. Inzwischen ist mein Vater neu verheiratet und lebt in Toronto. Meine Stiefmutter, seine neue Frau, hat zwei Kinder aus einer vorherigen Beziehung in die Verbindung mitgebracht, sodass er jetzt vollauf damit beschäftigt ist, ein Vater für sie zu sein und nicht für mich. Sei's drum. Ich bin drüber hinweg.«

Ich spüre Harrisons Augen hinter den Gläsern seiner Sonnenbrille auf mir ruhen. »Nicht gerade leicht, über so etwas hinwegzukommen.«

Er hat mich durchschaut. Offensichtlich bin ich nicht darüber hinweg. Nach all den Therapiestunden bin ich immer nicht darüber hinweg.

Die Landschaft verändert sich, je weiter wir fahren. Die dunklen, hoch aufragenden Tannen weichen offenen Feldern und Weinbergen. Der Himmel über uns wird weit, ein sattes Blau, während das Auto hügelabwärts rollt, vorbei an Olivenhainen und Weiden voller Schafe. Das ist vermutlich mein Lieblingsteil der Insel.

Ich lasse das Fenster herunter und atme die Luft ein, der Wind wirbelt mein Haar durcheinander. Ich grinse, drücke das Gaspedal herunter, und das Auto rast schneller. Es fühlt sich an, als würde ich fliegen.

Als wir endlich unten angekommen sind und am Abzweig zur örtlichen Brauerei vorbeifahren, werfe ich einen Blick zu Harrison hinüber. Er starrt mich an.

»Was?«, frage ich

»Nichts«, sagt er nach einem Moment.

Wir erreichen die Anlegestelle gerade noch rechtzeitig. Die Fähren fahren nicht jede Stunde, und ich war mir nicht sicher, ob wir diese noch kriegen würden, aber wir schaffen es, eine Minute vor Abfahrt an Bord zu rollen.

Die Fähre ist klein, mit einem offenen Autodeck. Man kann nirgendwo hingehen außer in einen kleinen Loungebereich und auf die oberen Decks, aber das ist okay, weil die Überfahrt nur fünfunddreißig Minuten dauert.

»Möchten Sie ein bisschen herumspazieren?«, frage ich ihn, nachdem wir geparkt haben und das Schiff ablegt.

»Ja«, sagt er, und ich kann die Erleichterung in seiner Stimme hören. Er schafft es, seine langen Gliedmaßen aus dem Auto zu sortieren, und steigt aus.

Wir bahnen uns einen Weg zwischen den Autos hindurch – um diese Jahreszeit ist die Fähre bis zum letzten Platz voll – und gehen hinauf aufs Oberdeck. Wir stellen uns an die Reling und blicken zum Hafen, während die Fähre an makellosen, abgeschiedenen Häusern mit Meeresblick und kleinen idyllischen Inseln vorbeituckert.

Der Wind zerwühlt meine Haare und wirbelt sie mir ins Gesicht, aber das ist mir egal. Ich schließe die Augen und atme die frische, salzige Luft ein.

Dann spüre ich, dass Harrison näher an mich heranrückt.

Seine Fingerspitzen berühren meine Wangen, als er mir behutsam die Haare hinter die Ohren streicht, damit ich wieder etwas sehen kann.

Und alles, was ich sehe, ist er.

»Es schien, als bräuchten Sie Hilfe«, sagt er. Er sagt es so leichthin, als hätte er keine Ahnung, dass seine Berührung einen ganzen Schwarm bunter Schmetterlinge in mir freilässt.

»Hey!«, ruft eine scharfe, unfreundliche Stimme und zerstört den zarten Moment zwischen uns.

Ich drehe mich um und sehe einen korpulenten Mann um die dreißig mit einer Kamera und einer verkehrt herum sitzenden Truckerkappe, der sich mir nähert. »Du bist doch dieses Mädchen!«

Ich starre ihn an, mein Herz rast, weil er ziemlich lautstark auf mich zukommt und ich keine Ahnung habe, wer der Mann ist.

Harrison verschwendet keine Zeit. Blitzschnell stellt er sich vor mich.

»Zurück!«, knurrt er den Mann an.

»Sie ist dieses Mädchen! Sie gehört zur königlichen Familie.«

Trotz der Situation muss ich unwillkürlich lachen. »Ich gehöre zur königlichen Familie? Sie sind wohl blind.«

»Sie müssen nichts sagen«, sagt Harrison zu mir über seine Schulter hinweg.

»Lassen Sie sie reden«, sagt der Typ. »Ich habe die Bilder gesehen, sie ist immer mit ihnen unterwegs. Genau wie Sie.«

»Ich bin der Personenschützer der Royals«, antwortet Harrison. Seine Worte sind ruhig und kalt. Eine Warnung.

»Warum sind Sie dann mit ihr zusammen unterwegs? Offensichtlich ist sie auch eine Royal. Ich möchte nur ein Foto, nur ein Foto und ein paar Worte wechseln.«

»Wenn Sie auch nur den Versuch unternehmen, ein Foto zu machen, nehme ich Ihnen die Kamera ab und werfe sie über Bord.«

»Dann werde ich die Polizei rufen.«

»Sie meinen, die Polizei, die mit der gleichen Aufgabe betraut ist wie ich? Nur zu. Sie werden feststellen, dass sie nicht auf Ihrer Seite sind.«

»Miss, bitte. Ich möchte nur kurz mit Ihnen reden.«

Der Mann späht um Harrison herum und hebt seine Kamera. Harrison macht einen Schritt nach vorn, reißt dem Mann die

Kamera aus der Hand und hält sie hoch in die Luft, wobei er mit dem Arm Richtung Wasser zielt.

»Ich habe Sie gewarnt«, sagt Harrison.

Der Mann stößt einen markerschütternden Schrei aus, dass die ganze Fähre in unsere Richtung schaut. Auf und ab springend versucht er, an die Kamera heranzukommen, aber Harrisons Größe und Statur erweisen sich als ein unüberwindbares Hindernis, und Harrison muss nur seine Hand ausstrecken, um den Mann auf Armeslänge fernzuhalten.

»Das können Sie nicht mit mir machen! Ich habe das Recht, meinen Lebensunterhalt zu verdienen!«

»Und ich habe das Recht, die zu schützen, die zu beschützen ich geschworen habe«, sagt er, und bei diesen Worten dröhnt mir Whitney Houstons ›I Will Always Love You‹ durch den Kopf, dass mir ganz schwindelig davon wird.

»Also«, fährt Harrison fort, blind für die ›Bodyguard‹-Szenen, die durch mein Hirn blitzen. »Ich gebe Ihnen die Kamera zurück, wenn Sie mir versprechen, sich umzudrehen und zurück in das Loch zu kriechen, aus dem Sie gekommen sind.«

Ich recke den Hals und sehe, dass der Mann zu mir hinüberschielt, Bitterkeit und Ernüchterung spiegeln sich in seinem Gesicht. Er hat verloren.

Endlich weicht er zurück und murrt: »Na schön.«

Harrison wartet kurz ab, bevor er seinen Arm senkt und ihm die Kamera zurückgibt. »Und jetzt sind Sie so nett und verpissen sich.« Der Mann schleicht sich an den Sitzreihen vorbei und verschwindet hinunter aufs Hauptdeck. Harrison folgt ihm mit seinem Blick, und der Ausdruck in seinen Augen ist dermaßen intensiv, dass er beinah körperlich spürbar ist. Vielleicht ist das ja der Grund, warum er immer eine Sonnenbrille trägt. Sonst würde er die Leute in Flammen aufgehen lassen.

»Ich … ich kann nicht glauben, dass Sie das getan haben«, stammele ich. Erst jetzt wird mir bewusst, wie sehr mein Herz hämmert. Ich lehne mich gegen die Reling und halte mich daran fest.

»Warum nicht?«, fragt Harrison und fixiert mich mit seinem Blick, eine Augenbraue hochgezogen. »Glauben Sie etwa, ich würde Sie nicht beschützen?«

»Das ist nicht Ihre Aufgabe.«

»Das spielt keine Rolle. Ich habe es jetzt zu meiner Aufgabe gemacht.« Er legt den Kopf schief und mustert mich. »Haben Sie damit ein Problem?«

Habe ich damit ein Problem, dass mich dieser Mann beschützt? Zur Hölle, nein.

Ich schüttele den Kopf. »Nein.« Ich schenke ihm ein schüchternes Lächeln. »Danke.«

»Wie gesagt, das ist mein Job«, sagt er nüchtern. »Wollen wir zum Auto zurückgehen?«

Ich nicke. Ich hasse es, dass dies nun meine Lebensrealität geworden ist, ob es mir gefällt oder nicht. Aber ich bin dankbar, dass ich ihn habe.

Na ja, wenn wir mal ehrlich sind, bin ich mehr als nur dankbar.

Ich bin hingerissen von ihm. Aber nur ein bisschen. Nur wegen dieser Sache.

Sonst nicht.

Ich schwöre.

# Elf

Die Fahrt vom Fähranleger in Swartz Bay bis zum Costco außerhalb von Victoria dauert bei viel Verkehr etwa eine Stunde, was jede Menge Schweigen bedeutet. Das heißt, bis Harrison den Rocksender einstellt und voller Zufriedenheit ›War Pigs‹ von Black Sabbath lauscht.

»Ich hätte Sie nicht für den Heavy-Metal-Typ gehalten«, sage ich.

»Was haben Sie denn gedacht, was für Musik ich so höre?«, fragt er und setzt sich in seinen Sitz zurück.

»Ich weiß nicht. Was für Musik hören seelenlose Menschen? Dave Matthews Band?«

Er dreht mir das Gesicht zu. »Eher stecke ich mir Glasscherben in die Ohren«, sagt er mit fester Stimme.

Whoa. Okay, er ist also definitiv kein DMB-Fan.

»Was für Musik hören *Sie*?«, fragt er nach einem Moment.

Ich lege mir theatralisch eine Hand auf die Brust. »Sie … Sie … stellen mir Fragen über *mich*?«

Sein Mund verzieht sich zu einem Strich, bevor er sagt: »Ich stelle Ihnen ständig Fragen.«

»Ha! Nein, Sir, das tun Sie nicht. Vielleicht in Ihrem Kopf, aber Ihr Mund öffnet sich nie, um zu sprechen.«

»Ich spreche jetzt gerade.«

»Ich weiß. Es ist schockierend.«

»Also?«

Ich zucke mit den Schultern. »Musik? Ich mag alle Arten von Musik. Außer Country. Ich werde die Scherben aus Ihren Ohren nehmen und sie in meine stecken, wenn ich irgendeinen Kerl höre, der mit näselnder Stimme von seinem verloren gegangenen Hund singt. Ich meine, warum singt man überhaupt darüber? Geh los und pflastere ein paar »Entlaufen«-Poster an die Telefonmasten oder so.«

Er lacht. Er lacht wirklich.

Ich glotze ihn an. »Welches Datum ist heute?«

»6. Juli, warum?«

»Weil ich es mir in Erinnerung behalten will als den Tag, an dem ich Harrison Cole zum Lachen gebracht habe. Ich werde ihn jedes Jahr feiern, indem ich dem Heiligen der PSB Opfergaben darbiete und den Menschen die Botschaft von Pilotensonnenbrillen und Strenge verkünde.«

Er schüttelt über mich den Kopf. »Und Sie sagen, ich sei nicht normal.«

»Ein Narr erkennt den andern.«

Ich merke, dass es ihm schwerfällt, nicht zu lächeln.

Ist es verrückt, dass ich jedes Mal, wenn ich zu Costco gehe, völlig aus dem Häuschen bin? Ich meine, in dem Laden geht es in der Regel ziemlich chaotisch zu, aber einen Großeinkauf zu machen gibt mir irgendwie das Gefühl, richtig erwachsen zu sein. Vielleicht liegt es aber auch nur daran, dass man eine Mitgliedskarte braucht. Seit ich den Babysitter-Club gelesen habe, möchte ich einem exklusiven Club angehören.

»Sind Sie schon mal bei Costco gewesen?«, frage ich ihn, als wir uns einen Wagen schnappen und den Laden betreten. Ein

Mitarbeiter will meine Karte sehen, und ich präsentiere sie ihm mit einem Gefühl der Genugtuung.

»Nein«, antwortet Harrison, nimmt seine Sonnenbrille ab und schiebt sie in seine Brusttasche. Er sieht sich in dem gigantischen Laden mit den turmhohen Regalen um. »Es gibt für alles ein erstes Mal.«

»Okay, aber Sie müssen unbedingt einen Hotdog essen.«

Seine Augenbrauen schießen amüsiert in die Höhe. »Einen Hotdog?«

»Ja, die machen fantastische Hotdogs.«

»Ihr verdammten Amerikaner und eure Hotdogs.«

Ich boxe ihn gegen die Brust. »Sie sind hier in Kanada! Sie kriegen gleich einen Poutine-Dog, wenn Sie nicht aufpassen.«

»Darf ich fragen, was das ist?«

Ich schüttele den Kopf. »Dafür sind Sie noch nicht bereit.«

Wir gehen durch die Gänge, während Harrison die Lebensmittel von seiner Liste abliest. Da ich Costco nicht so oft besuche wie unser Lebensmittelgeschäft vor Ort, vergesse ich, wo was steht, weshalb wir im Laden furchtbar viel hin und her laufen müssen. Und natürlich möchte ich an jedem Stand anhalten, der irgendwelche Gratiskostproben verteilt.

Das erste Mal wartet Harrison noch geduldig, während ich irgendein Chutney und Cracker mampfe. Mit geschürzten Lippen scheint er zutiefst angewidert von dem Gedanken, dass irgendwer einfach so Essen austeilt. Doch bei den Schoko-Chip-Keksen ist er neugierig genug, um selbst welche zu probieren.

Ich beobachte ihn, während er den Keks isst, und seine Augen beginnen zu leuchten.

»Vielleicht sollten wir eine Tüte von diesen Keksen mitnehmen«, sagt er und beäugt die Auslage neben dem Mitarbeiter, der die Kostproben verteilt.

»Sehen Sie, genau so kriegen sie einen«, sage ich, greife mir eine der Kekstüten und werfe sie in unseren Wagen.

»Ich fühle mich schikaniert«, sagt er. »Erst ködern sie einen mit einer Gratiskostprobe, und dann verführen sie einen zum Kauf.«

Daraufhin schnappt er sich noch einen Probierkeks und zwinkert dem Mitarbeiter zu.

»Sie wissen schon, dass es immer nur eine Kostprobe pro Kunde gibt«, flüstere ich ihm zu, als wir weggehen. »Wenn sich herumspricht, dass der Bodyguard der Royals versucht hat, das Kostprobensystem von Costco auszuhebeln, sieht das nicht gut aus.«

Er beugt sich zu mir herunter, und ich merke, wie ich den Atem anhalte. »Dann bleibt es unser kleines Geheimnis.«

Er richtet sich wieder auf, und ich atme langsam durch die Nase aus. Herrje, er sollte mich vorher warnen, wenn er so dicht an mich herankommt, sonst verfalle ich noch in Schockstarre. Sobald ich seinen Geruch wahrnehme, rollen meine Augäpfel nach hinten.

Der Rest des Einkaufs verläuft normal, nur dass Harrison wieder einen Bogen um die Kostproben macht, und ich glaube, dass wir alles bekommen haben, was wir brauchen. Und mehr.

Obwohl ich manchmal, nur manchmal das Gefühl habe, dass sein Blick etwas Lüsternes hat. Die Art, wie seine Augen über meine Brust wandern, als er denkt, ich würde nicht hinsehen, wie seine Finger meine berühren, als wir beide nach dem Kirkland Bacon greifen, wie er mich aus dem Laden führt, indem er mir seine Hand auf den Rücken legt. Ganz zu schweigen von den Pfingstrosen, die er mitnimmt. Zwei Sträuße für Monica und Eddie, einen Strauß für mich.

Das finde ich aber erst heraus, als ich zu Hause vor dem Haus der Royals parke.

»Die sind für Sie«, sagt er, als er auf den Rücksitz langt und mir einen Strauß Pfingstrosen überreicht. Ich starre ihn einen Moment lang ungläubig an, dann sehe ich auf die rosafarbenen Blumen in meiner Hand. »Als Dankeschön. Weil Sie so hilfsbereit und verständnisvoll sind.«

Soll heißen: Kommen sie wegen dieses Zehn-Dollar-Kaufs bloß nicht auf falsche Gedanken!

Aber trotzdem, es ist eine süße Geste.

Dann stelle ich ihm die Frage.

»Wissen Sie, wie Sie mir wirklich Ihre Wertschätzung zeigen können? Kommen Sie am Freitag mit ins Blowhole.«

Bei dem Vorschlag macht er ein beinah beleidigtes Gesicht. »Warum möchten Sie da überhaupt hingehen?«

»Um allen zu zeigen, dass ich keine Angst habe«, sage ich zögernd. »Ich würde mich sicherer fühlen, wenn Sie dabei wären.«

»Soll ich als Ihr Beschützer mitkommen oder als Freund?«

»Als Freund.«

Er nickt mir knapp zu. »Ich sehe mal, was sich machen lässt.«

Es ist Freitagnachmittag, und ich habe Harrison die ganze Woche nicht gesehen, was irgendwie seltsam ist. Das Gleiche trifft auf Monica und Eddie zu. Der mysteriöse James-PSB in dem Geländewagen scheint ganze Arbeit zu leisten, um die Presse fernzuhalten, denn mir begegnet weder beim Gassigehen mit Liza noch beim Kaffeeholen oder meinen Wanderausflügen irgendein Reporter. Es ist alles völlig friedlich.

Und zugegebenermaßen etwas langweilig. Alles, was ich tue, ist lesen und Podcasts aufnehmen, mehr noch als sonst. Die ganze Zeit wünschte ich, ich könnte über Harrison und Monica sprechen und über alles, was hier passiert, aber bisher habe ich es geschafft, mich auf Buchrezensionen zu beschränken. Zum Glück konnte ich eine Reihe von Büchern lesen, in denen Helden vorkommen, hinter deren rauer Schale ein weicher Kern steckt, sodass ich genug Material für meine liebesromanhungrige Hörergemeinde habe, die von Tag zu Tag zu wachsen scheint.

Mit meiner Mutter kann ich zurzeit auch nicht besonders gut reden. Sie unterhält sich gern über Monica und Eddie, aber sobald ich Harrison erwähne, wirft sie mir diesen Blick zu, den sie mir auch schon früher immer zugeworfen hat, wenn ich anfing, irgendwen zu daten. Dabei spielt es keine Rolle, dass ich Harrison weder date noch daran denke, es zu tun, sie wirft mir trotzdem diesen Blick zu. Vielleicht weil sie *denkt*, dass sie mich kennt, denkt, dass ich auf dumme Ideen komme und mich in ihn verliebe.

Ich verliebe mich nicht in ihn. Nicht mal ansatzweise. Nicht mal ein klitzekleines bisschen.

Aber ich verbringe den Tag damit, im Haus herumzutigern und mich zu fragen, ob ich den Mut aufbringen sollte, Monica eine Nachricht zu schreiben, nur, um zu horchen, wie es ihnen geht. Nur, um zu sehen, ob zufällig Harrison zur Sprache kommt. Ich frage mich, ob Harrison unsere Nichtverabredung fürs Blowhole vergessen hat. Außerdem renne ich ständig zur Haustür, weil ich denke, dass er jeden Moment auftauchen könnte. Andererseits – warum sollte er? Er ist ein Bodyguard. Es ist sein Job, den Herzog und die Herzogin zu beschützen. Es ist nicht sein Job, sich mit einer Kleinstadtlehrerin auf eine Scheinverabredung einzulassen, um ihr einen Gefallen zu tun.

Als es Zeit fürs Abendessen wird und ich meiner Mutter dabei helfe, einen Eintopf zuzubereiten, habe ich innerlich bereits kapituliert. Ich werde auf keinen Fall allein in diese Kneipe gehen. Entweder gehe ich mit Harrison, oder ich gehe gar nicht. Und mir ist bewusst, dass meine Gründe, warum ich möchte, dass Harrison mitkommt, etwas armselig sind, aber ich denke, das ist ihm auch klar.

Ich habe auch äußerlich kapituliert und sitze in Jogginghose und einem verschlissenen Flanellhemd – mein Haar ein wirres Nest auf dem Kopf – mit meiner Mutter vor dem Fernseher auf der Couch, während wir Eintopf schlürfen und sie durch die Kanäle zappt.

Ich gebe mir große Mühe, nicht schlecht gelaunt zu sein, zumal sich meine Stimmungen, vor allem die negativen, auf meine Mutter übertragen. Es gibt einen Grund, warum ich die meiste Zeit so vergnügt wirke – ich habe es mir antrainiert. Das ist noch eine weitere Sache, die meine Therapeutin aufdeckte, als wir über meine kPTBS (oder komplexe posttraumatische Belastungsstörung) sprachen. Oft werden meine negativen Emotionen einfach unterdrückt, weil es keinen sicheren Ort für mich gibt, um ihnen Ausdruck zu verleihen, und das ist schon seit meiner Kindheit so.

Trotzdem, diese Woche hat mich daran erinnert, wie mein Leben normalerweise ist: langweilig. Und für wie viel Abwechslung die Royals gesorgt haben. Auch wenn meine Unterhaltungen mit Monica und Harrison eher dünn gesät sind, so hat mir der Austausch mit ihnen vor Augen geführt, wie sehr ich eigentlich einen oder auch zwei Freunde in meinem Leben brauche.

Ich überlege gerade, ob ich Cynthia anrufen soll, obwohl ich mich außerhalb der Schule noch nie mit ihr getroffen habe, als Liza anfängt zu bellen.

Meine Mutter und ich drehen die Köpfe Richtung Tür, nur Bruchteile von Sekunden bevor jemand anklopft.

Mein Herz macht einen Satz.

Das kann er nicht sein.

Ich stehe auf und gehe zur Tür, hoffend, dass es Harrison ist. Ich meine, wer könnte es sonst sein?

Ich öffne.

Es ist Monica, die wie immer reizend und elegant aussieht.

»Hallo, Piper«, sagt sie und macht ein entschuldigendes Gesicht. »Tut mir leid, dass ich einfach so reinplatze und keine Nachricht geschickt habe. Aber es kam mir irgendwie albern vor, wo Sie doch so nah dran wohnen.« Sie sieht an mir vorbei zu meiner Mutter auf der Couch und winkt ihr zu. »Guten Abend, Evelyn.«

»Prinzessin, kommen Sie doch rein!«, ruft meine Mutter. »Ich habe Eintopf gemacht.«

»Wir haben gerade erst gegessen, aber danke für die Einladung«, sagt Monica. Sie richtet ihre tiefbraunen Augen auf mich. »Harrison hat am Anfang der Woche erwähnt, dass er Sie heute Abend in eine Kneipe begleiten soll.«

Oh-oh. Obwohl Monica freundlich wirkt, kann ich nicht sagen, ob ich in Schwierigkeiten stecke oder nicht.

»Ja, möglich, dass ich so etwas erwähnt habe«, sage ich verunsichert. »Hätte ich das nicht tun dürfen?«

Sie grinst breit und tätschelt mir besänftigend den Arm. »Nein, nein, ich finde es großartig. Ich meine, wirklich. Darum bin ich ja hier. Harrison hat es nur beiläufig angemerkt, als hätte er entweder damit gerechnet oder gewollt, dass ich Nein sage. Ich wollte zuerst mit Ihnen sprechen, um sicherzugehen, dass das Angebot noch steht und Sie es ernst meinten.«

»Definitiv. Ich dachte, es könnte ganz lustig sein.«

»Gut. Dann werde ich ihm sagen, dass er gehen muss.«

»Moment, Moment«, sage ich und nehme die Hände hoch. »Ich will nicht, dass er gehen *muss*. Ich dachte, vielleicht hat er ja Lust.«

Sie legt den Kopf schief und mustert mich amüsiert. »Er weiß nicht, was er will oder was gut für ihn ist. Hören Sie, ich stehe Harrison sehr nahe, und es gibt da ein paar Dinge, die Sie wissen sollten. Er hat noch nie um einen freien Tag gebeten. Selbst wenn Eddie darauf besteht, ist Harrison in irgendeiner Form immer noch im Dienst. Er hat noch nie Urlaub genommen. Er hatte noch nie eine Freundin oder zumindest keine ernsthafte Beziehung.«

»Ich date ihn nicht«, werfe ich ein. »Das ist kein Date.«

»One-Night-Stands, vielleicht«, fährt sie fort, ohne auf mich einzugehen. »Darüber spreche ich nicht mit ihm.«

»Das ist kein Date und auch kein One-Night-Stand«, wiederhole ich und spüre, wie mir beim Gedanken, dass er mit jemand anderem einen One-Night-Stand haben könnte, die Brust eng wird.

»Oh, Piper, das weiß ich. Er weiß das. Ich sage nur, dass er nie ausgeht und kein eigenes Leben hat. *Wir* sind sein Leben. Und ich weiß, er denkt, das müsste so sein, weil es sein Job erfordert, aber das ist nicht wahr. Einer der Gründe, warum wir unbedingt wollten, dass Harrison mit uns herzieht, war, weil wir dachten, es würde ihm guttun. In England war die Bedrohungslage kritisch, und er war rund um die Uhr in Alarmbereitschaft. Wir wussten, hierherzukommen war die einzige Chance für uns alle, mal durchzuatmen.«

»Er gehört für Sie wohl zur Familie.«

»Ja, das tut er. Und wenn ich jetzt seine Ersatzmutter bin, die sich ungefragt in seine Angelegenheiten einmischt, ist mir das auch egal. Sagen Sie mir einfach, wann er Sie abholen soll.«

»Monica, Duchess, bei allem Respekt, aber ich möchte nicht, dass Harrison mitkommt, wenn ihm dabei nicht wohl zumute ist.«

»Falls Sie es noch nicht bemerkt haben, Harrison ist nie wohl zumute. Und auf diese Art haben wir ihn wenigstens für ein paar Stündchen vom Hals. Haben wir nicht auch mal eine kleine Pause verdient?«

Was soll ich dazu sagen?

»Also, um wie viel Uhr?«, drängt sie.

»Äh, ich schätze, in einer halben Stunde? In einer Stunde?«

»Er wird in einer halben Stunde hier sein.«

Und damit winkt sie noch einmal kurz, und dann verschwindet sie.

Ich gebe mir selbst exakt drei Sekunden Zeit, bevor ich lautlos *What The Fuck* mit den Lippen forme, dann eile ich zurück ins Haus.

»Was wollte sie? Warum ist sie nicht reingekommen?«, fragt meine Mutter.

»Ich kann jetzt nicht reden, ich muss mich fertig machen!«, rufe ich ihr zu, während ich schnurstracks ins Badezimmer renne. Ich drehe die Dusche an und lasse das Wasser laufen, bis ächzend heißes Wasser aus den alten Rohren kommt. Wenn das jetzt wirklich passiert und wir ins Blowhole gehen, werde ich dafür sorgen, dass ich zu einhundert Prozent der heißeste Feger im ganzen Laden bin. Wenn ich mich heute Abend in Joeys Kneipe zeige, mit Harrison an meiner Seite, dann gehe ich jetzt voll auf Anschlag.

Zumindest meine Haare sollten ausnahmsweise mal sitzen, und so verbringe ich eine gefühlte Ewigkeit damit, sie glatt zu föhnen, dann lege ich schnell etwas Make-up auf, betone die Augen mehr als sonst und verteile so viel Highlighter im Gesicht, dass man es vermutlich quer durch den ganzen Barraum sehen wird. Danach husche ich eingehüllt in ein Handtuch in mein Zimmer und wühle mich hastig durch meine Klamotten. Ich schlüpfe in eine Röhrenjeans und ziehe mir gerade ein hautenges, schwarzes Top über den Kopf, als es an der Tür klopft.

Ich habe mich dermaßen beeilt, dass ich nicht mal Zeit hatte, nervös zu sein, aber jetzt erwischt es mich umso heftiger. Ich weiß, dass es eigentlich keinen Grund gibt, nervös zu sein, aber in diesem Moment scheint mein ganzer Körper zu schlottern.

Das ist kein Date. Er tut mir einen Gefallen. Er will nicht einmal hingehen.

Ich hole tief Luft, auch wenn sich mein wild klopfendes Herz dadurch nicht beruhigen lässt, und gehe an die Tür.

Natürlich ist meine Mutter schneller.

»Hallo?«, sagt sie, als sie die Tür öffnet. »Mr Cole. Sie sehen so anders aus. Meine Güte. Ihre Tattoos. Sieh sich das einer an. Warum sollte man sich so etwas antun?«

Oh Gott.

Von dort, wo ich stehe, kann ich Harrison nicht sehen, nur hören. »Ist Piper da?«, fragt er, und seine Stimme klingt so ruhig und gelassen wie immer, obwohl sich meine Mutter über seine Tattoos auslässt (sie hasst Tattoos so sehr, dass es fast an ein Wunder grenzt, dass ich mir nie eins aus reinem Trotz habe stechen lassen).

Meine Mutter zieht die Stirn kraus. »Ja, sie ist da.« Dann dreht sie sich um und mustert mich mit zusammengekniffenen Augen von Kopf bis Fuß. »Du hast dich schick gemacht. Wo gehst du hin? Was passiert hier?«

»Ich gehe nur in die Kneipe. Mach dir keine Sorgen«, sage ich zu ihr.

»Du kannst nicht trinken und dann Auto fahren.«

»Nur ein Drink, versprochen.«

»Ist das ein Date?«

Oh. GOTT. Hat sie nicht das Gespräch gehört, das ich mit Monica hatte?

Ich schüttele vehement den Kopf und gebe ihr ein Zeichen, dass sie von der Tür verschwinden soll. »Nein. Kein Date. Wir gehen einfach nur zusammen in die Kneipe. Okay?«

Sie wechselt einen Blick mit Liza und verzieht sich dann schmollend auf die Couch.

Ich gehe zur Tür, bereit loszusprinten, für den Fall, dass sie noch mehr sagen will.

Und ich traue meinen Augen kaum.

Harrison trägt ein schwarzes, eng anliegendes T-Shirt, das die Tattoos auf seinen Armen zur Geltung bringt, eine dunkelgraue Jeans und schwarze schwere Boots.

Er ist dermaßen lässig gekleidet, dass ich ihn kaum wiedererkenne, auch wenn er natürlich seine Pilotensonnenbrille trägt. Ohne sie wäre er nicht Harrison.

Zu sagen, er sieht heiß aus, wäre eine Untertreibung. Er sieht zum Verrücktwerden heiß aus. Er ist geradezu verboten attraktiv, verboten sexy. Ausnahmsweise betrachte ich ihn nicht als den Bodyguard der Royals, sondern als einen Mann, der meine Eierstöcke in eine tickende Zeitbombe verwandelt, als einen Mann, mit dem ich zusammen in den Sonnenuntergang reiten will.

Nur ohne Pferd.

»Hi«, sage ich fröhlich. Zu fröhlich. Es ist, als hätte er mich mit seiner Sexyness hypnotisiert. Sexnotisiert.

Er erwidert einen Moment lang nichts. Lang genug, dass es auffällig ist, und ich wünschte, diese verdammte Sonne würde nicht mehr scheinen, obwohl es sieben Uhr abends ist, sonst könnte ich seine Augen sehen. Gefällt ihm, was er sieht? Oder findet er es etwas zu schrill?

»Also, wollen wir gehen?«, sage ich unbeholfen.

»Ja, klar«, sagt er, wobei er kurz zusammenschreckt, und schüttelt leicht den Kopf, als würde er wieder zu sich kommen müssen.

Ich trete nach draußen und ziehe die Tür hinter mir zu, gehe in Richtung meines Autos.

»Sind Sie sicher, dass Sie fahren wollen?«, fragt er.

Ich öffne meine Tür und schenke ihm ein Lächeln. »Haben Sie etwa schon genug von meinem Fahrstil? Neulich haben Sie sich so tapfer geschlagen.«

Er geht widerwillig zur Beifahrerseite rüber. »Ich dachte, Sie wollten vielleicht etwas trinken.«

Ich schüttele den Kopf. »Schon okay. Steigen Sie ein.«

Leise murrend steigt er auf seiner Seite ein. Ich nehme mir einen Moment Zeit, um zu den Bäumen hochzusehen und einmal tief Luft zu holen, meine Gedanken wieder auf Kurs zu bringen.

*Das ist kein Date. Er tut mir einen Gefallen. Er will nicht einmal hingehen.*

Ich wiederhole die Worte wie ein Mantra und steige ins Auto ein, bekomme aber gleich wieder Nervenflattern, weil es sich so anders anfühlt, ihm so nah zu sein, wenn er weniger Klamotten anhat. Ja, es ist ein T-Shirt, aber verglichen mit einem Anzug ist er jetzt praktisch nackt. Ich kann deutlich die Tattoos auf seinen Unterarmen sehen und auf seinem Bizeps und … Oh Mann, seine Unterarme! Sein Bizeps! Seine Muskeln sind so hart und definiert und fest, dass mir ganz schwindelig wird. Vielleicht sollte ich doch nicht fahren. Er ist berauschender als Alkohol.

Und dann ist da noch sein Geruch, nach Meersalz und Limette und irgendetwas Holzigem, Süßem, und die Hitze, die er verströmt, seine Schultern, die meinen so nahe sind, und …

»Alles in Ordnung?«, fragt er.

Ich blinzele. Ich muss blinzeln. Ich glaube, ich habe ihn angestarrt, nein ange*glotzt*, ohne ein einziges Mal zu blinzeln, wie eine verdammte Irre.

»Ja«, krächze ich und merke, dass meine Wangen glühen. Ich starte den Motor. »Ich war nur gerade in Gedanken.«

Er nickt nur, doch als wir das Tor passiert haben, fragt er: »Ist es komisch, mich so zu sehen?«

»Extrem komisch«, erwidere ich, obwohl »komisch« es nicht mal ansatzweise beschreibt, aber das werde ich nicht weiter erläutern. Ich räuspere mich. »Danke übrigens, dass Sie mitkommen. Monica hat mir erzählt, dass Sie eigentlich nicht wollten, also weiß ich es zu schätzen. Aber ich meine, ich möchte Sie auch nicht dazu zwingen oder so.«

»Niemand zwingt mich zu irgendwas«, sagt er und klingt dabei ziemlich mürrisch. »Ich musste nur etwas darüber nachdenken, das ist alles.«

»Sie sagte, dass Sie mehr ausgehen sollten.«

»Sie ist diejenige, die mehr ausgehen sollte. Nicht ich. Zum Glück habe ich vollstes Vertrauen in das Team und weiß, dass sie in guten Händen sind.« Er hält inne und wirft mir einen kurzen Blick zu. »Ich hingegen …«

»Es wird Ihnen schon nichts passieren«, sage ich. »Müssen

Sie zu einer bestimmten Uhrzeit zurück sein? Werden Sie sich in einen Kürbis verwandeln, wenn Sie nicht rechtzeitig nach Hause kommen?«

Ich muss ihn nicht ansehen, um zu wissen, dass er mich anfunkelt.

»Anscheinend habe ich dank Ihnen morgen einen freien Tag«, sagt er.

»Also, wenn ich fahre, dann trinken Sie. Keine Ausreden!«

Darauf sagt er nichts. Offen gestanden ist es mir egal, ob er etwas trinkt oder nicht. Ich möchte einfach nur, dass sich der Kerl ausnahmsweise mal entspannt.

Es sind nur zehn Minuten Fahrt bis zu der Kneipe, die am Rand der Stadt in unmittelbarer Nähe eines großen Yachthafens liegt. Vor dem Eingang stehen Leute und rauchen. Automatisch scanne ich den Pulk ab, ob ich jemanden kenne. Ich habe vielleicht nicht viele Freunde, aber ich kenne eine Menge Leute, wenn auch nicht alle gut. Ich atme aus, als ich kein bekanntes Gesicht sehe. Vermutlich sind es alles Touristen.

»Ist alles okay?«, fragt Harrison, als wir auf den Schotterplatz rollen und parken.

»Sicher«, sage ich.

Er starrt mich an, glaube ich, und jetzt, wo das Auto stillsteht und ich mich nicht mehr aufs Fahren konzentrieren muss, wird mir umso bewusster, wie eng wir in diesem kleinen Raum beieinandersitzen.

Ich strecke die Hand aus und ziehe ihm vorsichtig die Sonnenbrille herunter.

Er blinzelt mich an, seine Augen haben die Farbe von Wasser, wenn die Zedern sich darin spiegeln, und sind unglaublich intensiv.

Es verschlägt mir für einen Moment den Atem.

»Die können Sie da drinnen nicht tragen«, sage ich. »Sie würden wie ein Idiot aussehen.«

Er kneift die Augen zusammen. »Vermutlich kann ich froh sein, dass ich nicht schon so aussehe wie einer. Ich fühle mich nämlich wie einer.«

Ich halte ihm die Sonnenbrille hin, und er nimmt sie, und dabei berühren seine Finger meine, worauf ein Kribbeln durch meinen Arm bis zum Hals hinaufschießt und sich von dort über meinen ganzen Körper verteilt.

Ich stecke in Schwierigkeiten.

»Sie sehen toll aus«, sage ich mit leicht gepresster Stimme, als würde ich das, was ich eigentlich sagen möchte, zurückhalten. »Kein bisschen idiotisch.«

Einfach nur wahnsinnig, sündhaft sexy.

Er scheint damit zufrieden zu sein, obwohl er meinen Blick eine gefühlte Ewigkeit lang festhält und die Spannung zwischen uns immer größer wird. Mein Gott. Sieht er mich immer so an?

Ich muss wegschauen. Ich räuspere mich und lächele verschämt mein Lenkrad an, lächele alles Mögliche an, nur nicht ihn, und dann steige ich aus dem Auto aus.

# Zwölf

Die warme Sommerluft und der plötzlich entstandene Abstand zwischen uns bewirkt, dass mein Gehirn aufhört, sich so sehr auf ihn zu konzentrieren, was aber leider bedeutet, dass es anfängt, sich auf die Kneipe zu konzentrieren.

Harrison steigt aus dem Auto aus und kommt zu mir herum. »Geben Sie mir noch einen kurzen Abriss darüber, was mich erwartet?«

Ich zucke mit den Schultern, während wir den Schotterplatz überqueren. »Es ist einfach nur eine Kleinstadtkneipe.«

»Das war mir schon klar«, sagt er. »Ich meinte eher in Bezug auf Ihren Ex. Bin ich nicht deswegen hier?«

Er hat recht. Aber er ist auch hier, weil ich ihn hierhaben möchte.

Er fährt fort. »Wenn Sie möchten, dass es so aussieht, als wären wir zusammen, wie ein Paar –«

»Nein, nein, nein«, beeile ich mich zu sagen. »Darum geht es gar nicht.«

»Weil ich das nämlich für keine gute Idee halte«, ergänzt er, und ein winziger Teil meines Herzens wird zu Staub zermalmt. »Die Leute wissen, wer ich bin. Vielleicht nicht in dieser Kneipe, aber anderswo auf der Welt wissen sie es. Ich kann mich nicht da drinnen Arm in Arm mit Ihnen zeigen und so tun, als wären Sie meine Freundin, wenn die Presse sofort Wind davon bekommen kann. Meine Glaubwürdigkeit wäre dahin, und sie würden Eddie und Monica durch den Dreck ziehen. Auf solche Gelegenheiten warten die nur.«

»Das verstehe ich völlig«, sage ich, obwohl es sich ein bisschen so anfühlt, als würde mir der Boden unter den Füßen weggezogen. »Sie dürfen also nie eine Beziehung haben? Niemals?«

Er zuckt mit einer Schulter. »Es steht mir frei zu tun, was ich will. Aber ich muss die Konsequenzen tragen. Und wenn man mich dermaßen vertraut mit Ihnen sehen würde, wo sich inzwischen herumgesprochen haben dürfte, dass Sie eine Einheimische und eine Nachbarin sind, wäre das nicht gut. Es würde höchst unprofessionell wirken, unabhängig davon, wie ich persönlich dazu stehe.«

Meine Augen werden groß. *Und … wie stehen Sie persönlich dazu?*, will ich fragen. Ich will ihn schütteln und anschreien und eine Antwort bekommen; eine Antwort auf eine Frage, von der ich noch nicht einmal wusste, dass sie existiert.

Stattdessen nicke ich lediglich und bleibe vor dem Eingang und außer Hörweite der rauchenden Leute stehen. »Ich will nicht, dass irgendwer irgendwas denkt. Ich will dort einfach auftauchen, weil ich es nie tue. Ich lebe jetzt schon lange genug hier, und trotzdem gehöre ich nicht dazu. Ich habe mich zurückgezogen, weil ich zu viel Angst hatte, Menschen kennenzulernen und sie an mich heranzulassen. Selbst als ich mit Joey zusammen war, bestand meine Welt nur aus ihm. Das mache ich immer so, wenn ich in einer Beziehung bin, und vielleicht ist es normal, aber wenn man in einer toxischen Beziehung ist, ist es ungesund. Ich glaube nicht, dass ich schon jemals eine gesunde Beziehung hatte …« Ich breche ab und sehe auf meine Flip-Flops hinunter, auf den abgesplitterten, aquafarbenen Nagellack auf meinen Zehen. »Ich weiß, dass das für Sie wahrscheinlich nicht viel Sinn ergibt. Für mich ergibt es auch nicht viel Sinn.«

»Ich verstehe mehr, als Sie denken«, sagt er. »Kommen Sie. Ich lade Sie auf einen Drink ein.«

Er öffnet mir die Tür, und ich gehe hinein.

Der Laden ist gerammelt voll. Die Eröffnungsband hat bereits begonnen und spielt eine Coverversion von ›Pour Some Sugar on Me‹, und die Kellnerinnen eilen mit Tabletts voller Bier und Chips an uns vorbei.

»Wo wollen Sie sitzen?«, frage ich Harrison, wobei ich meine Stimme erheben muss, um die Musik zu übertönen. Mir fällt auf, dass viele Leute zu uns rüberschauen, vor allem Frauen. Ich sehe sie mir nicht lang genug an, um sagen zu können, ob ich sie kenne.

»Wo immer Sie wollen«, sagt er.

Wegen der Live-Musik drängen sich die meisten Gäste in der Nähe der Bühne im vorderen Teil des Lokals, aber mir geht es darum, mich zu zeigen, statt mich unter die betrunkene und verschwitzte Masse zu mischen, darum gehe ich hinaus auf die Terrasse, die auf den Hafen hinausblickt, wo ich in einer Ecke einen Tisch für zwei entdecke.

»Wollten Sie nicht herkommen, um gesehen zu werden?«, fragt Harrison, als er einen Stuhl für mich hervorzieht, damit ich mich setzen kann. Ich meine, wer macht so was bitte? Höchstens Engländer, vielleicht.

»Danke«, sage ich zu ihm, gerührt, wie unglaublich gentlemanlike er sich verhält. Ich nehme Platz. »Die laute Musik macht mich nervös. Hier draußen zu sein gilt auch.«

Vor allem, wo ich keine Geringere als meine Lieblingsperson Amy Mischky sehe, die an der Servierstation steht. Offenbar hat sie zwei Jobs, und würde ich öfter das Haus verlassen, hätte ich das auch gewusst. Sie starrt mich und Harrison an, bevor sie sich zwei Speisekarten schnappt.

Schnell streiche ich mir das Haar glatt und schenke ihr ein breites, strahlendes Lächeln, als sie an unseren Tisch kommt.

»Hallo«, sage ich zu ihr.

»Hey«, sagt sie, sieht mich stirnrunzelnd an und beäugt Harrison. »Ich hätte nicht gedacht, dass du aufkreuzt.«

Und da kommt er schon, der Seitenhieb.

»Wer könnte sich diese Einladung schon entgehen lassen«, sage ich mit einem vergnügten Achselzucken.

Sie schürzt einen Moment lang die Lippen, mustert mich und denkt dabei wahrscheinlich viele unfreundliche Gedanken. »Wisst ihr schon, was ihr trinken wollt?«

»Dafür wären die Speisekarten ganz hilfreich«, sagt Harrison.

Ha! Ich liebe den sarkastischen Harrison.

Amy wirft ihm einen giftigen Blick zu, dann setzt sie ein unverkennbar falsches Lächeln auf. »Natürlich.« Sie klatscht die Karten auf den Tisch und geht davon.

»Das hat ihr aber nicht gefallen«, sage ich grinsend zu ihm.

»Wenn sie als Bedienung so schlecht ist wie als Barista, wird das ein langer Abend.«

Ich schnappe mir die Karte. »Daran erkennt man, dass Sie sich noch nicht voll ins Inselleben integriert haben. Seien Sie einfach froh, wenn überhaupt jemand auftaucht.«

Er schüttelt den Kopf, ein amüsiertes Lächeln auf den Lippen, während er die Karte studiert. »Ich weiß wirklich nicht, wie Sie das aushalten.«

»Fairerweise sei gesagt, dass man mit der Allgemeinheit nicht allzu viel zu tun haben muss.«

»Trotzdem, die mangelnde Effizienz ist für mich unerträglich.«

»Man gewöhnt sich dran. Man muss den Dingen einfach ihren Lauf lassen. Im Klartext heißt das: Hören Sie auf, sich über Dinge Sorgen zu machen, die Sie nicht kontrollieren können.«

»Ich mache mir keine Sorgen. Und ich mag es nun mal, die Dinge zu kontrollieren.«

»Ich glaube, Sie verwechseln hier mögen mit brauchen.«

»Ich kenne den Unterschied«, sagt er und dreht die Karte um. »Ich kann mich nicht mehr daran erinnern, wann ich das letzte Mal ein Bier getrunken habe.«

»Wirklich? Sie sind ein ziemlich armseliger Brite.«

»Allerdings«, sagt er, dreht sich in seinem Sitz halb um und winkt Amy heran.

Sie kommt widerwillig herüber und stellt sich vor uns hin, die Hand in die Hüfte gestützt. »Und, was darf's sein?«

Harrison fordert mich mit einem Nicken auf, zuerst zu bestellen.

»Ich nehme ein Wasser und ein Corona Light bitte«, sage ich.

»Und ich hätte gern ein Brown Ale.«

»Nur Getränke also«, sagt sie und greift nach den Speisekarten.

Harrison legt seine flache Hand darauf. »Ich habe mich noch nicht entschieden«, sagt er in höflichem, aber resolutem Ton und beendet seinen Satz mit einem Lächeln.

Amy ist entweder hin und weg von seinem Lächeln oder eingeschüchtert von seiner Bestimmtheit, denn sie blinzelt ihn einen Moment lang nur mit offen stehendem Mund an. »Natürlich«, bringt sie schließlich hervor.

Sie geht weiter an einen anderen Tisch, und Harrison beobachtet sie mit spöttischer Miene. »Ich mag sie nicht«, sagt er und dreht sich zu mir. »Sie ist eine, die für Ärger sorgt.«

»Tja, sie stammt ja auch von einer langen Linie von Leuten ab, die für Ärger sorgen«, erwidere ich. »Ihre Mutter ist so ein Mensch, der seitenlange Leserbriefe an die Lokalzeitung schreibt, in denen sie sich über die Touristen beklagt oder den Mobilnetzbetreiber oder darüber, dass ein Mann, den sie nicht mal persönlich kennt, zu viele Bäume auf seinem Privatgrundstück gestutzt hat. Ich bin wirklich erstaunt, dass sie noch nichts über Sie und die Royals geschrieben hat. Ich glaube nicht, dass sich alle mit Ihrer Anwesenheit hier arrangiert haben.«

»Dieser Gedanke ist mir noch gar nicht gekommen«, überlegt Harrison und kneift die Augen zusammen, weil die Sonne ihn blendet. Ich weiß, dass er unbedingt seine Sonnenbrille aufsetzen will, aber aus irgendeinem Grund hat er es noch nicht getan. »Ich bin einfach so sehr mit Ihnen beschäftigt.«

*Ich bin einfach so sehr mit Ihnen beschäftigt.*

Das hat er gerade eben gesagt.

Ich hasse es, dass ein Teil von mir dahinschmilzt allein bei der Vorstellung, dass mir jemand Beachtung schenkt. Und dass dieser Jemand er ist.

Sein Blick wandert hinüber zum Yachthafen. »Ich schätze, da wir uns die ganze Zeit im Haus verkriechen, ist uns nicht bewusst, wie die Leute zu uns stehen.«

Okay, also entweder ignoriert er absichtlich seine Bemerkung, dass er so sehr mit mir beschäftigt sei, oder er hat gar nicht mitgekriegt, dass er es gesagt hat. Es ist schwierig einzuschätzen, was in ihm vorgeht, weil er den Blick abgewandt hält und die Boote betrachtet. Er wirkt nicht wirklich entspannt, andererseits tut er das nie.

»Ich weiß nur, dass wegen Ihnen jetzt mehr Pressevertreter hier rumschwirren.«

»Also, ich sehe heute Abend keinen von denen«, stellt er fest.

Ich schaue mich um. Es stimmt. Wo immer sich die Presse versteckt hält, hier ist sie nicht.

»Vielleicht haben sie sich inzwischen verzogen. Da Bert und James die Straße vorm Grundstück patrouillieren und Monica und Eddie nie das Haus verlassen, haben sie vielleicht aufgegeben.«

»Genau das wollen sie einen glauben machen«, sagt Harrison und tippt sich mit dem Finger an die Schläfe. »Hinterhältiges Pack.«

Amy kommt mit unseren Getränken zurück und stellt sie eilig hin. Sie macht sich nicht die Mühe, uns zu fragen, was wir essen möchten, was mir ganz recht ist, denn ich habe noch nicht in die Karte geschaut.

»Prost«, sage ich zu Harrison, quetsche die Limettenscheibe durch den Flaschenhals und halte mein Bier hoch. »Auf einen tollen Abend in der Stadt.«

Das entlockt ihm ein Lächeln. »Darauf wollen wir trinken!«

Wir stoßen an, und ich schaffe es, seinen Blick festzuhalten, während ich an meinem Bier nippe. »Außerdem finde ich, dass wir ruhig Du zueinander sagen können – wenn es das Protokoll erlaubt«, sage ich mit einem Augenzwinkern, das darüber hinwegtäuschen soll, wie viel Überwindung mich diese Frage kostet.

Harrison nickt. »Sehr gern, Piper.«

Zufrieden lasse ich den Blick schweifen, als mir plötzlich eine Person ins Auge springt, die neben der Tür steht.

Mist.

Es ist Joey.

Also, na ja, ich bin heute hergekommen in der Hoffnung, dass ich ihn sehe, aber mehr in der Hoffnung, dass er mich von Weitem sieht und denkt: *Oh, Piper, so wie's scheint, hat sie keine Angst, sich unter die Leute zu mischen, ich habe sie wohl doch nicht so kaputt gemacht, wie ich dachte.* So was in der Art. Und dann würde er einfach seine grässliche Musik spielen und wegbleiben.

Aber nein, er kommt direkt auf mich zu.

Ich richte mich in meinem Stuhl auf und setze ein steifes Lächeln auf. Das genügt, dass Harrison hinter sich schaut. Als er sich wieder zu mir dreht, sind seine Augenbrauen erwartungsvoll in die Höhe gezogen. Ich erinnere mich daran, dass Harrison auf dem Steg sagte, er würde Joey gern die Nase brechen, und hoffe, dass es nicht so weit kommen wird.

»Pipes«, sagt Joey und baut sich vor unserem Tisch auf, die Arme vor der Brust verschränkt. Er hat diesen schmalzigen, selbstgefälligen Gesichtsausdruck, und ich frage mich, warum ich ihn je attraktiv gefunden habe. Ach richtig, weil er ein unnahbarer Bindungsphobiker ist und ich fand, dass ich genau das verdient hätte, darum.

»Joey«, sage ich und deute mit meiner Bierflasche auf Harrison. »Das ist Harrison. Ich glaube, ihr wurdet beim letzten Mal nicht offiziell vorgestellt.«

»Ja stimmt, hey, Mann«, sagt Joey und hält ihm die Hand hin. »Sie sind der Besucher.«

»Ganz genau«, sagt Harrison und schüttelt Joeys Hand, indem er sie quasi zerquetscht.

Joey muss sich so anstrengen, nicht zu wimmern, dass ich meinen Mund mit der Bierflasche verdecke, um meine Schadenfreude zu verbergen.

Er zieht seine Hand weg und lächelt schief. »Wow. Das ist ja mal ein Händedruck.« Joey blickt mich an. »Wo hast du denn diesen Kerl aufgegabelt, Pipes? Beim MMA?«

Harrisons Blick ist bohrend. »Nicht ganz«, sagt er mit tiefer Stimme, die Joey eine Warnung sein sollte, dass er sich auf dünnem Eis bewegt.

»Gibt's in Großbritannien überhaupt MMA? Sie sind Brite, richtig? Ich hätte damit gerechnet, dass Ihre Stimme mehr nach Jason Statham klingt, Sie wissen schon. Etwa so.« Und dann gibt er eine furchtbare Imitation von Jason Statham zum Besten, die eher klingt wie Michael Caine auf Steroid.

Oh, Joey, halt bitte die Klappe.

»Nein, weiß ich nicht«, sagt Harrison bedächtig und starrt ihn mit regungsloser Miene an. »Entschuldigung, wie war noch mal Ihr Name?«

»Joey.«

»Und Sie sind Pipers … was? Freund?«

Harrison weiß, was er tut. Joey blinzelt ihn verdattert an, als könne er nicht fassen, dass ich Harrison noch nichts von ihm erzählt habe. Ich sehe ihm förmlich an, wie er die Szene im Café Revue passieren lässt und sich fragt, ob Harrison mitbekommen hat, dass ich ihn vor dem Altar habe stehen lassen, aber ich freue mich diebisch, dass Harrison so ahnungslos tut.

»Nein«, sagt er und wirft mir rasch einen Blick zu. »Also, ja. Ich würde sagen, sie ist meine Freundin. Unsere Geschichte ist kompliziert.«

»Verstehe«, sagt Harrison. »Es ist schön, Pipers Freunde kennenzulernen. Zu sehen, wie freundlich alle sind.«

»Ja, richtig«, sagt Joey langsam. »Wie dem auch sei, meine Band hat in zehn Minuten ihren Auftritt. Ihr solltet reinkommen. Keine Sorge, Amy wird den Tisch hier draußen frei halten.«

»Mal schauen«, sage ich zu Joey und deute mit einer Hand aufs Wasser. »Hier draußen ist es gerade so schön. Wäre irgendwie ein Jammer, drinnen zu hocken.«

Joey macht ein enttäuschtes Gesicht. Gut. Er geht weg, und ich seufze.

»Bitte sag jetzt nicht, dass du noch etwas für diesen Wichser empfindest«, knurrt Harrison und leert den Rest seines Biers in einem Zug.

Ein ersticktes Lachen entringt sich meiner Kehle. »Machst du Witze? Nein. Verdammt noch mal, nein.«

Harrison scheint kurz darüber nachzugrübeln, dann steht er auf.

»Wo gehst du hin?«, frage ich aus Angst, dass er weggeht.

»An die Bar, um etwas zu bestellen. Ich vertraue unserer Bedienung nicht. Was möchtest du noch?«

»Ich werde es heute Abend bei dem einen hier belassen«, sage ich und wackle mit der Bierflasche hin und her.

Er klopft kurz mit der Faust auf den Tisch. »Bin gleich wieder da.«

Ich sehe ihm nach, wie er in den Barraum geht. Ich hoffe sehr, dass er da drinnen nichts Dummes anstellt. Nicht dass Harrison je draufgängerisch oder leichtsinnig gewirkt hätte, eher im Gegenteil. Doch er hat Alkohol getrunken, was er normalerweise nicht zu tun scheint, und vielleicht tritt dadurch eine andere Seite von ihm zutage.

Ich sitze also da, beobachte die anlegenden Segelboote und die ein- und aussteigenden Touristen und versuche, mir um ihn keine Sorgen zu machen.

Schließlich kommt Harrison zurück mit zwei dunklen Bieren in der Hand. Er sieht irgendwie verärgert aus.

»Das hat aber ganz schön lange gedauert«, sage ich.

»Ich habe noch einen Whisky an der Bar getrunken«, sagt er und setzt sich, wobei etwas Bier über den Rand der Gläser schwappt.

»Du hast *was?*« Ich starre ihn an.

»Ich habe einen Whisky getrunken«, wiederholt er und sieht mich beinah herausfordernd an. Er macht nicht den Eindruck, als hätte er bereits einen Whisky und ein Bier intus; sein Blick ist so klar und fokussiert wie immer. Dennoch bin ich überrascht.

»Holst du versäumte Zeit nach?«, frage ich.

»So ähnlich«, sagt er. »Dein Ex steht auf der Bühne. Sicher, dass du nicht reingehen und zuschauen möchtest?«

»Nein danke«, entgegne ich. »Also, wenn du mit dem Bier fertig bist, können wir auch gern gehen.«

Er sieht mich mit gerunzelter Stirn an, der Blick seiner blaugrauen Augen wird noch intensiver. »Jetzt schon?«

»Möchtest du denn noch bleiben?«

Er zuckt mit den Schultern und schließt die Finger um eins der Biergläser. »Wieso nicht? Du hast mich hergeschleppt, ich habe seit Monaten zum ersten Mal wieder etwas getrunken. Ich muss zugeben, dass ich wirklich Spaß habe.«

Ich zeige mit dem Finger auf ihn. »*Das* bist du, wenn du Spaß hast?«

Er schenkt mir ein schiefes Lächeln, dann nimmt er einen großen Schluck von seinem Bier. »Sieht man das etwa nicht?«, fragt er.

Okay, da er gern noch etwas bleiben will, wir mehr oder weniger unter uns sind und ich etwas lockerer drauf bin, beschließe ich, ein paar Nachforschungen zu Harrisons geheimnisvoller Vergangenheit anzustellen.

»Also, erzähl mal«, beginne ich und lehne mich in meinem

Stuhl zurück. »Wann war das letzte Mal, dass du einen freien Tag hattest?«

Er nippt an seinem Bier und überlegt einen Moment. »Ich kann mich wirklich nicht mehr erinnern.«

»Ich nehme an, als Monica und Eddie dich fragten, ob du mit nach Kanada kommen willst, gab es für dich nicht viele Gründe, Nein zu sagen.«

»Nicht wirklich.«

»Hast du Familie?«

Seine Augen werden dunkel, er wendet den Blick von mir ab und starrt auf Bier Nummer zwei hinunter. Etwas sagt mir, dass das keine harmlose Frage war.

»Eine Mutter. Einen Bruder und eine Schwester, beide jünger. Sie leben in London.«

»Ist dein Vater auch abgehauen?«

»Ich habe ihn nie gekannt. Aber ja. Er hat meine Mutter geschwängert, und das war's. Dann wurde meine Mutter noch von zwei weiteren Kerlen geschwängert. Keiner von ihnen ist geblieben, also musste ich meiner Mutter helfen, meine Geschwister großzuziehen.«

»Oh. Das tut mir leid.«

»Das muss es nicht. Mir tut's nicht leid. So ist das Leben nun mal. Ich schaffte es, die Highschool zu beenden, und bin danach direkt zur Armee gegangen. Ich dachte, das wäre die einfachste Möglichkeit, um alle zu unterstützen.«

»Sie sind bestimmt sehr stolz auf dich.«

Er zuckt leicht mit den Schultern und legt die Stirn in Falten. »Vielleicht. Ich weiß es nicht. Es ist schwierig, mit ihnen in Kontakt zu bleiben, aber ich versuche es. Und ich schicke ihnen Geld, vor allem meiner Mutter. Das Leben hat es ihr nicht leichtgemacht.«

»Dann warst du wohl ziemlich lange in der Armee.«

Er nickt. »Das war die beste Entscheidung, die ich je getroffen habe. Das hat mich auf dem rechten Weg gehalten, mich Anstand und Verantwortungsbewusstsein gelehrt. Vermutlich wirst du mir das nicht glauben, aber in meiner Jugend war ich ein ziemlicher Scheißkerl. Ein Unruhestifter, immer in Schwierigkeiten. Saufen, Drogen, das volle Programm. Ich nehme an, das war meine Art, dagegen zu rebellieren, dass ich schon so jung die Vaterrolle übernehmen musste. Der Armee beizutreten hat mich vor einem düsteren, schmutzigen Schicksal bewahrt.«

Jedes kleine Stückchen, das Harrison von sich preisgibt, fühlt sich an wie ein Geschenk oder eine Offenbarung. Jetzt ergibt alles Sinn: sein cooles, ruhiges, beherrschtes Auftreten, sein Bedürfnis, stets die Kontrolle zu behalten. Es erklärt vielleicht auch, warum er seinem Job so aufopferungsvoll nachgeht. Er hat Angst, Fehler zu machen.

Ich hoffe, er macht jetzt keine Fehler. Er hat gerade erst sein zweites Bier ausgetrunken und jetzt das dritte bereits zur Hälfte geleert. Vielleicht wäre es eine gute Idee, etwas zu essen.

»Hast du schon mal Entenflügel gekostet?«, frage ich und schnappe mir die Speisekarte. »Die schmecken hier fantastisch. Genau wie die Fish and Chips. Frisch gefangener Heilbutt.«

Er wirft mir einen schiefen Blick zu, als er die Karte nimmt. »Wirst du dafür bezahlt, das zu sagen?«

»Hey, ich esse für mein Leben gern. Wenn in einem Laden das Essen gut ist, schreie ich es von allen Dächern.«

Sein Blick schweift über die Karte. »Dann bin ich überrascht, dass du nicht öfter hierherkommst.«

»Ich glaube, man kann sagen, dass wir beide dringend mal

wieder einen Ausgehabend brauchten. Vielleicht begreife ich ja langsam, dass ich nicht ewig eine Eremitin bleiben kann.«

»Man kann nicht in Angst leben«, sagt Harrison und senkt dabei seine Stimme. »Aber das ist leichter gesagt als getan, nicht wahr?«

Ich grübele darüber nach, während Harrison erneut Amy heranwinkt und ein Pfund Entenflügel bestellt, plus ein weiteres Bier und einen Highball Scotch. Ich bin zu dem Entschluss gekommen, dass es mich nicht das Geringste angeht, was und wie viel er trinkt. Er ist ein erwachsener Mann. Er trifft seine eigenen Entscheidungen. Und ich war diejenige, die darauf bestanden hat, dass er mitkommt, und das hat er getan.

Außerdem denke ich immer noch darüber nach, was er gesagt hat. Über die Angst. Und dass es einen Moment gibt, wo einem die Angst nicht mehr nützt, einen nicht mehr schützt. Sie schadet einem und hält einen zurück. Vielleicht bin ich an dem Punkt angelangt, wo mein Bestreben, meine Mutter und mich vor Schaden zu bewahren, vor allem vor dem Schaden durch die Meinungen und Gedanken anderer, uns auf lange Sicht sogar noch mehr Schaden zufügt. Ich kann nicht für meine Mutter und ihre Gefühle sprechen, aber ich glaube, für mich ist es gesünder, wenn ich mich mit der Welt auseinandersetze, selbst auf die Gefahr hin, dass ich dabei verletzt werde.

Amy kommt zurück und bringt zuerst das Bier und den Whiskey, und als sie schließlich die Entenflügel serviert, hat Harrison seine Drinks schon geleert und bestellt eine weitere Runde.

Und er fängt an, etwas betrunken zu wirken. Seine Augen sehen etwas verwaschen aus, sein Blick scheint leicht fahrig.

»Mach dir um mich keine Sorgen«, sagt Harrison, als er mich anschaut. »Die Sorgen stehen dir deutlich ins Gesicht geschrieben.«

Ich versuche, mein Gesicht so glatt wie möglich aussehen zu lassen. »Ich mache mir keine Sorgen«, lüge ich fröhlich. »Vielleicht bist du es einfach nur nicht gewöhnt, dass ich Make-up trage.«

»Da hast du recht. Das bin ich nicht.« Er klingt nicht sehr glücklich dabei.

»Lass mich raten: Du findest, dass ich ohne Schminke besser aussehe?«

»Ich finde dich so oder so schön.«

Whoa.

Meine Augen werden kugelrund, aber er scheint nicht zu merken, was er gesagt hat.

*Er ist betrunken*, rufe ich mir ins Gedächtnis.

Aber heißt es nicht, dass Betrunkene immer die Wahrheit sagen?

*Die rosarote Alkoholbrille*, halte ich dagegen.

Und dann tritt Joey aus dem Barraum auf die Terrasse und kommt zu uns herüber.

»Entenflügel, lecker«, sagt er und deutet mit einem Nicken auf den Teller. »Eins meiner absoluten Lieblingsgerichte.« Er wirft mir einen aggressiven Blick zu. »Du bist gar nicht gekommen, um mich spielen zu sehen, stimmt's?«

»Ich habe nicht mal mitgekriegt, dass ihr gespielt habt«, bekenne ich ehrlich. »Klang irgendwie genauso wie die Band davor.«

Ich kann förmlich sehen, wie seine Nackenhaare sich aufstellen. Das geht ihm gehörig gegen den Strich. Er hasst die Coverband.

Er sieht Harrison an. »Hey, wissen Sie was? Wir haben gerade über Sie gesprochen. Ich weiß jetzt, wer Sie sind.«

Harrison blickt zu ihm hoch und kneift die Augen zusammen. »Und?«

»Sie sind der Bodyguard. Vom Prinzen und der Prinzessin, oder wer immer das ist. Drüben auf Scott Point, genau nebenan von Piper. Jetzt ist mir alles klar.«

»Was meinst du damit?«, frage ich scharf.

Joey lacht und zeigt auf mich und dann auf Harrison. »Ich meine, mal ernsthaft. Ich wusste, dass ihr beiden kein Paar seid; das hat überhaupt keinen Sinn ergeben. Ist doch klar, dass Sie ihr Bodyguard sind oder so, obwohl ich offen gesagt nicht wüsste, wieso irgendwer etwas von Piper wollen sollte. Sie ist nur eine Grundschullehrerin, niemand von Bedeutung.«

So vieles an seiner Äußerung ist zum An-die-Decke-gehen, dass ich nicht weiß, wohin mit meiner Empörung. Ich bringe kein einziges Wort heraus und schmore nur stumm in meiner Wut vor mich hin.

»Warum sollten wir kein Paar sein?«, fragt Harrison mit einer so ruhigen, stählernen Stimme, dass jeder halbwegs vernünftige Mensch Reißaus nehmen würde.

Nicht so der tumbe, ignorante, selbstgerechte Joey. »Also, Sir, eigentlich mache ich Männern keine Komplimente, aber Sie spielen definitiv in einer viel höheren Liga als sie.« Er wirft mir einen aufgesetzt mitfühlenden Blick zu. »Nichts für ungut, Piper. Du bist einfach … du weißt schon, und er ist halt … na ja, ich glaube nicht, dass du *ihn* vorm Altar hättest stehen lassen, so wie mich.«

Und da ist es wieder.

Seine Worte treffen mich wie ein Schlag ins Gesicht und sinken hinab in meinen Magen, verschlingen sich zu Knoten –

und schießen dann wieder nach oben wie Lava aus einem verdammten Vulkan.

Ich springe auf, der Stuhl kippt nach hinten, und ich schreie: »Du bist derjenige, der mich bei meinem Junggesellinnenabschied betrogen hat! Ich habe dich nicht vorm Altar stehen lassen. Ich habe die Sache abgeblasen, weil ich herausgefunden hatte, dass du ein fremdgehendes Arschloch bist!«

»Na klar. Erzähl das nur weiter allen Leuten. Kein Mensch in dieser Stadt glaubt dir. Außer vielleicht dieser Kerl da, wenn er dümmer ist, als er aussieht.« Er fuchtelt mit dem Finger in Harrisons Richtung.

Und Harrison ist schneller als ein Blitz. In einer flinken, geschmeidigen Bewegung greift er mit seiner großen Hand nach Joeys Daumen und quetscht ihn zusammen, als wollte er ihn in zwei Hälften brechen.

Joey stößt einen Schrei aus, und alle Köpfe auf der Terrasse drehen sich zu uns um.

»Behandeln Sie alle Ihre Gäste so?«, zischt Harrison, und seine Augen und Stimme triefen vor Gift. »Dass Sie sie dumm nennen? Ist das die Art, wie Sie Ihren Laden führen?«

»Lassen Sie mich los«, jammert Joey, schniefend und erbärmlich. »Lassen Sie mich los. Sie haben keine Ahnung, wer ich bin, wer meine Familie ist.«

»Es ist mir völlig scheißegal, wer Ihre Familie ist«, sagt Harrison. »Aber ich werde Sie loslassen.« Er gibt Joeys Daumen frei, und Joey presst ihn an seine Brust und hätschelt ihn. »Und wenn Sie jemals wieder mich oder Piper beleidigen oder irgendeinen anderen Gast, der freitagabends hierherkommt und Ihnen Geld in die Kasse bringt, dann sorge ich dafür, dass die ganze Welt davon erfährt. Ihre Insel ist klein, wissen Sie. Aber meine Welt? Sie ist größer, als Sie sich je vorstellen können.

Also, wenn Sie Ihre verdammte Kneipe retten wollen, würde ich mich an Ihrer Stelle jetzt schleunigst entschuldigen, und zwar aufrichtig, und dann unsere Rechnung aufs Haus gehen lassen.«

Mit all den Zuschauern und in dem Wissen, dass die Kneipe voller Touristen ist, die sich einen feuchten Kehricht darum scheren, wer seine Familie ist, sitzt Joey in der Falle.

Er sieht mich an, und ich starre zurück, als er sagt: »Tut mir leid, Piper.«

Er kann Harrison kaum in die Augen schauen, und ich kann's ihm nicht verdenken. »Und auch an Sie, es tut mir leid. Die Rechnung übernehme ich. Alle weiteren Bestellungen gehen aufs Haus.« Joey winkt Amy heran. »Amy wird sich um Sie kümmern.«

»Besser spät als nie«, murmelt Harrison leise.

Als Joey die Terrasse verlässt, weicht er den Blicken der Gäste aus, an denen er vorbeigeht. Amy, die sich nervös lächelnd von ihrer besten Seite zeigt, nimmt Harrisons Bestellung von einem doppelten Scotch auf.

Als sie weggeht, stoße ich einen langen, zittrigen Atemzug aus und starre Harrison mit einer Mischung aus Angst und Ehrfurcht an. »Ich dachte schon, du würdest ihn umbringen.«

Harrison schließt die Augen und atmet tief durch die Nase ein. »Ich stand kurz davor.«

»Du hast die Beherrschung bewahrt.«

Er nickt. »Gerade so.« Er öffnet die Augen und sieht mich an. »Er verdient so viel Schlimmeres, als er gekriegt hat.«

»Ich weiß. Aber ihn zu demütigen ist genauso gut.«

»Dass er die Stirn hat, so mit dir zu reden …«

»Wie ich sagte, ein verdammtes Arschloch.«

»Ich verstehe nicht, wie du dich mit ihm verloben konntest.«

Ich schenke ihm ein verkniffenes Lächeln. »Ich habe es auch nicht verstanden, bis meine Therapeutin mich über die Gründe aufgeklärt hat. Seitdem bin ich Single. Ich glaube, ich habe einfach zu viel Angst, den gleichen Fehler noch mal zu machen. Zu viel Angst, mich zu den falschen Menschen hingezogen zu fühlen. Wenigstens erkenne ich inzwischen die Warnzeichen.«

»Und welche sind das?«

»Jemand, der gut aussieht, kontrollierend ist und emotional unzugänglich.«

Etwas an meinen Worten muss einen Nerv bei ihm getroffen haben, denn er zuckt leicht zusammen. »Das klingt sehr nach mir. Insbesondere der Teil mit dem guten Aussehen.«

»Wenigstens gibst du zu, dass du emotional unzugänglich bist.«

»Das ist nur, was mir gesagt wurde«, antwortet er, dann lässt er den Blick umherschweifen. »Wo bleibt mein Drink?«

Der restliche Abend verläuft ohne weitere Zwischenfälle. Ich rede viel über meine Mutter und über die anderen Arschlöcher, mit denen ich zusammen war, und darüber, wie ich das alles mithilfe meiner Therapeutin aufarbeite, und über meine kPTBS und so, während Harrison zuhört und trinkt. Und trinkt und trinkt.

Bald ist klar, dass es an der Zeit ist zu gehen. Harrison spricht verwaschen und schwankt auf seinem Stuhl leicht hin und her.

»Okay, wir sollten jetzt aufbrechen«, sage ich und stehe auf. Harrison brummt etwas, dann erhebt er sich, und einen Moment lang befürchte ich, dass er vornüberkippt. Ich packe ihn am Arm und lotse ihn aus der Kneipe.

Es kostet mich etwas Mühe, ihn ins Auto zu verfrachten. Es

kommt mir ein bisschen so vor, als würde ich ausprobieren, wie viele Clowns in einen VW Käfer passen, und während ich uns nach Hause fahre, schläft er ein, den Kopf gegen die Scheibe gelehnt.

Was für eine Nacht. Nicht in meinen kühnsten Träumen hätte ich gedacht, dass es so enden würde – dass Harrison sich die Lichter ausschießt und droht, Joeys Daumen zu brechen und seinen Laden in den Ruin zu treiben. In gewisser Hinsicht bin ich froh, dass es so gekommen ist. Joey musste in die Schranken gewiesen werden, vor allem, nachdem er uns beide so beleidigt hatte. Trotzdem kann ich mich des mulmigen Gefühls nicht erwehren, dass uns diese Sache noch irgendwie in den Hintern beißen wird. In einer kleinen Stadt, aber vor allem auf einer Insel, spricht sich so etwas schnell herum.

Ein bisschen zu schnell.

Mit dem Toröffner in der Hand fahre ich am geparkten Geländewagen vorbei und auf die Einfahrt Richtung Villa, als Harrison sich plötzlich bewegt.

»Nein«, nuschelt er. »Bring mich nicht zurück. Ich will nicht, dass sie mich so sehen.«

Ich halte an und fahre dann rückwärts die Auffahrt hinunter, biege links in meine Einfahrt ein und parke.

»Du musst dich einfach nur ordentlich ausschlafen«, sage ich und steige aus dem Auto. »Komm.«

Ich gehe auf seine Seite rüber, öffne die Beifahrertür und fange an, ihn vom Sitz zu hieven. Er macht es mir nicht leicht. Als er endlich auf den Beinen steht, lastet ein Großteil seines Gewichts auf meinen Schultern, da er den Arm um mich gelegt hat, und es fühlt sich an, als wollte ich einen riesigen Felsbrocken daran hindern, einen Abhang hinabzurollen.

Wir schwanken zum Haus, und ich öffne die Haustür. Die

Zimmertür meiner Mutter ist geschlossen, was gut ist. Sie muss das nicht sehen und sich Sorgen machen. Liza ist wahrscheinlich mit ihr da drin.

Wir machen uns auf den Weg in mein Schlafzimmer, und ich führe Harrison zum Bett, auf das er sich mit dem Gesicht nach unten fallen lässt.

Dann ziehe ich ihm die Stiefel aus, wobei ich seine knallgelben Socken bemerke, und schnappe mir die dünne Decke vom Sessel, die ich über ihm ausbreite. Ich hole ein Glas Wasser und ein paar Kopfschmerztabletten und stelle beides auf den Nachttisch. Er ist bereits fest eingeschlafen und schnarcht leise.

Ich nehme mir einen Moment Zeit, um ihn eingehend zu betrachten, seine kräftige Gestalt, die mein Doppelbett wie ein Einzelbett aussehen lässt. Dieser mysteriöse, grüblerische Mann, mein Nachbar von nebenan, ist womöglich jemand, dem ich wirklich nahekommen möchte.

Ich hoffe nur, dass der heutige Abend ihn nicht verändert, dass er nicht zwei Schritte zurück macht, um diesen winzigen Schritt vorwärts wieder wettzumachen.

Ich schließe die Tür. Dann hole ich eine zusätzliche Decke aus dem Wäscheschrank und lege mich auf der Couch schlafen.

# Dreizehn

Ich wache erschrocken auf.

Etwas hat mich aus dem Schlaf gerissen und lässt mir die Haare zu Berge stehen, noch bevor ich weiß, wo ich überhaupt bin. Was ist los? Was ist passiert?

Es ist dunkel, beinah schwarz, nur die Standby-LED am Fernseher leuchtet. Ich liege auf der Couch, eingehüllt in eine Fleecedecke, und irgendetwas stimmt nicht.

Da! Ein ersticktes Weinen.

Aber es ist nicht meine Mutter.

Ich rappele mich hoch, stolpere durchs dunkle Wohnzimmer und stoße mit dem Schienbein gegen den Couchtisch aus Zedernholz. Ich zucke zusammen und sehe kurz Sternchen (das wird einen fetten Bluterguss geben!), dann öffne ich die Tür zu meinem Schlafzimmer und husche hinein.

Meine Augen haben sich jetzt an die Dunkelheit gewöhnt. Harrison liegt rücklings auf der Bettdecke, sein Kopf bewegt sich hin und her, sein Mund steht offen. Ein weiterer verzweifelter Schrei kommt über seine Lippen, während sich sein Gesicht angstvoll verzerrt.

»Hey«, flüstere ich. »Hey, hey, alles ist gut.«

Ich lege ihm eine Hand auf die Schulter, wobei ich ihn kaum berühre, um ihn nicht zu erschrecken. Als er nicht aufzuwachen scheint, rüttele ich ihn ein wenig fester.

»Harrison. Harrison. Wach auf. Du hast einen Albtraum.«

Sein Kopf hört auf, sich zu bewegen, und seine Augen öffnen sich langsam, sein Atem geht schwer. Er blinzelt für einen Moment ins Leere, dann sieht er mich an, sichtlich mitgenommen.

»Was … Wo bin ich?«, japst er.

Ich kann seine Muskeln und Kraft unter meiner Hand spüren.

»Es ist alles okay, ich bin's, Piper. Du liegst in meinem Bett. Du hattest einen Albtraum.«

Im schummrigen Licht sehe ich, wie seine schimmernden Augen sich schließlich auf mich richten. Er holt tief Luft, und sein Körper entspannt sich.

»Piper«, bringt er hervor und leckt sich über die Lippen. Wäre die Situation nicht so besorgniserregend, würde die Tatsache, dass er sich über die Lippen leckt, während er in meinem Bett liegt, mich noch mehr aus dem Konzept bringen, als ich es ohnehin schon bin.

»Ich bin's«, sage ich noch einmal und drücke ihm sanft die Schulter. »Du bist in meinem Bett eingeschlafen.«

Er blinzelt ein paarmal, dann scheint ihm wieder einzufallen, was passiert ist.

»Fuck«, flucht er, und seine Stimme klingt rau vom Schlaf. »Das war surreal.«

Ich setze mich auf die Bettkante. »Was hast du geträumt? Erinnerst du dich noch?«

»Ja«, sagt er und nickt, seine Augen sehen immer noch wild aus. Er schluckt. »Ja. Es ist immer das Gleiche.«

Er sieht dermaßen mitgenommen aus, dass ich ihn nicht zu sehr bedrängen will.

»Willst du darüber reden?«

Er schüttelt den Kopf und setzt sich auf. Er kneift die Augen zusammen und ächzt. »Nein.«

»Hier«, sage ich und nehme das Glas Wasser und die Tabletten vom Nachttisch.

Er schüttelt wieder den Kopf und schiebt das Glas und die Tabletten beiseite. »Mir geht's gut. Ich muss zurück. Sie machen sich vermutlich schon Sorgen.«

»Es ist mitten in der Nacht. Sie schlafen wahrscheinlich schon tief und fest. Bleib einfach hier und ruh dich aus. Du kannst morgen früh zurückgehen.«

Aber er ist bereits aufgestanden. Er ist wacklig auf den Beinen, und ich springe schnell auf, um ihn zu stützen, für den Fall, dass er wieder umfällt.

Hier sind wir. Im Dunkeln. In meinem Schlafzimmer.

Ich bin an ihn gepresst. Seine Brust fühlt sich hart und fest unter meinen Fingern an. Er sieht auf mich herunter, sein Atem geht rasselnd. Ich konzentriere mich auf seine Brust, weil ich Angst habe, ihm in die Augen zu sehen.

»Ich muss zurück«, sagt er aus nächster Nähe mit leiser, heiserer Stimme, dass mir ein Schauer über den Rücken jagt. »Aber danke.«

Ich wage es, ihn anzuschauen. Im dämmrigen Licht sind seine Augen auf meine gerichtet, die Falte auf seiner Stirn vertieft sich.

Unsere Gesichter sind sich so nah. Wenn ich mich auf die Zehenspitzen stellen würde, könnte ich ihn küssen.

Ich tue es nicht.

Aber zum ersten Mal erliege ich dem Gedanken, wie gern ich es tun würde.

Vorher war es leichter, es zu ignorieren. Jetzt ist es unmöglich, es zu ignorieren.

Geht es ihm genauso?

Spürt er es? Diese Spannung, die knistert wie eine Stromleitung, diese Anziehungskraft, die er auf mich hat, als wäre ich ein Planet, der die Sonne umkreist.

»Danke wofür?«, flüstere ich.

Er schluckt.

»Dafür, dass du dich um mich gekümmert hast.« Sein Blick sucht den meinen, seine Augen schimmern, er sieht aus, als würde er mit sich ringen. »Das hatte ich schon sehr lange nicht mehr«, murmelt er.

Dann hebt er die Hand und streicht mir eine Haarsträhne hinters Ohr. Lässt seine Finger auf meiner Wange ruhen.

Sein Gesicht neigt sich einen Zentimeter nach unten, und ich ziehe scharf die Luft ein, als sein Blick auf meine geöffneten Lippen fällt.

Oh mein Gott.

Ich bin wie erstarrt, eingefroren in der Zeit, weil ich weiß, dass Harrison mich gleich küssen wird und …

Er weicht zurück. Räuspert sich. »Ich sollte jetzt besser gehen.«

Dann geht er mich herum und lässt mich fröstelnd zurück.

Er setzt sich ans Bettende, um sich die Stiefel anzuziehen, und ich möchte etwas sagen, irgendetwas, aber ich kann nicht. Meine Haut prickelt, wo er mich berührt hat, mein Herz sehnt sich nach dem Kuss, der nie passiert ist. Ich bin verwirrt und müde, und – verdammt – ich *vergehe* fast vor Verlangen.

»Wir sehen uns später«, sagt er, als er die Stiefel anhat, ohne sich die Mühe zu machen, die Schnürsenkel zuzubinden. Er marschiert zur Haustür, und dann ist er weg.

Ich bleibe noch einen Moment lang stehen, bevor ich mich auf mein Bett sinken lasse.

Ich glaube nicht, dass ich in absehbarer Zeit wieder einschlafen werde.

Obwohl Harrison gesagt hat, wir würden uns später sehen, habe ich ihn gestern überhaupt nicht gesehen und heute auch nicht. Es ist wieder ruhig im Haus, was mir die Zeit gibt, an meinen Unterrichtsplänen für die erste Schulwoche im Herbst zu arbeiten (nur weil Lehrer den Sommer über frei haben, heißt das nicht, dass sie nicht arbeiten müssen).

Außerdem gibt es mir jede Menge Zeit, über die Ereignisse von Freitagnacht nachzudenken. Dabei ist mir klar geworden, dass ich mein Leben nicht von der Angst, was andere Leute über mich denken, bestimmen lassen darf.

Ich bin nie besonders gesellig gewesen, vor allem deshalb, weil mir schon früh eingeprägt wurde, dass ich zu Hause bleiben und mich um meine Mutter kümmern muss, aber ich frage mich, wie viel davon wirklich notwendig ist und wie viel auf unangebrachten Schuldgefühlen beruht.

Ich beschließe, meine Mutter am Sonntagabend mit dieser Frage zu konfrontieren, als wir auf der Terrasse sitzen und darauf warten, dass die Sonne untergeht, während eine leichte Brise vom Wasser hinter den Bäumen herüberweht. Sie ist in ein Kreuzworträtsel vertieft. Ich versuche ein Buch zu lesen, aber im Grunde lese ich ein und denselben Satz immer und immer wieder.

Schließlich lasse ich das Buch sinken.

»Mom?«, sage ich.

»Mmm«, macht sie geistesabwesend, während ihr Bleistift über den Kästchen ihres Kreuzworträtsels in der Luft schwebt.

»Ich bin neulich Abend ja ausgegangen.«

»Mhm, mhm.«

»War das für dich in Ordnung?«

Sie legt ihren Bleistift hin und sieht mich an. »Wie meinst du das?«

»Hat es dich gestört, dass ich ausgegangen bin?«

»Nein. Natürlich nicht.« Sie legt den Kopf zur Seite und überlegt. »Okay. Ich gebe zu, ich war ein bisschen besorgt, dass du mit Mr Cole ausgegangen bist.«

»Warum?«

»Weil er genau dein Typ ist.«

»Ich date ihn nicht.«

»Das spielt keine Rolle«, sagt sie und sieht mich kopfschüttelnd an. »Ich merke, wie du ihn anschaust. Ich habe diesen Blick schon so oft gesehen, Piper.«

Ich verschränke die Arme und gehe auf Abwehr. Wie schaue ich ihn an? Ich kann nicht kontrollieren, was mein Gesicht macht. »Ich bin nicht … Wir sind nicht … Wir sind nur Freunde.«

»Du willst mehr sein als nur Freunde.«

»Na und?«, sage ich leicht ungehalten und werfe die Arme in die Luft. »Und wenn schon? Und wenn ich nun mehr als Freunde sein will? Es tut nur mir weh. Ich weiß, dass es eine Million Gründe gibt, warum wir nicht zusammen sein können, also werden alle wie auch immer gearteten Gefühle für immer tief in mir vergraben bleiben, fest unter Verschluss.«

»Kein Grund, gleich so dramatisch zu werden«, antwortet sie, als wäre normalerweise nicht *sie* die Königin der selbst gemachten Dramen. »Ich weise dich nur auf etwas hin. Du sagst, deine Therapeutin tut das Gleiche. Du warst ja schon eine ganze Weile nicht mehr bei ihr, also muss vielleicht jemand anders ihre Rolle übernehmen.«

Sie hat recht. Ich rede viel über die Therapie, aber ich war schon mindestens sechs Monate nicht mehr dort. Ich hatte wohl irgendwie das Gefühl, dass ich fertig bin, aber jetzt kommt mir der Gedanke, dass Therapien vermutlich kein Verfallsdatum haben. Man ist niemals geheilt. Es gibt keine Heilung. Es gibt nur Strategien, um mit seinen Problemen umzugehen. Nur man selbst weiß, wann man bereit ist, weiterzuziehen, aber man muss auch wissen, wann man noch mal zurückgehen sollte.

Vielleicht sollte ich einen Schritt zurückgehen. Vielleicht habe ich noch nicht alle meine Probleme geklärt.

Ich nage einen Moment lang an meiner Lippe. »Vielleicht magst du ja mit mir zusammen hingehen?«, frage ich leise und mache mich innerlich auf ihre Reaktion gefasst.

»Zur Therapie?«, fragt meine Mutter. Sie hat die Augen weit aufgerissen und blinzelt nicht. Sie hat sich in der Vergangenheit so vehement dagegen gewehrt, dass ich weiß, dass es aussichtslos ist, sie überhaupt zu fragen, aber ich versuche es trotzdem.

»Ja. Ich glaube, es würde uns guttun, zusammen hinzugehen, oder?«

Jetzt blinzelt sie wie verrückt. In ihren Augenwinkeln sammeln sich Tränen.

Verdammt.

»Warum …? Ich dachte, ich mache mich gut«, sagt sie. »Ich mache mich doch gut, oder? Es geht mir gut.«

Ich strecke meine Hand aus und lege sie auf ihre. »Du machst dich hervorragend.«

»Warum sagst du das dann? Warum sagst du das zu mir?«

Ich habe einen Fehler gemacht. Ich wollte mit meiner Mutter darüber sprechen, dass ich womöglich gar nicht so dringend zu Hause gebraucht werde, wie ich denke, dass ich vielleicht aufhören sollte, sie als Krücke zu benutzen, als einen Vorwand, um mich vor der Gesellschaft zu drücken. Aber jetzt habe ich die Therapie erwähnt, und sie ist sauer und geht auf Abwehr, so wie immer.

»Vergiss es«, sage ich zu ihr.

Eine Träne rollt an ihrer Wange hinab. Sie will es nicht vergessen. Sie wird tagelang darüber nachgrübeln.

»Ich gebe mir so viel Mühe, Piper. Wirklich. Jetzt, wo sie nebenan eingezogen sind, habe ich das Gefühl, mich von meiner allerbesten Seite zeigen zu müssen, und ich habe solche Angst, es zu vermasseln. Ich möchte nicht, dass sie schlecht über mich denken. Ich möchte, dass sie mich mögen.«

Das bricht mir das Herz. Ich drücke ihre Hand fester, bis sie sie wegzieht.

»Mom, bitte. Du machst das toll. Ich verspreche dir, sie denken nicht schlecht über dich, und sie mögen dich, und du kommst mit dieser Veränderung großartig zurecht. Ich dachte nur, dass du mitkommen könntest, wenn es Zeit für mich ist, wieder zur Therapie zu gehen. Gar nicht so sehr für dich selbst, sondern für mich. Ich … es wäre schön, etwas Unterstützung zu haben.«

Aber sie glaubt mir nicht und will mich nicht anhören, so viel weiß ich. Wenn Sie sich erst mal etwas in den Kopf gesetzt hat, können alle Überzeugungsversuche der Welt sie nicht mehr umstimmen.

Sie steht auf, jetzt weint sie, und geht ins Haus.

Ich sitze da, und mein Herz wird schwer. Ich habe es verbockt, und zwar richtig. So ist es jedes Mal gelaufen, wenn ich eine Therapie erwähnt habe. Sie sträubt sich mit aller Macht dagegen, es ist wie ein Reflex. Das Gleiche gilt für Medikamente. Sie sollte viel häufiger zum Arzt gehen, als sie es tut, und immer muss ich darauf achten, dass sie rechtzeitig Nachschub bekommt. Wenn ihr die Pillen ausgehen, würde sie mir wochenlang nichts davon sagen. Manchmal frage ich mich, ob sie so viel Angst davor hat, dass die Gesellschaft sie für ihre psychische Erkrankung verurteilt, dass dieses Stigma zu ihrer Verleumdungshaltung beiträgt. Oder ich vermute, dass mein Dad etwas damit zu tun hat. Ich war noch jung, aber ich erinnere mich an viele Auseinandersetzungen zwischen meinen Eltern. Mein Vater sagte oft, dass meine Mutter sich ändern könnte, wenn sie nur wollte, und dass es so etwas wie eine Borderline-Persönlichkeitsstörung nicht gäbe. Verdammt, er ist auch der Typ, der glaubt, dass Depression einfach nur eine Form von Trübsal ist. Ich frage mich, wie viel er beigetragen hat zum heutigen Zustand meiner Mutter, abgesehen von der Tatsache, dass er sie genau aus den Gründen im Stich gelassen hat, von denen er behauptete, dass sie nicht existieren.

Liza, die auf der Terrasse gelegen hat, kommt zu mir gelaufen und sieht mich mit fragenden Augen an. Sie reagiert unheimlich sensibel auf unsere Stimmungen, was einer der Gründe ist, warum ich sie so gerne um mich habe. Auch wenn sie kein offizieller Therapiehund ist, verhält sie sich trotzdem wie einer.

»Hey, Süße«, sage ich zu ihr und fühle mich selbst den Tränen nahe. »Geh mal nach deiner Grandma sehen. Sie braucht dich.«

Liza starrt mich einen Moment lang an, aber sie weiß, was »Grandma« bedeutet. Sie trottet ins Haus.

Was mich betrifft, so weiß ich, welchen Schaden ich angerichtet habe und dass es mir nicht viel bringen wird, mich jetzt zu entschuldigen und alles zu erklären. Es würde alles nur noch schlimmer machen. Das Einzige, was ich jetzt tun kann, ist, ihr Freiraum zu lassen und zu hoffen, dass sie sich bald wieder beruhigt.

Morgen ist ein guter Tag, um meine Therapeutin anzurufen und einen Termin für mich zu vereinbaren.

Meine Therapeutin hat ja keine Ahnung, was da auf sie zukommt.

Ich habe heute Morgen ein wenig verschlafen, weil ich müde und melancholisch war, und habe schließlich einen Termin für nächste Woche vereinbart (die Praxis meiner Therapeutin ist in Victoria). Meine Mutter blieb in ihrem Zimmer bei geschlossener Tür, und ich habe sie nur geöffnet, als ich Liza kratzen hörte, weil sie rauswollte.

Bei unserem zweiten Spaziergang an diesem Tag beschließe ich, nach der Post zu sehen. Unser Briefkasten steht ein Stück weiter die Straße hinauf, aber zum Glück ist die Sackgasse bis auf den Geländewagen leer. Ich starre nicht zu auffällig hin, aber entweder James schläft nie, oder er sitzt nie in diesem SUV, und das ist alles nur Show. Wie auch immer, auf jeden Fall hält es die Pressemeute fern.

Ich schnappe mir die Post, die nur aus einem einzigen Umschlag und der Lokalzeitung ›Shoreline‹ besteht, und trage sie zurück nach Hause.

Wo ich die Zeitung am Küchentisch aufschlage.

Und auf die Titelseite starre.

Es ist ein Bild von Eddie und Monica, mit Harrison im Hintergrund, aufgenommen irgendwann in England.

Und die Schlagzeile?

»Königlicher Bodyguard in Kneipenschlägerei verwickelt«.

Gefolgt von der ersten Zeile: *Wenn der Duke und die Duchess of Fairfax voraussichtlich unsere neuen Nachbarn werden, wie lange wird es dann friedlich bleiben?*

Der Artikel selber ist nichts als endloses, ausuferndes Geschwurbel. Ich habe ihn bereits zweimal gelesen, und gerade sitze ich auf der Couch und versuche, ihn noch mal zu lesen, denn er ergibt einfach keinen Sinn.

Aus irgendeinem Grund werde ich in dem Artikel nicht namentlich genannt, sondern als »ortsansässige Lehrkraft, die eine Nachbarin der Royals ist« bezeichnet. Der Artikel berichtet, dass es in der Kneipe einen Streit wegen des Service gab (eine verdammte Lüge, und das wissen sie genau!), und dass Harrison Cole dem Besitzer gegenüber handgreiflich geworden ist. In dem Artikel geht es dann weiter um Joey und seine Familie und ihre historische Bedeutung für die Insel, bevor er sich mit den negativen Auswirkungen auseinandersetzt, welche die Royals auf die Insel haben werden. Es wird gesagt, dass es zurzeit noch friedlich ist auf der Insel, doch sobald die Royals in die Schlagzeilen kommen, wird die Presse wieder scharenweise auftauchen.

Dieser Teil ist vermutlich wahr. Sei's drum, danach übt sich der Artikel in Panikmache, indem er davon spricht, dass die Royals der Insel auf längere Sicht schaden könnten; dass die Insel keine Negativwerbung gebrauchen könne und schon allein das Erscheinen der Royals in Kanada den Groll der Steuerzahler erregt hätte; dass die Insel viel zu klein und zu bescheiden sei für Promis ihres Kalibers, und so weiter und so fort.

Im Grunde ist es ein einziges großes Bashing, und der Vorfall um Harrison dient nur als Vorwand dafür.

Der Name des Verfassers sagt mir nichts, aber das spielt keine Rolle. Diese Leute ticken doch alle gleich, und ich bin sicher, dass ihre Sorte auch dazu neigt, das Gejammer von Barbara Mischky zu teilen. Ich finde es absurd, dass dieses hasserfüllte Blabla tatsächlich gedruckt werden und erscheinen durfte, und zwar auf der Titelseite, aber manchmal habe ich den leisen Verdacht, dass die Macher der Zeitung nicht so unvoreingenommen und neutral sind, wie sie behaupten.

Ich grübele immer noch darüber nach, als es überraschend an meine Tür klopft.

Diesmal habe ich keine Ahnung, was mich erwartet. Ist es Monica, die sauer auf mich ist (der Ausgehabend war schließlich meine Idee)? Ist es Harrison … der sauer auf mich ist? Ich meine, die Möglichkeiten sind unbegrenzt.

Ich öffne die Tür.

Ein großer, schlanker Mann im Anzug, mit kräftigem Kiefer, schwarzen Haaren und dunklen Augen, steht auf meiner Matte.

PBS James.

»Guten Tag«, sagt er mit unverkennbar schottischem Zungenschlag. »Ich hoffe, ich störe nicht. Die Herzogin lässt fragen, ob Sie sich heute Abend zu ihr auf den Steg gesellen möchten?«

»Wird man mich dazu zwingen, über die Planke zu gehen?«, frage ich.

James lächelt. Er hat ein nettes Lächeln. Ein Beweis dafür, dass nicht alle Bodyguards so launisch und grüblerisch sind wie Harrison. »Ganz und gar nicht. Sie sagte, sie wolle gern mal wieder einen Mädelsabend machen und ob sie ihr Gesellschaft leisten würden. Sie wird Essen und Getränke bereitstellen lassen. Sie brauchen nichts mitzubringen.«

»Warum hat sie Sie hergeschickt?« Warum hat sie nicht Harrison geschickt? »Sie hätte auch eine Nachricht schreiben können.«

»Sie wäre persönlich hergekommen, aber sie ist aufs Festland gefahren, zusammen mit Eddie. Zum Arzt.«

»Oh mein Gott, ist alles in Ordnung?«

Ein erneutes Lächeln. »Ja. Nur eine Routineuntersuchung.«

Ah, das Baby. Natürlich.

»Okay. Klar, ich würde sehr gern einen Mädelsabend machen. Wissen Sie, um wie viel Uhr?«

»Ich komme Sie um sieben Uhr abholen«, sagt James. Dann tippt er sich mit dem Finger gegen die Stirn, so als würde er salutieren, und verschwindet die Einfahrt hinunter, wobei die Blätter der Erdbeerbäume unter seinen Stiefeln knirschen.

Interessant. Er sagte, dass *er* mich heute Abend abholen würde. Nicht Harrison. Ich habe angenommen, der Grund, warum nicht Harrison mir die Einladung überbracht hat, war, dass er mit Eddie und Monica auf dem Festland ist. Aber wenn es so wäre, würde dann nicht *er* mich nachher abholen und nicht James?

*Es sei denn, es ist Harrison peinlich, in deiner Nähe zu sein. Wegen seines Verhaltens. Weil er betrunken und so verletzlich war. Wegen des Albtraums. Vermutlich hat er den Zeitungsartikel gesehen. Vielleicht denkt er, dass er sich etwas zurücknehmen sollte. Vielleicht ist das, was es da zwischen euch gab, diese aufkeimende Freundschaft, vielleicht ist es offiziell vorbei!*

Normalerweise sage ich dem negativ eingestellten Teil meines Gehirns, dass er die Klappe halten soll, aber diesmal habe ich ihm nichts entgegenzusetzen. Ich glaube, ich habe recht.

Um zehn vor sieben trage ich eine Skinny Jeans, ein weißes Tanktop und einen langen Cardigan, weil es abends kühl werden kann, und warte auf James. Meine Mutter hockt immer noch in ihrem Zimmer, das sie nur ab und zu kurz verlässt, um Wasser oder Snacks zu holen, bevor sie wieder verschwindet. Sie geht mir aus dem Weg, und sosehr es mich auch schmerzt, ich weiß, dass ich ihr einfach ihren Freiraum lassen muss.

Punkt sieben klopft es an der Tür.

James steht draußen und nickt zur Begrüßung, als er mich sieht. Anscheinend sind alle Bodyguards pünktlich wie ein Uhrwerk.

Ich gehe mit ihm zusammen zur Villa und beäuge ihn neugierig. In vielerlei Hinsicht scheint er genauso zu sein wie Harrison: groß, breitschultrig, ein Körper, der aussieht, als hätte er keine Probleme damit, tödlich zu wirken, wenn es sein muss. Und obwohl James schnell anfängt zu lächeln, liegt eine gewisse Traurigkeit in seinen Augen. Er wirkt wie eine alte Seele.

»Wo haben Sie gearbeitet, bevor Sie hierhergekommen sind?«, frage ich ihn.

»Nirgendwo«, sagt er und schenkt mir ein sanftes Lächeln. »Ich hatte ein Sabbatjahr.«

»Oh. Okay. Und ist es gut, wieder zu arbeiten?«

Er nickt. »Ja. Besonders hier. Der Job ist um so viel einfacher, wenn man auf einer Insel mitten im Nirgendwo ist.«

»Ich würde nicht sagen, dass wir hier mitten im Nirgendwo sind.«

»Verglichen mit England, schon. Aber das soll keine Beleidigung sein. Ich liebe die Ruhe und den Frieden hier. Es gibt mir Zeit, mir über meine nächsten Schritte klar zu werden.«

»Werden Sie die ganze Zeit, die der Herzog und die Herzogin hier sind, bei ihnen bleiben?«

»Vermutlich. Aber ich bin nicht sicher, wo ich danach hingehen werde.«

»Warum haben Sie ein Sabbatjahr gemacht?«

Wieder ein rasches Lächeln; dieses hier erreicht aber nicht seine Augen. »Das ist eine lange Geschichte. Aber letztlich brauchen wir doch alle manchmal eine Pause, finden Sie nicht?«

Ich bin voll seiner Meinung. Wir gehen um das Haus herum und eine Treppe hinunter auf die Rückseite der Villa, und von dort folgen wir dem abschüssigen Weg zum Anleger, wo die Yacht vertäut ist.

Am Ende des Steges stehen zwei Adirondack-Stühle mit Plaids über der Rückenlehne und einem Baumstumpftisch dazwischen. Es sieht nach einem herrlichen Fleckchen aus, um einfach dort zu sitzen, die Seele baumeln und die Welt an sich vorbeiziehen zu lassen.

Allerdings bemerke ich jetzt, dass da draußen ziemlich viele Boote liegen. Kleine Speedboote und Schlauchboote, die lediglich auf den Wellen sitzen und nirgendwohin fahren. Komisch. Am Scott Point herrscht immer reger Verkehr, mit den Fähren, die auf dem Weg nach Long Harbour oder Active Pass sind, sowie den Segelbooten, Fischerbooten und Walbeobachtungstouren, die in allen möglichen Richtungen zwischen Saltspring, Galiano und Pender Islands unterwegs sind. Der Unterschied ist, dass sich diese Boote hier nicht bewegen.

Ich will James gegenüber gerade eine Bemerkung dazu machen, als ein Speedboot um die Ecke braust, es ist dasselbe Speedboot, das ich am Einzugstag der Royals gesehen hatte. Das Boot rast zwischen dem Steg und den im Wasser liegenden Booten hindurch, und erst da fällt mir auf, dass es Harrison ist, der am Steuer sitzt.

Falls er mich bemerkt hat, zeigt er es nicht. Er steuert das

Boot mit souveräner Eleganz, macht eine schnittige Wendung und fährt diesmal näher an die wartenden Boote heran.

»Was ist hier los?«, frage ich James, als wir vor der Yacht stehen, während der Steg unter uns hin und her schwankt, weil die Wellen des Speedboots dagegenklatschen.

»Die Presse«, sagt James seufzend. »Sie wurde von diesem Zeitungsartikel auf den Plan gerufen.« Er wirft mir einen Blick zu. »Ich nehme an, Sie haben ihn gelesen?«

Ich nicke. »Ja.«

»Tja, Neuigkeiten verbreiten sich rasend schnell, vor allem online. Ich nehme an, dass das hier unsere werte britische Regenbogenpresse ist, die jetzt auch endlich eingetrudelt ist. Die sind bestimmt reichlich frustriert, weil die hiesigen Medien einen Vorsprung hatten und sie überdies nicht nah genug ans Haus rankommen.«

Monica steckt den Kopf aus dem Inneren der Yacht, die so riesig ist, dass ihre Gestalt dagegen richtig winzig aussieht. »Piper, ahoi«, sagt sie. »Kommen Sie an Bord!«

Wie immer lächelt sie und wirkt fröhlich, und sofort fällt ein Teil meiner Anspannung von mir ab. Doch das hindert mich nicht daran, mich für all das irgendwie schuldig zu fühlen.

Ich klettere an Bord, während James ans Ende des Stegs geht und sich auf einen der Stühle setzt. Harrison kurvt immer noch mit dem Speedboot herum, obwohl er jetzt langsamer fährt und nicht mehr so hohe Kielwellen erzeugt.

Monica winkt mich ins Bootsinnere, und ich folge ihr. Die Einrichtung ist schick, aber ein bisschen nüchtern und kalt, ohne jeden persönlichen Touch.

»Schönes Boot«, sage ich.

»Also, ich bin nicht so angetan«, sagt sie und lacht dann, als sie meinen Gesichtsausdruck sieht. »Das ist schon okay, es ist nicht unser Boot. Wir haben es nur gechartert, solange wir hier sind. Es war das einzige Boot in dieser Größe, das für einen solch langen Zeitraum verfügbar war. Hier, setzen Sie sich. Möchten Sie ein Glas Wein? Wenigstens den habe ich da. Und bitte, lehnen Sie nicht ab, nur weil ich schwanger bin. Ich genieße gerade das Leben stellvertretend durch andere. Mir fehlt der Wein wie ein Arm oder ein Bein.«

»Also, wenn das so ist, ja, gern«, erwidere ich und setze mich auf einen der Plüschsessel am Eichentisch. »Wissen Sie, ich habe Ärzte sagen hören, dass es in Ordnung ist, wenn Schwangere ab und zu ein Glas Wein trinken.«

Sie holt eine Flasche aus dem Kühlschrank und lacht. »Das gilt für die meisten Frauen, aber ich gehöre nicht in die Kategorie ›die meisten Frauen‹. Es würde sich irgendwie herumsprechen, und dann würden meine ungesunden Angewohnheiten auf den Titelseiten sämtlicher Klatschblätter landen. Wenn mein Kind aufwächst und irgendwas an ihm ist nicht perfekt, dann garantiere ich Ihnen, dass eine Million Finger auf mich und auf dieses Glas Wein zeigen würden.«

»Sie haben recht«, sage ich, als sie ein Weinglas aus dem Regal nimmt, die Flasche herüberbringt und eine großzügige Menge Pinot blanc einschenkt. »Daran habe ich gar nicht gedacht.«

»Wenn man ich ist, muss man leider an alles denken«, sagt sie mit einem müden Seufzen, als sie sich mir gegenüber hinsetzt. Sie lehnt sich nach vorn, stützt die Ellenbogen auf den Tisch, verschränkt die Finger unter ihrem Kinn und betrachtet mich nachdenklich. »Man sollte meinen, ich hätte mich inzwischen daran gewöhnt, aber manchmal … Junge, Junge … da ist es, als würde man mir den Boden unter den Füßen wegziehen. Der heutige Tag ist ein gutes Beispiel dafür. Ursprünglich hatte ich gedacht, wir könnten uns einen netten Mädelsabend draußen auf dem Steg machen, aber dann sind plötzlich diese Boote hier aufgetaucht …«

Ich winde mich innerlich. »Das tut mir so leid.«

»Das gehört dazu«, sagt sie achselzuckend und legt die Hände über ihren Bauch, der runder denn je aussieht.

»Aber es ist meine Schuld.«

Sie sieht mich stirnrunzelnd an. »Ach, kommen Sie. Das ist nicht Ihre Schuld. Wie könnte das Ihre Schuld sein?«

»Ich war es, die Harrison eingeladen hat.«

»Und ich war diejenige, die ihn dazu gebracht hat, mitzugehen«, sagt sie. »Außerdem, ich mache mir keine Sorgen wegen dem, was passiert ist. Ich habe Harrisons Version der Geschichte gehört, und ich bin sicher, dass Sie die gleiche erzählen … Er sagte, er hätte sie verteidigt.«

Ich nicke. »Das hat er.«

»Und zwar ausgerechnet vor Ihrem Ex. Also, wenn ich dabei gewesen wäre, wäre es richtig hässlich geworden. Ich habe ein ziemlich aufbrausendes Temperament, was in den unpassendsten Momenten zum Vorschein kommt. Oder vielleicht genau in den richtigen Momenten. Nur wenn man ständig von der ganzen Welt beobachtet wird, ist das natürlich keine gute Sache.« Sie hält kurz inne und lächelt mich an. »Ich bin froh, dass Harrison bei Ihnen war. Und das sollten Sie auch sein.«

Ich trinke einen Schluck Wein. Er riecht nach grünen Äpfeln und Honig und schmeckt so frisch und himmlisch, dass ich mich sofort entspanne. »Ohne ihn wäre ich nicht hingegangen. Ich glaube, ich war nicht mehr dieser Kneipe seit … na ja, schon lange nicht mehr.«

»Nicht Ihre Szene?«

Ich schüttele den Kopf. »Eigentlich nicht. Also … manchmal habe ich schon das Gefühl, etwas zu verpassen. Allein dadurch, dass ich dort war, habe mich wieder mehr mit meinem Wohnort verbunden gefühlt. Mir gefallen nicht unbedingt alle Aspekte der Inselgemeinschaft, aber ich mag es, mich zu etwas zugehörig zu fühlen. Keine Ahnung, mich hier zwischen den Bäumen zu verstecken führt mir vor Augen, dass ich mich vor vielen Dingen verstecke.«

»Zum Beispiel?«

»Ich weiß nicht.« Ich zucke mit den Schultern. »Vor dem Leben?«

»Sie sind Lehrerin. Das macht Sie zu einem Teil der Gemeinschaft. Sie sind verantwortlich für das Wohlergehen und die Erziehung der Kinder dieser Gemeinschaft.«

»Ich weiß. Trotzdem habe ich das Gefühl, außen vor zu sein. Zu meinen Schülern eine Beziehung aufzubauen ist leicht. Viel leichter, als mich mit den anderen Lehrern anzufreunden. Ich lebe schon seit vielen Jahren hier, aber ich habe den Fehler gemacht, mich gleich zu Beginn mit Joey, meinem Ex, einzulassen. Alles drehte sich nur um ihn, weshalb andere Freundschaften eher oberflächlich blieben. Bevor sie sich zu etwas Tieferem entwickeln konnten, hatten Joey und ich uns getrennt, und ich landete auf dem Abstellgleis. Die Leute bildeten sich eine Meinung über mich, ohne mich überhaupt zu kennen, und ich wusste, dass es in meinem Leben zu vieles gab, für das sie kein Verständnis hätten. Ich wollte mich schützen, und ich wollte meine Mutter schützen.

»Wissen Sie, Sie beschreiben da mein eigenes Leben«, sagt Monica. »Früher, als ich noch Musik machte, behandelte die Presse mich anders. Für die Medien war ich einfach nur eine schwarze Sängerin. Niemand interessierte sich genug, um großartige Nachforschungen über meine Familie anzustellen. Ja, meine Eltern sind reizende Menschen, und sie leben immer noch zusammen in Seattle. Aber mein Vater hat meine Mutter betrogen, als sie noch jung waren, und ich habe einen Halbbruder, von dem viele Leute nichts wussten; meine Mom hat mit psychischen Problemen zu kämpfen genau wie Ihre. Es ist eine Geschichte wie so viele andere auch, aber die Leute interessierten sich nur für meinen Gesang und meinen Körper und mein Tanzen. Für Oberflächlichkeiten. Dann lernte ich Eddie kennen, und … alles veränderte sich. Plötzlich wurde alles ans Tageslicht gezerrt. Jeder Fehler, den ich je begangen habe, jeder Ex, den ich gedatet habe, alles, was ich jemals in betrunkenem Zustand gesagt habe. Die Boulevardpresse fand es, und sie schlachteten es aus und starteten eine Kampagne gegen mich. Wir konnten unsere Beziehung nicht lange geheim halten. Glauben Sie mir, ich weiß, wie es ist, oberflächliche Freundschaften zu pflegen, das Gefühl zu haben, dass man nicht dazugehört, dass man nie so akzeptiert wird, wie man ist. Ich weiß es, denn auch ich lebe es Tag für Tag.«

Okay, jetzt komme ich mir etwas albern vor, denn verglichen mit dem, was Monica durchmacht, ist meine eigene Situation nur halb so schlimm.

»Und wie schaffen Sie es?«, frage ich. »Wie schaffen Sie es, da rauszugehen? Wenn ich Sie wäre, würde ich mich den lieben langen Tag verstecken.«

»Was glauben Sie, was ich gerade tue?«, sagt sie mit einem gequälten Lachen. »Ich verstecke mich. Wir hocken hier im Bauch eines Bootes, weil ich aus dem Haus rauswollte, dem anderen Ort, an dem ich mich verstecke, denn da draußen lauert die Presse mit ihren Teleobjektiven. Wir haben uns hier versteckt, weil ich mich nicht mehr verstecken wollte. Ich weiß, dass ich mir dieses Leben ausgesucht habe, dass ich mich für Eddie und alles, was damit einhergeht, entschieden habe, und ich bereue nichts. Aber das heißt nicht, dass es mir gefallen muss oder dass ich *immer* damit klarkommen muss. Ich habe trotzdem jedes Mal, wenn ich mich in die Öffentlichkeit begebe, Herzrasen und bekomme kaum Luft. Ich weiß, dass ich stark bin. Aber es ist nicht möglich, die ganze Zeit stark zu sein, und wenn alle sagen, wir seien weggelaufen, als wir nach Kanada gingen – dann haben sie recht!«

»Und trotz allem ist die Presse jetzt hier.«

»Ich weiß, dass Ihnen das alles ganz schlimm vorkommt. Ich weiß, die Boote da draußen zu sehen, vor der eigenen Haustür von der Presse belästigt zu werden oder dass die Lokalzeitung über einen schreibt, das ist ärgerlich und deprimierend. Es ist schrecklich, und Sie haben das alles nicht verdient. Aber glauben Sie mir, es kann noch schlimmer kommen. Und egal, was hier passiert, es wird niemals so schlimm sein, wie es für mich in Großbritannien war.«

»Glauben Sie, Sie werden für immer hierherziehen?«

Sie presst nachdenklich die Lippen aufeinander und faltet ihre schlanken Hände im Schoß. »Ich weiß es nicht. Ich weiß nur, dass ich mir jetzt die Zeit nehmen will, um barfuß schwanger zu sein. Um mit Eddie allein zu sein. Zeit, um mir über einige Dinge klar zu werden. Ich bin sicher, dass ich zur Geburt wieder in London sein werde – die Queen würde Eddie enterben, wenn unser Kind nicht auf britischem Boden geboren würde.«

»Wie ist sie so?« Ich kann mir die Frage nicht verkneifen.

»Die Queen? Sie ist … in Ordnung. Ich bewundere sie sehr, wissen Sie. Sie hat so viel durchmachen müssen, und das schon in einem so jungen Alter. Sie hat mich bisher immer nett behandelt, obwohl zwischen ihr und ihrer Familie eine große Distanz besteht. Es ist nichts Persönliches. So muss man einfach sein, wenn man Monarchin ist.«

»Wenn Prince Daniel kinderlos bleibt, bedeutet das, dass Eddie den Thron besteigen muss? Und will er das überhaupt?«

»Eddie wäre ein wundervoller König«, sagt sie leise. »Und ich würde ihn zu einhundert Prozent unterstützen. Das ist der Deal, den ich eingegangen bin, als ich mich in ihn verliebte. Man kann sich nicht aussuchen, in wen man sich verliebt, aber man kann entscheiden, ob man mit demjenigen zusammen sein will. Und das war meine Entscheidung.«

Ich denke darüber nach, während ich an meinem Wein nippe, und sie mustert mich aufmerksam.

»Kann ich Sie etwas fragen?«, sagt sie.

»Natürlich.«

»Warum sind Sie immer noch Single? Das, was mit Ihrem Ex passiert ist, liegt ja schon eine Weile zurück.«

Ich spüre, wie meine Wangen rot anlaufen. »Die Männer checken einfach nicht, dass ich ein toller Fang bin.«

»Oh, ich möchte damit nicht andeuten, dass daran irgendwas falsch ist«, beeilt sie sich zu sagen. »Ich war einfach nur neugierig. Bitte, es tut mir leid, wenn ich Sie vor den Kopf gestoßen habe.«

»Sie haben mich nicht vor den Kopf gestoßen. Es ist wahr. Es ist schwierig, Leute kennenzulernen, wenn man sich die meiste Zeit versteckt. Es ist ja nicht so, dass ich irgendwelche alleinerziehenden Väter anbaggere, die zum Elternsprechtag kommen.« Obwohl es letztes Jahr da diesen Vater gab, der verdammt schnucklig war. Ich habe aber nichts unternommen wegen meines selbst auferlegten Eltern-Lehrer-Kodex, und jetzt bin ich mir nicht mal mehr sicher, ob er überhaupt noch hier wohnt.

»Außerdem«, ergänze ich, »habe ich den schlechtesten Männergeschmack überhaupt. Ich glaube, es ist einfacher, wenn ich allein bleibe.«

»Wissen Sie«, sagt sie bedächtig, »es gibt Fotos von Ihnen im Internet.«

Ich ziehe ruckartig mein Kinn zurück. »Was?«

Sie nickt. »Nichts Schlimmes. Von Freitag. Ich vermute, irgendwer in der Kneipe wusste, wer Sie beide waren.«

»Oh«, mache ich und frage mich, worauf sie hinauswill.

»Sie sehen richtig glücklich aus«, sagt sie. »Und Harrison auch.«

»Na ja, Harrison war betrunken«, sage ich.

Sie lächelt. »Ich weiß. Ich glaube, das tat ihm ganz gut. Endlich mal etwas Dampf ablassen. Aber es gibt da ein Foto von ihnen beiden, bei dem könnte man glatt meinen, dass Sie ein Date haben und es beide genießen.«

Oh-oh. Mein Puls beschleunigt sich. Ist das der Grund für den Mädelsabend?

»Es war kein Date«, sage ich so beiläufig wie möglich.

»Ich weiß. Und er weiß es auch.«

»Und *ich* weiß, dass es keins war«, füge ich hinzu. »Ich wollte nur eine Art Schutzschild, einen Prellbock.«

»Sie wollten Ihrem Ex die Show stehlen, das verstehe ich. Und ich bin froh, dass Sie's getan haben.«

Und doch merke ich, dass sie noch mehr sagen will. Ich will auch noch mehr sagen. Es leugnen, ihr versichern, dass zwischen Harrison und mir nichts läuft, denn da ist ja wirklich nichts.

»Hören Sie«, sagt sie und legt dabei ihre Handflächen auf

den Tisch. »Ich werde Ihnen nicht vorschreiben, was Sie tun sollen und was nicht. Sie sind eine erwachsene Frau, und Harrison ist ein erwachsener Mann …«

»Halt, halt, halt«, sage ich und strecke ihr meine Hände entgegen, die Handflächen nach außen. »Sie liegen wirklich so was von falsch. Zwischen uns läuft nichts.«

»Er ist erst sehr spät nach Hause gekommen.«

»Na ja, haben Sie ihn gefragt, was passiert ist? Er wollte nicht betrunken nach Hause, also habe ich ihn in mein Bett verfrachtet. Ich habe auf der Couch geschlafen. Das ist alles, was passiert ist.«

»Er ist meiner Frage ausgewichen … wie so oft, wenn es um persönliche Dinge geht.«

»Es ist nichts zwischen uns passiert.« Ich flehe sie geradezu an.

Sie nickt. »Gut. Ich war einen Moment lang besorgt.«

Moment mal. Warum war sie besorgt?

»Warum sollten Sie besorgt sein?«

Sie lächelt mich schief an. »Weil ich Sie mag, Piper. Und Harrison ist wie ein Bruder für mich. Und wie ich ihn kenne und wie ich Sie kenne, wäre es ein Desaster, wenn Sie beide zusammenkämen.«

Ein Desaster? Also, ich habe es nie für eine gute Idee gehalten, aber Desaster ist doch ein ziemlich starkes Wort.

»Es wäre schlecht für ihn und schlecht für Sie«, fährt sie fort. »Und vielleicht auch schlecht für Eddie und mich. Ich möchte einfach … hören Sie, es geht mich zwar eigentlich nichts an, aber ich will einfach sichergehen, dass wir alle an einem Strang ziehen.«

»Sicher«, erwidere ich. Und der Strang ist, dass es ein Desaster wäre. Tja, wenn ich vorher noch nicht an dem Strang gezogen habe, dann tue ich es jetzt. Niemand mag so etwas gesagt bekommen.

So viel also zu meinen verdammten Gefühlen. Und dass ich dachte, er würde mich küssen! Gott sei Dank hat er's nicht getan.

»Möchten Sie noch ein Glas Wein?«, fragt Monica, als sie aufsteht, und erst da bemerke ich, dass ich meins ausgetrunken habe. »Wir haben hier Netflix auf dem Fernseher. Wir könnten einen Film gucken. Haben Sie diese neue Liebeskomödie mit Keanu Reeves schon gesehen? Mit Keanu Reeves kann man nie etwas falsch machen, nicht wahr?«

Ich nicke Ja zu dem Wein und Ja zu Keanu Reeves. Der Mädelsabend geht in die zweite Runde.

Aber innerlich konzentriere ich mich auf das große und endgültige *Nein* zu Harrison und mir.

# Vierzehn

Es ist Mittwoch, und ich bin untergetaucht.

Meine Mutter redet immer noch nicht mit mir, aber sie verlässt jetzt häufiger ihr Zimmer. Infolgedessen hänge ich in meinem Zimmer herum. Ich versuche, das Internet und die sozialen Medien zu meiden, denn ich weiß, dass die Leute über mich reden. Nachdem Monica mir vorgestern erzählt hat, sie hätte mein Foto gesehen, habe ich Stunden damit verbracht, jeden Online-Artikel und Post über mich herauszusuchen.

Ja, mein Name kursiert da draußen. Ortsansässige Lehrerin Piper Evans. Ich bin sicher, jemand – aka Amy – hat ihnen den Tipp gegeben, wer ich bin. Zum Glück wird in keinem der Beiträge behauptet, wir hätten ein Date gehabt; sie konzentrieren sich mehr darauf, dass Harrison Joeys Daumen gequetscht hat. In vielen Kommentaren geht es darum, wie heiß Harrison aussieht (ich habe ja gesagt, dass er eine riesige Online-Fangemeinde hat), und dass der Idiot Joey es verdient hat. Andererseits gibt es auch viele Leute, die Monica und jeden, der mit ihr in Verbindung steht, verachten, sodass sämtliche Kommentare dieser Fraktion besagen, dass Harrison wegen Körperverletzung verklagt werden sollte und dass alles, was Monica tut, in einer Katastrophe endet (Eddies Namen findet kaum Erwähnung).

Wie auch immer, das alles ist nicht gut für meine seelische Gesundheit. Ich bin nur froh, dass ich die Zeitungen vernichtet habe, bevor meine Mutter sie zu Gesicht bekommen hat, und dass sie ein Internetmuffel ist.

Allerdings merke ich langsam, dass mir das ewige Verstecken auch nicht wirklich guttut. Ein Teil von mir möchte sich für den Rest des Sommers verstecken und erst wieder auftauchen, wenn im September die Schule beginnt. Der andere Teil von mir will sich nicht länger einschüchtern lassen. Warum sollte meine Angst vor dem, was die Leute über mich sagen, bestimmen, was ich mit meinem Leben mache? Warum sollte ich den Leuten derart viel Macht über mich geben? Letztendlich werden sie denken, was sie wollen, ob ich jetzt im Haus ausharre oder nicht.

Also beschließe ich, dass es ein guter Tag ist, um in die Stadt zu gehen. Ich werde Lebensmittel einkaufen, einen Kaffee trinken, im Treehouse Restaurant allein zu Mittag essen. Ich werde die Dinge tun, die mir Angst machen, weil ich keine Angst mehr haben will. Wenn mich jemand erkennt und ein Foto von mir macht, werde ich damit zurechtkommen. Ich brauche nicht Harrison, um mich zu beschützen (außerdem habe ich ihn nicht mehr gesehen, seit er mit diesem Boot patrouilliert ist, und selbst da war es nur aus der Ferne).

Es ist … gar nicht so schlimm.

Ich fahre mit der Mülltonne zum Lebensmittelladen und erledige einen großen Wocheneinkauf. Es ist brechend voll, jede Menge Touristen und Senioren, unsere beiden konkurrierenden Branchen hier, und alle Leute sind nett und freundlich. Ich weiß, ich sollte in ein anderes Café in der Stadt gehen, aber die Vorstellung von Zimtschnecken ist einfach zu verlockend, und so scheiße es wäre, Amy zu begegnen, weiß ich, dass ich ihr nicht ewig aus dem Weg gehen kann.

So wie's aussieht, arbeitet Amy.

Ich stelle mich in die Schlange, und sie sieht mich erst, als ich direkt vor ihr stehe.

Ich schenke ihr ein zuckersüßes Lächeln. »Hi, Amy. Eine Zimtschnecke und einen großen Hafermilchlatte, bitte.«

Sie starrt mich einen Moment lang an und sieht dann über meine Schulter hinweg, als würde sie Harrison erwarten.

Ich lächele weiter, wobei mein Lächeln allmählich eher giftig aussieht als nett, während sie langsam meine Bestellung aufnimmt.

»Ich bin überrascht, dich hier zu sehen«, sagt Amy, nachdem sie die Bestellung weitergegeben hat.

»Oh? Wie das?«

»Ich hätte gedacht, es wäre dir zu peinlich, dein Gesicht in der Öffentlichkeit zu zeigen. Auf der Titelseite der Lokalzeitung zu landen macht keinen guten Eindruck.«

»Hmmm. Das habe ich gar nicht gesehen«, lüge ich, während ich meine Debitkarte durch das Lesegerät ziehe. »Aber ich liebe Publicity. Ich sollte mir unbedingt eine Ausgabe besorgen und sie einrahmen.«

»Das ist nichts, worauf man stolz sein kann«, raunt sie und gibt mir mein Gebäck, das in der Tüte schon so völlig zermatscht ist, dass die Glasur herausquillt und auf den Tresen tropft.

»Keine Sorge«, sage ich leise, wische den Tresen mit einer Serviette ab und schnippe sie ihr gegen die Brust. »Ich bin sicher, eines Tages findet dich irgendwer interessant genug, um etwas über dich in der Zeitung zu schreiben. Vielleicht darüber, was für ein Miststück du bist. Und wenn nicht, dann vermutlich darüber, was für eine miese Barista und Kellnerin du bist.«

Sie ist dermaßen verdattert über meine Bemerkung, dass sie

mich einige Augenblicke lang anstarrt, bis die Touristen hinter mir anfangen, ungeduldig mit den Händen vor ihrem Gesicht rumzuwedeln.

Dann kommt mein Kaffee, die andere Barista überreicht ihn mir mit einem verschmitzten Lächeln, und schon bin ich raus aus dem Laden.

Ich grinse und lache den ganzen Weg zum Hafen vor mich hin. Dort angekommen setze ich mich auf eine Bank unter einem Kirschbaum und genieße die Aussicht, mein Herz rast, Adrenalin pumpt durch meine Adern. Ich kann nicht glauben, dass ich Amy gerade die Meinung gegeigt habe. Dieses Mädchen hat es schon lange verdient, aber ich hätte wirklich nicht gedacht, dass ich diejenige sein würde, die es tut.

Ich muss sagen, es hat sich gut angefühlt. Sie hat wahrscheinlich erwartet, ich würde ewig lächeln oder mich ewig verstecken, aber ich bin es leid, mich zu verstellen und nett zu sein nur damit die Leute mich mögen. Scheiß auf sie, wenn sie es nicht tun.

Ich mampfe glücklich meine zermatschte Zimtschnecke und habe das Gefühl, dass ich ausnahmsweise mal etwas gewonnen habe. Vielleicht meinen eigenen Respekt vor mir selbst. Vielleicht habe ich die Angst besiegt.

Also sitze ich eine Weile in der Sonne, die frische Meeresbrise in meinen Haaren, und beobachte die Touristen, die umherspazieren, lächelnd und glücklich, dass sie an solch einem schönen Ort sind, und plötzlich überkommt mich das Gefühl, dass dieser schöne Ort mein Zuhause ist und dass ich mir von niemandem suggerieren lasse, dass ich nicht hierhergehöre.

Beflügelt vom Zuckerrausch, beschließe ich, dass ich gar kein Mittagessen mehr brauche. Stattdessen sehe ich mich in der

Buchhandlung nach neuen Liebesromanen um, kaufe ein Exemplar einer Aus-Feinden-werden-Liebende-Geschichte, die auf einem Kreuzfahrtschiff spielt, dann steige ich in mein Auto und fahre nach Hause.

Ich lade gerade meine Einkäufe aus dem Kofferraum aus, als ich hinter mir ein Räuspern höre.

Ich weiß, dass es Harrison ist. Der versucht, sich diesmal nicht an mich heranzuschleichen.

Ich drehe mich trotzdem nicht um.

Er räuspert sich vorsichtshalber noch einmal.

Als ich mich schließlich doch umdrehe, muss ich zweimal hinsehen. Er ist wie immer ganz in Schwarz gekleidet, einschließlich Sonnenbrille. Und trägt einen vollen Wäschekorb in den Armen.

»Äh«, sage ich, »das ist aber nicht für mich, oder? Ich halte mich zwar gern für eine gute Nachbarin, aber die Wäsche zu machen ist unter meiner Gehaltsklasse.«

»Der Trockner ist kaputt«, erklärt er. Seinem steifen Tonfall nach zu urteilen, ist das hier der letzte Ort, an dem er sein möchte, was mich ein wenig betrübt. »Ich habe mich gefragt, ob ich euren benutzen könnte. Wenn es nicht zu viele Umstände macht.«

»Dann gehst du also für sie einkaufen und erledigst ihre Wäsche. Was für ein Tausendsassa!«

»Glaubst du etwa, das lässt mich an meiner Männlichkeit zweifeln?«, fragt er tonlos.

Nein. Nicht mal ein bisschen.

Er fährt fort. »Du erwartest doch wohl nicht, dass Agatha den ganzen Weg hierher zurücklegt, durch struppiges, unkrautreiches Land hindurch, mit einem schweren Wäschekorb in den Händen, oder?«

»Struppig und unkrautreich? Das sind Farne.«

»Deine Einfahrt hat Schlaglöcher, die dein Auto jedes Mal fast verschlucken, wenn du drüberfährst.«

Ich verdrehe die Augen. »Schön. Sicher. Die Waschküche ist unter der Terrasse. Kommen, ich zeig's dir.«

Ich marschiere am Auto vorbei und seitlich vom Haus hügelabwärts, und, ja, der Weg ist struppig und unkrautreich. Es gibt ein paar Steinstufen, und ich kann mir lebhaft vorstellen, dass Agatha hier ins Stolpern geraten könnte.

Unterhalb der Terrasse befindet sich so eine Art Keller mit einer großen Gefriertruhe, in der meine Mom einen ganzen Vorrat an Hühnerbrüsten hortet – nur für den Fall der Fälle. Außerdem stehen dort ein paar Gartengeräte, Werkzeuge und alte Farbdosen und natürlich eine Waschmaschine und ein Trockner. Es ist nicht so gruselig, wie es sich anhört, und wir haben versucht, den Raum ein bisschen nett herzurichten, mit ein paar Bildern und Teppichen und einem Heizgerät in der Ecke, damit alles schön trocken und warm bleibt.

Aber mein Augenmerk liegt nicht auf der Einrichtung. Es liegt auf Harrison, der mir den Weg hinunter in die Waschküche folgt.

Ich habe keine Ahnung, ob er es merkt oder nicht, aber die Spannung zwischen uns ist enorm. Also, wahrscheinlich ist es nur Einbildung, aber da es nun schon fast eine Woche her ist, seit wir uns das letzte Mal gesehen haben, und das unter seltsamen Umständen, fühlt sich alles irgendwie komisch und verkrampft an.

Aber wenn er es merkt, zeigt er es nicht. Zielstrebig marschiert er zum Trockner und wirft die Wäsche hinein.

»Ich gehe jetzt die Einkäufe ausladen«, sage ich.

»Brauchst du Hilfe?«, fragt er und hält inne.

»Nein. Erledige einfach, was du hier erledigen wolltest …«

Ich gehe zurück Richtung Auto und habe irgendwie ein mulmiges Gefühl. Nicht per se auf eine schlechte Art, aber nach allem, und insbesondere nach dem, was Monica gesagt hat, habe ich das Gefühl, was auch immer für eine seltsame, flüchtige Beziehung wir vorher hatten, so war sie … eben nur das: seltsam und flüchtig. Und dass es niemals darüber hinausgehen wird.

Das hält mich nicht davon ab, lächerlich enttäuscht zu sein darüber, in welche Richtung sich meine Gefühle entwickelt haben. Ich habe nie gedacht, dass ich bei Harrison eine Chance hätte, habe nie geglaubt, dass er sich für mich interessieren würde, und ich bin definitiv nie davon ausgegangen, dass irgendetwas zwischen uns passieren könnte oder würde. Trotzdem hatte ich Gefühle für ihn, und es gibt nichts, was ich tun kann, außer dies zu akzeptieren und zu versuchen, es zu vergessen.

Es ist einfach nur schwer, wenn er nebenan wohnt. Und noch schwerer, wenn er herkommt, um Wäsche zu machen.

Ich bin gerade auf dem Rückweg, um die dritte Tüte mit Lebensmitteln aus dem Auto zu holen, als ich sehe, wie Harrison an den Kofferraum geht und sie heraushievt.

»Ich mach das schon«, sage ich zu ihm.

»Uff, ist die schwer«, sagt er, ignoriert mich und schiebt sich an mir vorbei zum Haus. »Was hast du alles gekauft?« Er bleibt vor der Haustür stehen und linst in die Tüte. »Eine Million Mehlpackungen?«

»Pscht«, sage ich und versuche ihm die Tüte abzunehmen, aber er lässt es nicht zu. »Das ist eine Überraschung für meine Mutter. Ihr … geht's nicht so gut.«

Harrisons Gesichtsausdruck wird weich. »Das tut mir leid.«

»Das ist schon okay, aber bitte lass mich die nehmen.« Ich strecke meine Arme nach der Tüte aus. »Ich halte es für keine gute Idee, dass sie dich im Haus sieht.« Eine weitere Sache, die sie aufregen könnte.

Er nickt und gibt mir die Tüte, dann fährt er sich mit den Fingern nervös über seine Bartstoppeln. »Ja, natürlich.«

Ich trage die Tüte ins Haus, wo ich sie auf den Küchentresen stelle.

Dann gehe ich zur Haustür, um sie zuzumachen, aber Harrison steht immer noch da.

»Kann ich … mit dir reden?«, fragt er. »Irgendwo unter vier Augen?«

Ich schlucke. Ich weiß nicht, was ich erwarte, aber es kann nichts Gutes sein.

»Sicher«, sage ich und probiere ein Lächeln. »Wie wäre es unten am Steg? Also, ich meine *meinen* Steg. Der steht halb unter Wasser, aber solange keine Presse in der Nähe rumschwirrt, sollten wir ihn für uns allein haben.«

Ich schließe die Tür, und er folgt mir den anderen Weg ums Haus herum, am Garten vorbei (den ich mit Verachtung beäuge, weil die Brombeeren zurück sind) und dann die klapprige Holztreppe hinunter, die zum Steg führt.

Obwohl es schon Nachmittag ist und der Steg auf der Nordseite liegt, kriegt er immer noch ein bisschen Sonne ab. Normalerweise fällt alle Anspannung von mir ab, sobald ich hierherkomme, aber mit Harrison an meiner Seite ist das aussichtslos. Ich setze mich an das etwas stabilere Ende des Stegs und blicke hinaus auf die Landenge und die schicken Häuser, die das Ufer auf der anderen Seite säumen.

Harrison steht einen Moment lang neben mir und scheint nicht zu wissen, was er tun soll. Schließlich lässt er sich neben mir auf dem Steg nieder und schlägt seine langen Beine übereinander. Wahrscheinlich will er seinen Anzug nicht schmutzig machen.

»Also … was gibt's?«, frage ich ihn und versuche, einen leichten Ton anzuschlagen. »Ich habe dich ja eine ganze Weile nicht gesehen.«

»Ich weiß«, erwidert er und räuspert sich. »Ich wollte eigentlich schon früher vorbeikommen und mit dir reden, aber …«

Ich warte darauf, dass er seinen Satz vollendet. Vor uns springt ein Fisch aus dem Wasser.

»Ich wollte mich entschuldigen.«

Ich drehe ihm meinen Kopf zu und blinzele. »Wofür?«

»Für eine ganze Reihe von Dingen. Aber letztlich geht es darum, dass es mir leidtut, dass ich so ein Arschloch war.«

»Du bist kein Arschloch.«

»Nein.« Er schüttelt vehement den Kopf. »Nein, da irrst du, Piper. Ich war ein Arschloch. Ich habe mich betrunken und Dinge getan, die ich nicht hätte tun dürfen. Ich habe mich wie ein verdammter Idiot aufgeführt und dich bis auf die Knochen blamiert, und es tut mir leid.«

»Du hast mich nicht blamiert!«, rufe ich aus. »Ehrlich nicht.«

»Doch, das habe ich. Wenn ich nicht … Wenn ich diesem Dreckskerl gegenüber nicht die Beherrschung verloren hätte, dann wäre ich nicht in die verdammten Schlagzeilen geraten. Und du wärst verschont geblieben.«

»Sie haben mich nicht namentlich genannt und überhaupt, es ist mir egal. Ich war dabei. Ich weiß, was passiert ist. Du hast dich für mich eingesetzt.«

»Ja, na ja, vielleicht hätte ich das besser nicht tun sollen.«

Autsch. Also das ist ein Schlag in die Magengrube. »Aber …

ich bin froh, dass du es getan hast. Du weißt ja nicht, wie viel mir das bedeutet.«

»Ich habe mich wie ein Hornochse benommen. Als hätte ich keinerlei Selbstbeherrschung. Ich bin … ausgerastet zu einem Zeitpunkt, als ich es nicht hätte tun sollen.«

»Aber du hast mich verteidigt«, halte ich dagegen. »Du hast mich gegen einen Mann verteidigt, der mich runtergemacht hat, der mich kleingemacht hat, der mir das Gefühl gegeben hat, dass ich weder hierher noch irgendwo anders hingehöre. Du hast dich für mich starkgemacht, und du bist du, und ich bin ich, und …«

*Das hat mir mehr bedeutet, als du ahnst.*

Er runzelt die Stirn. »Wie meinst du das, du bist du, und ich bin ich?«

Ich zucke mit den Schultern. »Na, du weißt schon. Du bist …« Ich gestikuliere in seine Richtung, und dann zeige ich auf mich selbst. »Und ich bin …«

»Der Kerl hat dich echt ganz schön drangekriegt, was? Kleingemacht trifft den Nagel, verdammt noch mal, auf den Kopf.«

Ich seufze. »Ich meine nur, für mich hat sich noch nie jemand eingesetzt, der so weltgewandt und erfolgreich und klug und stark und angesehen ist. Ich bin es gewohnt, niemanden zu haben. Dass ausgerechnet du es getan hast …«

Ich lasse den Satz in der Luft hängen und blicke aufs Wasser, das rhythmisch gegen den Steg klatscht. Wenn ich jetzt nicht den Mund halte, werde ich zu viel sagen.

»Dann ist das einfach nur falsch«, sagt er mit leiser Stimme und rückt ein Stück näher. »Weil jeder Mann, jeder Mensch, der etwas Anstand besitzt, sehen kann, wie liebenswert du bist. Wie lustig. Du hast ein sehr reines, sehr großes Herz, Piper, und jeder, der das nicht erkennt, ist deine Zeit nicht wert. Sicher, du redest ein bisschen viel, aber das hält die Leute auf Trab. Ich weiß, dass du mich ganz schön auf Trab hältst.«

»Ich *nerve* dich«, sage ich zu ihm. »Das ist ein Unterschied.«

»Du nervst mich nicht«, sagt er. »Du … faszinierst mich, Piper.«

Faszinieren? Kennt er wirklich den Weg zu meinem Herzen? Wandelt er absichtlich auf den Pfaden von Mr Rochester?

»So, als würde man in eine Sonnenfinsternis starren?«, frage ich halb im Scherz.

»So in etwa«, sagt er nach einem Moment. »Sieh mich an.«

Wenn Harrison einem sagt, dass man ihn ansehen soll, dann sieht man ihn an.

Er schiebt seine Sonnenbrille hoch, sodass ich seine umwerfenden Augen sehen kann. Das hier fühlt sich nach etwas Großem an, als würde es etwas bedeuten. Ein Mann, der sich hinter einer Barriere verschanzt hält, zeigt sich mir, sodass ich ihn sehen kann.

Oder vielleicht ist das auch nur meine Interpretation.

»Ich finde, du bist …« Er leckt sich über die Lippen, und ich beobachte ihn dabei wie gebannt. »Ein rares, kostbares Ding. Und es tut mir weh, wie achtlos man dich in der Vergangenheit ausrangiert hat, und dass andere dich nicht mit dem gebührenden Respekt behandelt haben. Und das ist der Grund, warum ich mich bei dir entschuldigen muss, denn das Letzte, was ich tun wollte, war, dir gegenüber respektlos zu sein oder dich in Schwierigkeiten zu bringen. Aber genau das habe ich getan durch meine peinliche Szene in der Öffentlichkeit, und dadurch, dass ich mich dermaßen betrunken habe, dass du dich gezwungen sahst, mich in dein Zimmer mitzunehmen. Du hast mich ins Bett gebracht, als ich besoffen und nicht mehr Herr meiner Sinne war; du hast dich um mich gekümmert. Hast mich getröstet, als ich einen Albtraum hatte. Du hast all das getan, trotz des Ärgers, den ich dir bereitet habe und … na ja, deswegen wird mir meine Entschuldigung nie genug erscheinen.«

Ich blinzele ihn an, immer noch davon besessen, dass er mich ein rares, kostbares Ding genannt hat. Mein Herz klammert sich an diesen Satz.

»Ist schon in Ordnung«, flüstere ich und spüre einen dicken Kloß in meiner Kehle. »Es ist wirklich in Ordnung.«

»Und ich habe dich die ganze Woche lang gemieden, weil ich zu viel Angst hatte, dir ins Gesicht zu blicken.«

Seine Lider sind gesenkt. Instinktiv lege ich ihm eine Hand auf die Wange, seine Haut ist warm von der Sonne, seine Bartstoppeln fühlen sich rau an. »Du tust es ja jetzt. Und du sollst wissen, dass ich dich immer gern um mich habe, egal wie. Ich nehme deine Entschuldigung an, auch wenn ich nicht finde, dass sie überhaupt nötig war. Ich bin so froh, dass du mit mir dort warst. Es hat mir viel bedeutet.«

»Ich habe es total vermasselt«, sagt er, hebt den Blick und sieht mich an. Er dreht leicht den Kopf zur Seite und ist kurz davor, meine Hand zu küssen.

*Nimm deine Hand weg. Hör auf, ihn anzufassen.*

*Denk dran, was Monica gesagt hat.*

Ich entspanne meine Hand, um sie heruntergleiten zu lassen, aber er ergreift sie, drückt sie gegen seine Wange und hält sie dort fest. Seine Augen blicken mich forschend an, ein lebendiger, schmerzvoller Ausdruck flackert in ihnen auf. Meine Handfläche kribbelt auf seiner Haut.

Er schließt die Augen und drückt mir einen Kuss auf die

Handfläche. Warme, feurige Schauer rauschen durch meinen ganzen Körper, ein prickelndes, schwereloses Gefühl macht sich in meinem Inneren breit.

Diese Lippen auf meiner Handfläche kehren mein Inneres nach außen, wahrscheinlich würde ich es nicht überleben, wenn dieser Mann mich je auf den Mund küsst.

Er nimmt meine Hand herunter, drückt sie noch einmal kurz, bevor er sie loslässt.

»Ich sollte nach der Wäsche sehen«, sagt er, löst den Blick von mir und starrt aufs Wasser.

Ich bin sicher, dass die Wäsche noch nicht trocken ist, aber offenbar will er aus dieser Situation heraus. Er steht auf und blickt auf mich herunter. »Bleibst du noch hier?«

Ich schüttele den Kopf. Es ist so schön auf dem Steg, aber ich muss noch meine Lebensmittel einräumen.

Er streckt mir die Hand hin, und ich ergreife sie, und er zieht mich mühelos hoch.

Da der Steg in Schieflage und obendrein auch noch wacklig ist, taumle ich leicht, und sofort hält er mich am Rücken fest.

Hält mich fest an sich gedrückt.

Seine andere Hand lässt mich los und gleitet in mein Haar, seine Finger verweben sich sanft in meinen Strähnen und umfassen meinen Hinterkopf.

Mir kommt wieder Freitagnacht in den Sinn, nur diesmal stehen wir nicht in meinem dunklen Schlafzimmer, und er ist nicht desorientiert und betrunken. Wir sind auf dem Steg, im hellen Sonnenschein, und dem klaren Blick seiner Augen nach zu urteilen, ist er stocknüchtern.

»Ich weiß nicht, was ich mit dir machen soll«, murmelt er und sein Blick wandert über mein Gesicht, verweilt auf meinen Wangenknochen, meiner Nase, meinem Mund.

Es fällt mir schwer zu schlucken. »Was meinst du?«, flüstere ich, aus Angst, dass ich den Zauber des Augenblicks zerstöre, wenn ich lauter spreche.

Er kneift seine Lippen zusammen, als wollte er die Worte zurückhalten. Er schüttelt leicht den Kopf, die Stirn in Falten gelegt. »Wenn ich ein geringerer Mann wäre, würde ich dich jetzt küssen.«

Ich blinzele ihn an, meine Lippen brennen bei seiner Andeutung, mein Magen schlägt Purzelbäume.

»Wenn ich ein geringerer Mann wäre, würde ich bereitwillig die Kontrolle verlieren«, fährt er fort, seine Stimme dunkel und rau. »Ich würde alle Vorsicht in den Wind schlagen und nachgeben und niemals zurückblicken.« Er schenkt mir ein schwaches Lächeln. »Aber dieser Mann will ich nicht sein. Das ist nicht, wer ich bin; das ist nicht der Mann, an dem ich so hart gearbeitet habe. Du verdienst das Beste, Piper, aber ich kann dir nicht das Beste geben. Ich kann dir nicht geben, was du wirklich brauchst. Es ist besser, wenn ich von dir wegbleibe.«

Moment. Warte, wie bitte?

»Wegbleiben?«, flüstere ich, und seine Finger ballen sich in meinem Haar leicht zur Faust zusammen, und, oh Gott, es ist unmöglich, standhaft zu bleiben.

»Ich mag dich sehr«, sagt er, schließt die Augen und drückt mich an sich. »Ich mag dich mehr, als ich zurzeit aushalten kann. Es ist ein … fremdes Gefühl. Aber es ist keins, das ich mir im Moment erlauben kann. Vor allem, wenn es um dich geht.«

Er beugt sich vor und küsst mich auf die Wange, behutsam und lange, und dann weicht er zurück.

Lässt mich los.

Und ich fühle mich verloren ohne seine Berührung.

»Was, wenn es nicht deine Entscheidung ist?«, beeile ich mich zu sagen, als er sich wegdreht und die Panik mit scharfen Klauen nach mir greift. »Was, wenn ich auch etwas für dich empfinde? Macht das nicht einen Unterschied? Mache *ich* nicht einen Unterschied?«

Er hält inne und blickt mich über seine Schulter hinweg an. »Es macht einen Riesenunterschied, Piper. Und genau das ist das Problem.«

Dann geht er zur Treppe, lässt mich auf dem Steg zurück, mit meinem Herzen am Boden und einer großen, schmerzenden Leere in meiner Brust.

# Fünfzehn

Harrison hat keine Scherze gemacht, als er sagte, er würde wegbleiben.

Es ist jetzt fast zwei Wochen her, dass ich ihn gesehen habe.

In dieser Zeit war ich zweimal mit Monica auf dem Boot (und es ist immer James, der mich abholt), ich war in Victoria bei meiner Therapeutin, ich bin beinah jeden Tag in der Stadt gewesen, einfach nur, um dort zu sein und den Sommer zu genießen.

Und meine Mutter hat sich auch wieder beruhigt.

Zumindest sprechen wir wieder miteinander, und ihre Stimmung verbessert sich von Tag zu Tag.

Ich finde es schön, dass Monica und ich uns nähergekommen sind, und sie scheint mich gern um sich zu haben (hauptsächlich wohl deshalb, weil ich die einzige Freundin bin, die sie hier hat). Es ist eine sich langsam entwickelnde Freundschaft, aber ich habe keine Eile, und manchmal vergesse ich glatt, wer sie ist. Wir haben viele Gemeinsamkeiten, was unsere Familien angeht, und auch wenn ich nie verstehen werde, wie es ist, eine Royal zu sein, geschweige denn berühmt, kann ich mich doch mit ihr identifizieren.

All das soll heißen, ich vermisse Harrison. Ich vermisse es, dass er vor meiner Tür auftaucht. Ich vermisse es, ihn um mich zu haben. Mein Leben ist zu simpel und ruhig und langweilig ohne ihn. Nicht, dass er laut und chaotisch wäre. Aber er bringt eine Seite von mir zum Vorschein, durch die ich mich lebendiger fühle, und ist es nicht genau das, was sich jeder von uns letztlich wünscht? Das Gefühl, mehr aus dem kurzen Leben herauszuholen, das uns geschenkt worden ist? Das Gefühl, am Leben teilzuhaben, anstatt nur Zuschauer zu sein?

Ich weiß nur, dass die Gefühle noch da sind, und ich glaube nicht, dass sie verschwinden werden, nur weil wir auf Abstand bleiben. Offen gestanden, ich bin noch nie mit jemandem zusammen gewesen, der mir so ein gutes Gefühl gegeben hat.

Also, nicht dass ich mit ihm zusammen bin. Nicht dass ich mit ihm zusammen war.

Aber verdammt. Die Art, wie er mich angesehen hat. Die Art wie er meine Hand, mein Gesicht geküsst hat. Die Worte, die er gesagt hat.

Das war *etwas*.

Das war alles.

Und ich habe gesehen, dass es auch für ihn etwas war.

Etwas, das ihm Angst gemacht hat.

Zu behaupten, dass ich die Szene auf dem Steg in den letzten zwei Wochen nicht immer wieder in meinem Kopf abspiele, wäre gelogen. Ich denke an nichts anderes. Diese brennende Intensität in seinen Augen, die raue Sehnsucht in seiner Stimme, das Gefühl seiner starken Hände an meiner Taille oder an meinem Nacken. Seine Lippen. Diese verdammt schönen Lippen, die meine nicht mal berührt haben und sich dennoch erotischer, intimer und bedeutungsvoller anfühlten als irgendein leidenschaftlicher Kuss.

*Und das ist alles, was du je kriegen wirst*, sage ich mir, als ich die Mülltonne vor unserem Haus parke. *Einen Nichtkuss, von dem du den Rest deines Lebens träumen kannst*.

Ich seufze und schaue mich um. Mein Herz schlägt immer

ein bisschen schneller, wenn ich nach Hause komme, in der Hoffnung, einen Blick auf ihn zu erhaschen. Natürlich ist er nie irgendwo in der Nähe.

Ich steige aus dem Auto und streiche mein Kleid glatt. Heute war ich in der Stadt, um mich dort mit einem Buch auf die Terrasse des Cafés zu pflanzen und zu lesen, Eiskaffee zu schlürfen, eine Zimtschnecke zu knabbern und das heiße Wetter zu genießen, wohl wissend dass mich Amy die ganze Zeit von drinnen anstarrte. Auf Anraten meiner Therapeutin, Dinge zu tun, die sich gut anfühlen und mein Selbstbewusstsein streicheln, habe ich mein Lieblingskleid angezogen, ein gelb-weiß kariertes mit Bustierteil, ausgestelltem Rock und Spagettiträgern.

Jetzt schnappe ich mir meine Basthandtasche und gehe ins Haus. Meine Mutter hat es sich auf der Terrasse in einem Liegestuhl bequem gemacht und döst, ihr Kinn ruht auf ihrer Brust. Liza hat sich der Länge nach zu ihren Füßen auf dem Boden ausgestreckt, ihr Bauch hebt sich mit jedem Atemzug. Dank der steten Meeresbrise wird es auf der Insel nur selten brütend heiß, aber heute ist einer dieser Tage, an dem sich unsere fehlende Klimaanlage bemerkbar macht. Ich gehe durchs Haus und öffne sämtliche Fenster, um für Durchzug zu sorgen, und als ich fertig bin, stehen mir kleine Schweißperlen auf der Stirn.

Ich beschließe, dass es der richtige Zeitpunkt ist, der Hitze zu entfliehen und mich um die Wäsche zu kümmern. Unten in der Waschküche ist es immer kühl. Ich greife mir den vollen Wäschekorb aus meinem Zimmer, werfe mein Buch hinein und gehe hinunter zum Keller. Hier fühlt es sich bereits merklich frischer an.

Ich öffne die Tür und trete ein, und gerade, als ich registriere, dass ich anscheinend das Licht angelassen habe, sehe ich Harrison, der neben dem Trockner steht. Ich bleibe wie angewurzelt stehen, und der Wäschekorb rutscht mir fast aus den Händen.

»Was machst du hier?«, rufe ich aus und klinge dabei vorwurfsvoller als beabsichtigt.

Harrisons Augen sind weit aufgerissen, er trägt keine Sonnenbrille. Er wirkt unsicher und befangen, was ich bisher bei ihm so noch gar nie erlebt habe.

»Tut mir leid«, sagt er. »Unser Trockner ist immer noch nicht repariert, also bin ich vorbeigekommen, und deine Mutter war zu Hause. Sie sagte, es sei kein Problem, wenn ich noch mal euren benutze.«

Ich hebe den Wäschekorb ein Stück höher und gehe auf ihn zu, meine Flip-Flops klatschen mit jedem Schritt laut auf den Betonboden. Ich wünschte, er würde nicht so dreinschauen, als wäre er auf frischer Tat ertappt worden.

»Ich wette, du warst erleichtert, als du festgestellt hast, dass ich nicht zu Hause bin«, sage ich und stelle den Wäschekorb auf der Waschmaschine ab. Ich verschränke die Arme vor der Brust, lehne mich gegen das Gerät und blicke ihm direkt in die Augen. Ich werde jetzt nicht das Feld räumen.

»Es blieb mir nichts anderes übrig«, ignoriert er meine Bemerkung und wendet den Blick ab. »Der Typ, der den Trockner reparieren sollte, ist nie aufgekreuzt. Er sollte schon die letzten fünf Tage kommen.«

Ich lächele gequält. »Die Freuden des Insellebens.«

»Ich wäre nicht hergekommen, wenn ich …«

Er wäre nicht hergekommen, wenn er gewusst hätte, dass *ich* da bin.

»Monica möchte dir jedenfalls danken für deine Großzügigkeit.«

»Ich nehme an, damit endet wohl deine zweiwöchige Pipervermeiden-Erfolgssträhne.« Ich wende mich von ihm ab und öffne die Waschmaschinenluke. Ich schnalze scharf mit der Zunge. »Und du hast dir so viel Mühe gegeben.«

Er sagt nichts dazu; stattdessen scheint der Raum vor Anspannung zu summen. Ich riskiere es, ihn anzuschauen, und obwohl er ein versteinertes Gesicht macht, funkelt es in seinen Augen. Die Sache ist die, er *hat* mich absichtlich gemieden. Er hatte angekündigt, er würde wegbleiben. Er kann unmöglich die Wahrheit leugnen.

Ich stopfe die Wäsche in die Maschine, knalle die Luke zu und richte mich auf, um den Schalter einzustellen.

Ohne ein Wort zu sagen, geht Harrison zur Tür.

Was zum Teufel?

Ich marschiere zu ihm, packe ihn am Arm und bringe ihn dazu, dass er stehen bleibt.

»Das ist alles?«, frage ich zornig. »Du gehst einfach weg, ohne etwas zu sagen? Willst du das jetzt jedes Mal machen, wenn wir uns begegnen?«

Er sieht mich an, seine Stirn ist in Falten gezogen, seine Augen glühen. »Ich tue einfach nur, was ich tun kann.« Seine Stimme ist kratzig und klingt latent wütend. Warum ist er wütend? Ich bin hier diejenige, die wütend ist.

»Du musst dich jetzt nicht wie ein Arsch aufführen.«

»Inwiefern bin ich ein Arsch?«, faucht er.

»Du hattest kein Reicht, mir all diese Dinge zu sagen«, sage ich und hasse, wie zittrig meine Stimme klingt und wie verwundbar ich mich fühle. Ich verschränke die Arme vor der Brust, als könnte ich mich auf diese Weise schützen. »Du hast einige der nettesten und schönsten Dinge gesagt, die je jemand zu mir gesagt hat; du hast gesagt, dass du mich *magst*. Und dann bist du weggegangen und bist weggeblieben, und das Gleiche machst du jetzt auch wieder. Soll das jetzt immer so weitergehen? Für wie lange?«

»Für so lange wie möglich«, knurrt er. Seine Kiefernmuskeln spannen sich an, und ich merke, dass er dringend wegwill. Aber ich werde ihn nicht so einfach gehen lassen.

»Ach wirklich. Dann willst du also mindestens die nächsten sechs Monate so tun, als gäbe es mich nicht? Warum?«

Seine Augen verengen sich. »Du weißt, warum.«

»Tue ich nicht. Ich weiß es nicht, okay? Du hast mir irgendwelchen Quark erzählt von wegen, ich hätte etwas Besseres verdient und dass du, wenn du ein geringerer Mann wärst, die Kontrolle verlieren würdest und dass du dir nicht erlauben könntest, etwas für mich zu empfinden. Und? Empfindest du immer noch etwas für mich, oder nicht? Ist das Gefühl verschwunden? Hat es sich in Luft aufgelöst, weil du mich nicht mehr gesehen hast? Aus den Augen, aus dem Sinn – ist es so leicht, mich zu vergessen?«

Er presst die Lippen zu einer harten Linie zusammen und sieht weg.

»Hey«, sage ich und trete auf ihn zu, bis ich ihm unmittelbar gegenüberstehe. »Jetzt bist du einfach nur unhöflich. Sieh mich an.«

Widerstrebend begegnet er meinem Blick, seine Augen sind so durchdringend, wie ich sie noch nie gesehen habe, sie brennen, ja sie glühen förmlich.

»Ich werde es noch einmal sagen, okay? Du hast kein Recht, mir nette Dinge zu sagen und dann so zu tun, als wäre es nie geschehen. Du hast kein Recht, so zu tun, als existiere ich nicht. Ich weiß nicht, was da zwischen uns ist, aber da ist etwas. Das hast du selbst gesagt. Vielleicht macht es dir Angst, aber mir macht es auch Angst, trotzdem werde ich nicht so tun, als wäre es nicht da oder als wäre es nicht echt. Ich möchte nur …« Ich schüttele den Kopf und bin überrascht, dass ich immer noch rede, dass ich mich wirklich *so* weit vorwage. »Du sagtest, du wärst ein geringerer Mann, wenn du mich küssen würdest. Ich finde, du bist ein geringerer Mann, weil du vor mir wegläufst.«

Seine Nasenflügel blähen sich auf. Das ist ein wunder Punkt.

Und ich beschließe, meinen Finger noch einmal daraufzulegen.

»Sei ein Mann, verdammt noch mal!«, sage ich schneidend.

In seinen Augen explodiert etwas, ein kurzes Flackern in Grün und Blau, und ich weiß, dass ich eine Grenze überschritten habe und dass es kein Zurück mehr gibt.

Es passiert so schnell, dass mir nicht mal mehr Zeit zum Blinzeln bleibt.

Der Abstand zwischen uns ist plötzlich weg, und seine Hände umfassen mein Gesicht, seine Finger drücken fest in meine Haut, während seine Lippen wütend auf meine prallen.

Ich bin immer noch so aufgebracht, dass ich einen Moment brauche, um zu realisieren, was gerade passiert, dass das da sein Mund ist auf meinem, hart und weich zugleich und unbeirrbar zielstrebig. Seine Hände sind groß und warm, und sie halten mich nicht nur fest – sie zerren an mir, bis ich mich fast nicht mehr auf den Beinen halten kann. Ich habe das Gefühl, ich stehe auf einem Felsen, der in das sturmgepeitschte Meer hinausragt, während um mich herum die Wellen tosen. Ich habe die Wahl, mich entweder dem Chaos zu ergeben oder ans sichere Ufer zurückzukehren.

Ich entscheide mich dafür, mich zu ergeben.

Mein Mund öffnet sich, meine Hände greifen gierig in sein Hemd, als hätte ich die ganze Zeit gehungert und es erst jetzt bemerkt. Hitze flutet durch mich hindurch, als würde ich in warmes, süßes Badewasser gleiten, und ich balle meine Hände um sein T-Shirt zu Fäusten, als hätte ich so mehr Kontrolle.

Ein Stöhnen entfährt ihm, das in mir widerhallt, ein Laut, so voller Frustration, Verlangen und Bedürfnis, dass ich es in meinem Innersten spüren kann, wie eine heiße Flamme.

Es passiert jetzt.

Mein Gehirn kann den Gedanken kaum begreifen. Und noch mehr Gedanken drängen heran, wollen von meinem Verstand Besitz ergreifen, wollen mich alles infrage stellen lassen, aber hier ist jetzt kein Platz für sie. Ausnahmsweise will ich einfach nur fühlen und nicht denken.

Ich lasse innerlich los.

Der Kuss geht mir durch Mark und Bein. Als sein Mund sich an meinen Lippen öffnet, hungrig und wie in Rage, von Sekunde zu Sekunde rauer und leidenschaftlicher, brechen wochenlang aufgestaute Gefühle hervor und explodieren wie Feuerwerk.

Wir stolpern rückwärts durch den Raum, seine Hand gleitet meinen Nacken empor in mein Haar, seine Finger schließen sich um meine Strähnen, und das Ziehen bereitet mir genau das richtige Maß an Vergnügen. Er ist bereits atemlos, und ich weiß nicht, ob ich überhaupt atme. Wäre da nicht mein Herz, das mit jedem Schlag versucht, meinen Brustkorb zu sprengen, würde ich glatt darauf wetten, dass ich nicht mal mehr am Leben bin. Gestorben und in den Himmel gekommen oder gefangen in einem Fiebertraum.

Aber wenn das ein Traum ist, will ich nie wieder aufwachen.

Mein Hintern prallt gegen den Trockner, und wir kommen zum Stehen.

Er löst sich von meinem Mund, und ein kleines Keuchen

entweicht meinen Lippen. Schwer atmend legt er seine Stirn an meine und schließt die Augen.

*Bitte, lass ihn nicht aufhören,* denke ich. *Bitte, lass nicht zu, dass er sich entschuldigt, kalte Füße bekommt und weggeht.*

»Harrison«, flüstere ich, meine Stimme schwer vor Lust. Ich lege meine Hände um sein Gesicht und lasse meine Finger an seinen Hinterkopf wandern.

Er schüttelt leicht den Kopf, seine Lider sind immer noch geschlossen, und ich spüre dieses Band zwischen uns. Es windet sich und knistert wie eine elektrisierte Peitsche, aber es fängt an, dünner zu werden, sich zu dehnen und droht zu reißen.

»Harrison«, sage ich noch einmal und lecke mir über die Lippen, die sich völlig verlassen anfühlen ohne die Hitze seines Mundes. Ich streiche mit den Daumen über sein Jochbein und staune vor mich hin, dass ich ihn so berühren kann. Und will ihn noch mehr berühren.

Ich lasse meine Hand von seinem Gesicht nach unten an sein Hemd rutschen. Ich beginne, es aufzuknöpfen, erhasche einen Blick auf seine Haut, seine Tattoos, sein Brusthaar. Ich spüre die Hitze, die er verströmt.

Meine Finger werden ungeduldig, und meine Hand gleitet weiter nach unten, bis ich gegen seine Gürtelschnalle stoße.

Er schluckt hörbar und öffnet die Lider, starrt mich an, mit einem warnenden Blick in den Augen.

Dieser Blick fordert mich heraus.

Ich öffne die Gürtelschnalle und ziehe den Reißverschluss herunter.

Meinen Blick fest auf Harrisons Augen gerichtet schiebe ich meine Hand in seine Hose, bis ich unter dem Stoff seiner Boxershorts seine Erektion spüre.

Wow.

Ich war noch nie so mutig.

Aber ich habe mich auch noch nie in meinem Leben so sehr nach jemandem gesehnt.

Ich beiße mir auf die Lippe und schließe meine Finger um seinen harten Schwanz, während Hitze und Verlangen über mich hereinbrechen wie ein Sturm.

Ein unwillkürliches Stöhnen entfährt ihm. »Piper«, keucht er und drängt sich noch fester gegen meine Hand. »Ich bin so kurz davor, den Verstand zu verlieren.«

»Dann sind wir schon zu zweit«, sage ich und fahre mit der Hand unter den Bund seiner Boxershorts, bis ich seine nackte Haut an meiner Hand spüre, hart wie Beton, weich wie warmer Samt.

»Fuck«, flüstert er und amtet keuchend ein, während ich meine Finger zur Faust schließe. »Du hast keine Ahnung, worauf du dich da einlässt.«

Dann fasst er mich an der Taille und hebt mich auf den Wäschetrockner.

»Doch, das weiß ich genau«, antworte ich, denn das ist es, was ich gewollt habe, auch wenn ich bis jetzt zu viel Angst hatte, es auszusprechen. »Ich –«

Mit einem harten Kuss schneidet er mir das Wort ab und schiebt den Saum meines Kleides hoch. Seine heißen Hände gleiten an meinen Beinen hinauf, ergreifen meine Hüfte, während sein Daumen unter die Spitzenkante meines Slips fährt.

Dann wird mein Slip nach unten gezogen, bis er von einem Fuß herabbaumelt, und seine Lippen setzen ihre hungrige Reise fort von meinem Mund über mein Kinn, knabbern und lecken, bis sie meinen Hals erreichen.

Ich stöhne auf, ohne mich zu schämen, wie laut ich bin. Seine Finger packen meinen Hintern, und er zieht mich dichter zu sich. Begierig schlinge ich meine Beine um seine Taille. Das Gefühl ist kraftvoll, intensiv, ein lustvolles Ziehen zwischen meinen Beinen, und ich bin bereits feucht nur vor Verlangen nach ihm.

Seine Finger wandern an meinen Nacken, streifen meine Spagettiträger herunter, und er küsst mich heiß und ungeduldig auf die Schultern und knabbert an meinem Schlüsselbein.

Ich bin auch ungeduldig. Ich greife nach seinem Schwanz und umschließe ihn fest mit einer Hand.

»Piper«, stößt er mühsam hervor und zieht den Ausschnitt meines Kleides herunter.

Ich liebe es, wie er meinen Namen sagt. Als würde er mich auf diese Weise festhalten können, als wäre ich etwas Magisches und Unwirkliches, das jeden Moment davonschweben könnte.

Seine Lippen und Zunge bahnen sich einen Weg hinab zu meinem Dekolletee, bis der Stoff meines Kleides meine Brüste freigibt. Sofort werden meine Nippel hart. Er nimmt sie in den Mund und saugt so fest daran, dass mein ganzer Körper zu beben und zu brennen beginnt.

»Harrison«, zische ich. Jetzt sage ich seinen Namen auf die gleiche Weise. Während sein Mund mich liebkost und ich die Lust genieße, die mir seine fiebrigen Lippen und seine neckende Zunge bereiten, lege ich den Kopf in den Nacken.

»Bist du geschützt?«, fragt er und löst seinen Mund von mir.

»Ich habe eine Spirale, falls du das meinst«, erwidere ich atemlos. »Und ich bin gesund. Es ist ... schon eine ganze Weile her.«

Ich gestehe es nicht gern, aber die letzte Person, mit der ich geschlafen habe, war Joey.

»Bei mir ist es auch lange her«, sagt er und blickt mir tief in die Augen. »Lachhaft lange.« Er schluckt und deutet ein Lächeln an. »Ich entschuldige mich schon mal im Voraus, wenn ich mich nicht lange zurückhalten kann.«

Und damit geht er vor mir auf die Knie.

Oh wow. Oh Harrison.

Es passiert.

Das kratzige Gefühl seiner Bartstoppeln an der zarten Haut meiner Innenschenkel versetzt meinen ganzen Körper in Anspannung, und ich umklammere die Kante des Trockners.

Ich spreize meine Beine noch ein bisschen weiter, und dann gleitet seine Zunge langsam über die Stelle zwischen meinen Schenkeln. Reflexartig zucke ich zusammen, und meine Beine schließen sich instinktiv um seinen Kopf.

Er stöhnt in mich hinein, worauf ich nach Luft schnappe und meine Rücken durchbiege.

*Heilige Scheiße.*

Ich versuche, mich zu entspannen, während er mich mit heißer Zunge leckt, weich und hart zugleich, und mein Herz hämmert so heftig gegen meine Rippen, als wollte es mir jeden Moment aus der Brust springen. Alle meine Gedanken entgleiten mir, ich vergesse, wo wir sind, vergesse alles außer uns. Nur wir existieren hier.

»Fuck«, schreie ich, als seine Zunge meine Klitoris umkreist, mit einer Hand greife ich nach seinem Kopf, zerre an seinen Haaren, dränge mich näher an ihn. Obwohl ich spüre, wie der Druck sich in mir aufbaut und ich kurz davor bin zu kommen, habe ich das Gefühl, dass ich ihn gar nicht nah genug bei mir haben kann. Ich will so viel mehr von ihm und mehr als das. Ich will ihn in mir spüren.

»Harrison«, versuche ich zu sagen, aber meine Stimme ist

schwer und heiser. Ich ziehe wieder an seinen Haaren, aber er ist ein Mann auf einer Mission. Wer bin ich, dass ich mich ihm in den Weg stelle?

Und so lasse ich zu, dass er mich an den Rand bringt. Und ich lasse mich fallen.

Ich falle ins Bodenlose, und dann schießt der Orgasmus durch mich hindurch, bis ich nicht mehr weiß, wie ich heiße. Ich stöhne laut auf, mein Körper bebt, meine Schenkel schmiegen sich an Harrisons Gesicht, bis ich langsam wieder auf die Erde zurückkomme.

Großer Gott … das war …

Ich kann kaum denken, kaum sprechen.

Und Harrison lässt mir keine Zeit, um zu Atem zu kommen.

Er packt mich, zieht mein Gesicht zu sich heran, und seine Lippen verschlingen mich. Ich schmecke mich selbst auf seiner Zunge, vermischt mit seinem Schweiß, und ich gebe mich einem Kuss hin, der meine Seele mit süßem Schmerz erfüllt.

Er legt seine Stirn an meine, und in seinen Augen blitzt ein Anflug von Besorgnis auf.

Ich glaube, er denkt, ich will ihm sagen, dass er aufhören soll.

Aber ich will genau das Gegenteil.

»Komm in mir«, flüstere ich.

Er starrt mich leicht überrascht an.

Aber es dauert nur einen kurzen Moment, bis seine Augen brennen vor nackter Begierde.

Und dann küsst er mich wieder. Ich verliere mich an ihn, wir sind ein wildes Knäuel aus Lippen, Zähnen und Zungen. Als er in mich dringt, keuche ich laut auf, mein Körper steht unter Schock. Wie gesagt, es ist lange her, dass ich mit jemandem geschlafen habe, und dieser Jemand war definitiv nicht so gut bestückt wie Harrison.

»Alles okay?«, murmelt er, löst sich von mir und sieht mich besorgt an.

Ich nicke, versuche zu atmen, versuche zu schlucken.

»Ich mache ganz vorsichtig«, sagt er und küsst mein Kinn und dann meinen Hals.

Herr im Himmel. Wie soll ich das nur überleben? Ich meine nicht nur jetzt. Ich meine auch danach. Wie soll ich zur Normalität zurückkehren, nachdem ich weiß, wie es sich anfühlt, ihn so tief in mir zu haben, so von ihm erfüllt zu sein?

»Besser?«, fragt er, bevor er mit seiner Zunge quer über meine Brust fährt, meinen Nippel in den Mund nimmt und daran saugt. Ich schließe die Augen, mein Mund öffnet sich zu einem leisen Stöhnen.

»Ja«, bringe ich mit Mühe hervor und halte mich an ihm fest. »Gott, ja.«

Wir bewegen uns in einem gemeinsamen Rhythmus, leicht, süß und geduldig, aber ich will mehr, brauche mehr. Ich will nicht, dass er sich noch länger zurückhält. Ich will, dass er loslässt.

»Härter«, sage ich unter Stöhnen und kralle mich an seinem T-Shirt fest. »Bitte.«

Harrisons Stöße werden fester.

Dann lässt er seine Hand zwischen meine Beine gleiten, seine Finger fahren über meine feuchte Mitte, und ich schreie seinen Namen, während jede Faser meines Körpers droht durchzubrennen.

»Oh Gott«, wimmere ich. »Ich bin kurz davor.«

Aber ich bin kürzer davor, als ich dachte.

Noch einmal reibt sein Daumen über meine Klitoris, und es

reißt mir den Boden unter den Füßen weg, ich falle erneut, stürze in ihn hinein, in diese wilde, verrückte, pure Glückseligkeit.

Ich schlinge meine Beine fester um ihn, ich kralle mich an ihm fest, als hätte ich den Verstand verloren, und werfe den Kopf in den Nacken, während die Welt aus den Fugen gerät.

Und dann verliert auch Harrison die Kontrolle, sein Gesicht ist vor Lust verzerrt, seine Hand greift in mein Haar, und er kommt bebend zum Orgasmus.

»Piper«, stöhnt er und vergräbt sein Gesicht an meinem Hals.

Mehr braucht er nicht zu sagen. Ich fühle alles.

Wir verharren eine Weile lang so, unsere Herzen schlagen langsamer, unser Atem kehrt zurück.

Er weicht ein Stück zurück und sieht mich an, streicht mir das wirre Haar aus der feuchten Stirn und schenkt mir das schönste Lächeln. Ich habe ihn noch nie derart friedlich erlebt, als wäre er ein völlig anderer Mensch.

»Das war …«, setzt er an und leckt sich die Lippen.

Ich lächele. »Ich weiß.«

Er beugt sich zu mir und küsst mich zärtlich auf den Mund. »Du bist wirklich etwas Besonderes, weißt du?«

»So wurde mir gesagt.«

*Und bitte, sag es mir immer wieder.*

Er stößt einen langen Atemzug aus und legt für einen kurzen Moment seine Stirn an meine. »Wir haben eine ziemliche Schweinerei veranstaltet«, sagt er dann und mustert den Trockner.

»Na, wie gut, dass wir in der Waschküche sind«, erwidere ich.

Ich schnappe mir ein Handtuch aus dem Wäschekorb und wische schnell unsere Spuren weg.

»Du weißt schon, dass das royale Handtücher sind, oder?«, bemerkt er.

Ich starre auf das Handtuch mit dem Fairfax-Wappen. »Huch!«

Er grinst. »Unser kleines Geheimnis.« Dann hält er inne. Räuspert sich und seine Augen werden ernst. »Du weißt, dass das wirklich besser ein Geheimnis zwischen uns bleiben sollte.«

Ich schlucke und nicke. »Ja, ich weiß.« Es liegt mir auf der Zunge, ihm zu erzählen, was Monica gesagt hat, dass sie es nicht gutheißen würde, wenn wir ein Paar wären, entscheide mich dann aber dagegen. Offenbar sind wir uns bereits einig. »Ich kann ein Geheimnis für mich behalten, wenn du es kannst.«

Er lächelt schief. »Du weißt, dass ich das kann. Ich bin ein Tresor.« Er zieht seine Hose hoch und schließt den Gürtel. »Es ist nicht so, dass ich mich schämen würde. Das darfst du nicht denken. Es geht weder um Eddie noch um Monica. Ich … Ich brauche einfach etwas Zeit, um …«

»Ich verstehe das«, beeile ich mich zu sagen. »Du musst es nicht erklären. Ich weiß, du hast einen Job zu erledigen, und ich weiß, dass die Dinge kompliziert werden könnten. Aber wir werden uns etwas einfallen lassen. Richtig?«

Er nickt. »Wir lassen uns etwas einfallen.«

Und darauf werde ich vertrauen müssen.

# Sechzehn

Piper.« Die ungeduldige Stimme meiner Mutter dringt wie von fern zu mir durch. »Könntest du mir bitte den Zucker reichen?«

Mein Kopf schwenkt langsam zu ihr herum, und ich blinzele.

Sie hat Speisestärke im Haar und steht vor dem Herd, ihr Gesicht spiegelt Ungeduld wider.

Geistesabwesend greife ich nach der Zuckertüte neben mir und gebe sie ihr.

»Nein«, sagt sie und schüttelt den Kopf. »Du sollst ihn abmessen. Eine Tasse. Wo bist du nur mit deinem Kopf?«

Wo bin ich nur mit meinem Kopf? Eine gute Frage.

Mein Kopf ist zu einhundert Prozent bei Harrison.

Insbesondere bei dem, was Harrison und ich auf dem Trockner getan haben.

Es ist jetzt circa vierundzwanzig Stunden her, seit Harrison und ich unsere seltsame Beziehung in der Waschküche ausgelebt haben, und ich habe mich noch kein bisschen davon erholt.

Nachdem er gegangen war, habe ich den Rest des Tages wie im Nebel verbracht und mich vor meiner Mutter versteckt wie damals mit sechzehn, als ich meine Jungfräulichkeit an meinen Loser von Highschoolfreund Mark verloren hatte. Ich befürchtete, dass sie mich nur einmal ansehen müsste und sofort Bescheid wüsste. Ich jedenfalls fand es mehr als offensichtlich, als ich in den Spiegel blickte. Meine Lippen waren geschwollen (also, die in meinem Gesicht, aber auch na ja …), meine Augen strahlten, meine Wangen waren gerötet. Ich sah aus wie das pralle Leben.

Die ganze Nacht lang habe ich unser Treffen immer wieder in meinem Kopf abgespult und dann meinen Vibrator rausgeholt, um mir eine Zugabe zu gönnen. Ich will nicht lügen – ich habe ihn schon oft benutzt und dabei an Harrison gedacht, aber jetzt, wo ich die Wirklichkeit zum Vergleich habe, können meine alten Fantasien einfach nicht mehr mithalten.

Heute hallen die Gefühle von gestern Abend immer noch in mir nach. Meine Mutter hat nicht bemerkt, dass etwas nicht stimmt, also abgesehen von meiner Schweigsamkeit, aber sie weiß nicht, dass das daran liegt, dass jeder meiner Gedanken von Harrison beherrscht wird. Ich kann immer noch seine Bartstoppeln zwischen meinen Schenkeln spüren, immer noch sehen, wie sein Gesicht sich lustvoll verzerrt, kurz bevor er kam, seinen Blick danach, als er mich anschaute, darin eine Ruhe, wie ich sie noch nie an ihm gesehen hatte.

Es war alles, was ich mir gewünscht hatte, und mehr.

Aber ich weiß nicht, wie es von hier aus weitergehen soll. Er hat gesagt, wir würden einen Weg finden, dass er es nicht bei diesem einen Mal belassen will. Doch ich bin unsicher, wie wir weitermachen wollen. Werden wir uns ab und zu sehen? Ist das akzeptabel? Ist es überhaupt fair?

Ich hatte noch nie eine rein körperliche Beziehung mit jemandem. Früher hatte ich reihenweise Dates, wobei ich es stets monogam hielt und mich immer ruckzuck in etwas Festes stürzte. Ich binde mich schnell an jemanden, besonders nach gemeinsamem Sex. Ich habe keine Ahnung, wie ich mit den wachsenden Gefühlen für Harrison umgehen soll, oder wie ich weitermachen soll, wenn alles so … geheimnistuerisch ist.

Lustigerweise scheint es Harrison so oder so egal zu sein. Ich hätte vermutet, er wäre der Erste, der darauf pocht, dass die Sache geheim bleibt, aber seine Bedenken beziehen sich eher auf mich, darauf, ob er mir genug geben kann, als auf seinen Job oder seine Beziehung zu Monica und Eddie.

Es ist *meine* Beziehung zu Monica, die mir Kopfzerbrechen bereitet. Ich weiß, sie hat mich auf dem Boot davor gewarnt; ich weiß, dass eine Beziehung zwischen Harrison und mir dazu führen würde, dass ich gegen den Freundinnenkodex verstoße. Und als jemand, der Schwierigkeiten damit hat, Freunde zu finden, möchte ich nichts tun, was unsere Freundschaft gefährdet.

Gleichzeitig fühlt es sich falsch an, es vor ihr zu verheimlichen.

Das Gleiche gilt für meine Mutter. Nie im Leben könnte sie es verstehen, allerdings aus ganz anderen Gründen.

Meine Mutter beobachtet mich gerade mit Adleraugen, als ich unbeholfen Zucker in eine Messtasse fülle und sie ihr gebe.

»Was ist mit dir los?«, fragt sie, während sie den Zucker in den Topf kippt und mit einem Schneebesen umrührt. »Du hast schon den ganzen Tag diesen Blick.«

»Welchen Blick?«

*Bitte sag jetzt nicht, diesen mitleiderregenden Welpenblick.*

»Ich weiß nicht. Du träumst mit offenen Augen. Du bist irgendwo anders. Sag mir nicht, dass du dich langweilst.«

»Langweilen? Ich mache Lemon Meringue Pie mit meiner Mutter – wie könnte ich mich da langweilen?«

Sie wirft mir einen strafenden Blick zu und rührt munter weiter. »Werd nicht frech, Piper. Warum nimmst du nicht noch einen Podcast auf?«

Ich mache eine abwehrende Handbewegung. Eine neue Podcastfolge zu produzieren ist das Letzte, was ich im Moment im Sinn habe, genau wie Lesen. Ich kann an nichts anderes denken als an Harrison.

»Mir geht's gut.« Ich klatsche die Hände zusammen. »Was kann ich sonst noch für dich tun?« Ablenkung ist jetzt essenziell, denn wenn ich zu angestrengt über die Sache nachdenke, ergreift mein Verstand die Flucht und erschafft sich irgendwo etwas, das größer ist als die Realität.

»Du kannst …« Sie bricht ab, als der Topf auf dem Herd blubbert, und fängt an, das Rezept auf dem iPad zu überfliegen. »Oh nein.«

»Was? Hast du einen Schritt ausgelassen?«

Sie schließt die Augen und gibt einen murrenden Laut von sich.

»Was?«, wiederhole ich und greife nach dem iPad. Ich sehe mir das Rezept an, kann aber nicht erkennen, wo das Problem ist.

»Der Pieboden«, sagt sie und sieht mich einen Moment später an. »Im Rezept steht nur, wie man die Baisermasse und die Füllung macht. Ich habe vergessen, dass ich ja auch noch einen Boden brauche.«

»Vielleicht brauchst du ja keinen?«, sage ich und überfliege das Rezept. Aber da steht es: »Geben Sie die Mischung auf den vorgebackenen Pieboden.«

Oh-oh. Meine Mom sieht aus, als würden sie jeden Moment durchdrehen. Es ging ihr die ganze Zeit so gut, und Backen macht sie normalerweise so glücklich, egal, wie das Endergebnis ausfällt.

»Ach, das macht nichts«, sage ich zu ihr, gehe zum Herd und schalte ihn aus. »Um die Füllung kümmern wir uns später.

Jetzt machen wir uns erst mal an den Boden. Haben wir alles da, was wir dafür brauchen?«

»Ich habe keine Ahnung«, jammert sie und wirft die Hände in die Luft. »Ich habe noch nie einen Pieboden gemacht.«

»Okay, okay. Ich bin sicher, es ist ganz einfach. Keine Panik. Das kriegen wir hin.«

Ich rufe ein Pieboden-Rezept auf und fange an, die Zutaten vorzulesen. »Mehl. Wir haben doch noch Mehl, oder?«

Meine Mutter öffnet einen Schrank, holt ein Mehltüte heraus und knallt sie auf den Tresen. Sie ist nicht verschlossen, sodass eine Mehlwolke aufstiebt.

Ich ignoriere die weißen Partikel, die sich auf meinem T-Shirt sammeln. »Okay, und dann noch Salz, Wasser, und wir brauchen entweder Butter oder Backfett oder Schmalz.«

»Ich glaube, ich habe Butter und Backfett«, sagt meine Mutter und öffnet den Kühlschrank.

Während sie nachsieht, messe ich zweieinhalb Tassen Mehl ab und verteile es dabei überall in der Küche. Ich bin definitiv keinen Deut besser als sie, wenn es darum geht, keine Sauerei anzurichten.

»Was von beidem soll ich nehmen?«, fragt sie und holt Butter und Backfett hervor.

Ich will gerade antworten, dass ich keine Ahnung habe, als es klopft.

Wir sehen einander überrascht an, Liza kommt um die Ecke geschossen und rennt bellend zur Tür.

Ich gehe hinüber, wische meine Mehlhände an meinem schwarzen Shirt ab, dann öffne ich.

Es ist Harrison. Anzug, Pilotensonnenbrille, Hände hinter dem Rücken.

Mein Herz macht einen Dreifachaxel.

Ein dümmliches Grinsen breitet sich auf meinem Gesicht aus, während sich mein Körper Harrisons Berührungen ins Gedächtnis ruft und anfängt zu kribbeln.

»Hi«, sage ich. »Du bist es.«

Ein Hauch von einem Lächeln huscht über seine Lippen. »Ich bin es.«

»Mr Cole?«, sagt meine Mutter im Hintergrund. »Möchten Sie wieder den Trockner benutzen? Liza, komm her!«

Liza hat das Bellen bereits aufgegeben, aber jetzt umkreist sie schnüffelnd Harrisons Beine und verteilt dabei großzügig Fellhaare auf dem feinen Stoff seines Anzugs.

Er räuspert sich. »Also eigentlich«, sagt er so laut, dass auch meine Mutter es hören kann, »sollte ich nur fragen, ob Sie am Freitag dem Herzog und der Herzogin beim Abendessen Gesellschaft leisten wollen.«

Ich will nicht lügen, mein Magen sackt vor Enttäuschung ein Stück nach unten. Als hätte ich wirklich gedacht, er wäre hergekommen, um mich zu sehen.

»Freitagabend?«, sagt meine Mutter. »Sicher. Sagen Sie, Sie wissen nicht zufällig, wie man einen Pieboden macht?«

»Mom, behellige ihn doch nicht mit so was!«, schimpfe ich.

»Das ist kein Problem«, sagt Harrison zu mir. Er nimmt die Sonnenbrille ab und steckt sie seine Brusttasche. »Ich helfe gern.« Er macht einen Schritt nach vorn, dann hält er inne, sein Blick wandert zu meinem Mund und dann hoch zu meinen Augen. »Wenn du einverstanden bist.«

Ich gebe ein Quieken von mir, das in der Sprache der Schwerverknallten »natürlich« heißt und weiche zur Seite, um ihn eintreten zu lassen. Als er sich an mir vorbeischiebt, erfüllt sein Geruch meine Nase und sorgt dafür, dass die Schmetterlinge in meinem Bauch wild drauflosflattern und meine Knie weich werden.

Ich schließe die Tür und folge ihm in die Küche, wo er mit einem Blick das Durcheinander überfliegt.

»Was ist denn hier passiert?«, fragt er freundlich.

»Äh«, macht meine Mutter. »Ich habe versucht, eine Lemon Meringue Pie zu machen, und habe dabei den Boden vergessen. Jetzt weiß ich nicht, ob ich Butter oder Backfett nehmen soll.«

Harrison betrachtet sie und nickt. »Verstehe. Na ja, Sie können beides miteinander mischen. So habe ich es sogar am liebsten.«

»Beides?«

»Hier, lassen Sie mich mal«, sagt er. Er zieht sein Jackett aus, und ich nehme es ihm ab und hänge es neben der Tür an einen Haken. Dann rollt er die Ärmel seines weißen Oberhemdes bis zu den Ellenbogen hoch, sodass seine Tattoos zum Vorschein kommen. »Könnten Sie mir eine größere Schüssel geben?«, fragt er.

Meine Mutter gibt ihm eine, während ich mich an die Kücheninsel lehne und mich an dem Anblick erfreue, wie er in meiner Küche steht und meiner Mutter zur Hand geht. Es ist wie neulich, als sie Focaccia gemacht hat, aber es zeigt, wie weit sich unsere Beziehung inzwischen entwickelt hat.

Mannomann, wenn ich damals gewusst hätte, dass ich am Ende mit dem Mann schlafen würde. Ich war ja so was von ahnungslos.

»Brauchst du Hilfe?«, frage ich ihn.

Er wirft mir einen Blick zu und lächelt sanft. »Geht schon, danke.«

Er schnappt sich die Messbecher und ein Messer und fängt

an, die Butter und das Backfett zu schneiden. »Das Backfett braucht man, weil es einen hohen Schmelzpunkt hat. Es macht den Teig flockig und sorgt dafür, dass einem der fertige Pieboden auf der Zunge zergeht. Und die Butter, na ja, nichts übertrifft Butter. Durch sie bekommt der Teig diesen vollen, unvergleichbaren seidigen Geschmack. Also, normalerweise sollte die Butter in der Gefriertruhe aufbewahrt werden, vor allem wenn es draußen heiß ist, aber wenn ich zügig genug arbeite, sollte es auch so gehen.«

Ich habe keine Ahnung, wovon er spricht, beobachte aber völlig fasziniert das Muskelspiel an seinen Unterarmen. »Wieso ist das so?«, frage ich.

»Weil man den Teig so kalt wie möglich haben möchte. Darum nimmt man auch kaltes Wasser.«

»Ach wirklich? Ich hätte jetzt warmes genommen«, sagt meine Mutter, die ebenfalls jeden von Harrisons Handgriffen mitverfolgt.

»Das ist ein weit verbreiteter Fehler«, sagt er und schenkt ihr ein aufmunterndes Lächeln. »Der Teig sollte kalt sein, damit das Fett aus dem Backfett und der Butter nicht miteinander verschmelzen, während wir damit arbeiten. Sie sollen im Ofen schmelzen, wo der entstehende Dampf dann dafür sorgt, dass der Teig schön blättrig wird.«

»Wow, wo hast du das alles gelernt?«, frage ich. »Sag nicht, in der Armee.«

»Also eigentlich«, sagt er, »tatsächlich in der Armee. Wir hatten einige Leerlaufzeiten, und da habe ich angefangen zu backen. Das stärkt die Moral, hat mich beschäftigt gehalten, und es war eine schöne Abwechslung zu dem verdammt schlechten Essen.«

»Sie brauchen Ihre eigene Kochshow«, sagt meine Mutter.

Er lacht leise, begleitet von einem aufrichtigen Lächeln, das sein ganzes Gesicht erhellt. »Die brauche ich definitiv nicht. Aber ich helfe gern, wenn ich kann. Jetzt muss ich mich aber ranhalten. Haben Sie einen Teigmischer?«

»Den habe ich gerade erst im Internet bestellt«, antwortet meine Mutter stolz und gibt ihm das Gerät.

Wir sehen ihm dabei zu, wie er damit die Butter und das Backfett zerkleinert, und dann helfen wir ihm, indem wir Eis zum kalten Wasser hinzufügen und es dann nach und nach in die Schüssel geben, während er den Inhalt vermengt.

Er verteilt großzügig Mehl auf der Arbeitsplatte und rollt den Teig aus, dann formt er paar Teigkreise, wickelt sie in Frischhaltefolie ein und legt sie in den Kühlschrank.

»Wie lange müssen wir warten?«, fragt meine Mutter.

»Mindestens zwei Stunden«, sagt er. Er nickt in Richtung Kochtopf. »Keine Sorge, mit dem Rest des Rezepts werden Sie gut allein zurechtkommen.«

Meine Mutter packt ihn fest am Arm und sieht ihm ins Gesicht. »Ich weiß nicht, wie ich Ihnen danken soll. Sie sind sehr freundlich.«

Harrisons sieht leicht verlegen aus. »Das ist kein Problem, Mrs Evans.«

»Bitte nennen Sie mich Evelyn«, sagt sie. »Und lassen Sie mich Ihnen einen Tasse Tee machen.«

Sie dreht sich um und macht sich daran, die Schränke nach Tee zu durchwühlen. Alle Schachteln sind leer, was bedeutet, dass die Teebeutel überall herumfliegen, es ist ein völliges Chaos.

»Ist schon in Ordnung«, sagt er.

»Er mag sowieso lieber Kaffee«, sage ich. Und da ich weiß, dass sie jetzt darauf bestehen wird, ihm einen Kaffee zu brühen, ergänze ich: »Und wenn du welchen kochst, hätte ich auch gern eine Tasse.«

»Kein Problem«, sagt sie. Ich weiß, dass es ihr ein gutes Gefühl gibt, für andere etwas zu tun, besonders nachdem Harrison ihr beim Backen geholfen hat.

Während sie mit dem Rücken zu Harrison die Kaffeekanne hervorholt, nutze ich die Zeit, ihn anzustarren.

Mein Gott, ich bin so ein verdammter Glückspilz. Nicht dass ich irgendeinen Anspruch auf ihn hätte, aber ich kann immer noch nicht fassen, was passiert ist. Nachdem ich es immer wieder als Kopffilm habe ablaufen lassen, ist es wie eine wahr gewordene Fantasie, dass er jetzt hier vor mir steht.

Harrison Cole.

Der Bodyguard.

Der Mann, von dem ich nie dachte, dass ich ihn kennenlernen würde, der Mann, von dem ich nie dachte, dass er mal mir gehören würde, ist so viel mehr geworden, als ich jemals für möglich gehalten hätte.

Auch er schaut mich an, sein Blick ist weich, sein Gesichtsausdruck warm. Nicht mehr zurückhaltend, nicht mehr besorgt. Wir müssen nicht mal mehr miteinander sprechen, um zu wissen, was der andere fühlt – wir sind uns einfach sicher. Ich will ihn nicht anschmachten, während meine Mutter uns beobachtet, aber diese verstohlenen Blicke und heimlichen Momente bedeuten mir jetzt schon die Welt.

Herrje, ich möchte ihn am liebsten bespringen.

»Ich habe dunkle Röstung da, ist das in Ordnung?«, fragt meine Mutter, als sie sich zu uns umdreht. Blitzschnell schwenken unsere Blicke zu ihr.

Ich räuspere mich. »Ja, das ist gut. Harrison?«

Er nickt. »Wusstest du, dass die dunkle Röstung eigentlich am wenigsten Koffein enthält?«

»Ich glaube nicht, dass das stimmt nicht«, sagt meine Mutter. »Aber wir werden es feststellen, wenn wir alle die Wände hochgehen, was?«

Sie setzt den Kaffee auf, lehnt sich gegen den Küchentresen und betrachtet Harrison. Besonders seine Arme. »Warum haben Sie diese Tattoos?«, fragt sie, ohne ihre Missbilligung zu verhehlen.

»Mom«, schimpfe ich. Ich werfe Harrison einen entschuldigenden Blick zu. »Tut mir leid, sie hasst Tattoos.«

Er gluckst. »Daran bin ich gewöhnt. Aber der Grund, warum ich sie habe, ist, dass jedes eine Geschichte erzählt. Sie erinnern mich an bestimmte Momente in meinem Leben. Sie erinnern mich daran, wer ich damals war, und sie spornen mich an, nicht in dem Versuch nachzulassen, ein besserer Mann zu werden.«

»Das ist großartig«, sagt sie zögerlich. »Was sagt Ihre Mutter dazu?«

Uff. Wie neugierig!

Aber er nimmt es locker. »Meine Mutter hat selber Tattoos.«

»Oh?«

Er nickt und fährt sich mit der Hand durchs Haar. »Ja, ich mag zwar so aussehen, als würde ich dem kultivierten Teil der britischen Gesellschaft entstammen, aber ich versichere Ihnen, ich komme von ganz unten. Meine Mutter hat mich allein großgezogen, nachdem mein Vater sich verpisst hatte. Ich musste ihr helfen, meine Geschwister großzuziehen, und dann geriet ich auf die schiefe Bahn. Mein Leben damals war kein Ponyhof. Ich habe mir die Tattoos stechen lassen, um mich immer an jene Momente zu erinnern. Natürlich sind auch einige darunter, wo ich völlig zugedröhnt einen Freund dazu gebracht habe, mich zu tätowieren, aber die meisten Tattoos erfüllen einen Zweck. Ich nehme an, sogar die hässlichen, genau wie die hässlichen Momente in unserem Leben uns daran erinnern, wohin wir unterwegs sind.«

Meine Mutter blinzelt und starrt ihn an. Ich weiß mit Sicherheit, dass sie ihn noch nie so viele Worte am Stück hat reden hören, und schon gar nicht so etwas Persönliches. Ich muss sagen, auch ich bin schockiert, dass er meiner Mutter gegenüber so offen ist. Schockiert und glücklich.

Mein Herz schwillt an, wird weit und warm, weil er ihr so vertraut, wie er mir vertraut.

»Du meine Güte«, sagt meine Mutter nach einem kurzen Moment. »Ich hatte ja keine Ahnung.«

Er zuckt leicht mit einer Schulter. »Ich rede nicht darüber. Und ich bin sehr dankbar, dass die Medien nichts davon wissen. Ich bin zwar nur der PBS von Eddie und Monica, aber im Vereinten Königreich wühlen sie im Dreck von absolut jedem, der den beiden auch nur Hallo sagt. Bisher ist es mir immer gelungen, meine Mutter und meinen Bruder da rauszuhalten.«

»Also, Sie können mir vertrauen«, sagt meine Mutter und malt mit dem Finger ein Kreuz über ihr Herz. »Ich schwöre, ich werde keiner Menschenseele etwas verraten.«

»Ich weiß.« Er schenkt ihr ein liebenswertes, bildhübsches Lächeln. »Darum habe ich es Ihnen ja erzählt.«

Oh verdammt. Ich bin gerade dabei, mich so schnell und heftig in ihn zu verlieben. Ich schwöre, wenn ich nicht aufpasse, rutscht mir irgendwas Dummes heraus.

Ich räuspere mich und deute mit einem Nicken auf die Kaffeekanne. »Der Kaffee ist fertig.«

Meine Mutter dreht sich um und gießt Kaffee in zwei Becher,

und ich nutze die Gelegenheit und stupse Harrison kurz mit meinem kleinen Finger an, wobei ich versuche, ihm durch Blicke verstehen zu geben, wie viel mir dieser ganze Austausch bedeutet.

Dann dreht sich meine Mutter wieder zu uns um und gibt jedem von uns einen Becher.

Sie grinst Harrison an, offenbar genauso glücklich wie ich, dass er ihr gegenüber so aufrichtig war, dann räuspert sie sich. »Jetzt müssen Sie mich kurz entschuldigen«, sagt sie. »Die Natur ruft.« Sie verschwindet ins Badezimmer und schließt die Tür.

Die Tatsache, dass wir plötzlich allein sind, erscheint so gewichtig, dass ich schon befürchte, unter der Last zusammenzubrechen.

Ich schlucke, schaue Harrison an und will so viel sagen, so viel tun.

Er presst die Lippen zusammen und starrt zurück.

»Ich sollte jetzt wohl besser zurückgehen«, sagt er und trinkt einen Schluck Kaffee.

»Musst du wirklich?«, flüstere ich. Ich deute mit einem Nicken auf seinen Becher. »Trink wenigstens noch deinen Kaffee aus.«

Sein Blick wird sanft, und die Falten auf seiner Stirn vertiefen sich. »Also, Kaffee will ich gerade nicht so sehr wie …«

Er stellt seinen Becher ab, geht um die Kücheninsel herum und schlingt mir einen Arm um die Taille, während er mit der anderen Hand mein Gesicht berührt. Sanft streicht er mit seinem Daumen über meine Nasenspitze und lächelt.

»Du hattest da schon die ganze Zeit Mehl kleben.«

Ich werde rot, meine Wangen glühen.

Er fährt mit den Fingern an meinem Kinn entlang und hebt

mein Gesicht, sodass ich seinem Blick begegne. »Es hat mich die größte Mühe gekostet, es nicht wegzuküssen.«

Oje. Gleich kommt die Ohnmacht. Gleich kommen die Hormone. Er beugt sich vor und flüstert in mein Ohr, sein Atem kitzelt an meiner Haut. »Ich kann nicht aufhören, an dich zu denken. Ich werde noch wahnsinnig.«

Er küsst die Stelle neben meinem Ohr, dann meinen Wangenknochen, dann ...

Das Geräusch der Klospülung im Bad lässt ihn jäh zurückweichen.

Er macht einen Schritt rückwärts, sein Gesichtsausdruck ist wehmütig und entschuldigend zugleich, dann geht er hinüber zu den Haken mit seinem Sakko, als genau in dem Moment meine Mutter aus dem Bad kommt.

»Sie gehen doch nicht schon etwa, oder?«, fragt sie. »Was ist denn mit Ihrem Kaffee?«

»Er schmeckt ganz hervorragend, aber ich fürchte, ich würde am Ende die Wände hochgehen, und das wäre nicht gut.«

»Aber der Teig«, protestiert sie. »Ich weiß, es dauert noch zwei Stunden. Aber ich könnte Ihre Hilfe wirklich gut gebrauchen.«

»Sie werden das ganz wunderbar allein hinkriegen«, sagt er und wirft seine Jacke über. »Ich habe vollstes Vertrauen in Sie.«

»Sie kommen doch aber später vorbei und kosten ein Stück Pie, oder?«, fragt sie. »Sie könnten Monica und Eddie mitbringen.«

»Ich schaue morgen mal vorbei«, sagt er und für einen kurzen Augenblick fängt er meinen Blick auf, in dem Versuch, mir etwas zu sagen. Aber ich verstehe nicht, was, und dann ist er schon im Aufbruch und nickt uns zum Abschied zu.

Morgen. Er wird morgen zurückkommen.

Aber wird er dann hierbleiben?

Oder wird unsere Zukunft angefüllt sein mit Nervosität und verstohlenen Küssen?

*Wäsche waschen muss man immer*, tröste ich mich.

# Siebzehn

Am nächsten Morgen weckt mich ein Klopfen an der Tür und Lizas verrücktes Gebell.

»Liza!«, rufe ich aus meinem Zimmer, werfe mir den Bademantel über mein dünnes Spagettiträgernachthemd und husche nach draußen, wo sie aufgebracht die Haustür anbellt.

»Hör auf, deinen kleinen Hundeverstand zu verlieren«, sage ich und schiebe mich zwischen sie und die Tür. Ich scheuche sie weg, in Richtung Wohnzimmer, aber sie rührt sich nicht vom Fleck. Stures Ding.

Ich lege meine Hand auf den Türknauf und bin ziemlich sicher, dass ich gleich entweder Harrison oder Monica gegenüberstehen werde. Mit beiden befinde ich mich inzwischen in einem Beziehungsstadium, wo es mir egal ist, ob ich wirre Haare und Schlaf in den Augen habe.

Okay, streichen wir Letzteres. Ich möchte nicht wie der letzte Troll aussehen, wenn es Harrison ist. Nur weil wir Sex hatten, heißt das nicht, dass ich mich völlig gehen lassen werde.

Ich versuche, meine Haare glatt zu streichen, schlinge den Bademantel fester um mich, damit mir kein unfreiwilliger Busenblitzer passiert, und öffne die Tür.

Mein Herz macht einen Sprung in meiner Brust und fängt an zu flattern.

Es ist Harrison.

Und er lächelt mich an.

»Guten Morgen«, sagt er und schiebt sich die Sonnenbrille auf den Kopf. Seine Augen mustern mich mit verblüffender Klarheit, und, großer Gott im Himmel, bei diesem Mann setzt einfach komplett mein Verstand aus. Und ich glaube, er weiß es.

»Guten Morgen«, erwidere ich und lehne mich gegen die Tür. »Du bist früh auf den Beinen.«

»Das gehört zu meinem Job«, sagt er. »Tut mir leid, wenn ich dich aufgeweckt habe.« Er wirft einen Blick auf seine Armbanduhr. »Es ist bereits acht Uhr.«

»Weißt du, normale Menschen wachen um acht Uhr morgens auf.«

»Du bezeichnest dich selbst als normal?«, fragt er mit einem sexy Grinsen, es ist die Art von Grinsen, die ich ihm am liebsten mit meinen Lippen aus dem Gesicht wischen würde.

Aber ich habe das Gefühl, dass Harrison nicht für einen frühmorgendlichen Quickie vorbeigekommen ist, sosehr mein Körper sich das auch wünscht.

»Das fragt der Richtige.«

»Hör mal, ich fahre heute in die Stadt, um ein paar Sachen zu erledigen … und dachte, vielleicht hast du Lust, mich zu begleiten.«

»Du brauchst gar nicht zu fragen. Geh einfach immer davon aus, dass ich mitkomme, egal, was du vorhast. Soll ich fahren?«

Er grinst, und mein Magen schlägt einen Salto. Er wird nie aufhören, diese Wirkung auf mich zu haben, oder? »Ich muss sagen, es macht das Leben etwas aufregender, wenn du fährst, Liebes.«

Liebes? Hat er mich gerade *Liebes* genannt?

Ich falle gleich in Ohnmacht.

Ich schlucke, fühle mich hibbelig und aufgekratzt, alles gute

Gefühle. »Und ich hätte gedacht, du würdest eine Pause wollen von aufregenden Momenten, ich meine, schließlich bist du Bodyguard und so.«

Er sieht sich um, eine milde Brise rüttelt an den Erdbeerbäumen, die Kleiber zwitschern in den Ästen. »Ja, dieser Ort ist Aufregung pur, nicht wahr?«

»Ich ziehe mich nur rasch um«, sage ich und will gerade im Haus verschwinden, als ich innehalte. »Es sei denn, du willst mir helfen?«, frage ich mit lieblicher Stimme und klimpere dazu mit den Wimpern.

Er fährt sich mit der Zunge über die Zähne, als würde er nachdenken. »Lieber nicht.«

»Bist du sicher?« Ich werfe ihm ein scheues Lächeln zu, dann mache ich die Tür weiter auf und winke ihn herein.

Er zögert und mustert Liza, die auf der Couch sitzt und ihn anstarrt. Dann folgt er mir vorsichtig ins Haus und streift seine Schuhe ab, während er einen Blick zum Schlafzimmer meiner Mutter rüberwirft.

»Sie schläft noch, alles gut«, flüstere ich und bedeute ihm, mir in mein Schlafzimmer zu folgen.

Ich schließe die Tür hinter mir, und als mich umdrehe, umschlingt Harrison meine Taille und küsst mich. Mein Mund öffnet sich an seinem, und als ich seine Zunge spüre, schmelze ich innerlich.

Mit nestelnden Fingern fahre ich an seiner Anzugjacke entlang und umklammere das Revers.

»Oh Gott«, flüstere ich an seinem Mund.

Wie sehr ich das gebraucht habe.

Er grinst und lässt eine Hand unter mein Nachthemd gleiten, große raue Hände, die über meine Haut fahren. Schauerwellen laufen durch meinen Körper.

Seine Hand berührt meine Brust, drückt sie sanft, während sein Daumen über meinen Nippel streicht, bis ich ein tiefes Stöhnen von mir gebe. Ich schwöre, dieser Mann hat die Fähigkeit, mir Laute zu entlocken, die ans Animalische grenzen.

»Oh Mann, deine wilden kleinen Geräusche«, murmelt er und schiebt mich ein Stück von sich weg, um mich anzusehen. »Du machst nichts als Ärger, Piper Evans.«

»Ärger?«, sage ich und bin bereits völlig außer Atem, als er beginnt, meinen Hals zu küssen. Ich packe sein Revers fester, um ihn noch näher an mich heranzuziehen. »Inwiefern mache ich Ärger?«

»Du bringst mich dazu, Dinge tun zu wollen, von denen ich bislang nur geträumt habe«, knurrt er.

Großer Gott!

Angestachelt von seinen Worten greife ich ihm in den Schritt und spüre den harten Umriss seiner Erektion. Er behauptet, ich würde Ärger machen, dabei ist er derjenige, der mit dieser Waffe in der Hose herumläuft.

Aber bevor ich dazu komme, ihm das zu sagen, werden wir brutal von Lizas Gebell unterbrochen.

»Fuck«, fluche ich, als Harrison sich schwer atmend von mir löst. »Sie soll bloß nicht meine Mutter aufwecken.«

Mit hochrotem Gesicht und hämmerndem Herzen öffne ich eilig die Tür, um nach Liza zu sehen. Sie sitzt auf der Schwelle und sieht völlig unschuldig aus, sie scheint sogar zu lächeln.

Dann bellt sie wieder.

Spaßbremse!

»Liza«, zische ich sie an. »Pscht.«

Wuff. Wuff.

Und jetzt höre ich, wie meine Mutter sich in ihrem Schlafzimmer rührt.

»Verdammt!«, fluche ich. Ich blicke über die Schulter zu Harrison, der hinter mir steht, und befördere ihn mit einem beherzten Schubs tiefer in mein Schlafzimmer hinein.

Ich mache meine Tür genau in dem Moment hinter mir zu, als meine Mutter aus ihrem Zimmer schlurft.

»Was bellt Liza denn so?«, fragt sie gähnend.

Wuff. Wuff.

Sie bellt meine Tür an.

»Ach, sie hat nur mal wieder ihre fünf Minuten«, sage ich und beobachte, wie meine Mutter zum Badezimmer hinübertappt. Kaum hat sie die Tür hinter sich zugemacht, reiße ich meine Zimmertür auf. Zu meiner Überraschung versucht Harrison gerade, durchs Fenster zu fliehen. Er hat das Fliegengitter bereits entfernt und hievt sich mit einem beeindruckenden Kraftakt nach oben.

»Sie ist im Badezimmer«, flüstere ich. »Geh einfach durch die Haustür raus.«

Er lässt sich auf den Boden herunter und lächelt mich verlegen an. »Man sollte immer alle Ausgänge kennen.« Dann drängelt er sich an mir vorbei, schnappt sich seine Schuhe auf dem Weg nach draußen, wo er hüpfend versucht, in einen Schuh zu schlüpfen.

In dem Moment kommt meine Mutter aus dem Badezimmer und sieht zu mir herüber, gerade, als ich die Tür hinter ihm schließen will.

»Harrison?«, fragt sie und kneift die Augen zusammen. »Sie sind aber früh hier. Ich habe Sie nicht mal klopfen hören.«

Ich halte inne. So, so knapp.

Harrison und ich tauschen einen Blick – *okay, cool bleiben* –, dann mache ich die Tür weiter auf.

»Allerdings, Harrison«, sage ich zu ihm und trete einen Schritt zurück. »Was führt dich so früh hierher?«

Er räuspert sich, sein Blick pendelt zwischen meiner Mutter und mir hin und her. »Ist es noch so früh? War mir gar nicht bewusst. Ich, äh, hatte gehofft, Piper könnte mich in die Stadt begleiten.«

Meine Mutter bleibt auf dem halben Weg zur Küche stehen und mustert uns mit zusammengekniffenen Augen. Ihr Misstrauen ist geweckt. »Oh, wirklich? Deshalb?«

Ich schlucke. Oh-oh. Sie ist uns auf der Spur.

»Und Sie wollten nicht zufällig herkommen, um von dem Pie zu kosten?«, ruft sie freudig aus.

Uff. Vom Pie gerettet.

Harrison grinst sie an. »Erwischt. Wozu noch länger um den heißen Brei herumreden?«

»Ich wusste es!«, sagt sie und winkt ihn näher. »Hier, kommen Sie. Ich mache Ihnen einen Kaffee, und dazu kriegen Sie ein schönes Stück Pie zum Frühstück.«

Ich sehe Harrison mit hochgezogener Augenbraue an, in der Erwartung, dass er sich schleunigst vom Acker macht oder meiner Mutter erzählt, dass wir jetzt dringend losmüssen oder so. Aber stattdessen überrascht er mich schon wieder, indem er sagt: »Sehr gern.«

Verdammt, dieser Mann ist so süß. Das ist jetzt schon das zweite Mal, dass er einfach nur nett zu meiner Mutter ist, ohne sie zu belächeln.

Er tritt ein, und zum Glück ist sie bereits auf dem Weg in die Küche, sodass sie nicht bemerkt, dass er keine Schuhe anhat. Er stellt sie schnell auf den Boden.

»Du bist toll«, flüstere ich, als ich an ihm vorbei meiner Mutter folge.

Sein Mundwinkel hebt sich, und seine Augen leuchten, als wir uns einen Moment lang ansehen. Ich weiß nicht, ob er spüren kann, was ich fühle, aber ich bin ziemlich sicher, dass ich gerade pure Glückseligkeit ausstrahle, die direkt aus meinem Herzen strömt.

Der Pie ist wirklich gut, und natürlich besteht Harrison darauf, dass er allein das Werk meiner Mutter ist, als hätte er ihr gestern nicht rettend unter die Arme gegriffen. Während die beiden plaudern, ziehe ich mich rasch um, und dann brechen Harrison und ich auf.

»Du bist unglaublich, weißt du das?«, sage ich, während das Auto in der Einfahrt vor sich hin brummt und darauf wartet, dass sich das Tor öffnet.

»Ich bin nicht sicher, was du meinst«, sagt er, als wir hindurchfahren. »Aber ich werde es auch nicht entkräften.«

»Du weißt, was ich meine«, sage ich und drücke ihm kurz die Hand. »Die Art, wie du mit meiner Mom umgehst – das bedeutet mir viel.«

Er sieht mich mit gerunzelter Stirn an. »Es ist nicht das erste Mal, dass du das zu mir sagst. Und es macht mich wütend, wenn ich mir vorstelle, wie ihr beide behandelt worden sein müsst, wenn so etwas wie Freundlichkeit etwas Bemerkenswertes für dich ist.« Er wendet den Blick ab. »Ich weiß, wie das ist. In meiner Kindheit haben die Leute immer sehr deutlich gemacht, was sie über mich, meine Geschwister und meine Mum dachten. Mir wurde ins Gesicht gesagt, ich sei Abschaum. Wenn man am Rand der Gesellschaft steht, wenn man nicht als normal betrachtet wird, was auch immer das heißen mag, gibt das den Leuten die Ausrede, einen zu meiden. Ich werde immer zu dir stehen, Piper. Und zu deiner Mutter. Ihr seid absolut liebenswerte Menschen; ihr seid *meine* Sorte von Mensch. Es ist die Gesellschaft, die beschissen ist und zum Teufel gehen kann.«

Ich höre Harrison nicht oft fluchen, aber mit seinem Akzent klingt das einfach verdammt gut.

»Kein Wunder, dass Eddie und Monica dir ihr Leben anvertrauen«, sage ich nach einer Weile und verlangsame den Wagen, damit ein Reh die Straße überqueren kann. »Sie sind die ersten Mitglieder der königlichen Familie, die sich trauen, ihre Menschlichkeit und Unvollkommenheit zu betonen. Ich weiß, dass die Rede, die Monica letztes Jahr über psychische Gesundheit gehalten hat, vielen Menschen eine Menge bedeutet, weil endlich mal jemand aus dieser Familie das Thema angesprochen hat.«

»Sie hat allerdings bei vielen auch für Ärger gesorgt«, sagt er. »Aber das ist wiederum der beschissene Teil der Gesellschaft, der zum Teufel gehen soll.«

»Sag noch mal ›beschissen‹«, bitte ich grinsend.

Er wirft mir einen schiefen Blick zu, setzt seine Sonnenbrille auf und fährt sich mit der Zunge über die Unterlippe. Verdammt, sofort habe ich wieder Schmetterlinge im Bauch.

Wie sich herausstellt, hat Harrison den Auftrag, in der Stadt Lesestoff für Monica zu besorgen, was mir nur recht ist, weil ich mir nie eine Gelegenheit entgehen lasse, in Büchern zu stöbern.

»Nicht dass ich mich über unseren kleinen Ausflug beschweren will, aber bist du sicher, dass sie nicht einfach Bücher auf ihrem Kindle kaufen kann?«, frage ich, als wir die örtliche Buchhandlung betreten. Ich nicke der Besitzerin hinter der Kasse höflich zu. Sie ist es gewohnt, dass ich einmal pro Monat auftauche und sie dafür schelte, dass sie keine Abteilung für Liebesromane hat, deshalb nehme ich es ihr auch nicht krumm, dass sie bei meinem Anblick sichtlich erstarrt.

»Sie liest lieber Taschenbücher«, erwidert Harrison, während er über den Rand seiner Sonnenbrille hinweg die Neuerscheinungen betrachtet. »Und sie sagt, dass sich das Haus noch irgendwie leer anfühlt und sie es gern mit Bücherregalen füllen möchte.«

»Das ist bestimmt die Nestbauphase«, überlege ich laut, bevor mir bewusst wird, dass wir uns in der Öffentlichkeit befinden und ich meine Stimme dämpfen sollte. Es besteht kein Zweifel, dass die Buchhändlerin weiß, wer Harrison ist, vor allem, weil sie so tut, als würde sie einen Thriller lesen, obwohl sie ständig zu ihm rüberäugt. Zum Glück steht sie zu weit weg, um uns zu hören.

»Was will sie denn für Bücher?«, frage ich schnell. Ich senke die Stimme und lehne mich näher zu ihm. »Ich hoffe, sie haben nichts mit Babys zu tun, denn dann könnten die Leute ihre Schlüsse draus ziehen.«

»Sie hat nichts Genaues gesagt«, antwortet er und zieht einen Stephen-King-Roman aus dem Regal. »Sie wollte nur, dass ich ihr etwas zu lesen mitbringe. Meinst du, das hier könnte ihr gefallen?«

»Na ja, steht sie auf Horror?«

»Ich glaube nicht.«

Ich seufze. »Komm mit.«

Ich gehe um das Regal herum und zeige auf eine Reihe von Büchern. »Hier. Such eins von denen aus.«

»Ist das die Liebesromanabteilung?«, fragt er misstrauisch.

»Verspiel jetzt nicht alle Pluspunkte, die du in letzter Zeit gesammelt hast. Monica mag Liebesromane, das hat sie mir selbst gesagt. Bring ihr ein paar davon mit.«

»Okay«, sagt er und greift nach einem Buch, auf dessen Cover ein Mann mit nackter Brust abgebildet ist. »Hmm«, sinniert er und blättert darin herum. Seine Lippen bewegen sich, als er stumm den Klappentext liest. Schließlich sagt er: »Das soll eine bewegende Geschichte über das Leben und die Liebe sein. Der Umschlag sagt mir etwas anderes.«

Hastig nehme ich ihm das Buch aus der Hand und recke mein Kinn. »Ich habe es gelesen. Es geht um das Leben und die Liebe, aber auch um jede Menge wilden Sex und am Rande sogar auch um ein bisschen Pegging.«

Seine Stirn legt sich in Falten. »Sollte ich wissen, was Pegging ist?«

Ich lache und schüttele in gespieltem Mitleid den Kopf. »Ach, du armer unschuldiger Mann. Es gibt noch so viel, womit ich dich verderben kann.«

»Ich hätte nichts dagegen, verdorben zu werden«, sagt er leise und in seinen Augen flackert die gleiche Hitze auf, die ich heute Morgen gespürt habe.

»Na ja, das habe ich vorhin ja versucht«, erinnere ich ihn.

»Und dass es ein Versuch geblieben ist, bleibt die Schuld deines Hundes.«

»Kann ich Ihnen helfen?«

Wir blicken beide hoch und sehen die Buchhändlerin, die uns erwartungsvoll anlächelt.

Ich deute mit der Hand auf die Liebesromane. »Ich zeige meinem Freund hier gerade Ihr grandioses Liebesromansortiment.«

»Wissen Sie, wir haben auch noch ein paar andere Bücher, die Sie unter Umständen etwas mehr interessieren könnten«, sagt sie zu Harrison.

»Woher wissen Sie, dass ich nicht genau das gefunden habe, wonach suche?«, fragt Harrison zurück. Er nimmt mir das

Buch aus der Hand und hält es ihr hin. »Das ist eine fesselnde Geschichte über Verlust und Liebe und Pegging.«

Die Buchhändlerin kneift die Lippen zusammen und tritt langsam den Rückzug an. Ich wende mich ab und verschlucke mich fast an meinem Lachen. Oh, *sie* weiß offenbar, was Pegging ist. Vielleicht ist sie doch nicht so liebesromanfeindlich, wie sie immer scheint. Ich mache mir eine gedankliche Notiz für eine Podcastidee.

Leise vor mich hin kichernd, nehme ich noch ein paar Bücher für Monica aus dem Regal, während Harrison durch die Seiten des Pegging-Buches blättert. Ich habe keine Zweifel, dass er nach einer Sexszene sucht, und ich weiß, dass er fündig geworden ist, als ihm eine leichte Röte auf die Wangen kriecht.

Er räuspert sich und legt das Buch hastig oben auf den Stapel, den ich in der Hand halte. »Ich glaube, ich verstehe jetzt, woher dein, äh, unersättlicher Appetit kommt.«

»Beschwerst du dich etwa?«, frotzele ich und gehe an ihm vorbei.

»Nein, gar nicht«, sagt er heiser und folgt mir zur Kasse. »Ich wünschte nur, wir hätten mehr Gelegenheit.«

*Du und ich, wir beide.*

Aber die Wahrheit ist, dass Harrison und ich nicht viel Zeit für Zweisamkeit haben. Nachdem wir die Bücher bezahlt haben, besorgen wir noch ein paar Lebensmittel und fahren anschließend zurück nach Hause, wo Harrison wieder ganz Bodyguard sein kann und ich versuchen werde, einige Unterrichtspläne für den Herbst auszuarbeiten.

Wir verabschieden uns in meiner Einfahrt, und obwohl niemand zusieht, bleiben wir auf Abstand. Dann gehe ich in mein Zimmer, verriegele die Tür und beschließe, den Nachmittag damit zu verbringen, so zu tun, als wäre er hier bei mir.

# Achtzehn

»Weißt du, ich hätte nichts dagegen, wenn Mr Cole häufiger vorbeikäme«, sagt meine Mutter fast beiläufig und in hoher Tonlage, um ihre Stimme möglichst unschuldig klingen zu lassen.

Ich werfe ihr einen Blick zu und ziehe überrascht die Augenbrauen hoch.

Wir sitzen zusammen auf der Terrasse und trinken eisgekühlten Blaubeertee. Es ist erst zehn Uhr morgens, aber es ist bereits brütend heiß. Mehrere heiße Tage hintereinander kommen hier bei uns nur sehr selten vor, sogar im Juli, aber die derzeitige Hitzewelle hält nun schon seit einer Woche an.

*Ausgeschlossen, dass Mom nichts mitbekommen hat*, denke ich bei mir.

»Warum sollte er vorbeikommen?«, frage ich und versuche gleichgültig zu klingen.

»Ich weiß nicht, Piper.« So, wie sie es sagt, liegt die Vermutung nahe, dass sie es sehr genau weiß. Sie nippt zufrieden an ihrem Eistee. »Er ist ziemlich oft hier, um Wäsche zu machen.« Sie sieht mich an, und in ihren Augen glitzert es. »Und ich weiß ja, dass mein Pie gut ist, aber *so* gut ist er nun auch wieder nicht.«

*Achtung, Falle. Nicht hineintappen!*

Ich zucke mit den Schultern. »Ich bin sicher, dass ihr Trockner irgendwann in den nächsten Tagen repariert wird. Und dein Pie ist *so* gut. Du könntest deine eigene Konditorei eröffnen.«

Es ist bereits ein paar Tage her, seit Harrison hier aufgekreuzt ist und wir zusammen in die Stadt gefahren sind. Ich hätte ihn an jenem Abend gern noch getroffen, aber Zeit miteinander zu verbringen, ohne Verdacht zu erregen, stellt sich als ein verdammt schwieriges Unterfangen heraus, und obendrein lässt sein Zeitplan nicht viel Spielraum.

Gestern hat er kurz vorbeigeschaut, allerdings war er nicht allein. Monica war dabei, um sich zu entschuldigen, dass sie unsere Waschküche derart in Anspruch nehmen, und um uns erneut für den Freitag zum Abendessen einzuladen. Harrison verschwand dann nach unten in die Waschküche, aber da Monica und meine Mutter noch in der Küche plauderten, hätte es komisch ausgesehen, wenn ich plötzlich weggegangen wäre.

Das Abendessen findet morgen statt. Ich glaube nicht, dass ich Harrison heute noch sehen werde, aber man weiß nie. Mein dummes, dummes Herz hält an der Hoffnung fest, auch wenn ich es dafür schelte.

»Weißt du, fährt meine Mutter fort. »Ich habe mich in ihm geirrt.«

»Wie meinst du das?«

Meine Mutter? Sie gibt zu, dass sie sich geirrt hat? Was ist los mit der Welt?

»Anfangs dachte ich, ich wüsste genau, wie er ist. Dass ich ihn durchschaut hätte. Ich dachte, ich würde Typen wie ihn kennen, weil ich sie schon so oft gesehen habe. Du hast sie mit nach Hause gebracht, verknallt bis über beide Ohren, während sich mir alle Haare sträubten. Du fandst bestimmt, ich sei paranoid und voreingenommen, aber ich wusste, dass keiner von denen gut genug für dich war, Piper.«

»Ja«, sage ich leise und beobachte, wie die Meeresbrise die Zweige der Kiefer am Ende der Veranda bewegt. »Ich hätte auf dich hören sollen.«

»Hast du aber nicht. Weil es Fehler waren, die du machen musstest. Ich kann nur sagen, Gott sei Dank, dass du das mit Joey noch rechtzeitig rausgekriegt hast. Ich weiß, dass es hart für dich war, Schätzchen, und ich weiß, es war peinlich. Aber am Ende war es das wert, oder?«

Ich nicke. »Ja, das war es. Und ich weiß, dass ich Fehler gemacht habe. Aber ich weiß jetzt auch, wie ich sie vermeiden kann. Ich weiß, welche Art von Persönlichkeit ich bin. Ich weiß, ich habe …« Ich möchte nicht mein Trauma erwähnen, weil es ein Trauma ist, das sie mit verursacht hat, und ich möchte ihr nicht den Schwarzen Peter zuschieben, nicht jetzt, wo wir endlich angefangen haben, offen miteinander zu reden. »Ich habe Sachen erlebt, die mich geprägt haben, aber ich habe gelernt, wie man den Dingen auf den Grund geht und sich wieder aufrappelt. Und weißt du, wie? Durch meine Therapeutin. Sie hat mir vor Augen geführt, warum ich die Dinge tue, die ich tue, und sie hat mir das Werkzeug gegeben, etwas daran zu ändern.«

Ich erwarte, dass meine Mutter bei der Erwähnung des Wortes »Therapeutin« dichtmacht, aber sie seufzt nur und lehnt sich in ihrem Stuhl zurück. »Ich hoffe wirklich, du findest eines Tages den richtigen Mann, Piper«, sagt sie. Sie lässt ihren Kopf zur Seite rollen und sieht mich an. »Und genau das ist Harrison. Er ist ein Mann. Er ist kein Junge. Er ist nicht hier, um Spielchen mit dir zu spielen. Darum mag ich ihn. Er hat einen starken, ehrlichen, gütigen Kern. Das weiß ich jetzt. Ich kann es spüren.«

Ich schlucke mühsam. Sie hat recht. Er ist ein Mann. Alle anderen waren Jungs, so leicht und unbeständig wie Blätter im Wind.

»Du weißt schon, wir sind nicht …«, setze ich an. »Er ist nur ein Freund.«

»Ich weiß«, sagt sie. »Das sagst du ständig. Und das ist, was ihr beide glauben wollt. Aber ich habe es vom ersten Tag an in deinem Gesicht gesehen, und jetzt sehe ich es auch in seinem. Diese gewisse Chemie zwischen zwei Menschen lässt sich nur schwer vortäuschen, und sie lässt sich noch weniger verbergen. Ihr habt sie in Hülle und Fülle. Und auch wenn ich als deine Mutter die letzte Person bin, der du dich anvertrauen willst, ich kenne dich trotzdem. Diesem Mann gehört dein Herz. Vielleicht ist es an der Zeit, dass du es zugibst, wenn schon nicht vor mir, dann wenigstens dir selbst gegenüber. Und ihm gegenüber.«

Nein. Auf keinen Fall. Mein Herz … was ist mein Herz überhaupt? Es ist dieses pochende, schmerzende Wesen in meiner Brust, das sich hinter meinen Rippen versteckt und Angst hat, sich zu zeigen, weil es nicht wieder verletzt werden will. Ich habe es unter Verschluss gehalten, und es gibt keinen Grund, es freizulassen. Aber bei Harrison will es frei sein. Es will. Und ich glaube, egal, was ich tue, am Ende werde ich mich in ihn verlieben.

Aber was bringt das, wenn es keine nennenswerte Beziehung gibt? Alles, was wir haben, sind gestohlene Momente voller Leidenschaft und ein paar vereinzelte Küsse. Ich weiß nicht mal, ob er genauso empfindet wie ich, und ich wünschte, es wäre nicht wichtig, aber das ist es.

»Lass mal«, sage ich widerwillig. »Es ist bloß eine Schwärmerei.«

»Na ja, wie auch immer du es nennst, ich will nur, dass du weißt, dass ich einverstanden bin. Was ihr auch daraus macht, ich stehe zu hundert Prozent hinter euch.« Sie hält inne und grinst teuflisch. »Nebenbei bemerkt, der Mann kann *backen*. Dieser Pie war der beste, den ich je gegessen habe. Einen solchen Mann muss man festhalten.«

»Du willst ja nur leckeres Gebäck«, sage ich.

»Du etwa nicht?«

Ich lache. Die Tatsache, dass Harrison backen kann, ist ein Pluspunkt. Ich bin sicher, dass er noch eine Million weitere Pluspunkte hat. Und wenn ich Glück habe, werde ich sie alle entdecken.

Wir bleiben noch ein Weilchen auf der Terrasse sitzen, aber die Hitze wird allmählich unerträglich.

»Ich glaube, ich fahre zum See, um mich abzukühlen«, sage ich zu meiner Mutter, als ich nach drinnen gehe. »Hast du auch Lust?«

Sie schüttelt den Kopf, ihre Lider sind geschlossen. Ich merke, dass sie ein weiteres Nickerchen anpeilt.

Ich gehe in mein Zimmer, schlüpfe in meinen gelben Bikini und ziehe ein lockeres Leinenkleid darüber. Dann setze ich einen breitkrempigen Hut auf, schnappe mir ein Handtuch, meine Sonnenbrille und die Flip-Flops, und schon bin ich zur Tür raus.

Ich werfe das Handtuch auf den Rücksitz und bin gerade im Begriff, ins Auto einzusteigen, als ich durch die Bäume hindurch einen Blick auf das Dach der Royals erhasche.

Hmmm.

Warum muss ich rumsitzen und auf Harrison warten? Warum kann ich die Dinge nicht selbst in die Hand nehmen?

Ich schlage mich durch die Scheinbeerenbüsche und Farne rüber zu ihrem Grundstück.

Während ich klopfe, sehe mich um, in der Erwartung, dass die Männer in den Bäumen sich jeden Moment abseilen und mich auf ihre höfliche, aber schroffe britische Art zur Rede stellen. Ich bin noch nie ohne vorherige Einladung hierhergekommen, und es gibt so viele mächtige Bäume rundherum, in denen sie sich verstecken könnten.

Zum Glück geht die Tür auf, bevor die Baummänner auftauchen. Es ist Agatha, die überrascht aussieht.

»Ms Evans«, sagt sie. »Ich habe Sie nicht erwartet.«

»Ich weiß, tut mir leid. Ich war auf dem Weg in die Stadt, und da habe ich mich gefragt, ob Sie vielleicht irgendetwas brauchen.« Also, ich bin eigentlich nicht auf dem Weg in die Stadt, aber ich hoffe, dass meine List funktioniert.

»Warten Sie, ich frage gleich mal nach«, sagt sie und schließt die Tür wieder. Ich versuche, mich dadurch nicht düpiert zu fühlen. Vermutlich entspricht es einfach dem Protokoll.

Ein paar Minuten später geht die Tür wieder auf.

Harrison.

»Piper?«, fragt er.

»Überraschung!«, sage ich, werfe meine Arme in die Luft und schiebe meine Hüfte zur Seite.

»Agatha hat gemeint, dass du in die Stadt fährst?«

Er klingt total sachlich, was mich ein bisschen nervt, obwohl mir klar ist, dass er im Moment so auftreten muss.

»Ja, ich habe mich gefragt, ob ihr vielleicht irgendwas braucht. Oder ob ich dich irgendwohin mitnehmen soll.« Beim letzten Teil spreche ich etwas lauter.

Seine Augenbraue zuckt in die Höhe. Er hat's kapiert.

»Sicher«, sagt er. »Ich nehme an, du fährst?«

Ich nicke.

»Es gibt bestimmt ein paar Sachen, die ich erledigen kann«, sagt er. »Wir treffen uns an deinem Auto.«

Er schließt die Tür. Vor mich hin grinsend gehe ich über die Einfahrt zurück und mache am Ende einen kleinen Hopserschritt.

Über mir bewegt sich etwas und erregt meine Aufmerksamkeit.

Eine Hand, die winkt.

Aus einem Baum heraus.

Ich kann den Rest des Mannes nicht sehen, aber ich lächele und winke zurück. Es ist mir egal, dass er mich beim Hüpfen erwischt hat und ich wie eine Idiotin dabei aussehe. Ich bin, was ich bin.

Ich gehe zum Auto und steige ein. Es fühlt sich wie eine halbe Ewigkeit an, bis ich Harrisons Schatten sehe. Ich habe ihn nicht kommen hören.

»Hi«, sagt er, als er auf der Beifahrerseite einsteigt.

»Ist heiß heute«, erwidere ich.

Er schnallt sich an, und ich starte den Motor. Er schnurrt wie eine kaputte Katze.

»Allerdings«, sagt er. »Du wirst es vermutlich nicht glaube, aber unsere Klimaanlage ist kaputtgegangen.«

Ich lache, und wir fahren die Einfahrt hinunter, halten kurz am Tor, bis es sich öffnet.

»Das ganze Haus fällt auseinander. Lass mich raten: Es wird eine Weile dauern, bis der Handwerker kommt, um es zu reparieren?«

Er zuckt mit den Schultern. »Er sagte, er wäre morgen hier. Aber das Gleiche sagt der Trocknermann auch schon seit Tagen, und allmählich habe ich den Verdacht, dass es sich bei den beiden um ein und dieselbe Person handelt. Ich meine ›Roscoe's Heizungs- und Kühlanlagen‹ und ›Roscoe's Reparaturen‹ – die Ähnlichkeit kann kein Zufall sein.«

Ich kichere. »Und nicht zu vergessen ›Roscoes Elektrodienst‹. Meine defekte Heizlamelle haben sie auch immer noch nicht repariert.«

Er stößt ein kurzes Lachen aus, und ich genieße das prickelnde Glücksgefühl, das durch mich hindurchsprudelt.

Komischerweise habe ich nicht mal das Bedürfnis, in einer Tour zu quasseln. Das Schweigen jetzt ist angenehm. In seiner Gegenwart beschleunigt sich mein Herzschlag, und gleichzeitig werde ich ruhiger.

Als wir an der Stadt vorbeifahren, dreht er sich zu mir um. »Wo fahren wir hin?«

»Nirgendwohin«, sage ich und schiebe kurz meine Zunge zwischen den Zähnen hindurch.

Einen Moment lang ist er voll darauf konzentriert, dann blickt er auf. »Warum hatte ich schon so eine Ahnung?«

»Weil ich es leid war, auf dich zu warten«, entgegne ich.

Seine Miene verzieht sich. »Tut mir leid. Es ist nicht gerade leicht wegzukommen. Vor allem, weil ich wegen der Wäsche schon gestern bei euch war. Es wird sonst zu auffällig.«

»Ja, ich weiß, es ist hart.« Ich zwinkere ihm zu. »Zumindest hoffe ich das …«

Er zieht die Augenbrauen hoch. »Also, wo bringst du mich hin?«

»An einen Ort, wo wir allein sein und der Hitze entkommen können.«

Er lacht. »Das klingt für mich nach einem Widerspruch in sich.«

»Wart's ab«, sage ich.

Ich nehme die Ausfahrt Cranberry Road und fahre am Schild zum Mount Maxwell Provincial Park vorbei. Es ist eine lange, kurvenreiche Strecke durch Wälder und Ackerland. Harrison ist völlig hingerissen von der Landschaft. »Ich kenne noch so wenig von der Gegend hier. Aber immerhin noch mehr als Eddie und Monica.«

»Nervt sie das nicht? Also, ich weiß ja, sie sind hergekommen, um allem zu entfliehen, aber so langsam müssen sie doch Lagerkoller kriegen, trotz des großen Hauses.«

»Ich glaube, sie sind einfach voll und ganz auf das Baby fokussiert«, sagt Harrison. »Andererseits gehe ich nur von dem aus, was ich höre. Ich vermute, dass Eddie schon ein bisschen genervt ist.«

»Wir könnten ja mal irgendwo wandern gehen«, schlage ich vor. »Um genau zu sein, machen wir beide jetzt auch eine kleine Wanderung. Nur dass die für Monica und Eddie zu riskant wäre.«

»Zu riskant?«, wiederholt er. »Okay, was hast du vor? Dein Blick gefällt mir nicht.«

Ich grinse ihn frech an. »Entspann dich. Lass den Dingen ihren Lauf. Inselleben, weißt du noch?«

Es dauert nicht lange, bis wir auf die holprige Bergstraße kommen und Schlaglöchern ausweichen müssen, die drohen, das ganze Auto zu verschlucken. Harrison sagt zwar nichts, aber ich merke, dass ihm die Sache ganz und gar nicht geheuer ist.

Schließlich fahre ich von der Straße ab und parke am Fuß einer versteckt gelegenen Auffahrt. Ich steige aus und schnappe mir mein Handtuch vom Rücksitz, dann zeige ich auf die andere Seite der Straße, über der noch die Staubschwaden hängen, die mein Auto aufgewirbelt hat.

»Was?«, fragt Harrison.

»Da gehen wir rein«, sage ich.

»Wo rein? In den Wald?«

»Hm mh. Dein Jackett solltest du besser hierlassen. Sonst reißt du dir noch Löcher rein.«

Jetzt sieht er leicht panisch aus. »Wohin bringst du mich?«

»Keine Sorge, die Wanderung ist nicht schwer. Dass du es bei diesem Wetter überhaupt in dem Anzug aushältst. Hast du keine schicken Agentenshorts, oder so?«

»Ich bin kein Agent. Und nein, wir haben keine Shorts. Was wäre das denn für ein grauenhafter Anblick?«

Ich grinse, und wir überqueren die Straße. Ich zeige auf einen hohen Maschendrahtzaun zwischen den Bäumen, bevor ich mich durch das Gestrüpp schlage, das ihn umgibt.

»Den Zaun gab's hier früher nicht. Die Feuerwehr hat ihn errichtet, um zu verhindern, dass im See gebadet wird.«

»Moment mal, wir gehen zu einem See?«

»Was dachtest du denn, wo wir hingehen?«

»Ich weiß nicht«, sagt er. Vielleicht zu einer verlassenen Hütte mit einem Bett in der Ecke.«

Ich lache und werfe ihm über die Schulter hinweg einen Blick zu. »Also wirklich. Ich habe etwas höhere Ansprüche als das.«

»Ach ja? Und ein illegaler Abstecher zum See entspricht deinen Ansprüchen?«

»Es ist nicht illegal. Der Zaun ist nur ein … Abschreckungsversuch. Der See ist wunderschön, und irgendwer, vermutlich Barbara Mischky oder jemand mit einem Grundstück am See, hat sich beschwert. Sie behaupten, dass der See geschützt sein muss, weil er ein Wasserreservoir ist, aber viele der anderen Seen auf der Insel sind auch Wasserreservoire, und die sind nicht eingezäunt.«

»Hm mh.«

Ich blicke ihn erneut an. Er marschiert leichtfüßig durchs Unterholz, während ab und zu Zweige der Hemlocktannen an seinem Hemd zerren.

Es sind ungefähr fünfzehn Minuten, die wir uns durchs Dickicht kämpfen, bevor der See in Sicht kommt.

Keine Menschenseele ist hier, und von unserer kleinen Bucht aus kann man auch die Häuser am Ende des Sees nicht sehen. Es gibt nur uns, das glitzernde juwelengrüne Wasser, das sonnengetrocknete Moos, das die Granit- und Quarzfelsen bedeckt, und die großen, schwankenden Kiefern und Zedern.

»Wow, das ist wirklich schön!«, sagt Harrison.

Ich verschwende keine Zeit.

Ich ziehe mir sofort mein Kleid über den Kopf und werfe es zusammen mit meinem Handtuch zur Seite, dann hüpfe ich in meinem Bikini zum Ufer hinunter und streife meine Flip-Flops ab, bevor ich vorsichtig auf ein paar Felsen klettere, die ins Wasser hineinragen.

»Piper!«, ruft Harrison, aber ich ignoriere ihn.

Ich erreiche den letzten Felsen, finde sicheren Halt auf der sonnenwarmen Oberfläche und stürze mich in den See.

Und mit »stürzen« meine ich eine Arschbombe. Jeder Kopfsprungversuch würde bei mir mit einem Bauchklatscher enden, und überhaupt – im Herzen bin ich immer noch fünf.

Das Wasser ist eiskalt, und als ich, die Arme fest um meine Schienbeine geschlungen, mit einem großen Platschen eintauche, bin ich schlagartig hellwach. Ich öffne die Augen, und um mich herum sprudeln Hunderte von Luftbläschen, dann stoße ich mich mit einem Zug nach oben und breche durch die Oberfläche, wo mir die Sonne ins Gesicht scheint.

Ich rudere im Wasser auf der Stelle und blicke zu Harrison,

der am Ufer steht, die Hände in die Hüften gestemmt, und stirnrunzelnd zu mir rübersieht. Aber da ist auch ein Lächeln auf seinen Lippen, als ich ihn breit angrinse.

»Komm schon, das Wasser ist schön«, rufe ich und plansche herum. Er starrt mich einen Moment lang an, dann beginnt er sein Hemd aufzuknöpfen.

Genau deshalb bin ich hier.

Ich strample immer weiter, während ich genau beobachte, wie Zentimeter um Zentimeter von Harrisons Haut zum Vorschein kommt.

Ja, ich hatte Sex mit ihm.

Aber ich konnte seinen Körper nicht so genießen, wie ich es gern getan hätte.

Jetzt kann ich ihn zum ersten Mal richtig anschauen. Und genau das werde ich ausgiebig tun.

Er öffnet den letzten Knopf, dann zieht er sein Hemd aus.

Verdammt.

Ich sehe zu, wie er das Hemd ordentlich zusammenfaltet und neben sich ins Moos legt, mein Blick angezogen von jedem Zentimeter seines nackten Oberkörpers, von seiner breiten Brust, den steinharten Schultern, seinem Sixpack, der von Tattoos übersät ist – Tattoos, die ihm etwas bedeuten, Tattoos, die Harrisons Geschichte erzählen.

Als Nächstes zieht er seine Hose runter.

Socken.

Schuhe.

Dann steht er nur noch in Boxershorts da.

Und dann …

Ist er komplett nackt.

Von Kopf bis Fuß.

Splitternackt steht er im sonnendurchfluteten Wald und

sieht aus wie ein keltischer Krieger, mit seinen definierten Muskeln und den geheimnisvollen Tattoos, die ihn schmücken wie Runenzeichen.

Als Letztes nimmt er seine Sonnenbrille ab.

Sorgfältig klappt er sie zusammen und legt sie oben auf den Stapel seiner fein säuberlich gefalteten Klamotten. Dann watet er bis zu den Knien ins Wasser und taucht schließlich mit einem Kopfsprung ein.

Er schwimmt eine ganze Weile unter der Oberfläche entlang, seine Haut leuchtet hell im Wasser, bis er weiter draußen im See wieder auftaucht. Ich schwimme ihm hinterher.

»Beeindruckend«, sage ich.

Eine nasse Strähne klebt ihm an der Stirn, und er schüttelt sie weg.

»Was genau meinst du? Meine Ausstattung oder meine Tauchfähigkeiten?«

»Beides«, sage ich und beiße mir auf die Lippe, während ich ihn angrinse.

»Ich kann nur meine Tauchfähigkeiten erklären«, sagt er. »Um Personenschützer zu sein, muss man einen langen Atem haben. Und was das andere angeht, das können wir wohl einfach unter Glück verbuchen.«

»Und wie hältst du dich so über Wasser, wenn du noch jemanden festhalten musst?«, frage ich und schwimme näher zu ihm.

»Versuch es einfach«, erwidert er, greift nach meiner Taille und zieht mich an sich. »Ich werde nicht untergehen. Und dich immer halten.«

Ich schlinge meine Beine um seine Hüfte. »Versprochen?«

Es fühlt sich seltsam an, so mit ihm zusammen zu sein, hier unter freiem Himmel in der Sonne, unsere Körper nass, und er ist völlig nackt, während sein Schwanz sich gegen mich drängt. Ich betrachte seine feuchten Wimpern, die Wassertröpfchen in seinen Augenbrauen, den sanften Schwung seiner Lippen.

»Das ist schön«, sagt er mit leiser Stimme.

Ich lehne mich vor und streiche mit meinen Lippen über seine. Als er mich küssen will, weiche ich zurück.

»Hey!«, sagt er. »Dafür sollte ich dir den Hintern versohlen.«

Ich lache, während mich ein Schauer der Erregung erfasst. »Ja, bitte.«

Er packt meinen Hintern und drückt ihn kräftig, woraufhin ich quietsche.

»Heute Morgen beim Aufwachen hätte ich nicht im Leben gedacht, dass ich später nackt mit dir in einem See lande«, stellt er fest.

»Bei mir muss man wohl mit allem rechnen.«

»Das ist wahr«, sagt er beinah wehmütig. »Jemanden wie dich habe ich wirklich noch nie kennengelernt.«

»Ach komm«, sage ich, drehe den Kopf weg und blinzele in die Sonnenreflexionen auf dem Wasser. »Ich bin sicher, du hast schon einige durchgeknallte Blondinen kennengelernt.«

Er schüttelt den Kopf und betrachtet mich mit gerunzelter Stirn. »Nein, da gab es … niemanden.« Er holt tief Luft. »Natürlich war ich im Lauf der Jahre immer mal wieder mit Frauen zusammen, aber meist nur eine Nacht hier oder da. Nichts Denkwürdiges. Nichts … Bedeutsames. Dafür habe ich einfach keinen Platz in meinem Leben.«

Ich schlucke mühsam. *Oh. Gegenwartsform.*

Er fährt fort. »Piper, ich will ehrlich zu dir sein …«

Oh nein.

»Ich weiß nicht, wie das zwischen uns funktionieren soll.«

Mir entgleisen die Gesichtszüge. Ich kann nichts dagegen tun. Ich will nur noch loslassen und im Wasser versinken.

Er hält mich fester. Langsam schwimmt er Richtung Ufer, bis er Boden unter den Füßen hat. »Bitte, lass mich zu Ende reden.« Er legt mir eine Hand an die Wange. »Ich weiß nicht, wie das zwischen uns funktionieren soll, das ist wahr. Aber das heißt nicht, dass ich es nicht versuchen werde. Wir werden zusammen versuchen, einen Weg zu finden. Dir muss nur klar sein, dass, egal, was passiert, es nicht einfach ist, mit mir zusammen zu sein … wenn du überhaupt mit mir zusammen sein möchtest.«

»Natürlich möchte ich das«, sage ich, meine Worte sind nur ein Flüstern.

»Dann muss dir klar sein … ich bin eine verdammte Katastrophe.«

Ich starre ihn ein paar Sekunden lang verdattert an. »Eine Katastrophe? Du bist eine Katastrophe?«

Er nickt zerknirscht.

»Hä, wie?«, sage ich. »Du bist das genaue Gegenteil von einer Katastrophe. Du bist beherrscht und ruhig und ernst. Ich bin hier die Katastrophe, mit meiner schrägen Vergangenheit und meiner Mutter und mit Gebäck, das in meinen Haaren landet, und meinen Tic Tacs. Da ist nur Platz für eine Katastrophe.«

»Dann wirst du noch Platz für mich machen müssen«, sagt er. »Denn dass ich so bin, wie ich jetzt bin, hat Gründe.«

»Was meinst du damit?«

Er fährt sich mit der Zunge über die Lippen und schließt die Augen, sein Gesichtsausdruck ist angespannt, als würde er mit sich ringen. »Du weißt, dass ich lange in der Armee war«, sagt er. »Aber du weißt nicht, warum ich die Armee verlassen habe.«

»Weil du für Eddie arbeiten wolltest.«

»Weil ich keine andere Wahl hatte. Ich habe die Armee verlassen, weil ich einen Fehler gemacht habe. Einen Fehler, der jemanden das Leben gekostet hat. Einem Freund, den ich geschworen hatte zu beschützen. Dabei hab ich mir das Bein verletzt und konnte ohnehin nicht mehr dienen. Ich wurde entlassen und nach Hause geschickt. Eddie erfuhr davon und meldete sich bei mir.« Harrison öffnet die Augen, und sie sind voller Schmerz. »Ich weiß nicht, wo ich heute ohne ihn wäre. Die Armee gab mir den Halt, den ich brauchte. Eddie gab mir den gleichen Halt, nachdem ich dachte, ich hätte alles verloren. Ich bin mit meiner Arbeit verheiratet, Piper. In guten wie in schlechten Zeiten, in Gesundheit und Krankheit. Ich habe geschworen, Monica und Eddie zu beschützen, und ich werde nie wieder versagen. Wenn ich also sage, dass ich nicht weiß, wie das mit uns funktionieren soll … dann, weil ich es wirklich einfach nicht weiß. Ich kenne nur meinen Job. Ich kenne nur meine Pflicht. Für irgendetwas anderes gab es nie Platz.«

Verdammt. Armer Harrison. Es ist jetzt schmerzlich offensichtlich, dass er mit aller Macht versucht, durch die Arbeit seine Schuldgefühle zu kompensieren.

Ich streichle seine Wange. »Du musst deinen Frieden machen mit deiner Schuld. Du musst dir selbst vergeben und Erlösung finden. Sonst wirst du bis ans Ende deiner Tage für Eddie und Monica arbeiten, und das ist doch kein Leben. Du verdienst es, ein richtiges Leben zu haben und es zu genießen.«

Und vielleicht ist darin auch Platz für mich.

»Das ist leichter gesagt als getan.«

»Ich weiß«, sage ich flehend. »Du leidest an PTBS.«

Er sieht weg.

»Das ist die Wahrheit«, sage ich zu ihm. »Diesen Albtraum neulich Nacht bei mir, den hattest du nicht zum ersten Mal, oder? Du hast bestimmt oft Albträume.«

Sein Blick scheint sich aufs Wasser zu richten, läuft aber eigentlich ins Leere.

»Du durchlebst die Sache in deinen Träumen, weil du dich im wirklichen Leben nicht damit auseinandergesetzt hast. Und sieh mal, ich bin keine Expertin. Ich würde niemals kleinreden wollen, was du empfindest, und ich weiß, dass das, was ich mit meiner Mutter und meinem Vater erlebt habe, nicht mit dem zu vergleichen ist, was du durchgemacht hast. Aber trotzdem, ich weiß, wie das ist. Die Vergangenheit prägt uns, und sie kann uns gefangen halten. Aber man kann sich von dieser Vergangenheit freimachen und sie hinter sich lassen. Man kann die eigenen Verhaltensmuster erkennen und aufhören, sich selbst die Schuld zu geben. Akzeptiere es einfach. Und so, wie es klingt, tust du das ja auch schon. Du weißt, warum du bist, wie du bist, und du willst es ändern. Du solltest stolz auf dich sein.«

»Warum fühle ich mich dann nicht stolz?« Seine Stimme ist ernst. Es bricht mir fast das Herz.

»Weil es Zeit braucht. Viel Zeit. Und Therapie. Bist du in Therapie? Ich nehme an, die Armee verordnet das.«

Er schüttelt den Kopf. »Ich habe gesagt, es ginge mir gut. Und dabei haben sie es belassen.«

Das erklärt alles. »Aber du gibst zu, dass es dir nicht gut geht, stimmt's? Ich meine, wenn du glaubst, keinen Platz für einen anderen Menschen in deinem Leben zu haben, weil du dich ganz deiner Arbeit verschreiben musst, dann ist das nicht normal. Das ist nicht ›gut‹.«

»Ich möchte dich nicht verletzen, Piper. Ich möchte es nicht vermasseln. Du hast etwas Besseres verdient.«

»Also erstens«, sage ich und umfasse seine Schultern fester, »du wirst mich verletzten, und du wirst Dinge vermasseln. Genauso wie ich. Wir sind beide katastrophal, und jeder von uns hat sein Päckchen zu tragen. Und zweitens, ich entscheide, wen ich verdiene. Ich habe schon viel erlebt, mir wurde das Herz gebrochen und meine Seele zermalmt, und ich habe es überstanden. Es sind ein paar Narben zurückgeblieben, aber sie erinnern mich daran, was ich stattdessen verdiene. Und ich verdiene dich. Du musst mir da vertrauen.«

Er schaut mir in die Augen, das Blaugrün seiner Iris schimmert wie der See. Es liegt … Bewunderung darin. »Du bist so verdammt großartig, weißt du das?«

Ich zucke verlegen mit den Schultern. »Na ja, ich …«

Und zum zweiten Mal schneidet Harrison mir das Wort mit einem Kuss ab.

Wie beim ersten Mal akzeptiere ich bereitwillig, dass ich zum Schweigen gebracht werde.

Sein Griff wird fester, während sein Mund sich hungrig gegen meinen drängt. Ich schwebe im Wasser und werde gleichzeitig gehalten, während ich meine Beine enger um ihn schlinge.

Ich brauche das.

Ich brauche ihn.

Seine Lippen wandern an meinem Hals herunter und saugen an meiner Haut. Meine Hände vergraben sich in seinem Haar, dann umklammere ich wieder seine Schultern, lasse meine Finger über seinen muskulösen Rücken gleiten.

Während er an meinem Hals knabbert, lege ich den Kopf in den Nacken und blicke in den blauen, blauen Himmel über mir. Ich glaube, ich sehe ein Flugzeug, vielleicht fühle ich mich aber auch nur so frei, als würde ich fliegen. Vor allem, als Harrison seine Hand weiter nach unten wandern lässt und den Saum meiner Bikinihose ergreift.

Er zieht den Stoff zur Seite öffnet mich mit den Fingern und dringt in mich ein.

Ich keuche auf, spüre jeden Zentimeter von ihm.

»Ist das so in Ordnung?«, fragt er, seine Stimme ist heiser vor Lust und gleichzeitig besorgt. Jederzeit der perfekte Gentleman.

Ich nicke unter Stöhnen, während mein Körper sich an seinen anpasst, und hole tief Luft, als er zur Gänze in mich gleitet.

Ich halte ihn fester zwischen meinen Beinen, und er gibt den Rhythmus vor, zunächst langsam, sodass ich jeden herrlichen Stoß von ihm spüre.

Stöhnen und raue kleine Laute entschlüpfen seinen Lippen.

Ab und zu zögert er kurz, um mich anschauen zu können, die Stirn in verwunderte Falten gelegt, als könne auch er nicht glauben, was hier passiert. Dann küsst er mich heftig wie zum Beweis.

Ich bin nur darauf konzentriert, wie mein Körper auf seinen reagiert, als würden wir synchron auf der Stelle schwimmen. Ich bin schwerelos und an ihn verloren, an diesen Moment und an alles, was er in mein Leben gebracht hat.

Dieser Mann.

Dieser *Mann*.

Ich glaube, er gehört mir.

»Himmel, Piper«, knurrt er, als sein Mund zu meinen Brüsten wandert. Er zieht mein Top beiseite und beginnt, an meinen Nippeln zu saugen. »Ich weiß nicht, wie lange ich noch aushalten kann.«

Ich will ihm gerade sagen, dass ich auch kurz vorm Höhepunkt bin, als er seine Hand zwischen meine Beine schiebt und mit den Fingern gegen meine Klitoris drückt, woraufhin ich aufstöhne und sich meine Ankündigung wohl erübrigt hat.

»Ich komme«, keuche ich, während seine Finger mich weiter massieren.

Es gibt kein Halten mehr.

Nicht mit ihm.

Nicht mehr.

Der Orgasmus überschwemmt mich wie eine Welle. Es ist die Art von Welle, von der man glaubt, man könnte ihr standhalten, die aber viel größer ist als gedacht. Diese hier reißt mich mit sich fort und schleudert mich hinaus in die Galaxie. Ich öffne mich weiter und weiter und weiter wie ein explodierender Stern, Feuer und Eis versprühend, bis nichts mehr von mir übrig ist.

Harrison stöhnt, als er in mir kommt, sein Griff ist noch immer fest, während er sich langsamer bewegt, sein Atem geht schwer und mühsam.

Wir bleiben einen Moment lang so miteinander verbunden und ringen beide nach Atem. Ich lege meinen Kopf an seine Schulter und spüre sein Herz pochen, es trommelt mit meinem um die Wette. Langsam, ganz langsam rückt die Welt wieder an ihren Platz, und ich erinnere mich, wo wir sind und was wir getan haben.

Wir müssen hier raus.

»Ich zähle mich ja nicht gern zu den Leuten, die Hals über Kopf den Tatort verlassen«, sage ich und umfasse seine Schulter. Er zieht sich vorsichtig aus mir zurück und setzt mich im Wasser ab. »Aber ich glaube, wir sollten jetzt besser aus der Gegend verschwinden, bevor noch irgendein gelangweilter Wasserpolizist hier aufkreuzt.«

»Gute Idee«, sagt Harrison.

Wir schwimmen zurück zum Ufer, wo wir schnell in unsere Sache schlüpfen, kichernd wie zwei Teenager, die sich heimlich nach Badeschluss ins öffentliche Freibad geschlichen haben, high vom Leben und vom Sex und voneinander.

# Neunzehn

*Quietschvergnügt.*

Das ist das einzige Wort, mit dem sich beschreiben lässt, wie ich mich fühle.

Es ist vermutlich eine unserer frühesten Emotionen – ich meine, welches Kleinkind ist nicht quietschvergnügt, nachdem es zum ersten Mal Eis gekostet hat? Welches Kind ist nicht quietschvergnügt, wenn es an Disneyland denkt? Oder ans Ponyreiten? Oder an Weihnachten.

Aber wenn wir älter werden, verblasst dieses quietschvergnügte Gefühl. Wir werden zynischer. Die Aufgeregtheit, das schwirrende, kribbelnde Gefühl im Bauch? Es verwandelt sich in Anspannung. Wir werden nervös. Die Freude schwindet, und zurück bleiben Sorgen. Die Freude ist ein Ding der Vergangenheit, als wir noch unschuldig waren und noch staunen und glücklich sein konnten.

Gerade fühle ich mich wieder wie ein Kind, als wäre ich wiedergeboren worden. Als hätte man mich genommen, gewaschen, auf Hochglanz poliert und dann neu in die Welt gesetzt.

Alles, woran ich denken kann, ist Harrison. Er hat meine Gedanken und mein Herz in Beschlag genommen, und alles andere dazwischen auch. Aber es geht noch um so viel mehr. Es geht nicht nur darum, wie ich denke. Es geht darum, wie ich lebe. Als würde ich jeden wachen Moment platzen vor unbändiger Freude, die sich in mir anstaut und unbedingt herauswill.

Ich will ihn küssen, Sex mit ihm haben, ihn festhalten, ihm zuhören, ihn anschauen. Ich will so vieles, und der Clou ist: Diesmal werde ich es ausnahmsweise bekommen.

Denn das alles passiert wirklich.

»Okay«, sagt meine Mutter und taucht hinter mir im Badezimmerspiegel auf, als ich Rouge auftrage. Es ist wie ein Jump Cut in einem Horrorstreifen, und ich wirbele erschrocken zu ihr herum. Mein Herz rast wie verrückt.

»Herrje, Mom, musst du dich so anschleichen?«, meckere ich. Dann bemerke ich ihr Outfit, sie trägt ein zartes, rosafarbenes Top und eine schwarze Hose, um ihren Hals hängt eine Statementkette. »Du siehst hübsch aus.«

»*Du* siehst hübsch aus«, sagt sie und deutet mit einem Nicken auf mein Gesicht. »Ein bisschen zu hübsch. Du lächelst in einer Tour.«

»Ich muss lächeln, um mein Rouge aufzutragen.« Ich drehe mich wieder zum Spiegel und ziehe beide Mundwinkel hoch, damit meine Wangen stärker hervortreten. Dann wedele ich mit dem Rougepinsel über beide Seiten.

»Du lächelst schon den ganzen Tag vor dich hin«, sagt sie und verschränkt die Arme vor der Brust. »Und gestern auch schon.«

»Es ist Sommer. Es ist ein herrlicher Tag. Wir sind beide am Leben und bei guter Gesundheit, wir haben dieses wunderschöne Haus und das beste Hundchen der Welt, und wir essen gleich mit dem Duke und der Duchess of Fairfax zum Abendessen. Nenne mir einen Grund, warum ich nicht lächeln sollte.«

Sie verengt die Augen und beäugt mich. »Hm. Was hast du eingenommen? Du hast doch nicht etwa deine Tablettendosis erhöht?«

»Nein«, entgegne ich und verdrehe die Augen.

»Hätte mich auch gewundert. Nun, dann nehme ich mal an, dass es wegen Mr Cole ist.«

Ich zucke mit den Schultern und starre sie im Spiegel an. »Zurzeit ist das Leben einfach gut.«

»Wegen Mr Cole. Sieh dich doch nur an, Piper. Du strahlst.«

Ich sehe mich an. Meine Augen sind groß und glänzend, und meine Haut strahlt, und das liegt nicht am Rouge oder am Highlighter. Ich sehe glücklich aus. Richtig glücklich. Ich glaube, so habe ich noch nie ausgesehen.

»Oh nein. Du bist doch nicht schwanger, oder?«, fügt sie entgeistert hinzu.

»Nein«, sage ich schnell und klinge dabei leicht entrüstet. »Ich bin nicht schwanger.« Ich halte inne. »Und wie kommst du da überhaupt drauf? Ich habe nie gesagt, ich würde mit ihm schlafen.«

Jetzt ist sie diejenige, die die Augen verdreht. »Du glaubst wohl, ich bin taub, oder was?« Dann dreht sie sich um und marschiert in ihr Schlafzimmer. »Du musst dich sputen. In zehn Minuten sollen wir dort sein.«

Das ist neu. Für gewöhnlich hat meine Mutter null Zeitgefühl. Vielleicht machen wir ja beide Fortschritte.

Heute Abend ist das Dinner, und obwohl der Rahmen, in dem es stattfindet, vermutlich nicht förmlicher sein wird als beim letzten Mal, liegt eine große Anspannung in der Luft, zumindest was meine Mutter betrifft. Während ich quasi über dem Boden schwebe, ist meine Mutter dermaßen nervös, dass sie nicht mal ein Dessert gemacht hat. Aber wir kommen trotzdem nicht mit leeren Händen. Ich bringe eine Flasche Brombeerwein mit, den ich für eine besondere Gelegenheit aufgespart habe.

Und welche Gelegenheit würde sich besser eignen als diese? Für mich und hoffentlich auch für Harrison fühlt es sich an wie der nächste Schritt. Ich weiß, unsere Beziehung ist immer noch unter Verschluss, und ich weiß nicht, wie lange sie es noch bleiben muss, aber jeder Vorwand, um mit ihm zusammen sein zu können, fühlt sich an wie ein Grund zum Feiern.

Was mich an etwas erinnert.

Wir haben fast die Haustür der Villa erreicht, als ich meine Mutter am Ärmel fasse und sie zum Stehen bringe.

»Mom«, sage ich mit gedämpfter Stimme. »Ich muss dir etwas sagen.«

»Was?«, flüstert sie zurück. Ihre Augen werden riesengroß. »Oh, du bist wirklich schwanger.«

»Nein«, sage ich. »Ich habe eine Spirale, es kann also nichts passieren. Aber was da auch immer zwischen Harrison und mir läuft, ist ein Geheimnis, okay? Monica, Eddie, die Haushälterin, keiner darf davon wissen.«

Sie runzelt die Stirn. »Warum nicht?«

»Weil«, sage ich, »Monica es explizit verboten hat.«

»Sie hat es explizit verboten?«

»Okay, dann hat sie mich halt mehr oder weniger davor gewarnt, ihn zu daten. Oder mit ihm zusammen zu sein. Sie sagte, es würde ein Desaster sein, sie könnten in Verruf geraten. Was ich vollkommen verstehe.«

Jetzt, wo ich es laut ausspreche, wird mir bewusst, was für eine miese Freundin ich bin. Denn natürlich kann es auf sie abfärben. So wie alles. Wenn die Presse Wind von Harrison und mir bekäme, würden sie sich wie die Aasgeier darauf stürzen und Harrison als unprofessionell darstellen, obwohl es sein gutes Recht ist, wen auch immer zu daten (glaube ich jedenfalls), und Monica würden sie durch den Dreck ziehen, weil sie

Harrison angestellt hat. Alles würde ans Tageslicht kommen, vermutlich sogar Harrisons Vergangenheit.

»Oh, Schätzchen«, sagt meine Mutter und legt mir eine Hand an die Wange. »Guck nicht so grimmig. Ich werde kein Wort sagen. Versprochen.«

Ich schenke ihr ein dankbares Lächeln, aber jetzt ist es mir plötzlich unmöglich, dieses beklemmende Gefühl abzuschütteln. Das war's also mit meiner Quietschvergnügtheit. In Sekundenschnelle von der Realität zunichtegemacht.

Ich seufze. Bei Gelegenheit werde ich mit Harrison darüber reden müssen. Bisher waren wir so sehr mit unseren eigenen Gefühlen und Hindernissen beschäftigt, dass ich ganz verdrängt habe, wie sehr wir Monica mit unserem Handeln schaden könnten – und dass wir schreckliche Menschen sind wegen der ganzen Geheimnistuerei. Ich weiß, dass das Gespräch zwischen Monica und mir eigentlich unter uns bleiben sollte, trotzdem habe ich das Gefühl, dass Harrison wissen muss, was sie gesagt hat.

Meine Mutter klingelt an der Haustür, und Agatha erscheint. Wir werden ins Haus geführt und in die Lounge, wo Monica und Eddie versammelt sind. Harrison sehe ich nirgendwo, und ich bin gleichermaßen enttäuscht und erleichtert.

»Ich bin so froh, dass ihr kommen konntet«, sagt Monica.

»Bitte, setzt euch.« Eddie deutet auf die Sitzgruppe. »Agatha wird uns gleich etwas zu trinken bringen. Was möchtet ihr haben?«

Wir machen es uns bequem, und meine Mutter bittet um ein Glas Wein. Das letzte Mal wollte sie nichts wegen ihrer Medikamente, aber diesmal scheint es anders zu laufen. Ich durchbohre sie mit meinem Blick, in der Erwartung, dass sie mir irgendeine Erklärung liefert, aber sie lächelt und richtet ihre ganze Aufmerksamkeit auf die Royals. Ich hoffe nur, sie steckt das Glas Wein gut weg.

»Also, ich habe gestern Abend mit Harrison gesprochen«, sagt Eddie zu mir.

Oh Gott. Oh Gott.

»Und er erwähnte, dass Monica und ich vielleicht öfter mal das Haus verlassen sollten. Und ich finde, er hat recht.«

»Sprich für dich selbst«, sagt Monica. »Ich bin sehr zufrieden in diesem Schloss mit Glaswänden.« Sie deutet mit ihrem Sprudelwasser auf die Aussicht.

Eddie gluckst leise und drückt ihre Hand. »Na gut, dann spreche ich für mich selbst. Harrison meinte, du hättest ein paar Orte erwähnt, wo wir mal hingehen könnten, ohne fotografiert oder von irgendwem groß belästigt zu werden. Schon klar, ein paar Fotos sind vermutlich unvermeidbar, es geht mir einfach darum, etwas Freiraum und Privatsphäre zu haben.«

Harrison hat doch wohl nicht den See erwähnt, oder? Weil das kein guter Ort für die Royals ist. Ich meine, wir hätten gestern mächtig Ärger kriegen können. Dass das nicht passiert ist, war reines Glück.

Agatha reicht mir mein Glas Wein, und ich nippe kurz daran, bevor ich sage: »Ich kenne ein paar Wanderrouten und Spazierstrecken und ruhige Plätzchen, wo ihr hinkönntet. Einige sind abenteuerlicher als andere.«

»Siehst du, Schatz«, sagt Eddie zu Monica. »Es muss nicht mal eine Wanderung sein. Nur ein Spaziergang. Ich glaube, es würde dir guttun, mal aus dem Haus rauszukommen.«

»Wisst ihr«, sage ich, »ich glaube, es wäre auch kein Weltuntergang, wenn ihr euch ein wenig in der Stadt umschauen würdet. Ich bin gar nicht sicher, ob immer noch so viel Presse hier rumschwirrt, und selbst wenn, mit James und Harrison wüsste ich nicht, wie euch jemand zu nahe kommen könnte. Und so komisch die Einheimischen vielleicht auch sind, belästigen würden sie euch nicht, so viel weiß ich.«

»Bist du dir da sicher?«, fragt Monica mürrisch. »Meine Mutter verfolgt die Nachrichten und hat von ein paar Interviews erzählt, in denen sich die Einheimischen über unsere Anwesenheit beschwert hätten. Und da ging es nicht nur um ein paar Artikel in der Lokalzeitung.«

»Aber das gehört halt zu unserem Geschäft dazu«, wirft Eddie ein.

»Ach, die Leute beschweren sich doch über alles«, entgegne ich. »Keiner mag Veränderungen. Darum ziehen sie ja alle hierher. Um den Veränderungen zu entfliehen und an einem Ort zu leben, wo sie einfach nur sein können. Aber sie begreifen nicht, dass man sich verändern muss. Man kann nicht ewig auf der Stelle treten. Man muss sich weiterentwickeln, das Leben ist nun mal nicht statisch.«

Monica runzelt die Stirn. Anscheinend wundert sie sich, warum ich plötzlich so philosophisch werde. »Ist das der Grund, warum du hergezogen bist?«

»Na ja, ich bin wegen der Arbeit hergekommen.«

»Aber *ich* wollte deshalb hierher«, meldet meine Mutter sich zu Wort, die bereits die Hälfte ihres Weinglases getrunken hat. »Damals in Victoria habe ich mich ständig unter Druck gesetzt gefühlt, an mir selbst zu arbeiten, mich zu bessern. Hier lassen einen die Leute in Ruhe. Es ist eine Insel, auf der man selbst zur Insel werden darf. Aber seit Sie hergezogen sind, ist mir klar geworden, dass man sich nicht für den Rest seines Lebens verstecken und isolieren kann. Man muss Veränderungen annehmen und sie willkommen heißen, oder es wird einem nie besser gehen. Ohne Anstrengung gibt es keinen Fortschritt, und das ist die verdammte Wahrheit.«

Ich starre meine Mutter mit offenem Mund an. Etwas Derartiges habe ich sie noch nie zuvor sagen hören. Ich meine, das ist Eins-a-Therapie-Sprech.

Sie nickt mir zu. »Ich darf meine eigenen Erleuchtungsmomente haben, Piper«, sagt sie. »In den letzten Jahren haben wir beide so eng aufeinandergegluckt, dass wir voneinander abhängig geworden sind. Nicht nur ich bin abhängig von dir. Andersherum ist es genauso. Erst jetzt, wo du begonnen hast, deine Flügel auszubreiten, kann ich meinen eigenen Weg suchen. Du bist um mich besorgt, Schätzchen, und das verstehe ich. Aber du musst mich mein eigenes Leben leben lassen, damit ich wachsen kann. Aus mir selbst heraus.«

Schweigen erfüllt den Raum. Meine Augen werden feucht. Es bedeutet mir so viel, diese Worte aus dem Mund meiner Mutter zu hören, so schockierend sie auch sind, vor allem vor Publikum.

»Sie haben ja so recht, Evelyn«, sagt Monica sanft. »Ich glaube, wir können das alle nachempfinden. Ich für meinen Teil auf jeden Fall. Ich verändere mich gerade – im Großen« – sie legt eine Hand auf die Wölbung ihres Bauches – »wie im Kleinen. Und mir war klar, dass ich mich durch diese Veränderungen zu einem leichten Ziel mache. Aber hier zu sein hat mir vor Augen geführt, dass ich mich nicht ewig verstecken kann. Ich darf Veränderungen genauso wenig fürchten wie Sie, Evelyn.«

»Soll das jetzt ein Ja sein zu der Wanderung oder nicht?«, fragt Eddie.

Wir alle lachen.

»Natürlich«, sagt Monica. »Und Piper hat recht, ein Bummel durch die Stadt würde uns bestimmt guttun. Ich bin schon durch Feuer gegangen, da kann ein kleiner Spaziergang uns wohl nicht schaden.« Sie beißt sich auf die Lippe und blickt auf ihren Bauch hinunter. »Das ist vielleicht eine gute Gelegenheit, die Neuigkeit öffentlich zu machen.«

Eddie stößt einen leisen Pfiff aus. »Du kannst deinen Bauch immer noch problemlos verbergen. Das sollten wir uns vorher sehr gut überlegen, denn sobald die Katze aus dem Sack ist, wird es vorbei sein mit dem Frieden hier.« Er sieht mich an. »Du sagst zwar, die Einheimischen würden uns in Ruhe lassen, aber sobald ein Haufen Geld winkt für ein paar Babybauchfotos, können sich die Dinge ruckzuck ändern.«

»Ich weiß. Aber vielleicht musst du auch einfach ein bisschen Vertrauen in den Ort setzen, an den du gezogen bist. Manchmal ist es schwer, aber trotzdem bin ich davon überzeugt, dass der Großteil der Menschen in Ordnung ist. Sobald ihr euch hier wohlfühlt, sobald ihr anfangt, häufiger eure Gesichter zu zeigen, werdet ihr euch auch weniger wie Außenseiter fühlen. Und auch weniger wie Außenseiter betrachtet werden – soweit das bei euch möglich ist.«

Eddie scheint darüber nachzugrübeln. Ich habe auch nicht die richtige Antwort parat, aber ich spüre, dass für uns alle Veränderung in der Luft liegt. Die Dinge sind jetzt in Gang gesetzt. Früher oder später wird jeder von uns den Sprung ins Ungewisse wagen und hoffentlich stark genug sein, um ihn zu überleben.

Was meine eigene Veränderung betrifft, so ist Harrison immer noch nicht in Sicht. Ich sehe auch James nirgendwo, was wohl bedeutet, dass Eddie und Monica vollstes Vertrauen zu meiner Mutter und mir haben, und das ist schön. Wir sind nicht länger eine Bedrohung; wir sind wirklich ihre Freunde.

*Und sieh nur, was du deiner Freundin antust*, schelte ich mich selbst.

Es ist schwer, das schlechte Gewissen zu ignorieren.

Zum Abendessen gibt es Cornish Game Hen, das Agatha zubereitet hat. Es schmeckt zitronig und köstlich, und Agatha besteht darauf, dass es ein altes Familienrezept mütterlicherseits ist.

Meine Mutter hat inzwischen zwei Glas Wein intus und ist ein bisschen aufgekratzt, aber davon abgesehen benimmt sie sich vorbildlich, obwohl sie viel redet.

»Und, Piper«, sagt Eddie zwischen zwei Bissen, »bist du froh, dass du jetzt Sommerferien hast, oder juckt es dich schon wieder in den Fingern, zurück an die Arbeit zu gehen?«

»Ein bisschen von beidem«, gestehe ich.

»Piper wird es nie langweilig«, wirft meine Mutter ein, obwohl das gar nicht stimmt. »Sie liest viel.«

»Oh. Eine bibliophile Artgenossin«, sagt Eddie. »Ich bin auch eine Leseratte. Das Gute daran, dass wir uns von unseren royalen Verpflichtungen zurückgezogen haben, ist, dass ich jetzt so viel Zeit zum Lesen habe. Was für Bücher liest du denn so?«

Hier kommt sie, die Frage, vor der sich jede Liebesromanleserin fürchtet, weil ihr ein innerer Kampf folgt, ob man die Wahrheit sagen oder lügen soll oder ob man die Wahrheit etwas verwässert. Das Stigma, das Liebesromanen anhaftet, hält sich hartnäckig, obwohl es das beliebteste Genre überhaupt ist.

Ich entscheide mich für die Wahrheit.

»Liebesromane«, sage ich und richte mich in meinem Sitz auf. »Jede Menge Liebesromane. Historische, zeitgenössische, und romantische Spannungsromane. Wenn Küssen und Sex und Gesäusel drin vorkommen, bin ich dabei.«

»Ah«, sagt er. »Ich nehme mal an, da gibt es noch mehr als nur ›Fifty Shades of Grey‹.«

»›Fifty Shades‹ war der Türöffner für eine ganze Branche. Es hat die Leute zum Lesen gebracht. Und daran kann ja wohl nichts verkehrt sein.«

»Also, ich mag Liebesromane«, sagt Monica. »Sophie Kinsella ist eine meiner Lieblingsautorinnen.«

Ich bin drauf und dran, zu bemerken, dass ich Sophie Kinsellas Bücher zwar auch gerne lese, aber dass es eher Frauenromane (oh Gott, ich hasse diesen Begriff) als Liebesromane sind. Aber eigentlich spielt es auch keine Rolle.

»Wusstest du, dass Piper einen Podcast betreibt?«, sagt meine Mutter plötzlich. »Darin geht es um Liebesromane.«

Meine Augen werden groß. Das hat sie jetzt nicht wirklich gesagt. Sie weiß doch, dass es ein Geheimnis ist, oder?

Aber vielleicht hatte ich auch nur noch nie Freunde, vor denen ich es geheim halten konnte.

»Mom«, ermahne ich sie. »Vielleicht solltest du nicht noch mehr Wein trinken.«

»Wieso?«, ruft sie empört. »Mir geht's gut, Piper. Und warum darf ich nicht von deinem Podcast erzählen?« Sie lächelt Monica an, offenbar in dem Glauben, sie würde mir damit irgendwie helfen. »Es ist ein Liebesromanpodcast, wissen Sie.« Dann sieht sie mich skeptisch an. »Ich habe gerade erst vorhin über deinen Podcast gesprochen, aber ich glaube, ich habe mich beim Namen vertan. Heißt er ›Romancing the Podcast‹? Das habe ich jedenfalls so gesagt.«

Wenn meine Augen vorher schon groß geworden sind, ploppen sie mir jetzt praktisch aus den Höhlen. »Wie?«, quietsche ich. »Wovon redest du? Mit wem hast du gesprochen?«

Oh mein Gott, oh mein Gott, oh mein Gott.

»Hab ich dir das nicht erzählt?«

»Mir was erzählt?« Ich schreie förmlich. In dem Moment bemerke ich, dass Harrison das Zimmer betritt, seine Miene ist ernst. Unsere Blicke begegnen sich kurz, und er runzelt die Stirn. Ich kann seinen Gesichtsausdruck nicht deuten. Es scheint, als würde er sich Sorgen um mich machen, aber auch noch um etwas anderes.

Er stellt sich neben Eddie, während ich darauf warte, dass meine Mutter erklärt, was zum Teufel los ist. Es ist eine Sache, dass sie Monica und Eddie gegenüber ausposaunt, dass ich einen Podcast betreibe, vor allem, wo ich gerade erst eine Episode über die beiden gemacht habe; aber es ist eine komplett andere Sache, dass sie den Namen des Podcasts nennt, sodass man ihn heraussuchen und sich anhören kann, und dann obendrein erwähnt, sie hätte jemandem davon erzählt.

»Oh, Schätzchen, das tut mir leid«, sagt sie, und ihr Lächeln gerät leicht ins Wanken. »Ich dachte, ich hätte es dir gesagt. Ich schwöre. Vielleicht hast du mich nicht gehört.« Sie sieht entschuldigend zu Monica und Eddie rüber. »Jemand hat mich vorhin angerufen und mir Fragen über Piper gestellt. Sie waren sehr an ihr interessiert. Sie sagten, sie wären von einer Nachrichtenseite. Ich kann mich nicht mehr an den Namen erinnern. Ich hätte ihn mir notieren sollen.«

»Wer? Wieso? Warum sollten sie Fragen über mich stellen?«

Ich blicke hektisch zu Harrison, der mich mit grimmiger Miene anstarrt. Shit. Weiß er etwas darüber?

Eisige Finger kneten meinen Magen zusammen, und mir wird übel.

»Ich weiß nicht, es tut mir so leid«, stammelt meine Mutter. »Ich dachte, ich würde helfen. Sie hörten sich so nett an. Ich habe ihnen alles über dich erzählt, über deinen Podcast, aber ich glaube, ich habe mich beim Namen geirrt.«

Aber sie hat sich nicht beim Namen geirrt.

Und mal abgesehen vom Podcast, warum zum Teufel fragt jemand meine Mutter über mich aus?

»Du hast ihnen alles über mich erzählt?«, frage ich ungläubig.

»Nein, nicht *alles*«, sagt sie. »Du liebe Güte, ich weiß doch um deine Probleme mit mir und mit deiner Vergangenheit. Ich habe nichts Persönliches preisgegeben. Ich habe es sehr unverfänglich gehalten. Ich habe ihnen sogar gesagt, dass sie sich mit dir persönlich unterhalten müssen, wenn sie mehr wissen möchten. Ich habe ihnen deine Nummer gegeben, aber ich schätze, sie haben dich nicht angerufen.«

Mein Blut rauscht so laut durch meinen Kopf, dass ich meine Mutter kaum hören kann, als sie sagt: »Es tut mir wirklich leid, Piper. Ich dachte, ich hätte es dir vorhin erzählt. Ich schätze, ich war so abgelenkt von allem anderen.«

Monica mustert mich eingehend. »Ich denke, die eigentliche Frage lautet doch, warum jemand Piper interviewen möchte. Dieser Zeitungsartikel über den Vorfall in der Bar ist ja zum Glück schnell wieder in Vergessenheit geraten. Damit kann es eigentlich nichts zu tun haben. Wie kommt es also, dass ausgerechnet jetzt jemand ein solches Interesse an Piper zeigt?«

Harrison räuspert sich geräuschvoll. »Ich fürchte, ich weiß die Antwort auf diese Frage.«

Er wirft mir einen Blick zu, der sagt, dass es ihm leidtut, und die Eisfinger packen unerbittlich zu.

Oh. Nein.

Das wird gar nicht gut.

»Und?«, fragt Eddie. »Was ist los?«

Harrison kneift die Lippen zusammen und holt tief Luft. Diese Geste der Unsicherheit bringt Monica dazu, auf die vorderste Kante ihres Stuhls vorzurücken, ihr Blick pendelt zwischen ihm und mir hin und her.

»Heute Morgen wurden ein paar Fotos auf Facebook veröffentlicht«, erklärt Harrison. »Ich selbst habe sie erst entdeckt, als sie von TMZ geteilt wurden.« Mit leicht verschämter Miene fügt er hinzu: »Ich bekomme News-Alerts von denen.«

»Was für Fotos?«, fragt Monica.

Aus irgendeinem Grund weiß ich bereits, was er als Nächstes sagen wird. Oh mein Gott, gleich wird alles richtig schlimm.

»Gestern«, beginnt Harrison, »wollten Piper und ich in die Stadt. Nur dass wir nicht in die Stadt gefahren sind. Wir sind an einen See gefahren.«

NEIN. NEIN. NEIN.

»Okay«, sagt Eddie langsam und eindeutig verwirrt.

»Wir waren schwimmen«, sagt Harrison. »Wir sind insgesamt etwa zwei Stunden weg gewesen. Am See waren wir vielleicht eine Stunde.« Er leckt sich die Lippen und schaut zu mir rüber, und ich sehe, wie schwer das für ihn ist. Vor lauter Nervosität klammere ich mich an der Tischplatte fest. »Der See scheint privat zu sein, aber am einen Ende gibt es ein paar verstreute Häuser. Ich vermute, dass jemand aus einem dieser Häuser in der Nähe war, und wir haben ihn nicht gesehen. Dieser Jemand hat Fotos von uns gemacht.«

»Na und?«, sagt Eddie. Dann kichert er. »Wart ihr etwa nackt oder so was?«

Harrison schluckt. »Ich war nackt.«

»Oh«, macht Monica leise. Sie sieht mich an, die Augenbrauen hochgezogen, sagt aber kein Wort.

»Dann haben sie jetzt also ein Nacktbild von dir«, bemerkt

Eddie vergnügt und ignoriert völlig die Tatsache, dass Harrison in meiner Gegenwart nackt war. »Das ist doch kein Weltuntergang.«

»Eddie«, sagt Monica und wirft ihm einen scharfen Blick zu. »Harrison war nackt. In einem See. Zusammen mit Piper. Was glaubst du, ist da wohl passiert?«

Eddie legt die Stirn in Falten, während er kurz überlegt, dann reißt er die Augen auf. Er sieht Harrison mit einer Mischung aus Schockiertheit und … na ja … Belustigung an. »Du …« Eddie nickt in meine Richtung. »Und du?«

Ich halte meine Klappe. Das ist Harrisons Revier, und ich werde jetzt nicht den Mund aufreißen und die Dinge noch schlimmer machen.

»Wie lange läuft das schon zwischen euch?«, fragt Monica. Sie würdigt mich keines Blickes, und das tut weh.

»Noch nicht lange«, antwortet Harrison. Ihm ist sichtlich unbehaglich zumute. »Aber ich fürchte, unsere Bemühungen, die Sache vor euch und der Öffentlichkeit zu verbergen, waren nicht erfolgreich. Sie haben Fotos von uns im See gemacht, auf denen wir, ähm, sehr vertraulich sind.«

Ich vergrabe mein Gesicht in den Händen und würde am liebsten im Boden versinken.

Fotos. Von mir und Harrison. Im See.

Beim Sex.

Ich meine, zum Glück haben sie nicht viel zu sehen bekommen, weil wir im Wasser waren, aber trotzdem, die Bilder sind jetzt überall. Ich sage nur: TMZ!

»Ich nehme an, sie konnten euch beide identifizieren«, fragt Eddie.

»Der ursprüngliche Facebookpost stammte von jemandem, der am See wohnt und sich darüber geärgert hat, dass Touristen, ähm … Sex im See haben. Obwohl ich glaube, eigentlich hat er sich mehr darüber geärgert, dass wir überhaupt im See waren, weil Baden dort nämlich verboten ist.«

»Schätzchen, ihr wart doch wohl hoffentlich nicht am Lake Maxwell, oder?«, fragt meine Mutter. »Bert hat klipp und klar gesagt, dass die Teenager da nicht hinsollen.« Mal abgesehen von der Tatsache, dass wir offensichtlich keine Teenager mehr sind, was die Sache sogar noch schlimmer macht. Wir sind Erwachsene, die es besser hätten wissen sollen.

»Und dann«, fährt Harrison mit einem tiefen Seufzen fort, »hat uns jemand identifiziert. Ich sag's nur ungern, Piper, aber es war diese dumme Kuh, die ständig Ärger macht.«

Meine Mutter hustet fast ihren Schluck Wein zurück ins Glas.

»Wer?«, ruft Monica und sieht ebenso schockiert aus, dass Harrison jemanden eine ›dumme Kuh‹ nennt, so passend die Bezeichnung auch ist, wenn man bedenkt, dass er Amy meint.

»Das ist nicht wichtig«, sagt Harrison. »Aber sie haben uns identifiziert, und der Rest ist Geschichte.« Er räuspert sich. »Ich verstehe vollkommen, wenn ihr beide einen Moment braucht, um das Ganze sacken zu lassen«, sagt er und blickt von Eddie zu Monica. »Und ich verstehe auch, dass ich wegen dieser Sache unter Umständen meinen Job verliere, und bin bereit, die Konsequenzen zu tragen.«

»Nein«, rufe ich laut. »Nein, Monica, Eddie. Bitte. Feuert ihn nicht. Er hat nichts Falsches getan. Ich bin diejenige, die ihn mit zum See geschleppt hat, ich bin diejenige, die ihn dahin eingeladen hat. Das war alles ich.«

Eddie mustert mich mit einem langen Blick, seine Mundwinkel zucken. »Piper, ich weiß es wirklich zu schätzen, wie du für Harrison in die Bresche springst, aber es gehören immer zwei dazu, und der Gedanke, dass du ihn in irgendeiner Weise manipuliert oder hinters Licht geführt hast, ist einfach abwegig.« Er sieht Harrison an. »Ich werde dich nicht feuern, du Armleuchter«, sagt er. »Du bist ein erwachsener Mann. Und du bist ein guter Freund. Ich vertraue dir mein Leben an, das heißt also, ich vertraue dir in allem. Es gibt keine Regeln, wen du daten oder mit wem du eine romantische Beziehung eingehen darfst. Das weißt du. Oder vielleicht weißt du's auch nicht, weil es bisher noch nie zur Sprache gekommen ist. Also musste es wahrscheinlich früher oder später passieren.«

Dann sieht Eddie mich an. »Und ich bin sicher, du kanntest die Risiken, die damit einhergehen, wenn man sich auf eine Person des öffentlichen Lebens einlässt. Ich kann nicht behaupten, dass ich überrascht bin, dass jetzt so etwas passiert, aber es tut mir natürlich trotzdem leid.«

»Ist schon in Ordnung«, erwidere ich. »Wie gesagt, ich hätte das Risiko nicht eingehen dürfen. Ich hätte besser drüber nachdenken sollen. Es tut mir leid. Es tut mir so, so leid.« Beim letzten Satz schaue ich zu Monica hinüber, aber sie sieht mich immer noch nicht an.

»Ich sage es gern noch mal: Das ist kein Weltuntergang«, erklärt Eddie und zuckt mit den Schultern. »Vielleicht kann die Welt ein bisschen Ablenkung in Form von Harrisons Hintern ja auch ganz gut gebrauchen.«

»Woher weißt du, dass mein Hintern im Bild ist?«, fragt Harrison. Dann sieht er mich an. »Für mich mag es kein Weltuntergang sein, aber wenn jemand jetzt schon Mrs Evans anruft und Fragen stellt, wird es für Piper womöglich durchaus komplizierter.«

Er hat natürlich recht. Aber was Bilder von Harrison und mir betrifft, wüsste ich nicht, inwiefern mir so etwas schaden könnte, abgesehen von meiner verletzten Privatsphäre.

»Mom, bist du sicher, dass du nichts Gravierendes gesagt hast?«, frage ich sie. »Dir ist klar, dass der Anrufer vermutlich jemand von der Klatschpresse war.«

»Ich schwöre, das habe ich nicht«, beteuert sie. »Jetzt ergibt das alles auch einen Sinn. Du bist berühmt wegen der Fotos; alle möchten jetzt wissen, wer du bist. Du bist die große Unbekannte, Piper.«

Außer dass ich eigentlich die große Unbekannte bleiben wollte. Ich war so darauf fokussiert, Monica nicht zu bekümmern, dass ich keine Sekunde darüber nachgedacht habe, wie sich mein Zusammensein mit Harrison auf *mein* Leben auswirken würde.

Aber mal im Ernst, was können sie schon sagen? »Insellehrerin genießt Affäre mit royalem Bodyguard«? Wird sich für mich, abgesehen von dem zu erwartenden Slut-Shaming und einem erhöhten öffentlichen Interesse an mir, dadurch wirklich so viel ändern?

»Nun gut, wie wollen wir mit dem Ganzen umgehen?«, fragt Harrison.

Eddie zuckt mit den Schultern. »Also, ich werde jetzt mein Abendessen beenden. Dann können wir alle auf die Terrasse umziehen, eine Flasche Champagner köpfen und die Tatsache feiern, dass ihr beide euch gefunden habt.« Er sieht mit einem verschmitzten Grinsen zu seiner Frau. »Ich sag's ja nur ungern, Mon, Schatz, aber du schuldest mir Geld.«

Sie lächelt ihn an.

*Sie haben darauf gewettet?*

Das Abendessen ist ziemlich schnell vorbei, und alle machen

sich bereit, um mit einem Glas Champagner nach draußen zu gehen, als ich Monica beiseitenehme.

»Es tut mir ehrlich leid«, sage ich. »Ich habe nicht … Ich fühle mich entsetzlich, dass ich es vor dir verheimlicht habe. Ich weiß, was du über Harrison und mich denkst, und ich hätte damit als Erstes zu dir kommen sollen. Ich hätte mit offenen Karten spielen müssen.«

»Piper«, sagt sie mit sanfter Stimme und legt mir eine Hand auf den Arm. »Es ist in Ordnung. Und ich hätte dir gegenüber nie etwas über ihn erwähnen sollen. Das steht mir gar nicht zu.«

»Du hast gesagt, es könnte schlecht für euch sein, auf euch abfärben, und jetzt kommt es vielleicht sogar dazu.«

»Ich weiß, was ich gesagt habe. Aber es war falsch von mir. Ich bin so gewohnt, um mich selbst zu kreisen, dass ich nicht an Harrison oder dich gedacht habe. Was auch immer ihr tut oder füreinander empfindet, es ist in Ordnung. Es ist allein eure Sache, und falls das auf uns abfärbt – na und? Hasserfüllte Menschen werden immer einen Grund finden, ihr Gift zu versprühen. Ihr seid zwei tolle Menschen, die es verdient haben, jemand Großartiges in ihrem Leben zu haben. Und das meine ich ernst.«

»Du bist nicht sauer?«

Sie schüttelt den Kopf und nestelt an ihrer Perlenhalskette, die zweifellos ein Vermögen wert ist. »Ich bin nicht sauer. Aber es tut mir leid, dass sich schon wieder die Augen der Öffentlichkeit auf dich richten. Ich verrate dir eines, diese ersten Sexfotos werden dich für den Rest deines Lebens verfolgen. Ich weiß, wovon ich spreche – bei mir gab es auch ein paar, natürlich, bevor ich Eddie kennengelernt habe.« Ein Grinsen huscht über ihre Lippen. »Ach, was soll's, genieß es einfach. Wie viele Leute können schon von sich behaupten, dass sie mit Harrison Cole Sex in einem See hatten? Du weißt bestimmt, dass er der Held einer Fan-Fiction ist.«

Wir tauschen einen Blick, und mich beschleicht das Gefühl, dass ich nicht die Einzige bin, die sämtliche Geschichten gelesen hat.

Monica geht hinaus auf die Terrasse, aber ich entschuldige mich kurz und verschwinde ins Bad.

Eigentlich möchte ich mir nur in aller Ruhe die Fotos ansehen. Ich setze mich auf den Toilettendeckel, rufe die TMZ-Webseite auf und scrolle durch.

So schlimm sind sie gar nicht. Ich meine, man sieht schon, dass wir Sex haben, auch wenn die Bilder etwas körnig und verwackelt sind, da sie offenbar von weiter weg aufgenommen wurden. Immerhin habe ich auf sämtlichen Aufnahmen mein Top an.

Und dann ist da das letzte Bild, auf dem wir ans Ufer laufen. Harrison ist splitternackt, seine Tattoos und sein Hintern sind voll zu sehen.

Der Artikel ist im typischen TMZ-Stil verfasst und nennt so viele Details wie möglich zu meiner Person: eine einheimische Lehrerin und unmittelbare Nachbarin. Gott sei Dank sagen sie nichts Gehässiges, obwohl ich wetten könnte, dass irgendwo anders genau das gerade passiert.

Ich atme tief durch und schließe die Webseite. Es ist ein ekelhaftes Gefühl, dass die Welt so etwas Intimes über mich weiß, und es ist eine ganz andere Nummer als der *ShoreLine*-Artikel. Das Einzige, was ich tun kann, ist, meinen Kopf hochzuhalten und mich nicht davon beeinflussen zu lassen. Ich wusste, dass Amy Mischky mich bei erstbester Gelegenheit den Wölfen zum Fraß vorwerfen würde.

Aber wenn dies das Schlimmste ist, was sie mir antun kann, komme ich damit zurecht.

Ich beschließe, meine Mails zu checken, wenn ich schon mal dabei bin.

Und das ist der Moment, als ich die Nachricht von der Schulbehörde sehe. Mir stockt das Herz, als ich die Betreffzeile lese: »Ihre Lehrbefähigung wird einer Prüfung unterzogen.«

# Zwanzig

Ich haste aus dem Badezimmer, mein Telefon in der Hand, und stolpere im Flur direkt über Harrison.

Sofort packt er mich an den Armen und hält mich fest, seine Augen erforschen ängstlich mein Gesicht. »Piper«, sagt er heiser. »Es tut mir so leid.«

Ich blinzele ihn an, unfähig, einen klaren Gedanken zu fassen.

»Ich wusste nicht, ob ich etwas über die Bilder sagen sollte oder nicht«, fährt er fort. »Ich wollte dir nicht das Dinner verderben. Aber ich dachte, es wäre das Beste, wenn wir reinen Tisch machen. Sie hätten es früher oder später sowieso herausgefunden.« Er sieht mich durchdringend an. »Du hast die Bilder gesehen, nicht wahr?«

Ich nicke, meine Lippen bewegen sich, aber es fühlt sich wie eine Ewigkeit an, bevor die Worte herauskommen, als würde sich alles in Zeitlupe abspielen. »Ich habe die Bilder gesehen. Aber die Bilder sind mir egal. Es ist mir egal, was sie geschrieben haben. Ich … ich habe gerade eine Mail von der Schulbehörde bekommen.«

»Von der Schulbehörde?«

»Ja, sie sagen, meine Lehrbefähigung wird überprüft.«

»Was?«, ruft er. »Wegen der Bilder?«

»Ja. Nein. Hier, guck.«

Ich öffne die Mail und gebe ihm das Telefon, meine Hand zittert.

Während er liest, vertieft sich die Falte auf seiner Stirn, seine Augen fangen an zu funkeln.

Laut der Mail hat jemand gegen mich und meine privaten »Hobbys« eine Beschwerde eingereicht, in der es heißt, ich sei ungeeignet für den Lehrberuf und dass große Bedenken bestünden, dass jemand wie ich an der Schule unterrichtet. Die Schulbehörde muss die Beschwerde ernst nehmen, weshalb sie für Montag eine Sitzung anberaumt haben, bei der ich meinen Fall darlegen soll.

Und der Grund?

Es ist nicht nur wegen der Bilder. Ich könnte es ein bisschen verstehen, wenn es die Bilder wären. Das Ganze fand zwar in meiner Privatzeit statt, aber ich hielt mich dabei in einem verbotenen Bereich auf, und nun stellt mich die Presse als kleine Delinquentin dar, was hinsichtlich des nächsten Punktes nicht gerade hilfreich ist.

Und der nächste Punkt ist, dass mein Podcast aufgeflogen ist.

Wann auch immer heute meine Mutter das Interview gegeben hat, die Nachricht wurde verdammt schnell veröffentlicht. Nun sollte man meinen, dass ein Liebesromanpodcast keine große Sache ist. Aber derjenige, der die Beschwerde eingereicht hat, hat eine große Sache daraus gemacht.

*So und so, Lehrerin an einer öffentlichen Schule, sollte keinen öffentlich bekannten Podcast betreiben, in dem sie über Sex spricht und explizit erotische Stellen zu Gehör bringt.*

Ohne Rücksicht auf die Tatsache, dass der Podcast bis zum heutigen Tag gar nicht öffentlich bekannt war und dass er anonym betrieben worden ist.

Harrison hat die Mail zu Ende gelesen und gibt mir mein Telefon zurück.

»Verklag sie«, sagt er wütend.

»Ich kann sie nicht verklagen.«

»Sie haben nicht das Recht, dich wegen etwas zu feuern, das du in deinem Privatleben tust. Wegen Sex? Wegen des Redens über Sex? Das ist absurd.«

»Sie suchen nur nach einem Weg, um mich zu diffamieren.«

»Nicht *sie*«, sagt er. »Irgendjemand. Jemand, der die Beschwerde eingereicht hat. Die Schulbehörde wird sich auf deine Seite stellen, sobald du deinen Fall vorgetragen hast. Obwohl es ein verdammtes Unding ist, dass du dich überhaupt erklären musst; du darfst in deiner Freizeit tun und lassen, was du willst, solange du niemandem schadest. Und das schadet niemandem.«

»Aber jemand will mir schaden. Sie wollen beweisen, dass sie im Recht sind.«

»Es wird nicht gesagt, wer dahintersteckt?«

»Nein. Aber ich habe so eine Ahnung. Es ist entweder jemand aus Joeys Familie oder Amys Mutter. Die personifizierte Empörung. Sie hat den Bau einer Fahrradspur verhindert, durch die Dutzende von Unfällen, die jedes Jahr auf der Hauptverkehrsstraße passieren, vereitelt würden, nur damit keine weiteren Touristen angelockt werden. Sie ist ein Betonkopf und wird die Sache nicht einfach fallen lassen.«

Er seufzt. »Vermutlich müssen wir erst mal abwarten. Du weißt, dass ich dich begleiten werde, ja?«

»Ich schaffe das schon.«

Er legt mir die Hände um die Taille, neigt den Kopf und blickt mir fest in die Augen. »Es ist zu deinem eigenen Schutz, und das meine ich ernst.« Er gibt mir einen sachten Kuss. »Es tut mir wirklich leid, dass es so gekommen ist«, murmelt er und fährt mit seiner Hand durch mein Haar. »Ich dachte, wir hätten noch ein wenig mehr Zeit miteinander, bevor man uns entdeckt.«

»Das habe ich auch gedacht«, sage ich und küsse ihn auf den Mundwinkel. »Aber ich bereue es nicht. Ich bereue es nicht, dass es herausgekommen ist, denn ich muss sagen, ich habe mich wirklich mies gefühlt bei dem Gedanken, es vor Monica geheim zu halten. Ich hätte es um deinetwillen verheimlicht, aber es hat sich nicht richtig angefühlt. Jetzt weiß sie es, und … ich schätze, sie ist damit einverstanden.«

»Sie schuldet Eddie Geld«, sagt er mit einem kleinen Lächeln. »Vermutlich hat er gewettet, dass einer von uns den anderen mag. Ich frage mich, ob sie ihm jetzt wohl das Doppelte schuldet, weil wir uns beide mögen.«

»*Mögen*«, sage ich. Das hört es sich so klein und mickrig an. »Es ist mehr als mögen, was ich für dich empfinde, Harrison Cole.«

»Und es ist mehr als mögen, was ich für dich empfinde, Piper Evans.«

»Und ich finde, ihr beiden seid einfach nur zuckersüß!«, ertönt die beschwipste Stimme meiner Mutter, und wir weichen auseinander.

Eigentlich müsste ich sauer auf sie sein, denn sie ist der Grund, warum dieser ganze Mist passiert. Aber ich weiß, dass es nicht ihre Schuld ist. Das Letzte, was sie braucht, ist zu wissen, dass die Schulbehörde eine Untersuchung gegen mich eingeleitet hat. Es ist besser, wenn ich überhaupt nichts sage.

Sie wirft uns einen wohlmeinenden Blick zu, bevor sie im Badezimmer verschwindet. Ich greife nach Harrisons Hand. »Ich werde ihr nichts von der Mail erzählen, nur damit du Bescheid weißt.«

»Warum nicht?«

»Weil sie sich dann die Schuld geben würde. Und das würde sie fertigmachen, und sie würde da nicht mehr rauskommen.«

»Aber hat deine Mutter nicht ein Recht darauf, es zu wissen? Du kannst nicht immer alles Negative von ihr fernhalten, Piper. Du weißt, das funktioniert so nicht.«

Grundsätzlich stimmt das ja, aber er kennt meine Mutter nicht so wie ich.

»Ich beschütze sie«, sage ich. »Gerade du solltest diesen Impuls verstehen.«

Er mustert mich einen Moment, dann nickt er. »Komm, lass uns versuchen, den Rest des Abends noch zu genießen.«

Er drückt meine Hand und führt mich zurück auf die Terrasse.

Der Montag kommt schneller als gedacht.

Ich gebe mir Mühe, das Wochenende auszukosten. Am Samstag spazieren Monica, Harrison und ich einen Pfad entlang, den nicht viele Touristen kennen und der nach dem kanadischen Astronauten Chris Hadfield benannt ist. Er führt vorbei an alten Zedernwälder, dann durch einen märchenhaften Wald mit frei liegenden Quarzadern und Moosflechten und entlang an einem Bach, der ins Meer mündet, bis zu einer grasbewachsenen Anhöhe, wo man sitzen und die Ausflugsboote, Robben und manchmal sogar Orcas vorbeiziehen sehen kann.

Erst am Ende des Weges begegnen wir ein paar Leuten, aber sie werfen uns nur einen kurzen Blick zu, lächeln und marschieren dann weiter.

Am Sonntag verbringt Harrison seinen freien Abend bei uns zu Hause.

Meine Mutter beschließt, uns etwas Privatsphäre zu geben, und erklärt, sie würde in die Stadt gehen, was mich überrascht, aber auch sehr freut.

Ich möchte gern, dass Harrison über Nacht bleibt, aber er meint, er will sein Glück nicht herausfordern. Es ist nicht so einfach mit der richtigen Balance. Im Moment habe ich keine Verpflichtungen, zumindest bis nach Labor Day, wenn die Schule wieder anfängt (falls ich dann überhaupt noch einen Job habe …). Harrison jedoch musste noch nie Job und Beziehung unter einen Hut bringen. Ich weiß, dass er beidem gerecht werden will, und wenn das bedeutet, dass er noch nicht hier übernachtet, dann ist das für mich in Ordnung. Solange ich noch etwas Liebe und Aufmerksamkeit kriege, bevor er geht.

Am Montagmorgen klopft er wie angekündigt um 9.30 Uhr an meine Tür, um mich zur Anhörung vor der Schulbehörde zu begleiten.

»Wo geht ihr hin?«, fragt meine Mutter, die auf der Couch sitzt und bereits eine Seifenoper guckt.

»Nur in die Stadt«, antworte ich. »Schreib mir eine Nachricht, falls du irgendwas brauchst.«

Sie mustert mich von Kopf bis Fuß. Ich sehe heute besonders geschäftsmäßig aus. Meine Haare sind im Nacken zu einem Dutt zusammengefasst, ich trage eine weiße Bluse und eine schwarze Hose. Ich sehe aus wie eine Kellnerin.

Ich verschwinde, bevor sie nachbohren kann, und lächele Harrison an.

»Du hast es ihr immer noch nicht gesagt?«, fragt er.

»Pscht!«, zische ich und lege meinen Finger an die Lippen. »Sie hat erstaunlich gute Ohren.«

»Piper …«

»Es ist so am besten«, erwidere ich. »Und jetzt komm, wir nehmen mein Auto. Ich tauche dort todsicher nicht in irgendeinem royalen Fahrzeug auf. Das wäre ja superprotzig.«

»Dir ist Oskar die Mülltonne lieber als superprotzig?«

»Jederzeit. Steig ein.«

Er schwingt sich in den Wagen, und wir fahren los. Plötzlich wünschte ich, ich würde nicht am Steuer sitzen, denn ich umklammere das Lenkrad so fest, dass meine Knöchel weiß hervortreten und meine Handflächen schwitzen.

»Hey«, sagt Harrison sanft und legt mir eine Hand auf den Oberschenkel. »Alles wird gut. Du wirst das super hinkriegen.«

Ich werfe ihm einen skeptischen Blick zu. »Du hast mich schon erlebt, wenn ich nervös bin. Ich fange an rumzulabern. Ich werde labern. Ich werde nicht das Richtige sagen.«

»Doch, das wirst du«, versichert er mir. »Vertrau auf dich. Du kämpfst für dich selbst, für deinen Podcast, deine Hobbys, vielleicht sogar für dein Liebesleben, wenn es hart auf hart kommt, wobei ich das natürlich nicht hoffe. Du wirst sie von dir überzeugen. Jeder mit ein bisschen Grips muss erkennen, dass du einen messerscharfen Verstand und ein wunderschönes Herz hast.«

Ich schmelze dahin.

Ich werfe ihm einen sehnsuchtsvollen Blick zu, es ist die Art von Sehnsucht, bei der ich am liebsten sofort rechts ranfahren und in ihn reinkriechen will. »Bitte hör auf, so lieb zu mir zu sein.«

»Das werde ich nie tun.«

»Es wird mir zu Kopf steigen.«

»Wenn du weißt, wie fantastisch du bist, wird die Welt zu einem besseren Ort.«

Wo habe ich diesen Mann gleich noch mal gefunden?

Ach, genau. Bei den Royals nebenan.

Harrisons aufbauende Worte und der beruhigende Druck seiner Hand auf meinem Bein halten für die Dauer der Fahrt meine Anspannung im Zaum, aber als wir vor der Schule parken, bin ich wieder ein nervliches Wrack.

Da es ein Montag ist und mitten im Sommer, sind hier nicht viele Autos. Ich sehe den Wagen der Rektorin und das Elektroauto der Ausschussvorsitzenden und noch fünf weitere Fahrzeuge. Ich war noch nie bei einer Sitzung der Schulaufsichtsbehörde dabei, weil ich nicht Mitglied des Gremiums bin (und bisher noch nie in Schwierigkeiten gesteckt habe), darum habe ich keine Ahnung, was mich erwartet.

Es fühlt sich komisch an, im Sommer hier zu sein; die Schule wirkt wie ein Ort aus einem Traum. In gewisser Hinsicht ist es gut, dass ich das Gebäude in den Ferienmonaten meide und immer erst im Herbst zurückkehre, wenn wieder alles voll im Gang ist. Jetzt hier zu sein fühlt sich falsch an, so als wäre ich in eine andere Dimension hineingestolpert. Es führt mir vor Augen, dass ich im Sommer, wenn ich nicht arbeite, ganz anders bin als sonst. Keine der beiden Versionen von mir ist schlecht, aber sie fühlen sich an wie zwei verschiedene Menschen.

Wir gehen durch den Haupteingang und halten auf das erste Klassenzimmer auf der rechten Seite zu. Die Tür steht offen, und leises Gemurmel ist zu hören.

Ich bleibe direkt davor stehen und sehe Harrison an. »Macht es dir etwas aus, hier zu warten?«

»Nein, überhaupt nicht«, sagt er, beugt sich vor und gibt mir rasch einen Kuss auf die Wange. »Du schaffst das.«

Ich bin nicht sicher, ob ich es schaffe. Aber ich weiß, dass ich seine Unterstützung habe. Und das ist viel wert.

Ich betrete das Klassenzimmer, und sieben Köpfe schwenken in meine Richtung.

Ich versuche, jeden Einzelnen wahrzunehmen, aber die Gesichter verschwimmen ineinander, und ich erkenne gar nichts.

»Piper«, begrüßt mich Georgia Hopkins, die Rektorin. Sie schenkt mir ein zittriges Lächeln und bedeutet mir, neben ihr Platz zu nehmen.

Ich bin so nervös, dass ich mir gleich in die Hose mache. Das Schlucken fällt mir schwer, es fühlt sich an, als würde ich ersticken, aber ich schaffe es, zu ihr hinüberzugehen, ohne in Ohnmacht zu fallen oder laut zu kreischen.

Georgia ist eine großartige Rektorin, beliebt bei den Kindern und beim Personal, und ich erkenne an ihrem entschuldigenden Blick, dass nichts von alldem auf ihrem Mist gewachsen ist. Es beruhigt mich zu wissen, dass es hier noch eine weitere Person gibt, die auf meiner Seite steht, auch wenn die andere Person draußen auf dem Flur wartet.

Georgia räuspert sich und blickt dann zu den Leuten, die mit steinernen Mienen vor uns auf den Plastikstühlen sitzen. Maureen Portier, die Vorsitzende, ist die Einzige, die ich kenne.

Dann werde ich Jerry Bluth vorgestellt, dem stellvertretenden Vorsitzenden; Angela Kim, der Gewerkschaftsvertreterin; Marty Howe, dem Schatzmeister; Alexander La Croix, der, wie man mir sagt, die Sitzung aufzeichnen wird (und von dem ich außerdem weiß, dass er für die Zeitung arbeitet), und dann noch einer Elternbeauftragten.

Barbara Mischky.

Ich habe die berüchtigte Mrs Mischky senior noch nie persönlich getroffen, sondern kenne ihr Gesicht nur aus der Zeitung. Sie sieht Amy ähnlicher, als ich gedacht habe. Es ist ein Gesicht, das hübsch sein könnte, wäre es nicht so voller Bosheit.

Und im Moment ist diese ganze Bosheit gegen mich gerichtet.

»Piper, ich übergebe jetzt das Wort an Maureen, weil sie diejenige ist, die diese Sitzung einberufen hat«, sagt Georgia zu mir. »Nur damit Sie Bescheid wissen, da dies Ihre erste Gremiumssitzung ist: Es ist ein rein formales Verfahren, das bei jeder Beschwerde eingeleitet wird. Die Sitzung ist nicht öffentlich. Alexander zeichnet sie der Transparenz wegen auf.«

Maureen räuspert sich. Ich kenne sie nicht gut. Sie ist eine ziemlich strenge Frau mit verkniffenem Gesichtsausdruck und raspelkurzem Haarschnitt, aber sie ist nicht unfreundlich, sondern einfach nur tough.

»Ms Evans«, beginnt sie und richtet sich dabei kerzengerade auf, während sie die Hände über ihrem Notizbuch im Schoß faltet. »Danke, dass Sie so kurzfristig gekommen sind. Ich möchte noch einmal wiederholen, was Georgia gerade gesagt hat. Wir haben diese Untersuchung eingeleitet, weil es die übliche Vorgehensweise ist, wenn eine Beschwerde eingereicht wurde. Wir sind hier, um Sie über den Inhalt der Beschwerde in Kenntnis zu setzen und Ihre Seite der Geschichte zu hören. Wir sind weder Richter noch Geschworene noch Henker, und das Ziel dieser Sitzung ist nicht, Sie am Ende zu entlassen. Wir möchten uns lediglich einen Überblick über die Situation verschaffen.«

Eigentlich sollte ich jetzt etwas beruhigt sein und mich besser fühlen, aber das tue ich nicht. Ich fühle mich wie ein kleines Kind, das zurechtgewiesen und bevormundet wird.

»Nun, wie bereits in der E-Mail erwähnt, ist eines unserer

Mitglieder auf verschiedene Dinge gestoßen, die Fragen aufwerfen hinsichtlich Ihrer Rolle als Lehrerin an dieser Schule. Ich werde jetzt die zwei Punkte vortragen, die Gegenstand der Untersuchung sein werden. Zum einen wurden letzten Freitag Bilder veröffentlicht, die Sie zusammen mit dem Bodyguard des Dukes und der Duchess of Fairfax zeigen, die derzeit auf der Insel weilen. Die Fotos, die gemacht wurden, stellen eine Verletzung Ihrer Privatsphäre dar, und die darauf gezeigten Intimitäten gehen uns nichts an. Allerdings wurden die Aufnahmen am Lake Maxwell gemacht, ein See, der vom Inselkomitee und dem Watershed District Board für den Publikumsverkehr gesperrt wurde. Der See gilt als Privatbesitz, und gemäß den Gesetzen von British Columbia haben Sie damit Hausfriedensbruch begangen. Das wäre also der erste Punkt.«

»Darf ich etwas sagen?«, frage ich und hebe die Hand.

Sie nickt knapp. »Natürlich.«

»Auf den Schildern dort steht nirgends ›Privatbesitz‹. Und wie kann der See überhaupt als Privatbesitz gelten, wenn Häuser auf dem Gelände stehen? Wollen Sie damit sagen, dass allen diesen Häusern der See gehört, zusammen mit den Wasserwerken?«

Ja, ich weiß, ich verschwende hier gerade meine Zeit – es kursieren so viele widersprüchliche Theorien auf der Insel, warum der See gesperrt wurde, dass es den ganzen Tag dauern würde, sie aufzudröseln. Aber ich will klarmachen, dass ich nicht einfach nur dasitzen und mich abkanzeln lassen werde. Und außerdem habe ich recht. Es gibt einen Zaun und ein Schwimmen-verboten-Schild, da es ein Wasserreservoir ist, aber es gibt nirgendwo Schilder, die darauf hinweisen würden, dass es sich um Privatbesitz handelt. Vielleicht kein wesentlicher Punkt im Moment, aber trotzdem.

»Dennoch«, sagt Maureen, »die Schilder weisen ausdrücklich darauf hin, dass man dem See fernbleiben soll, und nur weil man den Zaum umgehen kann, ändert sich nichts an der Sachlage. Der Punkt ist, Sie sind Lehrerin von leicht beeinflussbaren Kindern, und wenn die sehen, dass Sie so etwas tun, wirft das ein schlechtes Licht auf Sie und auf die Schule.«

Okay. Gut. So gesehen hat sie recht.

Offenbar erwecke ich den Eindruck, als würde ich mich geschlagen geben, denn ich sehe, wie mich Barbara Mischky aus der letzten Reihe anlächelt.

»Womit wir auch schon zum zweiten Punkt kommen«, sagt Maureen. »Und zwar zu der Tatsache, dass Sie einen Liebesromanpodcast betreiben.«

Jerry, der stellvertretende Vorsitzende, lässt ein abschätziges Schnauben vernehmen.

Ich werfe ihm den giftigsten Blick zu, zu dem ich fähig bin.

Er hört auf zu grinsen.

»Also, was eine Lehrkraft in ihrer Freizeit treibt, ist ihre Privatsache, solange es niemandem schadet. Aber im Zusammenhang mit dem Podcast wurde darauf hingewiesen, dass eine Lehrkraft, die in ihrer Freizeit Pornografie fördert, dafür belangt werden muss.«

Mir bleibt das Lachen im Halse stecken. Was?

»Entschuldigung«, sage ich und hebe wieder meine Hand. »Wollen Sie damit etwa andeuten, dass mein Podcast mit der Förderung von Pornografie gleichzusetzen ist?«

Maureens Gesicht läuft rot an. Sie räuspert sich erneut. »Ich will damit sagen, dass es unter Umständen so verstanden werden könnte.«

»Äh, haben Sie schon mal einen Liebesroman gelesen? Oder noch besser, haben Sie sich mal meinen Podcast angehört?«

Sie schüttelt den Kopf.

Mir springen fast die Augen aus dem Kopf. »Sie bestellen mich hierher, weil ich mich zu einem vermeintlichen Vergehen erklären soll, und Sie haben sich nicht mal die Mühe gemacht, die angeblichen Beweise anzuhören?«

Maureen kneift die Lippen zusammen und sieht weg.

Ich starre alle anderen an. »Irgendeiner hier?

»Ich«, sagt Barbara mit fester, selbstgefälliger Stimme. »Ich habe mir eine Folge angehört, und das war alles, was ich ertragen konnte. Sie sind eine sehr ungehobelte und widerwärtige Person und definitiv nicht geeignet, unsere unschuldigen Kinder zu unterrichten.«

Ich bin so vor den Kopf gestoßen, so wütend, dass ich die Worte suchen muss. »Mein Podcast«, sage ich mit gepresster Stimme, »richtet sich an ein erwachsenes Publikum. An ein Publikum, das Liebesromane liest. Es ist nichts Schlimmes dabei, über Sex zu lesen. Es ist nichts Schlimmes an einem Buch, das von beidem handelt, von Menschen, die sich verlieben, und von der weiblichen Lust. Das Genre ist nicht sehr angesehen, aber nur deshalb, weil einige Leute Angst haben vor Sexualität und vor der Selbstbestimmung der Frau.«

»Es ist Schmutz!« Sie spuckt mir die Worte förmlich entgegen.

»Es ist Schmutz, und das ist wunderbar«, entgegne ich. »Was ist so falsch an Schmutz? Was ist falsch an einem Buch, das sich auf Sex konzentriert? Auf Liebesbeziehungen? Und zwar in respektvoller Weise. Wieso ist Sex in Filmen und im Fernsehen, in der Kunst, in der Musik und in der Hochliteratur okay, aber ein Liebesroman ist es nicht?«

Sie sieht schockiert aus. »Es ist falsch … Es ist Prostitution.«

Jetzt holt sie die ganz große Keule raus. »Sie meinen also,

dass Liebesromane mit Prostitution gleichzusetzen sind. Alles klar.« Ich blicke zu Maureen. »Haben Sie mich deshalb hergebeten? Weil Sie dieselbe Meinung vertreten? Dass ein Liebesroman oder das Reden über einen Liebesroman das Gleiche ist wie Prostitution? Ich kann mit Ihnen auch gern über Sexarbeiterinnen diskutieren und über die mangelnde Unterstützung und Fürsorge, die sie erfahren. Aber das hebe ich mir wohl doch für ein andermal auf.«

»Nein, natürlich nicht«, sagt Maureen. »Hören Sie, das ist alles sehr kompliziert.«

»Das finde ich eigentlich nicht«, meldet Georgia sich zu Wort. »Als Rektorin der Schule sollte ich in dieser Sache ein Wörtchen mitzureden haben.« Sie schenkt mir ein aufmunterndes Lächeln. »Ich weiß, dass Piper eine ausgezeichnete Lehrerin ist. Was sie in ihrer Freizeit liest oder tut, ist allein ihre Privatangelegenheit. Ich muss allerdings sagen, dass Sie das Ganze zu etwas machen, was es nicht ist. Nur weil Sie Vorurteile gegen Liebesromane hegen, heißt das nicht, dass Sie mit Ihrer Ansicht recht haben. Ich lese eine große Bandbreite an Büchern, und es sind auch einige Liebesromane darunter. Ich wünschte, ich hätte bereits früher von Pipers Podcast gewusst, weil ich es schön gefunden hätte, mich als Teil einer Community zu fühlen. Aber Pipers Podcast war natürlich anonym, bis er dann mehr oder weniger gedoxxt wurde. Würden Sie sagen, dass das so weit korrekt ist, Piper?«

Ich versuche, nicht offen zu lächeln, weil sie sich für mich starkmacht, aber mir wird ganz warm ums Herz. »Jemand hat meine Mutter angerufen und ihr Fragen über mich gestellt. Meine Mutter wollte nur helfen. Sonst wäre der Podcast anonym geblieben.«

»Weil Sie sich schämen«, sagt Barbara.

»Weil ich wusste, dass jemand wie Sie ein Problem haben würde mit jemandem wie mir, der offen über Sex spricht. Darum. Aber wissen Sie was, nehmen Sie mich deswegen so viel in die Mangel, wie Sie wollen, stellen Sie mich an den Pranger. Ich werde mich nicht schämen, ich werde keinen Rückzieher machen, und ich werde nicht klein beigeben. Ich bin eine stolze Liebesromanleserin, und ich schäme mich nicht für das, was ich lese oder was ich mit anderen Leserinnen diskutiere. Nichts, was Sie tun oder sagen, wird daran etwas ändern.«

Eine betretene Stille erfüllt den Raum, und alle starren mich entgeistert an. Ich will zur Tür hinüberschauen, um zu sehen, ob Harrison noch da ist, aber ich traue mich nicht. Außerdem kann ich ihn noch spüren.

Maureen massiert sich die Schläfen. »Okay«, sagt sie bedächtig. »Sie haben Ihren Standpunkt sehr deutlich gemacht, Piper. Aber da gibt es immer noch das Problem mit dem Schwimmen im See.«

»Da gibt es kein Problem«, kontere ich. »Und wissen Sie, warum? Weil es sich gegenseitig aufhebt. Ich habe ein Recht auf Privatsphäre. Und diese Fotos wurden ohne meine Erlaubnis gepostet. Außerdem war es Barbaras Tochter Amy, die anhand der Bilder meinen Namen verbreitet hat, weshalb ich glaube, dass diese ganze Sache ein Interessenkonflikt ist. Barbara ist ganz eindeutig voreingenommen.«

»Ich bin nicht voreingenommen«, sagt sie empört.

Ich ignoriere sie. »Ich habe ein Recht auf Privatsphäre. Vielleicht hätte ich nicht in diesem See sein sollen, aber vor allem hätten diese Fotos nie veröffentlicht werden dürfen.«

»Aber Sie befanden sich in der Öffentlichkeit«, wendet Maureen ein.

»Aber laut Ihrer eigenen Aussage ist das Gelände ja eben

nicht öffentlich«, erinnere ich sie. »Hören Sie, Sie haben mir zwei Gründe genannt, warum diese Sitzung einberufen wurde, und ich habe zu beiden Punkten Stellung genommen. Aber der Knackpunkt ist doch, dass Sie mich überhaupt nicht kennen. Nur Georgia kennt mich, und das nur, weil ich mit ihr zusammenarbeite. Ich lebe schon seit Jahren hier auf der Insel, trotzdem kenne ich Sie kaum. Das ist zum Teil Ihre Schuld, weil Sie sich nicht die Mühe machen, Ihre Lehrkräfte kennenzulernen. Und es ist teilweise meine eigene Schuld, weil ich wie eine Einsiedlerin lebe. Aber warum tue ich das? Weil ich mich hier nicht willkommen fühle. Ich habe das Gefühl, verurteilt und an den Rand gedrängt zu werden, wenn ich ich selbst bin. Im Inneren des Kreises merkt man das nicht, aber da ich mich immer noch als Außenseiterin fühle, kann ich Ihnen gern mal erläutern, wie der Blick von außen aussieht.

Warum ziehen die Leute in eine kleine Stadt oder auf eine Insel?« Ich fange an, an meinen Fingern abzuzählen. »Sie wünschen sich Ruhe. Sie wünschen sich Privatsphäre. Sie wünschen sich ein Gefühl von Zusammenhalt und Gemeinschaft, sie suchen also einen Ort, an dem sie sowohl ganz sie selbst sein als auch sich zugehörig fühlen können. Aber das finden Sie heutzutage so nicht mehr. Es gibt keine Ruhe, wenn es keine Privatsphäre gibt, wenn die Leute meinen, sie hätten ein Recht darauf, alles über eine Person zu wissen, einfach nur, um sie beurteilen zu können. Es gibt kein Gefühl von Gemeinschaft, wenn man andere ausgrenzt und zu Außenseitern macht. Wir sollten uns gegenseitig schützen, aufeinander aufpassen, einander respektieren. Aber das passiert leider nicht.«

Ich zeige auf den Schatzmeister, dessen Namen habe ich schon wieder vergessen habe. »Sie. Sehen Sie, ich weiß nicht mal, wer Sie sind. Wir reden von Gemeinschaft, aber wir kennen uns überhaupt nicht richtig. Warum, glauben Sie, sind der Herzog und die Herzogin hierhergezogen? Wegen des Wetters?«

Der Mann sieht sich Hilfe suchend um, seine Augen hinter den Brillengläsern sind riesengroß. »Ähm, nein?«

»Glauben Sie, sie sind hergezogen, weil sie an einen Ort wollten, wo sie entspannen, ganz sie selbst sein und ein Leben führen können, das nicht ständig unterm Mikroskop stattfindet?

»Äh, ja?«

»Tja, da haben Sie recht. Genau diese Dinge haben sie gesucht. Aber das ist nicht das, was sie fanden. Wir hätten sie vom ersten Tag an schützen sollen. Stattdessen haben sich alle nur über den Medienrummel beschwert. Sie haben sich über die Touristen beschwert, die hierherkommen, dabei sind sie ein wichtiger Wirtschaftsfaktor. Sie haben die beiden als Außenseiter betrachtet, und das Gleiche tun sie auch mit vielen anderen Leuten. Und es passiert nicht nur hier, sondern überall auf der Welt. Wir sind so besessen von unserer eigenen kleinen Blase, dass wir Angst bekommen, andere Leute hereinzulassen. Wir setzen Scheuklappen auf und schließen andere Menschen aus, und wenn wir sie dann doch endlich mal wahrnehmen, glauben wir, wir hätten ein Recht darauf, alles über sie zu erfahren. Es geht uns nicht darum, die Nachbarn kennenzulernen; es geht uns darum, Wege zu finden, sie zu vermeiden. Wenn wir wirklich eine gute Gemeinschaft werden möchten, müssen wir alle einbeziehen, unabhängig davon, was jemand tut oder liest oder woher er stammt.«

Jetzt bin ich müde. Mein Mund will nicht aufhören zu quasseln, und ich schweife vom Thema ab. Ich wusste, dass das passieren würde, sobald ich erst mal in Fahrt komme.

»In Ordnung, Piper«, sagt Maureen nach einem Moment. »Sind Sie fertig?«

»Sind *Sie* es?«

Sie nickt. »Wir werden uns beraten und geben Ihnen dann Bescheid.«

Ich muss mich beherrschen, um nicht mit den Augen zu rollen. Ich habe ihnen gerade meine Seele offenbart und voller Inbrunst meine Ehre verteidigt, und sie müssen sich *beraten*?

Ich stehe auf, werfe Georgia ein dankbares Lächeln zu und gehe aus dem Raum.

Kaum bin ich durch die Tür, breche ich buchstäblich in Harrisons Armen zusammen.

»Gut gemacht«, sagt er zu mir. Er hält mich ganz fest und legt sein Kinn auf meinen Kopf. »Du warst phänomenal, Piper. Wirklich.«

»Ich bin total fertig«, murmele ich in seine Brust hinein.

Er gluckst leise, dann schiebt er mich von sich und mustert mein Gesicht. »Das sieht man dir aber definitiv nicht an.«

»Ist es noch zu früh für einen Drink?« Ich stoße einen kleinen Wimmerlaut aus, als er mir den Arm um die Schultern legt und mich aus dem Gebäude führt.

»Um die Ecke gibt es eine Apfelweinbrauerei, die ich schon die ganze Zeit mal austesten wollte«, sagt er.

Genau die richtigen Worte.

# Einundzwanzig

Ich habe letzte Nacht kaum geschlafen. Ich habe mich hin und her gewälzt, den Kopf voller Gedanken, die nirgendwo hinführten, und voller Sorgen, die sich munter vermehrten. Oh, und voller Apfelwein. Nach der »Anhörung« pflanzten Harrison und ich uns an einen der Picknicktische und tranken ein Glas Cider, dann kauften wir ordentlich Nachschub, fuhren zurück nach Hause und setzten uns unten an den Steg. Er hatte einen freien Tag, und so konnten wir ganz für uns allein sein und die Sonne genießen.

Ich vermute, dass hat mein Gehirn ganz gut abgelenkt, denn erst als ich allein im Bett lag, fing ich an zu grübeln und mir Sorgen zu machen.

Würde ich meinen Job verlieren?

Hatte ich etwas Falsches gesagt?

Wie viel Macht besaß Barbara Mischky wirklich?

War ich zu unhöflich?

Zu stolz?

Infolgedessen tat ich kein Auge zu, bis das Licht der Morgendämmerung durchs Fenster drang, was mein Körper zum Anlass nahm, endlich zu beschließen, sich auszuruhen.

Im Nu war ich eingeschlafen.

Jetzt ist es Mittag, und mein Mund fühlt sich an, als wäre er voller Watteböllchen, und mein Kopf ist schwer. Ich bin noch leicht desorientiert vom späten Aufwachen.

Ich werfe einen Blick auf mein Telefon. Da ist eine Textnachricht von Harrison, der wissen will, wie es mir geht. Und ja, eine simple Nachricht lässt mein Herz immer noch Salto schlagen. Sonst ist da nichts weiter. Ich checke meine Mails – nada. Ich hätte gedacht, sie wären in der Zwischenzeit zu einer Entscheidung gelangt.

Ich werfe mir einen Morgenmantel über und tappe hinaus in die Küche. Es regnet, und die Luft prickelt, es ist wie ein Aufatmen nach der langen heißen Woche. Meine Mutter steht an der Kaffeemaschine, die leise vor sich hin röchelt, und der Duft von frischem Kaffee steigt mir in die Nase. Obwohl ich mich wie ein Wrack fühle, ist es hier schweinegemütlich.

»Piper«, sagt sie leise. »Ich habe dich aufstehen hören und dachte, du könntest etwas Kaffee jetzt gut vertragen.«

»Danke, Mom«, sage ich und lehne mich gegen die Kücheninsel, während sie die Kanne von der Heizplatte nimmt und mir eine Tasse einschenkt. Ich halte sie in den Händen, nippe daran und schaue hinaus auf die Terrasse, wo dichter Nebel aufgezogen ist, der die Sicht aufs Meer verhängt und die Bäume wie Gespenster aussehen lässt.

»Piper«, sagt sie, und ihre Stimme schwankt. »Kann ich dich etwas fragen?«

»Natürlich.«

»Warum hast du mir nicht erzählt, was gestern passiert ist?«

Mein Blick wird starr. Verdammt. Sie weiß es.

»Was meinst du?« Ich stelle mich dumm, obwohl das zwecklos ist.

»Die Anhörung. Von der Schulbehörde.«

»Lass mich raten: Jemand hat dich angerufen und danach gefragt.«

»Nein«, sagt sie. »Ich habe es im Internet gesehen. Auf der Webseite der *ShoreLine*.«

»Du hast was? Du hast es *gesehen*?«

»Ja. Ein Video. Mein Gott, Piper, ich bin noch nie so stolz auf dich gewesen.« Auch wenn ihr Bekenntnis herzerwärmend ist, jagen mir ihre Worte einen gewaltigen Schreck ein. Ein Video? Ein Video von gestern? Mein Verteidigungsmonolog über Gemeinschaftssinn, Schwimmen im See und Liebesromane?

Sofort fische ich mein Telefon aus der Tasche meines Morgenmantels und rufe die Webseite auf.

Und richtig, auf der Startseite prangt ein Artikel mit der Überschrift »Einheimische Lehrerin verteidigt Recht auf Privatsphäre«, was die Sache wohl kurz und schmerzlos auf den Punkt bringt.

Er wurde von dem Typen verfasst, dessen Name – Alexander LaCroix – wie eines dieser Luxus-Mineralwasser klingt, und als ich den Artikel schnell überfliege, stelle ich überrascht fest, dass er mich darin verteidigt. Er zeichnet sogar ein ausgesprochen positives Bild von mir. Vielleicht ist das so eine Art Wiedergutmachung für den Kneipenschlägerei-Artikel und dem anschließenden Geätze gegen die Royals, oder vielleicht hat er auch einfach nur genug von Barbara Mischkys Leserbriefen. Wie auch immer, er sagt die Wahrheit und führt gute Argumente an, warum wir als Gemeinschaft zusammenstehen müssen, anstatt nach Wegen zu suchen, andere auszuschließen.

Und dann ist da dieses Video.

Ich klicke darauf und schaue es mir eine Weile an, bis es mir zu viel wird. Erstens, ich hätte Make-up auflegen sollen, weil ich verdammt müde aussehe; zweitens, ich ziehe die fürchterlichsten Grimassen, und drittens, ich rede wirres Zeug. Zumindest denke ich das.

Aber egal, was ich denke, es spielt keine Rolle, denn dieses Video ist jetzt draußen in der Welt.

Kaum zu glauben, wie sich im Laufe eines Sommers das Leben wandeln kann: erst eine zurückgezogene Eremitin, dann plötzlich von Paparazzi gejagt, mit dem Ex in den Schlagzeilen, eine Sexkapade im See genießend und schließlich eine flammende Rede haltend, die alle Welt zu sehen bekommt.

*Diese verdammten Royals*, denke ich. Aber ich bin nicht sauer. Denn für uns alle liegt Veränderung in der Luft wie ein wachsendes Feuer. Manchmal braucht man nur einen Funken. Manchmal braucht man nur neue Nachbarn.

»Warum hast du es mir nicht gesagt?«, fragt meine Mutter mit unterdrückter Verzweiflung in der Stimme.

Ich lege das Telefon hin und sehe sie an. »Weil ich nicht wollte, dass du dir Sorgen machst.«

»Aber du bist meine Tochter.«

»Eben.«

»Piper, ich habe das Recht, mir Sorgen zu machen, vor allem, wenn du in Schwierigkeiten steckst. Ich will nicht, dass du mich von diesen Dingen ausschließt. Ich will, dass du mich einbeziehst. Selbst wenn es schmerzhaft ist.«

»Mom, bitte, ich wollte nur … dir geht es gerade so gut, ich wollte nicht …«

»Hör zu, Süße, ich weiß, dass du es nur gut meinst, aber du kannst mich nicht ewig beschützen. Du musst mir Raum zum Atmen lassen, und du kannst nicht ständig Dinge vor mir verheimlichen. Erst war es der Einzug des Herzogs und der Herzogin, dann war es die Beziehung zwischen dir und Harrison, jetzt das. Die Tatsache, dass dein Job auf dem Spiel steht. Lass mich an diesen Dingen teilhaben. Und wenn es wehtut, dann lass es wehtun.«

Sie hat recht. »Okay, wenn das so ist, muss ich dir wohl sagen, dass die Schulbehörde nur deshalb von meinem Podcast erfahren hat, weil du es diesem Reporter erzählt hast.« Sie sieht bestürzt auf. »Sieh mal, ich verstehe ja, dass du schnell aus dem Häuschen gerätst, aber mal ehrlich, ich erwarte genauso wie du, dass mein Recht auf Privatsphäre respektiert wird.«

»Ich weiß. Und du hast natürlich recht. Es tut mir leid. Ich habe nicht nachgedacht.«

»Ist schon okay. Wirklich. Und es tut mir auch leid, dass ich immer so überfürsorglich bin. Ich werde mich bessern.«

»Es geht nicht darum, sich zu bessern, Piper. Es geht darum, mich als Mutter und Freundin zu sehen und nicht nur meine Krankheit. Ich werde nie in der Lage sein, auf eigenen Füßen zu stehen, wenn du immer da bist. Ich weiß zu schätzen, was du alles für mich tust, aber dafür, dass es heißt, ich hätte eine dependente Persönlichkeitsstörung, scheinst du fast zu wollen, dass ich abhängig bleibe.«

Damit greift sie wieder auf, was sie an jenem Abend bei den Royals gesagt hat. Dass wir zu abhängig voneinander geworden sind, und das aus den falschen Gründen.

»Und wo wir gerade dabei sind, reinen Tisch zu machen«, fährt meine Mutter fort, und ich spitze sofort die Ohren. »Ich muss dir etwas gestehen.«

»Was?«

»Also, erstens, ich bin bei einem Online-Therapeuten in Behandlung.«

Mir klappt das Kinn herunter. »Im Ernst? Wie? Seit wann?«

»Oh, seit ein paar Wochen. Ich hatte erst drei Sitzungen. Ich dachte mir, das wäre eine einfache Möglichkeit, es mal auszuprobieren, ohne mich gleich festzulegen oder irgendwo hinzugehen. Therapie war ein heißes Eisen für mich, da hattest du schon recht, aber je mehr ich für mich allein darüber nachgedacht habe, desto einfacher wurde es. Mir war nur nicht wohl bei dem Gedanken, jemandem in einem Büro von Angesicht zu Angesicht gegenüberzusitzen. Aber online? Das ist viel einfacher. Es … gefällt mir beinah. Es ist, als wäre ich ein Puzzle. Oder, noch besser, ein Kuchen. Und ich backe rückwärts und versuche die Zutaten herauszufinden, die mich zu der gemacht haben, die ich bin.«

Ich bin so lächerlich glücklich, dass ich in Tränen ausbreche. Ich gehe um die Kücheninsel herum und umarme sie. »Mom«, schluchze ich.

»Nicht weinen«, sagt sie und tätschelt mir unbeholfen den Rücken. »Das ist doch etwas Gutes.«

»Ich weiß, ich weiß«, schniefe ich, trete einen Schritt zurück und wische mir über die Augen. »Herrje, ich bin in letzter Zeit so ein Wrack.«

»Du bist emotional total durcheinander«, sagt sie. »Und das ist völlig verständlich. Du hast jetzt Harrison, deine Fotos sind überall, dein Job steht auf dem Spiel. Ich vermute mal, sie haben sich noch nicht mit ihrer Entscheidung bei dir gemeldet?«

Ich schniefe und schüttele den Kopf. »Nein.«

»Weißt du was? Wenn Sie dich feuern sollten, können wir sie verklagen. Ich kenne mehr als genug Leute, die für deinen Charakter bürgen würden.«

»Du kennst Leute?«, frage ich halb im Scherz, halb ernsthaft.

»Na ja …«, sagt sie mit schüchternem Blick. »Ich kenne *eine* Person. Dieselbe Person hat mir auch geholfen, einen Therapeuten zu finden.«

Ich runzele die Stirn. »Monica?«

»Bert.«

»Bert, der schnauzbärtige Polizeichef?«, frage ich ungläubig.

Sie nickt. »Er ist im Grunde der Einzige, den ich hier kenne. Ich dachte, ich frage mal nach Therapeuten vor Ort, und dabei erzählte er mir, dass viele Leute auf der Insel eine Online-Therapie machen, weil es bequemer ist.«

Also, normalerweise würde ich mir nichts dabei denken. Aber die Tatsache, dass sie so schüchtern wirkt, ihre Wangen einen Hauch errötet sind und ein gewisser Glanz in ihren Augen schimmert, bringt mich auf den Gedanken, dass Bert ihr womöglich mehr bedeutet, als sie zugeben will.

»Tja, dann bin ich froh, dass du auf Bert als deinen Freund zählen kannst«, antworte ich.

»Ja«, sagt sie und unterdrückt ein Lächeln. Sie dreht mir den Rücken zu und macht sich am Küchenschrank zu schaffen, als mein Telefon klingelt.

Ich fahre erschrocken zusammen und werfe einen Blick aufs Display.

Eine lokale Nummer.

Mit rasendem Herzen greife ich nach dem Telefon und nehme den Anruf entgegen. Meine Mutter beobachtet mich gespannt.

»Hallo?«

»Piper?«, erklingt Maureens harsche Stimme. »Hier Maureen Portier von der Schulbehörde.«

Mir bleibt der Atem in der Kehle stecken, nur mit größter Mühe sage ich: »Ja?«

Ein Moment des Schweigens verstreicht. Es fühlt sich an, als würde ich davon erstickt.

Dann stößt Maureen einen schweren Seufzer aus. »Zuallererst möchte ich mich bei Ihnen entschuldigen, Piper. Wir hätten die Beschwerde sorgfältiger prüfen sollen, bevor wir eine Untersuchung gegen Sie einleiten. Es hätte nie so weit kommen dürfen, dass Sie sich vor dem Ausschuss für Ihre Hobbys rechtfertigen müssen, und schon gar nicht für Ihr Interesse an Liebesromanen. Das geht niemanden etwas an, und Sie haben recht, wenn Sie sagen, dass viele Leute aufgrund des Rufs, der diesem Genre anhaftet, eine völlig falsche Vorstellung davon haben, und da schließe ich mich selbst mit ein.«

»Okaaay.« Ich hoffe, es kommt nicht noch ein ›Aber‹.

»Wir hätten Sie lediglich zu dem unerlaubten Betreten des Seegrundstücks befragen dürfen, und auch wenn ich mir nach wie vor wünsche, Sie hätten diesbezüglich eine andere Entscheidung getroffen, wurden diese Bilder ohne Ihre Erlaubnis veröffentlicht, was eine Verletzung Ihrer Privatsphäre ist. Hätten Sie die Bilder selbst gepostet, wäre es etwas anderes, aber das ist nicht der Fall. Wir sind zu dem Schluss gekommen, dass die Person, die die Beschwerde eingereicht hat, befangen war und Eigeninteressen verfolgt hat, und sie wurde aus dem Gremium entfernt. Damit verbunden, möchte ich Ihnen mitteilen, dass Sie weder Ihren Job verlieren noch irgendeine Form von Strafe zu erwarten haben. Dass Sie sich in dieser Form rechtfertigen mussten, war schon Strafe genug. Ich hoffe aufrichtig, dass Sie meine Entschuldigung im Namen des Gremiums annehmen. Georgia hatte recht daran getan, als sie sich für Sie verbürgte. Sie sind eine reizende Person und mit Sicherheit eine ausgezeichnete Lehrerin, und wir sind froh, dass wir Sie haben. Wir freuen uns darauf, Sie in der Zukunft besser kennenlernen zu dürfen.«

Ich brauche einen Moment, um meine Sprache wiederzufinden. »Danke.«

»Sehr gern.«

»Sie wissen, dass der Reporter der *ShoreLine* das Video auf der Homepage veröffentlicht hat.«

Sie seufzt. »Ich weiß, wir hatten das besprochen. Wir hatten die Befürchtung, dass das entlassene Gremiumsmitglied weiterhin versuchen könnte, Sie zu verleumden. Es ist ja bekannt, dass sie sich seit vielen Jahren in dieser Zeitung ausgiebig zu Wort meldet, und deshalb hielt Alex es für das Beste, wenn er ihr zuvorkommt. Damit liegen jetzt alle Karten offen auf dem Tisch.« Sie hält inne. »Und falls Sie es noch nicht bemerkt haben, Sie haben bereits eine leidenschaftliche Anhängerschaft, vor allem hier in der Stadt. Vielleicht entwickelt sich daraus ja ein neues Gemeinschaftsgefühl.« Sie hält erneut inne. »Das hoffe ich sehr. Auf jeden Fall freue ich mich darauf, Sie im Herbst wiederzusehen, wobei Sie sich natürlich jederzeit bei mir melden können. Auf Wiedersehen, Piper.«

Ich verabschiede mich und lege auf, Erleichterung durchflutet mich.

»Und?«, fragt meine Mutter. »Du hast deinen Job noch, nehme ich mal an?«

Ich nicke. »Ja.«

Und Mischky ist gefeuert worden und hat dank des Videos nichts mehr gegen mich in der Hand. Da hat der Reporter wirklich schnell geschaltet. Schön zu wissen, dass manchen Leuten die Wahrheit noch etwas bedeutet.

»Dann werden wir sie wohl doch nicht verklagen«, sagt sie. »Obwohl … wegen seelischen Schadens?« Sie grinst. »Habe ich dir eigentlich schon gesagt, wie stolz ich bin?«

»Ja, hast du.«

»Gut. Könnte sein, dass ich es dir noch ein paarmal sage.«

Sie gießt sich eine Tasse Kaffee ein und tritt hinaus auf die nebelverhangene Terrasse. Liza hüpft von der Couch und dackelt ihr hinterher.

Ich bin so unglaublich erleichtert, dass ich mich einfach wieder in mein Bett verkrieche.

Später an diesem Abend, als ich bereits im Schlafanzug mit Liza auf der Couch sitze und meine Mom zu Bett gegangen ist, bekomme ich eine Nachricht von Harrison: Guten Abend, Piper. Darf ich vorbeikommen?

*Darf ich vorbeikommen?* Das ist ja wohl die gentlemanhafteste Art, nach Sex zu fragen, die ich je erlebt habe.

Ja, du darfst, schreibe ich zurück und grinse dabei wie eine Idiotin. Ich halte das Telefon einen Moment lang an die Brust gepresst und lasse die Quietschvergnügtheit, die in den letzten Tagen abgeebbt war, wieder in mir hochsteigen.

Er ist schnell. Nach nur wenigen Minuten geht die Tür auf, und Harrison steckt seinen Kopf herein. »Ist die Luft rein?«, flüstert er.

Ich stehe von der Couch auf, fordere ihn mit einem Winken auf, mir zu folgen. Alles muss meine Mutter ja nun auch nicht wissen.

Wenige Sekunden später sind wir in meinem Schlafzimmer, und die Tür ist geschlossen. Und dann streichen seine Hände über meinen Körper, und seine Lippen sind auf meinen und wir bewegen uns rückwärts auf mein Bett zu.

Wir verschwenden keine Zeit.

Wir haben keine Zeit zu verschwenden.

Ich ziehe meine Sachen aus und er seine, und alles landet

einfach auf dem Boden, als würden wir nichts davon je wieder brauchen.

Ich betrachte seine Tattoos und zeichne sie mit den Fingern nach, spüre seine warme Haut, seine zunehmende Erregung.

Unsere Münder treffen zu einem tiefen, brennenden Kuss aufeinander, hektisch, hungrig, alles verschlingend, und wir taumeln aufs Bett. Ich lasse meine Finger über seine Unterarme gleiten, spüre seine sehnigen Muskeln, als er sich aufstützt, dann wandern meine Hände zurück zu seinen festen Schultern, und ich fühle die Hitze seiner Haut.

Er zieht den Kopf zurück, seine Lippen schimmern feucht von unserem Kuss. »Piper«, flüstert er, fiebrig vor Verlangen. Ich sehe auf seinen Mund, so sinnlich, so perfekt. »Ich bin so stolz auf dich.«

Ich lächele leise, und Hitze wallt in meiner Brust auf. »Stolz auf mich?«

Er streckt die Hand aus und fährt den Bogen meiner Augenbraue nach. »Ja. Von dem Moment an, als ich dich sah, wusste ich, dass du meine Welt irgendwie verändern wirst. Ich wusste, dass du stark bist. Dass du es weit bringen wirst.«

»Also, eigentlich werde ich es nicht weit bringen. Ich werde nur meinen Job nicht verlieren, und das Einzige, was du wusstest, war, dass ich ein verdammter Dickkopf bin.«

Er küsst mich auf den Mundwinkel. »Letzteres ist vermutlich wahr. Aber stell dein Licht nicht unter den Scheffel. Du bist zu allem fähig, was du dir in den Kopf setzt. Ich finde, alle auf der Insel sollten dankbar sein, dass du diejenige bist, die ihre Kinder unterrichtet, damit sie in gleicher Weise an sich glauben können.«

Ich schlucke und fühle mich leicht unwohl angesichts der Komplimente. »Ich glaube nicht immer an mich selbst.«

»Nein. Aber du tust es oft genug, und du hast die Kraft, etwas bis zum Ende durchzuziehen. Und ich glaube an dich. Es mag nicht viel ausmachen, aber ich tu's.«

»Harrison«, sage ich und umfasse seinen Nacken. »Es macht mehr aus, als du ahnst.« Ich lege den Kopf schief. »Also, haben wir jetzt endlich Sex, oder was?

Er blinzelt, eindeutig verblüfft über meine Unverblümtheit. Na ja. Der Brite kommt schon damit klar.

Er küsst mich erneut, diesmal noch hungriger, und gießt Öl auf mein Feuer.

Seine Hände erforschen meinen Körper, schlüpfen zwischen meine Beine, wo ich feucht bin und ihn schon erwarte. Mit zwei Fingern gleitet er in mich hinein, und sein Atem stockt, als er merkt, wie bereit ich bin.

»Was soll ich nur mit dir machen?«, murmelt er, während er an meinem Hals entlangküsst, über mein Schlüsselbein bis hin zu meiner Brust.

»Alles, was du willst«, bringe ich hervor, bevor ich aufstöhne, als er anfängt, an meinen harten Nippeln zu saugen. Ein elektrisierendes Brennen pulsiert durch meinen Körper, rauscht durch jede meiner Adern.

»Ich muss dich in mir haben«, flüstere ich, und meine Stimme klingt rau.

Er schnaubt zustimmend, spreizt meine Beine und stößt tief in mich hinein.

Mir bleibt kurz die Luft weg, dann schiebt er meine Beine wieder zusammen. Als er sich in mir bewegt, spüre ich *alles*.

Ich kralle mich an seine Schultern, halte mich an ihm fest, während er langsam und rhythmisch mit seinen Hüften gegen mich drängt. Jeder Nerv in meinem Körper ist unter Strom gesetzt, wie sirrende, knisternde Drähte, die sich zu einem Knäuel verschlingen und darum betteln, entwirrt zu werden.

Wie gebannt sehe ich ihn an. Wenn ich mit Joey geschlafen habe, habe ich nie Blickkontakt gesucht, aber mit Harrison ist es völlig anders. Ich *will* ihn anstarren. Als sich unsere Blicke begegnen und er zurückstarrt, spüre ich tief in meinen Adern diese pulsierende Verbindung, die mir sagt, dass er mir gehört und ich ihm, und dass er mich sieht. Wirklich *sieht*.

Mit jedem Stoß schiebt er sich tiefer in mich hinein, und die Verbindung wird immer stärker. Mein Blick wandert über seinen Körper, ich sehe, wie er sich bewegt, wie seine Bauchmuskeln sich anspannen, den Schweiß auf seiner Stirn. Seine Tattoos scheinen zum Leben zu erwachen und flüstern mir alle seine Geheimnisse zu.

Ich werde nie genug von ihm bekommen.

Ich will nicht, dass er mich verlässt. Jemals.

»Härter«, flüstere ich, und Harrison verliert keine Zeit.

Mein Kopf sackt nach hinten, und ich schließe die Augen, während ich mich ihm ausliefere.

Dieser Mann gehört mir.

Und ich gehöre ihm.

Nichts anderes ist wichtig.

Selbst wenn er mich verlassen muss, nichts anderes ist wichtig.

Aber Gott, bitte, mach, dass er mich nicht verlässt.

Dieser Gedanke löst in meinem tiefsten Inneren eine Flutwelle aus, die immer größer und stärker und schneller wird und mich unter sich begraben will. Ich heiße sie willkommen. Ich möchte in meinen Gefühlen für ihn ertrinken.

»Bitte«, flüstere ich mit bebender Stimme, und es überkommt mich ein Verlangen nach ihm, das mir fast den Verstand raubt. Die Angst davor, was als Nächstes passiert, die Angst, dass mein Herz für immer an ihn verloren geht, macht mich unersättlich. »Mehr.«

Mit einem heiseren Stöhnen beginnt er stärker zuzustoßen, während er mit einer Hand in mein Haar greift. Unsere Haut ist feucht von Schweiß, und als er mich küsst, schmecken seine Lippen nach Salz. Mein Mund drängt sich gierig gegen seinen.

Die Muskeln in seinem Nacken sind hart und gespannt, Schweißperlen glitzern auf seiner Stirn, und sein Blick ist verhangen vor Begehren. Die Laute, die er ausstößt, sind unkontrolliert und wild, und ich fühle mich völlig verschlungen von ihm.

Ich möchte mich für immer so fühlen.

Ich will Harrison für immer.

»Ich komme«, rufe ich mit erstickter Stimme und versuche, seinen Blick festzuhalten. Er sieht mich an, beobachtet fasziniert, wie ich mich ergebe.

Und dann winde ich mich, während die Welle immer wieder über mir zusammenschlägt, bevor sie mich hinaus ins offene Meer spült, wo ich im Warmen umhertreibe, glückselig und zufrieden.

Harrisons angestrengter Atem und sein heiseres Keuchen erfüllen die Luft. Dann stößt er ein langes, raues Stöhnen aus, und seine Arme zittern vor Anstrengung, als er kommt.

Seine Bewegungen werden langsamer, sein Körper entspannt sich. Sein Blick gleitet über mein Gesicht, und sein Atem geht schwer.

Eine Träne entweicht aus meinem Augenwinkel, alles, was ich fühle und womit ich zu kämpfen hatte, alle meine Wünsche und Bedürfnisse und Ängste schwemmen an die Oberfläche.

»Geht es dir gut?«, flüstert er.

Ich nicke, kneife kurz meine Lippen zusammen und versuche, wieder zu Atem zu kommen. »Es geht mir gut. Ich bin einfach nur … glücklich.«

Er betrachtet mich einen Moment lang, die Stirn in Falten gezogen, dann lächelt er. »Ich bin auch glücklich.«

Wenn man das Wort hört, klingt es nach solch einem einfachen Gefühl, aber wenn man es fühlt, *wirklich* fühlt, dann weiß man, dass es alles andere als einfach ist.

Ich schließe meine Augen und lasse mich von dem Gefühl überschwemmen.

Von unserem Glück.

»Piper.« Harrisons Stimme dringt durch den Nebel meiner Gedanken. Ich glaube, ich war kurz davor, in seinen Armen einzudösen.

»Hmmm«, mache ich und kuschle mich enger an ihn.

»Was jetzt?«

Die Frage ist so scharf und klar, dass meine Lider auffliegen. Ich bin offiziell hellwach.

Ich drehe mich so in seinen Armen, dass ich ihn ansehen kann, seine Hand ruht auf meiner Taille. »Wie meinst du das, was jetzt? So wie … *jetzt* jetzt? Wie in: Soll ich hier schlafen oder nach Hause in mein eigenes Bett gehen?«

Er schüttelt den Kopf und schluckt. »Nein.«

Ich drehe mich ganz zu ihm herum, und er stützt den Kopf auf seinen Ellenbogen. Ich suche in seinem Gesicht nach Anzeichen von Nervosität oder schlechten Nachrichten, aber da ist nichts. Er sieht ruhig und nachdenklich aus, und vielleicht auch ein bisschen satt vom Sex.

»Was meinst du?«

»Ich meine, was ist jetzt mit uns?«, fragt er und spielt mit meiner Haarsträhne. »Jetzt, wo alles offen auf dem Tisch liegt – viel offener, als ich es jemals erwartet hätte, um ehrlich zu sein – meinst du da nicht, wir sollten überlegen, wo wir beide stehen? Mit Blick auf die Zukunft.«

Ich beiße mir kurz auf die Lippe. Die Tatsache, dass er dieses Gespräch führen will, dass er wissen will, wie unsere Zukunft aussehen soll, bedeutet mir mehr, als er ahnen kann.

»Es ist mir bewusst, dass ich vielleicht zu voreilig bin«, fährt er fort. Sein umwerfender Mund verzieht sich zu einem kleinen Grinsen. »Aber das ist mir egal. Ich lasse dich nicht wieder gehen, Piper. Ich werde nicht so tun, als würde ich nicht mehr wollen für uns, mehr als das hier.«

Ich schlucke mühsam. »Ich will auch mehr«, bekenne ich, plötzlich fast verlegen. »Aber ich weiß, du hast deinen Job, und das Letzte, was ich will, ist, dass du in einen inneren Konflikt gerätst. Du hast gesagt, du würdest etwas Zeit brauchen, um die richtige Balance zu finden, und ich glaube dir. Ich bin bei jedem Schritt an deiner Seite, ich gehe nirgendwohin.« Plötzlich trifft mich die Erkenntnis mit voller Wucht. »Aber ich nehme an … du schon. Es ist nicht geplant, dass du für immer hierbleibst.«

»Wir schaffen das schon.«

»Und ich kann meine Mom nicht verlassen, nicht jetzt, auch wenn sie anfängt, auf eigenen Füßen zu stehen. Und meine Arbeit …«

»Piper«, sagt er halb flehend, nimmt mein Gesicht in seine Hände und sieht mir in die Augen. »Wir schaffen das. Egal, was passiert … ich habe immer die Wahl, hierzubleiben.«

Ich blinzele ihn an. »Selbst wenn Eddie und Monica nach Hause zurückkehren?«

Er nickt. »Vielleicht wird mir eine kleine Auszeit ganz guttun. Vielleicht wird es auch mehr als nur eine Auszeit. Ich weiß, das kommt jetzt alles etwas schnell und ziemlich geballt, aber du musst verstehen … Ich habe mich noch in meinem Leben so gefühlt. Du hast einen völlig neuen Teil von mir erschlossen … Es ist, als hätte ich ein neues Sonnensystem entdeckt. Und ich kann nicht glauben, dass es schon die ganze Zeit da war, außer Sicht, außer Reichweite. Aber jetzt habe ich es gefunden. Ich habe dich. Und ich werde alles daransetzen, um dich nicht zu verlieren.«

Er lehnt sich vor und hinterlässt einen brennenden Kuss auf meinen Lippen, ein Kuss, bei dem mir schwindelt, ein Kuss, der droht, mich auf die schönste Weise zu ertränken.

Ich bin dermaßen verloren an diesen Mann.

»Ich bin so verliebt in dich«, sage ich.

Und dann wird mir bewusst, dass ich es ja nur hatte denken wollen.

Nicht sagen.

Ich reiße die Augen auf und presse den Mund fest zu und … Fuck, ich habe gerade alles vermasselt, oder?

Ich habe Harrison gerade gesagt, dass ich in ihn verliebt bin.

»Es tut mir leid«, krächze ich und versuche, mich von ihm abzuwenden, aber er ergreift meine Schultern und hält mich fest.

»Was hast du gesagt?«, fragt er mit brüchiger Stimme, und die Falte auf seiner Stirn vertieft sich. »Piper.«

»Nichts. Ich habe nichts gesagt«, sage ich und versuche, mich wegzudrehen, aber er lässt mich nicht los.

Ich schließe die Augen und wünschte, ich könnte einfach verschwinden.

»Du hast mir gerade gesagt, dass du mich liebst«, sagt er.

»Nein, habe ich nicht.«

»Doch, hast du, verdammt noch mal.«

Ich öffne ein Auge, um ihn anzusehen. »Streng genommen habe ich gesagt ›ich bin so verliebt in dich‹.«

»Und das ist etwas anderes?«

»Na ja, ja. Das eine ist ›Ich liebe dich‹, und das andere ist ›Ich bin verliebt in dich‹.«

»Ich finde, das ist beides dasselbe.«

Ich schließe wieder mein Auge. »Nein, ist es nicht.«

»Du bist verliebt in mich. Das ist es, was ich will.« Ich spüre seine Lippen auf meinen. »Piper«, flüstert er heiser. »Piper, sieh mich an.«

Zögernd öffne ich meine Augen.

»Piper, ich liebe dich, und ich bin auch in dich verliebt«, murmelt er.

Er kann das nicht ernst meinen.

Er sagt das nur so.

»Ich sage das nicht, weil du es gesagt hast«, fährt er fort. »Du bist mir nur zuvorgekommen. Ich bin wahnsinnig, zum Verrücktwerden, verzweifelt in dich verliebt. Es ist frustrierend zu versuchen, ein Gefühl zu bewältigen, das ich noch nie zuvor gefühlt habe, aber ich kann es nicht leugnen und mich nicht davor verstecken. Ich verstecke mich vor nichts, wenn es um dich geht und darum, was ich für dich empfinde.« Er fährt mir mit seinem Daumen über die Lippen. »Du bist es, Piper. Du bist alles. Und wenn ich sage, ich finde einen Weg für uns, dann finde ich einen Weg für uns.«

Überschäumend.

So lässt sich das Gefühl beschreiben.

Es ist wie diese Quietschvergnügtheit kombiniert mit Wolken und Regenbögen und sprudelnden Champagnerbläschen, die mich höher und höher steigen lassen und …

Verdammt. Vielleicht ist es auch einfach nur Liebe.

»Du liebst mich«, flüstere ich an seinem Daumen.

»Ich liebe dich«, sagt er noch einmal, und ich könnte ihn das buchstäblich den ganzen Tag lang sagen hören – bis ans Ende aller Zeit.

Er liebt mich.

Wie zum Teufel konnte ich so viel Glück haben?

Ich grinse ihn an und kann nicht aufhören zu lächeln, meine innere Freude strahlt nach außen und hüllt uns beide ein.

Kichernd und küssend ziehe ich ihn an mich, ein wirres Knäuel aus Gliedmaßen und Haaren.

Das Aufeinandertreffen zweier Herzen.

# Zweiundzwanzig

**Drei Monate später**

Miss Evans, ich glaube, mir wird schlecht.«

Ich blicke hoch und sehe Cinder Graves auf mein Pult zukommen, eine Hand vor dem Mund.

Ja, ihr Name ist Cinder. Kurz für Cinderella.

Ja, ihr älterer Bruder ist Nicky Graves, mein Schüler vom letzten Jahr.

Ja, sie ist kurz davor zu kotzen. Das liegt in der Familie.

Schnell schiebe ich den Abfalleimer zu ihr rüber und wende gerade noch den Blick ab, bevor sie losreihert. Es ist schon ziemlich eklig, aber wenigstens ist meine Handtasche in Sicherheit (also eigentlich ist es eine von Monica, die sie aussortiert hat. Da sie in zwei Tagen wegziehen werden, hat sie mir einiges von ihrem Designerzeug überlassen. Ich habe mir zwar geschworen, die Tasche wie meinen Augapfel zu hüten und sie nicht in die Schule mitzunehmen, aber es ist eine von Gucci mit Schmetterlingen drauf, und sie macht mich glücklich).

Als Cinder fertig ist, schicke ich sie ins Büro der Schulschwester. Ich schwöre, einige Kinder sind echt allergisch gegen die Schule.

Mir aber macht es mehr Spaß denn je. Nicht dass ich vorher keinen gehabt hätte, doch nach diesem Sommer scheine ich so richtig in Fahrt gekommen zu sein. Meine Beziehung zu den

Kindern und deren Eltern wird enger, und ich versuche, jedem Einzelnen mehr Aufmerksamkeit zu schenken. Außerdem bin ich viel geselliger. Oh, an den meisten Abenden bin ich immer noch eine Eremitin und kuschle mich mit Harrison auf der Couch ein (man kann auch zu zweit einsiedeln, oder?), aber ich verbringe viel mehr Zeit mit Cynthia und Georgia und habe mich auch mit einigen aus ihrer Clique angefreundet. Sosehr ich den Mangel an Gemeinschaftssinn und meinen Außenseiterstatus beklagt habe, mir war immer klar, dass das alles nur leeres Gewäsch ist, wenn ich nicht selbst dazu bereit bin, mich zu öffnen.

Nach der letzten Schulstunde gehe ich kurz rüber in Cynthias Klassenraum, um mich zu verabschieden, und verabrede mich noch zu einem Mädelsabend am Wochenende bei ihr zu Hause. Dann trete ich hinaus auf den Parkplatz der Schule, wo Harrison gerade den SUV parkt.

Nicht, dass ich die Mülltonne entsorgt hätte. Sie ist immer noch Teil der Familie. Meine Mutter fährt damit, um Bert zu besuchen, mit dem sie vielleicht oder vielleicht auch nicht zusammen ist. Es ist schwer zu sagen. Sie meint, wenn man geschieden ist, darf man Freundschaften pflegen, ohne sie mit einem Label zu versehen, und ich finde, das ist klug, wenn man bedenkt, durch welche sie Hölle mit meinem Dad gegangen ist.

Doch ich weiß auch, dass sie dieses Glitzern in den Augen hat, sobald ich Berts Namen erwähne.

Ich öffne die Beifahrertür und schwinge mich auf den Sitz. Harrison, sexy wie immer in seiner schwarzen Denimjacke und mit Pilotenbrille (niemals ohne), beugt sich zu mir rüber und gibt mir einen Kuss.

»Wie war's in der Schule?«, fragt er.

»Gut, gut. Meinem alten Ich wäre wieder mal die Tasche vollgekotzt worden.«

»Ah, einer von diesen Tagen also.«

»Ich würde ihn gegen nichts eintauschen wollen. Und wie geht es dir?«, frage ich.

Er schenkt mir ein Lächeln. »Mir geht's gut.«

Während es für mich bei der Arbeit großartig läuft, muss Harrison einiges wegstecken.

Am einschneidendsten ist wohl, dass Monica und Eddie nach England zurückziehen. Monica ist im sechsten Monat schwanger, und sie möchte nach Hause, bevor es mit dem Fliegen zu schwierig wird, damit sie ihr Kind in England zur Welt bringen kann.

Ich bin schrecklich traurig, dass sie weggehen. Beide, aber vor allem Monica sind über den Sommer hinweg so gute Freunde geworden, dass es hart wird, sie nicht mehr nebenan zu haben. Von unseren wöchentlichen Essen zusammen mit Mom – und später dann noch mit Bert – über unsere Netflix- und Tratschsessions auf dem Boot bis zu unseren Wanderungen und den gelegentlichen Abendessen in der Stadt (bei denen die ganze Welt zuschaute) gab es immer etwas zu tun, immer etwas, worauf ich mich freuen konnte. In den letzten Tagen steigen mir jedes Mal Tränen in die Augen, wenn ich daran denke, und ich weiß, dass es verdammt wehtun wird, wenn sie weg sind.

Aber für Harrison ist die Sache noch viel komplizierter. Eddie und Monica sind nicht nur seine Freunde und die Menschen, die er geschworen hat zu beschützen, sondern er hat auch seinen Job als Bodyguard an den Nagel gehängt.

Das ist eigentlich schon vor einem Monat passiert, als Eddie und Monica angekündigt haben, wann sie die Insel verlassen würden. Harrison und ich hatten ein langes, ernstes Gespräch, und ich war voll und ganz darauf vorbereitet, von ihm Abschied nehmen zu müssen. Ich wollte ihn nicht vor die Wahl stellen, vor allem nicht, weil ich ja weiß, dass so vieles aus seiner Vergangenheit mit daranhängt.

Zu meiner Überraschung war genau das der Grund, warum Harrison beschloss zu bleiben. Er sagte, er wolle nicht an einem Job festhalten, bei dem er das Gefühl habe, dass er ihn nur ausübe, um sich mit sich selbst zu versöhnen und um Wiedergutmachung zu leisten.

Außerdem ist es nicht das, was er mit seinem Leben anfangen will.

Harrisons Traum ist keine große Überraschung. Er will eine Bäckerei eröffnen. Tatsächlich führt er bereits Gespräche mit einer der Bäckereien in der Stadt, die verkaufen möchten. Ich bin nicht sicher, ob der Deal wirklich zustande kommt, aber er ist jeden Tag auf der Suche nach der richtigen Örtlichkeit, um sein Geschäft aufzubauen.

»Kein Glück mit der Bäckerei?«, frage ich. Der geforderte Preis ist ziemlich happig, selbst für eine Fläche in etablierter Lage, und Harrison hat gehofft, sie herunterhandeln zu können.

Er zuckt mit den Schultern. »Sie haben Nein gesagt. Aber das war ja zu erwarten.«

»Irgendwann klappt es«, tröste ich ihn. »Vielleicht ist das nicht der richtige Laden für dich, vielleicht will das Schicksal, dass du noch einen besseren findest. Vielleicht war es nicht der richtige Zeitpunkt.«

»Das sind eine Menge Vielleichts, Piper.«

»Aber du weißt, dass es wahr ist. Es wird passieren. Hab einfach Vertrauen.«

Er grummelt etwas und konzentriert sich dann aufs Fahren.

Selbst wenn er kein Vertrauen hat, ich habe welches. Er ist ein Meister im Backen. Er feilt buchstäblich nonstop an seinen Rezepten, und ich habe deshalb schon knapp fünf Kilo zugelegt. Nicht dass ich mich beschweren würde. Ich komme mit den fünf Kilos gut zurecht, wenn ich dafür weiterhin seine Köstlichkeiten genießen kann. Er ist wirklich gut. Er ist ein Profi. Er braucht nur den richtigen Laden, und sein Geschäft wird durch die Decke gehen.

Immer wenn er mich fragt, wie ich mir da so sicher sein kann, sage ich, er soll einfach anfangen, auf TikTok zu backen. Mit freiem Oberkörper.

Bisher hat er noch nicht auf mich gehört. Aber egal, Harrison ist ein Medienliebling, vor allem nachdem die Nachricht über unsere Beziehung an die Öffentlichkeit gelangt ist.

Seit meiner Rede, die viral ging, dem Joey-Vorfall, als er mich beschützt hat, und der Sex-im-See-Geschichte (inklusive nacktem Hintern) kombiniert mit seiner jahrelangen Fanfiction-Historie und all den Leuten, die ihn generell heiß fanden, ist er buchstäblich einer der meistgesuchten Menschen im Netz.

Auch wenn sein Backtraum bisher noch ein gut gehütetes Geheimnis ist, werden die Leute Schlange stehen, sobald der richtige Laden gefunden ist.

Unsere Zehn-Minuten-Berühmtheit hat aber auch meinem Podcast Auftrieb gegeben und mich dazu inspiriert, einen Liebesroman-Buchclub in unserer sehr inklusiven, supertollen öffentlichen Bibliothek zu gründen. Und seit meinem Video zeigt sich ein neues Kameradschaftsgefühl auf der Insel. Natürlich wird es immer die Neinsager geben, aber sie werden jetzt weniger toleriert, denn die Leute haben begriffen, dass nur gegenseitiger Rückhalt diesen Ort weiterbringen kann.

Wir biegen in die Auffahrt ein – keine Sendewagen oder

Medienfahrzeuge parken mehr auf der Straße (auch wenn es hier kurzzeitig hoch herging, nachdem Monica ihre Schwangerschaft verkündet hatte) – und fahren bis vor das Haus der Royals.

Draußen steht ein großer Transporter, in den zwei Möbelpacker Sachen einladen. Monica sagte, dass sie vieles per Frachtschiff nach England schicken. Allmählich glaube ich, dass von dem Haus nachher nicht mehr viel übrig sein wird.

»Was wohl jetzt mit dem Grundstück passiert?«, frage ich Harrison wehmütig, als wir aus dem Auto steigen.

Er nimmt meine Hand. »Kannst du dir nicht vorstellen, dass wir eines Tages hier wohnen?«

Ich werfe ihm einen ungläubigen Blick zu und schnaube durch die Nase. »Nein. Du etwa?«

Er nickt und betrachtet das Haus mit zusammengekniffenen Augen. »Ja, ich schon. Man muss groß träumen, Piper. Es gibt keinen Grund, warum es nicht uns gehören könnte.«

»Ähm, weil es Millionen von Dollar kostet.«

»Deshalb sagte ich ja, man muss groß träumen«, erwidert er und zieht mich zu sich.

Er mustert mich mit sanftem, forschendem Blick. »Eines Tages werde ich es für uns kaufen. Wir ziehen hier ein, und deine Mutter wohnt dann nebenan.«

»Und was ist mit Liza?«, frage ich, gerührt, wie ernsthaft er ist.

»Sie kann es sich frei aussuchen«, sagt er. »Wir werden in beide Haustüren eine Hundeklappe einbauen.«

Ich küsse seine Handfläche. »Und woher nimmst du das Geld dafür? Du hast mir nie gesagt, dass es so lukrativ ist, als Bodyguard zu arbeiten.«

»Ist es auch nicht«, sagt er. »Aber TikTok-Videos sind gerade der heißeste Scheiß, oder nicht?«

»Du machst Witze!« Ich gebe ihm einen Klaps auf den Arm.

Er grinst nur. »Wie gesagt, träume groß.«

Diese Nacktbäcker-TikTok-Sache meint er nicht ernst … äh, glaube ich. Aber zumindest denkt er an die Zukunft.

Und er sorgt dafür, dass ich darin vorkomme.

Wir gehen zu der offen stehenden Tür hinüber und treten ein. Überall stapeln sich Kisten, und im Hintergrund wuselt Agatha herum.

»Hallo?«, ruft Harrison, als wir den Eingangsbereich durchqueren.

»Sie sind draußen«, sagt James, als er um die Ecke kommt, und deutet mit einem Nicken auf die Terrasse. Er senkt die Stimme. »Unter uns gesagt, ich glaube, der Umzug zerrt ganz schön an ihren Nerven. Monica war heute schon den ganzen Tag über ziemlich nah am Wasser gebaut.«

»Alles klar«, sagt Harrison und klopft James auf die Schulter. Seit Harrison ausgeschieden ist, hat James seinen Platz eingenommen. Er war der naheliegendste Ersatz. Die Baumtypen sind vermutlich auch noch hier irgendwo, es sei denn, sind bereits nach London zurückgekehrt. Ich frage mich, was sie tun werden, wenn sie keine riesigen Tannen und Zedern zum Verstecken haben. Sich von alten Gebäuden und Statuen abseilen?

Wir gehen hinaus auf die Terrasse. Es ist Mitte Oktober und recht kühl, doch das hat so etwas Gemütliches an sich. Die Blätter der Ahornbäume haben sich gold und orange verfärbt, das braune Gras steht hoch und wiegt sich in der Meeresbrise wie Weizen, das Ufer ist in Nebel gehüllt. Ich ziehe meine Strickjacke fester um mich und gehe zu Monica, die unter eine Million Fleece-Schichten vergraben auf einem Stuhl sitzt.

Ihre Augen sind geschwollen, und sie ist mit sechs Monaten bereits so rund, dass sie kaum noch aufstehen kann.

»Bleib sitzen«, sage ich und lege ihr eine Hand auf die Schulter. »Bist du warm genug eingepackt?«

»Das will ich doch hoffen«, sagt Eddie, der eine Flanelljacke und eine über die Ohren gezogene Mütze trägt. »Wenn nicht, gehen wir sofort rein.«

»Mir geht's gut«, sagt Monica patzig und ruckelt sich im Stuhl zurecht. »Ich habe eine Wärmflasche im Rücken. Die wirkt Wunder.«

»Möchtet ihr ein Glas Wein?«, fragt Eddie uns.

»Ich nehme einen roten«, sagt Harrison und hält auf die Tür zu. »Und du, Piper?«

»Ja, für mich auch, bitte. Ich habe jetzt Feierabend.«

»Harrison, setz dich doch. Agatha macht das schon«, weist Eddie ihn zurecht.

»Agatha rennt herum wie ein kopfloses Huhn«, entgegnet Harrison und verschwindet im Haus.

»Und, wie geht es dir?«, frage ich Monica und setze mich auf die äußerste Kante des Terrassenstuhls neben ihr. »Alles in Ordnung?«

Sie nickt, und dann läuft ihr eine Träne über die Wange. Hastig wischt sie sie fort, bevor sie den Kopf in die Hände legt. »Mir geht's gut«, schluchzt sie.

Ich streiche ihr beruhigend über den Rücken, wobei ich Eddie Rat suchend anblicke.

»Sie ist gerade etwas aufgewühlt«, erklärt er geduldig und nippt an seinem Wein. »Das liegt an den Hormonen; es ist der Umzug.«

»Ich werde dich so doll vermissen«, heult Monica und umarmt mich spontan. Ich muss mich am Stuhl festhalten, um nicht umzukippen.

»Monica, bring sie nicht um«, sagt Eddie.

»Tut mir leid«, murmelt sie und lässt mich wieder los. »Ich werde dich schrecklich vermissen, Piper.«

Okay, ich hasse Abschiede, also habe ich die ganze Zeit so getan, als würde sie nirgendwo hingehen oder als würde sie nur für kurze Zeit weggehen und bald wieder zurückkommen. Aber jetzt, wo sie weint, habe ich keine andere Wahl, als den Tatsachen ins Auge zu blicken.

Mist.

Jetzt heule ich auch.

»Ich komme dich besuchen«, beteuere ich, aber mal im Ernst, wie soll das gehen? Dürfen Royals überhaupt normale Menschen als Freunde haben? Ich kann ja nicht einfach mal so bei ihnen im Palast vorbeischauen oder wo auch immer sie am Ende wohnen werden.

»Ich weiß, aber es ist nicht das Gleiche«, sagt sie und macht sich von mir frei. Sie wedelt mit der Hand Richtung Meer. »Das werde ich auch vermissen. Ich werde es vermissen, neben dir zu wohnen.« Sie dreht den Kopf, als Harrison mit dem Wein auf die Terrasse kommt. »Und Harrison. Harrison, wie soll ich nur ohne dich zurechtkommen?«

Harrison scheint etwas überrascht von unserem kollektiven Gefühlsausbruch, aber er nimmt es gelassen. Er reicht mir mein Glas. »Du wirst schon klarkommen. Du hast ja Eddie. Meistens macht er seine Sache doch ganz gut.«

»Vielen Dank, Mann«, sagt Eddie.

Harrison zwinkert ihm zu. »Gern geschehen.«

»Aber zu Hause ist alles so beängstigend«, jammert sie. »So hektisch. So laut. Ich möchte einfach am liebsten für immer in diesem Nebel bleiben.«

»Sieh mal, der Nebel ist herrlich, und im Oktober ist es hier immer schön«, sage ich. »Aber bald ist November, und der ist regnerisch und kalt und furchtbar. Der Dezember wird nur durch Weihnachten erträglich. Und dann kommt der Januar, der am grässlichsten ist. Man betet, dass es schneien möge, als Abwechslung zu dem ewigen Regen und der Düsternis und der Tatsache, dass es bereits um vier Uhr nachmittags stockdunkel ist, aber der Schnee kommt einfach nie. Glaub mir, du bist besser dran in der Stadt mit Menschen und hellen Lichtern und all diesen Dingen.« Ich halte inne. »Und, na ja, du du wirst in einem Palast wohnen, das hilft auch.«

»Außerdem«, sagt Eddie, »hast du erst neulich gesagt, du würdest dich nach Lärm, Menschen und Chaos sehnen. Was bedeutet, es ist der richtige Zeitpunkt, dass wir unsere Zelte hier abbrechen.«

Monica seufzt und wischt sich die Tränen mit dem Handballen ab, schiebt schmollend die Unterlippe vor. »Ja, schon. Das heißt aber nicht, dass ich nicht traurig bin.«

»Wir sind alle traurig«, meldet Harrison sich zu Wort. Er räuspert sich und sieht sie nachdenklich an. »Ihr seid die einzigen Menschen, die ich schon so lange kenne. Es gab die Armee, und dann gab es Eddie, und dann warst du da, Monica. Offen gesagt, es fällt mir selbst nicht leicht, mit der Situation klarzukommen.« Er sieht mich an und schenkt mir ein warmes Lächeln, die Art von Lächeln, die mein Herz höher hüpfen lässt. »Ich habe viel mit Piper darüber geredet. Sie weiß, dass ich hierbleiben möchte. Dass ich mich für ein neues Leben hier entschieden habe. Aber dieses neue Leben ist immer noch beängstigend, und es wird anders sein. Und ich wünschte, ihr könntet so lange, wie es geht, hier in diesem Haus bleiben, aber mir ist klar, dass ihr das nicht könnt. Ihr tut das, was für euch beide am besten ist und was für das Baby am besten ist.«

Monica schnieft geräuschvoll. »Verdammt, Harrison. Bring mich nicht schon wieder zum Weinen.«

»Na ja, genau genommen hast du nie damit aufgehört«, stellt er trocken fest.

»Oh«, grummelt sie und macht eine scheuchende Handbewegung.

»Na, kommt schon«, sagt Eddie und tritt auf uns zu. »Ich habe euch beide nicht eingeladen, damit wir den ganzen Abend rumsitzen und uns die Augen aus dem Kopf heulen. Ich habe euch eingeladen, um zu feiern. Um alten Zeiten Lebewohl zu sagen und den Neubeginn zu begrüßen. Und um uns so richtig die Kante zu geben.«

Er erhebt sein Glas Wein.

Wir erheben unsere.

Monica erhebt ihren Becher Tee.

»Auf die besten Nachbarn, die man sich wünschen kann«, sage ich. »Trotz der Männer in den Bäumen und der Paparazzi, die draußen vor dem Tor campieren, und dank dieses attraktiven, mürrischen, sonnenbrilletragenden, geheimnisvollen Mannes, der meinen Weg gekreuzt hat, habe ich den besten Sommer meines Lebens erlebt. Ihr habt mein Leben verändert. Und ohne euch nebenan wird es sich nicht mehr so richtig wie Zuhause anfühlen. Ich weiß nur, ich bin unendlich dankbar, dass ihr Harrison in mein Leben gebracht habt. Wenigstens ihn darf ich behalten.«

Harrison schlingt mir einen Arm um die Taille und küsst mich auf den Scheitel. »Du wirst mich nie wieder los.«

»Er macht keine Witze«, sagt Eddie lachend. »Dieser Mann ist jetzt dein Schatten – den wirst du nie wieder abschütteln.«

Ich grinse Harrison an. »Darauf zähle ich.«

# Epilog

**Zwei Jahre später**

Sie sind daaa!«, ruft meine Mutter und hat dabei täuschende Ähnlichkeit mit dem kleinen gruseligen Mädchen aus *Poltergeist*.

Außer dass sie sich nicht an einem rauschenden Fernseher festhält, sondern ihren Kopf zur Terrasse raussteckt, wo Harrison und ich sitzen und uns ein Glas Wein genehmigen. Es ist Hochsommmer, die Sonne glitzert auf den Wellen, und wir beide sitzen schon den ganzen Nachmittag hier draußen, während wir auf die Ankunft unserer Lieblingsmenschen warten.

Monica, Eddie und die kleine Madeline haben es endlich zurück auf unseren Felsen im Pazifik geschafft. Ehrlich gesagt, als sich damals unsere Wege trennten, hatte ich große Zweifel, dass ich sie jemals wiedersehen würde. Es kam mir so vor, als wäre mein Leben nur kurz von ihrer märchenhaften Anwesenheit berührt worden, vielleicht nur, damit sie Harrison und mich zusammenbringen konnten wie ein Paar magischer Heiratsvermittler. Ich meine, manchmal fühlt es sich absolut surreal an, dass Harrison und ich zusammen sind (und sogar verlobt, aber dazu später mehr), der königliche Bodyguard und die Kleinstadtlehrerin.

Aber hier sind wir nun. Ich habe es geschafft, mit Monica in Kontakt zu bleiben, mindestens zweimal pro Monat tauschen wir Textnachrichten aus. Und sie hört meinen Podcast – sie sagt, er hilft ihr beim Einschlafen, ich … hm … nehme das mal als Kompliment.

Bei Harrison ist der Kontakt natürlich auch nicht abgerissen, er spricht oft mit Eddie. Es hat eben nur zwei Jahre gebraucht, bis sie endlich die Zeit fanden, uns hier zu besuchen. Sie haben es an eine Reise nach Seattle zu Monicas Eltern drangehängt, aber ohne irgendwem etwas davon zu sagen, es ist also eine Art Geheimnis.

Oder wenigstens ist das der Plan. Ich warte nur darauf, dass die ersten Helikopter hier auftauchen.

»Hat Bert sie eingesammelt?«, fragt Harrison meine Mutter und steht von seinem Stuhl auf.

»Ja, sie müssten in einer Minute hier sein«, sagt sie, als der Timer in der Küche piept. »Oh, und der Pie ist fertig.«

»Mom, sie haben eine wahnsinnig lange Reise hinter sich. Glaubst du im Ernst, da möchten sie als Erstes Pie?«

»Ach, Schätzchen, sei nicht so eine Pie-Hasserin«, wischt sie meinen Einwand kurzerhand vom Tisch.

Harrison streckt mir eine Hand hin. »Du weißt doch, Pie-Sonntage sind uns heilig.«

Ich lege meine Hand in seine, und er zieht mich mühelos auf die Füße, dann drückt er mir einen Kuss auf den Kopf.

Pie-Sonntage sind bei uns jetzt das neueste Ding. Also, das sind sie, seit Harrison seine Bäckerei eröffnet hat. Ich schwöre, diese Arbeit hält ihn mehr auf Trab als sein Job als königlicher Bodyguard. Er steht vor dem Morgengrauen auf und arbeitet irrsinnig viele Stunden, und trotzdem nimmt er sich noch die Zeit, mit meiner Mutter sonntags Pie zu backen. Was wahnsinnig lieb von ihm ist, denn ich weiß, dass er an seinem freien Tag eigentlich nur die Füße hochlegen und sich entspannen möchte.

Aber meiner Mutter bedeutet es etwas, besonders seit wir verlobt sind. Sie möchte ihn wirklich zu einem Teil unserer Familie machen, was relativ einfach ist, wenn man bedenkt, dass sie gleich nebenan wohnt.

Und wir, ach ja, wir wohnen in der Villa.

Natürlich kann man sich mit einem Lehrerinnengehalt und den Einnahmen aus der eigenen Bäckerei kein Haus dieser Größe leisten, aber man kann es mit einem Enthüllungsbuch. Harrison hat eins geschrieben (ich habe geholfen, aber das tut nichts zur Sache), mit ausdrücklicher Erlaubnis von Monica und Eddie, natürlich. Die Sache ist die, dass das Buch eigentlich gar nicht von den Royals handelt. Es handelt vom Backen und ist gespickt mit eingestreuten persönlichen Anekdoten.

Und mit persönlich meine ich, dass es dabei wirklich nur um Harrison geht. Er erzählt von seiner Jugend, seiner Familie, seiner Zeit in der Armee, von seinem Job als Bodyguard und schließlich von seiner Existenz als Bäcker auf einer kleinen Insel in der Salischen See.

Die Verkaufszahlen sind grandios. Dass ich ihn dazu überreden konnte, eine Zeit lang TikTok-Videos zu machen, half definitiv bei der Vermarktung des Buches, und so wurde es ein Riesenerfolg.

Wir leben jetzt also in der Villa, und meine Mutter und Bert wohnen nebenan.

Sie sind inzwischen offiziell ein Paar. Nicht verlobt oder so. Ich bin nicht sicher, ob einer von den beiden den Schritt wagen wird, obwohl meine Mutter sich für die Idee allmählich zu erwärmen scheint. Aber in jedem Fall sind sie allerliebst zusammen und tun einander so gut.

Bert ist der zupackende Beschützertyp, was ideal für sie ist, und sie geht immer noch zur Therapie und nimmt regelmäßig ihre Medikamente. Manchmal gibt es Rückschläge, aber mit so vielen Menschen in ihrer Nähe, die sie lieben, kommt sie immer wieder schnell auf die Beine. Und natürlich hat sie auch noch Liza, die übers Gelände wuselt und fleißig die Hundeklappen zu beiden Häusern benutzt, genau wie wir es uns vorgestellt hatten.

»Wollen wir los und die kleine Mini-Royal kennenlernen?«, fragt Harrison.

»Unbedingt.« Wir gehen ins Haus, und ich rufe meiner Mutter in der Küche zu: »Wenn du fertig bist mit dem Pie, kannst du dann du bitte den Weißwein aus dem Kühlschrank holen?«

»Welchen denn? Du hast eine Million Flaschen«, fragt sie und starrt in den offenen Kühlschrank.

»Den Garry Oaks Pinot gris«, sage ich. Im Normalfall habe ich nicht eine Million Flaschen in meinem Kühlschrank; wir hatten Freitagabend eine kleine Feier, nur ich und Harrison, Cynthia mit ihrem neuen Freund und Georgia und ihr Mann. Wir versuchen, alle vierzehn Tage einen Pärchenabend zu machen, nur damit ich nicht wieder in meine antisoziale Eremitenzone abrutsche, und ich muss sagen, dass mir das wirklich geholfen hat, vor allem jetzt im Sommer, wo ich nicht jeden Tag mit den Kindern zu tun habe. Ich habe hier ein paar schöne, echte Freundschaften geschlossen, und zusammen mit Harrisons Laden und dem täglichen Kundenkontakt fühle ich mich nicht länger wie eine Außenseiterin.

Harrison und ich sind auf dem Weg zur Einfahrt, als sich die Tore öffnen und Berts Streifenwagen vorfährt. Ich zucke innerlich zusammen – aus irgendeinem Grund habe ich erwartet, dass er sie mit einem schwarzen Geländewagen abholt. Stattdessen erweckt ihre Ankunft den Anschein, als liefere er sie auf der Wache ab. Ich werfe Harrison einen amüsierten Blick zu und sehe, dass er genau das Gleiche denkt.

Und dann öffnen sich die Türen, und sie steigen aus. Eddie, Monica und die kleine Madeline.

»Hey!«, ruft Eddie aus, joggt zu Harrison herüber und nimmt ihn fest in die Arme, bevor er mit mir das Gleiche tut. Er trägt ein Poloshirt und Jeans und sieht genauso entspannt aus wie das letzte Mal, als er hier war. »Wir haben es geschafft.«

»Ich habe sie ohne einen Kratzer hierhergebracht«, verkündet Bert stolz, als er aus dem Fahrzeug steigt und James aus der Beifahrertür auftaucht. Er nickt mir zur Begrüßung höflich zu.

Doch mein Blick ist bereits auf Monica gerichtet, die in ihrem Sommerkleid so schön ist wie eh und je. Sie strahlt immer noch, das hatte also nichts mit ihrer Schwangerschaft zu tun. Sie strahlt einfach aus sich heraus.

»Piper«, quietscht sie leise, und wir umarmen uns kurz. »Es ist so schön, dich endlich zu sehen.« Sie lächelt auf Madeline hinunter, die die schlaksigen Arme und Beine von Eddie und das dunkle Haar von Monica hat. Sie ist schüchtern, aber ihre ruhige Energie ist wie die ihrer Mutter.

»Das ist Madeline. Madeline, möchtest du Piper vielleicht Hallo sagen?«

»Hallo«, sagt Madeline leise.

Das, was Madeline wirklich tun möchte, ist, ihren Kopf hinter Monicas Beinen zu verstecken, und ich kann ihr das nur zu gut nachfühlen. Ich möchte ihr sagen, dass es mir genauso geht, wenn ich neue Menschen kennenlerne, nur dass dieses Kind zur königlichen Familie gehört und darauf trainiert wird, dieses Unbehagen beiseitezuschieben und ein freundliches Gesicht aufzusetzen, etwas, das ich erst noch lernen muss.

»Sie ist schüchtern«, flüstert Monica mir zu. »Was eine ziemliche Herausforderung ist, wenn man bedenkt, wer wir sind.«

»Sie ist reizend«, sage ich ihr. »Wie war euer Flug?«

»Madeline hat die meiste Zeit geschlafen«, antwortet Monica, beugt sich hinunter und nimmt ihre Tochter auf den Arm. »Und wie ich sehe, ist sie immer noch ein bisschen schläfrig. Ich hingegen wurde von einem Buch wach gehalten.«

»Was für ein Buch?«

Ein Grinsen spielt um ihre Lippen. »Ein Buch, das du mir mal vor Jahren besorgt hast.«

Ich habe nicht die blasseste Ahnung, wovon sie spricht. »Wann habe ich dir ein Buch besorgt?«

»Na ja, Harrison hat es mir gegeben, aber ich weiß, dass du deine Finger im Spiel hattest. Zumindest hoffe ich das.« Sie lehnt sich dicht zu mir und flüstert in mein Ohr: »Es geht dabei unter anderem um Pegging. Ich wusste nicht mal, was das ist. Ich musste es googeln, und oh Mann.«

Ich pruste los. »Das hast du im Flugzeug gelesen?«

Sie grinst mich an. »Na ja, es hat mir jedenfalls ein paar Ideen für Eddie geliefert.«

Keinesfalls möchte ich diese Vorstellung von den beiden in meinem Kopf haben, und zum Glück werde ich von meiner Mutter gerettet, die in ihrer Schürze an der Haustür erscheint und stolz ihre Backwaren ankündigt.

»Ich hoffe, ihr seid alle am Verhungern, denn es ist Zeit für Pie!«, ruft sie und lächelt in die Runde, bevor sie wieder im Haus verschwindet.

»Keine Sorge«, sage ich zu Monica und Eddie, als wir hineingehen. »Es gibt auch Bier und Wein. Ich dachte mir, das ist es, was ihr jetzt wirklich braucht.«

»Kein Wunder, dass wir uns so gut verstehen«, sagt Monica

lachend zu mir. »Ich habe das Gefühl, dass ich all die verlorene Zeit nachholen muss.«

»In Anbetracht der Tatsache, dass ihr eine ganze Woche bleibt, sollten wir es nicht gleich übertreiben«, warnt Harrison.

»Ich sehe schon, du bist immer noch der alte Langweiler, Harrison«, sagt sie und gibt ihm einen scherzhaften Klaps auf den Arm.

Ich nehme Harrisons Hand, während ich beobachte, wie der Herzog und die Herzogin ihr altes Haus betreten, Bert geht vorneweg, und der knackige Schotte James bildet das Schlusslicht. Ich sehe zu Harrison. »Keine Sorge, ich finde dich nicht langweilig.«

»Nur weil du auf mich abfärbst, mein Schatz«, sagt er, gibt mir einen Kuss auf die Knöchel. »Obwohl ich glaube, dass ich noch viel zu lernen habe.«

»Ach«, sage ich mit einem ironischen Schulterzucken. »Eines Tages wirst du's schon draufhaben. Schließlich bin ich eine gute Lehrerin.«

Er grinst breit, was ihn umwerfend attraktiv aussehen lässt, beugt sich vor und küsst mich zärtlich auf den Mund. »Die allerbeste.«

Dann gehen wir zusammen ins Haus, um mit den Menschen zusammen zu sein, die wir lieben.

# Nachwort

Wenn ich mich ans Schreiben mache, habe ich in der Regel eine grobe Plotidee oder ein simples Bild im Kopf, und dann arbeite ich an den Figuren, meißele an ihnen herum, als würde ich etwas freilegen, bis sich mir irgendwann der komplette Charakter offenbart.

Manchmal haben die Figuren und ich überhaupt nichts gemein; ein andermal kommt ein verborgener, dunkler Teil von mir durch sie zum Vorschein. Und obwohl ›Die Royals, ihr Bodyguard und ich‹ eine unbeschwerte, romantische Komödie ist, entdeckte ich etwas an Piper, das mir wiederum etwas über mich selbst offenbarte.

Ein paar Worte zur Vorgeschichte: Ich habe ADHS, worüber ich in der Vergangenheit schon einige Male geschrieben habe, und die Wahrheit ist, dass ich erst auf die Diagnose stieß, als ich für meine Figur Magnus aus ›The Wild Heir‹ recherchierte. Es war diese Figur, die mir zeigte, wer ich wirklich bin, und diese Diagnose war für mich absolut lebensverändernd.

Allerdings hätte ich nie gedacht, dass ich noch weitere solcher Überraschungen erleben würde, und erst recht nicht mithilfe von Piper. Doch während meiner Recherchen kam mir der Verdacht, dass auch ich unter einer komplexen posttraumatischen Belastungsstörung (oder kurz kPTBS) leide, verursacht durch Ereignisse in meiner Kindheit. Es war überraschend, einen Namen für die Sache zu finden, und es erklärte einige meiner Gedankengänge und meine Reaktion auf bestimmte Auslöser.

Es ist nicht so einschränkend wie PTBS, aber es macht einem durchaus zu schaffen, doch indem Piper ihr Leben trotz dieser Beeinträchtigung meisterte – sowie trotz ihrer Angststörung (die ich übrigens auch habe ... wow, ich bin das lebende Klischee der neurotischen Autorin) –, konnte ich Bewältigungsstrategien für mich selbst finden.

Und obwohl ich weder an BAS noch DPS leide so wie Pipers Mutter, war ich selbst schon in Pipers Lage und weiß, wie es ist, wenn geliebte Menschen davon betroffen sind. Die Darstellung der Beziehung zwischen Piper und ihrer Mutter entspricht der Realität, und darüber zu schreiben hat mir hinsichtlich meines eigenen Verhaltens gegenüber den Betroffenen sehr geholfen.

Ich weiß, dass Neurodiversität und psychische Erkrankungen eher selten in Liebesromanen thematisiert werden, aber ich hoffe wirklich, dass sie mehr und mehr ein integrativer Bestandteil dieser Landschaft werden. Es gibt erstaunlich viele Menschen, die von psychischen Störungen betroffen sind, sei es, weil sie selbst darunter leiden oder jemand, der ihnen nahesteht.

Je mehr wir über psychische Gesundheit reden und einen Dialog schaffen, der ohne Scham und frei von Bewertung ist, desto eher wird das Stigma verschwinden.

Und so erhebe ich mein Glas auf Piper, auf mich selbst und auf alle, die sich allein fühlen, weil sie nicht dazugehören oder von der Welt nicht repräsentiert werden.

Ihr sollt wissen, dass ihr all das Glück verdient, das die Zukunft für euch bereithält.

# Danksagung

Manchmal ist die Danksagung der schwierigste Teil eines Buches, denn meistens gebührt sie einer ganzen Reihe von Leuten. Obwohl ich schon über sechzig Romane geschrieben habe, benötigt jedes einzelne Buch immer noch eine Menge Unterstützung durch die Menschen in meinem Umfeld. Auch wenn das Schreiben ein einsamer Beruf ist (größtenteils), ist kein Schriftsteller und keine Schriftstellerin wirklich allein, wenn es darum geht, einen Roman zu verfassen. Man braucht tatsächlich das sprichwörtliche Dorf, das einen aufrichtet, bei der Stange hält und einem dabei hilft, das Beste aus der Geschichte herauszuholen.

Und ich brauchte ein ganzes Dorf für ›Die Royals, ihr Bodyguard und ich‹. Es ist das erste Buch, das ich seit Ausbruch der Pandemie geschrieben habe, sodass es definitiv mehr Hürden als sonst zu überwinden galt, um inmitten von so viel Trauma, Kummer und Chaos eine Geschichte zu erschaffen, die lustig, leicht und sexy ist. Ich hätte dieses Buch nie zustande gebracht ohne die Menschen, die bedingungslos an mich glauben. Mein Dank geht an: meine Superagentin Taylor, die sich bereits nach dem ersten Satz in die Idee verliebte; meine unglaublichen Lektorinnen Sarah Blumenstock und Cindy Hwang (ich bewundere euer Talent, eure Fähigkeiten und eure nicht enden wollende Geduld mit mir); alle bei Berkley, mit denen ich das Vergnügen hatte zu arbeiten; meine Filmagentin Alice Lawson; Nina Grinstead; Colet Abedi; Anna Todd; Kathleen Tucker; Tarry Fisher; Sandra Cortez; Laura Helseth; all die wundervollen Bookstagrammer, die mit so viel Kreativität und Leidenschaft meine Arbeit teilen; sämtliche Mitglieder meiner FB-Gruppe (ein Shout-out an die Anti-Heroes!); alle meine treuen Leser und Leserinnen; den Meghan Markle Stan Twitter für die Inspiration; und die Einwohner von Saltspring Lake (meine Heimat). Und danke an alle, die dieses Buch gelesen haben; ihr seid der Grund dafür, dass ich tun kann, was ich tue.

Und zu guter Letzt möchte ich Scott (und Bruce) danken: Ich liebe euch. Danke, dass ihr mich liebt.